Für Stefanos, mein Baby.
Ich weiß noch nicht, was dein erstes Wort sein wird,
ob du lieber Rot oder Grün magst,
lieber ununterbrochen singen wirst oder
in Ruhe alles beobachtest.
Ich weiß noch so wenig von dir,
doch ich freue mich darauf, dich kennenzulernen.

Inhalt

Zur Erinnerung

Die verstorbenen Feen:

Die Brunnenhexe
Das Rattenbiest
Die Kinderfresserin
Die Giftmischerin
Die Meerhexe
Das Orakel

Verbleiben unter den Lebenden:

Die Siebte Fee
Die Drachenreiterin
Die Rabenmutter
Die Zwillinge
Die Eishexe
Die Dreizehnte Fee

Und nun eine Warnung an all jene,
die gerne die letzten Seiten zuerst lesen,
bevor sie mit der Geschichte beginnen:

TUT ES NICHT!

Denn sonst verliert die Geschichte ihren Zauber.
Und solltet ihr es doch tun, so kann ich guten Gewissen sagen:
Ich habe euch ja gewarnt. In diesem Sinne:
Lasst euch verzaubern!

Prolog

Im Tümpel hinter dem Dorf lauert der Tod. Doch die Kinder, die sich ihm spielend nähern, wissen es nicht. Niemand weiß es, denn das Wesen, das in ihm haust, lebt erst seit Kurzem dort und doch lange genug, dass die Einsamkeit schrecklich groß geworden ist. Es sehnt sich danach, ein altes Spiel zu spielen, eines, das zu seinem Leben gehört wie die Sterne zu der Nacht. Und als es die fröhlichen Schritte hört und das Lachen der Kinderstimmen, da taucht es auf. In seinen Augen glimmt das Mondlicht, die Haare lang wie Seetang. Vorfreude lässt die Lippen über die gebleckten Zähne weichen zu einem grotesken Lächeln – und es beginnt zu singen.

Das Grab im Schnee

Der Schnee fällt in dicken Flocken vom Himmel. Sie scheinen friedlich und doch bringen sie den Tod – und sie verhüllen ihn. Die rote Spur im Schnee verblasst nach und nach, der steife und verrenkte Körper schwindet unter einer flauschigen, weißen Schicht. Als würde die Eishexe ein Leichentuch um ihn spinnen, um mir den grausamen Anblick zu ersparen.

Erneut ist die Welt von einer Fee befreit, *einer Hexe*, wie sie uns nennen. Die Liste der Verstorbenen wächst und wächst: Kinderfresserin, Giftmischerin, Meerhexe, Brunnenhexe und Rattenbiest, jetzt auch das Orakel. Die Menschen kennen ihre wahren Namen nicht, sie wissen nicht, wie sie wirklich waren, und eines Tages, wenn auch die letzten sieben von uns Feen vergangen sind, dann wird es niemanden mehr geben, der sich an uns erinnert – außer den Märchen, die von uns erzählen, von den Monstern, zu denen wir geworden sind. Dabei waren wir einst nichts weiter als Kinder, zufällig geboren mit den Merkmalen der Feen: Haut so weiß wie Schnee, Haare so schwarz wie Ebenholz und Lippen so rot wie Blut. Schneewittchenschönheit – oder besser: Schneewittchenfluch, denn Kinder wie wir wurden gejagt und getötet, weil die Magie in unseren Adern den Menschen Angst einflößte. Und so machten sie sich uns zu ihrem ärgsten Feind. Wir wurden zu ihren Königinnen, Tyrannen und Mördern, und lange Zeit wähnten wir uns unsterblich. Wir sind es nicht.

Kassandra ist tot. Sie starb meinetwegen.

Die Bäume, welche die Lichtung des Turms umschließen, verstummen, als ich mich ihnen nähere. Sie erkennen die einsame Gestalt, die sich mühsam durch den kniehohen Schnee kämpft, die grausige Fracht hinter sich herschleifend. Sie erkennen die Königin. Sie erkennen mich.

Die Tränen auf meinen Wangen sind längst gefroren. Ich kann nicht mehr weinen.

Kassandras Haut fühlt sich warm an, doch ich weiß, dass es nur ein Abbild meiner eigenen schwindenden Wärme ist. Denn wenn ich mit den Fingern an ihrem Knöchel ein Stück tiefer gleite, ist sie eiskalt. Ich habe sie verloren. Nicht heute, als sie aus dem Fenster des Turmes in den Tod stürzte, sondern vor vielen, vielen Jahren, an einem Tag im Frühling, als wir zusammen im Wald saßen und sie mir die Karten legte. Dorthin bin ich unterwegs, um meine Schwester, *mein Kind* zur letzten Ruhe zu betten.

»Wir sind gleich da«, murmele ich in die fallenden Flocken, als könnte Kassandra es noch hören. In Wahrheit ertrage ich schlicht die Stille des Waldes nicht. Als würden die Bäume mich mit ihrem Schweigen strafen – und verurteilen.

Ich könnte den magischen Ring drehen, den sie mir kurz vor ihrem Tod schenkte, und wäre sofort auf der Lichtung, tue es aber nicht. Vielleicht muss ich die beißende Kälte an den Beinen spüren, den mit jedem Schritt schlimmer werdenden Schmerz in all meinen Gliedern, damit ich den im Herzen ertragen kann. Vielleicht ist das meine verkorkste Art, mich selbst zu strafen.

Die Äste biegen sich uns unter der Last des Schnees entgegen, als würden sie sich verneigen. Vielleicht tun sie es auch. Sie weisen den Weg über die einst vom Mohn rot gefärbte Wiese. Jetzt färbt sie nur die blutige Spur des Orakels.

Schluchzend beschleunige ich die Schritte, haste durch den Schnee und kann meiner Schuld doch nicht entkommen. Sie hat mich eingeholt und fest im Griff. Ich werde einen Weg finden müssen, damit zu leben oder daran zugrunde zu gehen.

Das schützende Dach des Waldes umfängt uns, der Schnee wird flacher. Der gefrorene Waldboden knirscht unter den Füßen. Ein poröser Ast knackt. Irgendwo wispern ein paar Wichtel. Eine Elfe kreuzt den Weg, die Augen matt schimmernd. Sie blickt gehetzt zu mir, ehe sie seltsam taumelnd im schneebedeckten Geäst entschwindet. Der unnatürliche Winter der Eishexe macht allen zu schaffen. Er raubt dem Leben die Kraft. Er raubt sie mir.

Der Körper des Orakels bleibt an einer Baumwurzel hängen. Ich zerre, falle, ihre Füße rutschen mir aus den Händen und landen im Schnee. Dann liegt Kassandra da, halb bedeckt, und doch ist der schreckliche Zustand ihres Körpers nicht zu übersehen. Sie muss furchtbare Qualen durchlitten haben.

Der Hals schnürt sich mir zu, als ich an das kleine Kind von früher denke, das sie einst gewesen ist. Ich robbe zu ihr, ziehe den steifen Arm unter der Wurzel hervor. Er ist seltsam schwer und von schwarzen Beulen überzogen. Der Verband an ihrem Handgelenk verrutscht, als ich sie erneut zu packen versuche. Darunter … ist nichts!

Ich fahre hoch, die Hände um den erkalteten Arm meiner Schwester geschlungen, dem das Hexenmal fehlt! Es fehlt, weil es mitsamt der Haut entfernt wurde.

»Uhrmacher«, flüstere ich und weiß, wo es mich als Nächstes hintreiben wird, zu ihm, demjenigen, der die Hexenmale all meiner Schwestern sammelt. Er war Kassandras Vertrauter, ihr Diener, vielleicht weiß er mehr, als er bisher sagte. Ich brauche Antworten. Er muss sie mir geben. Denn auch wenn ich mich erinnere, wer ich einst war, begreife ich noch nicht, wieso ich erweckt wurde. Ich war die Feenmutter und deshalb ist es umso unverständlicher.

Ja, antwortet die Königin tief in mir drin. *Ja, das ist es.*

Plötzlich kann es nicht mehr schnell genug gehen. Ich drehe den Ring, den Kassandra einst stahl und während meines tausendjährigen Schlafes trug und der nun wieder an meiner Hand steckt, dort, wo er hingehört. Einen Wimpernschlag später befinden wir uns auf der Lichtung, wo wir vor so vielen Jahren auf einer roten Decke saßen und sie mir die Zukunft prophezeite. Heute ist alles weiß. Ich streiche kurz über Kassandras Finger, ehe ich mich von ihr löse und aufrichte. Meine Beine schmerzen, die Füße gleichen eisigen Klumpen.

»Ich komme zurück«, wispere ich in die Nacht. »Es dauert nicht lang. Versprochen!«

Erneut drehe ich den Ring und die Lichtung mit all den Erinnerungen an Kassandra und die Prophezeiung verschwindet. Stattdessen sehe ich die Umrisse einer kleinen Hütte durch den fallenden Schnee und andere Erinnerungen kommen hoch, von einer ebenso kalten Nacht und wärmenden Armen, die mich so eng trugen, so sicher. Er brachte mich in das Haus der Sieben. Sie ließen uns ein, weil er ihr Freund ist. Ich bin es nicht. Mich werden sie nicht hineinlassen und das will ich auch gar nicht. Ich strebe der Hütte entgegen, hinter deren beschlagenen Scheiben ein bläuliches Licht funkelt und muntere Stimmen zu hören sind. Eine Wand ist neu vernagelt, dort, wo der Nordwind eindrang, als ich den Schutz der Sieben brach. Ein einzelner Moment der Schwäche, in dem ich mir vorgestellt hatte, wie es sei, dort auf ewig zu leben, mit ihm, dem Hexenjäger; der Gedanke an eine Zukunft, die niemals sein kann, hatte ausgereicht, um der Eishexe den Weg zu öffnen. Fast, aber nur fast, wäre es das Ende der sieben Männer gewesen. Die letzten Nachfahren des Volks unter dem Siebengebirge hatten mir Schutz geboten und ich dankte es ihnen, indem ich sie fast ausrottete. Doch sie leben noch. Ich kann sie reden hören: Der Koch singt ein Lied, während zwei andere sich über irgendeine Suppe streiten.

Mit jedem Meter, den ich mich der Hütte nähere, wird es schwerer weiterzugehen. Der Schutz der Sieben wirkt bereits außerhalb. Der Zauber will mich hindern, ihnen zu nahe zu kommen und ihnen zu schaden.

»Ich komme in guter Absicht«, flüstere ich, doch der Zauber ist stark. Meine Beine beginnen zu zittern, die Welt schwankt. Mit größter Not zwinge ich den Arm empor und klopfe an die notdürftig reparierte Tür. Sofort wird es gespenstisch still im Haus.

Sie erwarten keinen Besuch, nicht jetzt, wo der Winter alles in Eis gehüllt hat. Sie beginnen leise zu tuscheln, wundern sich und beratschlagen, ob sie die Tür öffnen sollen oder lieber nicht.

»Ich bin es!«, rufe ich laut. »Ich kam mit dem Hexenjäger. Heute bin ich ohne ihn hier.«

»Was willst du?«, schallt dumpf die Stimme des Ältesten zurück. Ich sehe ihn fast schon vor mir mit den vielen goldenen Ringen im Bart. »Wenn du gekommen bist, um erneut Einlass zu erbitten, so hast du den Weg umsonst gemacht.«

»Nein, nein. Ich will nur einen Spaten.«

»Einen Spaten?«, höre ich den Koch ausrufen.

»Wofür braucht sie einen Spaten?«, fragt der Jüngste.

»Ich … muss meine Schwester begraben.«

Eisiges Schweigen, das fast kälter ist als der Winter selbst, legt sich um die Hütte. Sie werden mir nicht helfen und ich kann es ihnen nicht einmal verübeln. Gerade als ich mich abwende, öffnet sich die Tür einen Spaltbreit.

»Du kannst nicht hinein!«, warnt mich der Älteste sofort. »Der Zauber wirkt auch bei geöffneter Tür.«

»Ich weiß«, erwidere ich nur matt. »Ich habe ihn geschaffen.«

Er zögert, dann zieht er die Tür weiter auf. Die anderen starren mir aus blassen Gesichtern misstrauisch entgegen.

»Welche Schwester?«, fragt der Koch.

Für einen Moment glaube ich, dass ich ihren Namen nicht hervorbringen kann, doch dann formt meine Zunge ihn langsam und schwer. Die Männer erblassen noch stärker.

»Das Orakel ist tot?«, flüstert der Koch und wirkt, als würde er jeden Moment in Tränen ausbrechen.

»Ja«, sage ich und fühle mich unendlich erschöpft. Die Kälte raubt mir alle Kraft. Ich beginne, am ganzen Körper zu zittern, nicht wissend, was mich aufrecht hält, aber ich schaffe es, stehen zu bleiben. Ich muss erbärmlich aussehen – schwach und erbärmlich, denn in den Augen der Sieben funkelt Mitleid.

»Peter, hol einen Spaten.« Der Älteste nickt langsam. »Und eine Spitzhacke. Bei dieser Kälte ist der Boden hart wie Stein.«

Ich bin ihre Feindin und doch helfen sie mir. Im Nu erscheint der Koch namens Peter wieder an der Tür und wirft einen Spaten und eine Hacke hinaus. Sie bleiben wachsam. Steif bücke ich mich, greife nach dem Werkzeug.

»Wo ist der Hexenjäger?«, fragt einer.

»Hat er die Wasserstadt von der Giftmischerin befreit?«, fragt ein zweiter.

»Und die Nixen auf den Grund des Meeres verbannt?«, ruft ein dritter.

»Wir haben viel gehört«, sagt der Älteste und hebt die Hand, ehe er hinzufügt: »Die Schreie unter den Bergen sind verstummt.« Unausgesprochen hängt die Frage in der Luft, deren Antwort sie bereits zu ahnen scheinen.

Es ist der Jüngste, der es schließlich wagt. »Sie ist tot, nicht wahr? Die Kinderfresserin?«

Ich nicke. Sie seufzen.

»Danke«, sagt der Älteste nur, ehe er ganz langsam die Tür ins Schloss fallen lässt. Dann bin ich allein in der Kälte und der aufsteigenden Dunkelheit. Der Abend graut. Ich muss mich beeilen. Trotzdem betrachte ich für einen Moment wehmütig die erleuchteten Scheiben, die Vierecke aus Licht in den Schnee zeichnen und behagliche Wärme versprechen, die mir verwehrt bleibt.

»Danke«, sage auch ich, ehe ich den Ring drehe und das Haus am Siebengebirge zurücklasse, um zur Lichtung zurückzukehren.

Auf den ersten Blick ist das Orakel nicht mehr zu sehen, doch sie ist noch da – eine sanfte Erhöhung des Schnees im ansonsten flachen Grund. Ich knie neben ihr nieder, streiche den Frost von ihrem Gesicht. Aus leeren Augen scheint sie an mir vorbeizublicken. Schneeflocken verfangen sich in den dunklen Wimpern, wie Sterne am Himmel.

Dann wende ich mich ab, befreie ein großes Stück Waldboden vom Schnee und beginne, mit der Hacke hineinzustoßen. Ich habe keine Ahnung, woher die Kraft kommt, mit der ich unermüdlich zuschlage, immer und immer wieder, bis die ersten steinharten Brocken sich aus dem Erdreich lösen. Ich weiß nur, dass ich keine Wahl habe. Wenn ich sie nicht begrabe, wird es niemand tun. Sie muss unter die Erde und ihren Frieden finden. Wenigstens das schulde ich ihr. Und so hebe ich mit steifen Fingern die schwere Spitzhacke über den Kopf und lasse sie niedersausen, während die Schneeflocken unbeschwert tanzen. Ich ahne, dass die Eishexe jeden meiner Schritte beobachtet, so wie sie es schon immer tat, und frage mich, was sie wohl glauben mag. Ob sie es für einen Akt der Reue hält?

Doch meine Schuld wiegt zu schwer und nichts könnte meine Taten ungeschehen machen. Selbst wenn ich bis in alle Ewigkeit Gräber schaufeln würde, wären es nicht genug für die Opfer meiner Tyrannei.

»Soll ich dir helfen?«

Ich blicke auf, lasse die Spitzhacke sinken. Vor mir steht der Mogul. Sein Teppich liegt seltsam bunt auf dem Schnee. Er beobachtet mich aus dunklen Augen, ein wissendes Lächeln auf den Lippen. »Ich könnte dir ein Grab in wenigen Sekunden schaffen.«

»Nein, danke.« Ich hebe die Hacke, ramme sie erneut in die Erde und untermale jedes meiner Worte mit einem Schlag. »Was willst du?«

»Nach dir sehen.«

»Du hast mich gesehen, also geh.«

»Warum denn so unfreundlich?«

Ich würde schnauben, wäre ich nicht so erschöpft. »Beim letzten Mal hättest du mich beinahe getötet.«

»Dich getötet?« Er klingt ehrlich überrascht, dann grinst er. »Ah, der Kuss. Ich verstehe. Ich nahm dir nur ein bisschen deiner Kraft, nicht der Rede wert. Glaub mir, so leicht bist du nicht totzukriegen. Es war … zu verlockend für mich.«

Ich spüre, wie er seine Magie aussendet und damit meinen Körper umhüllt, wie er es schon einmal im Lager der Räuber tat. Kurz schließe ich die Augen, denn sie ist herrlich wohltuend, fast schon beschützend. Sie vertreibt die Kälte und bringt zärtliche Wärme. Aber sie ist nicht von dem, den ich will.

»Lass das«, fauche ich den Mogul an und schüttele mich. Doch weder die Wärme noch die Gedanken an den Hexenjäger kann ich vertreiben.

»Wenn ich dir schon nicht beim Graben helfen darf …«, meint er nur schulterzuckend und lässt die Magie weiter über meine Haut fließen. Wie eine zarte Liebkosung.

Kurz funkele ich ihn an, beschließe dann, ihn einfach zu ignorieren und greife nach dem Spaten. Ich spüre, wie seine Magie mir Kraft gibt. Der Spaten liegt fest in der Hand, die Finger erwärmen sich. Ungewollt bin ich ihm dankbar. Aber nur ein wenig. Und nur für einen Moment.

Während ich die Erdklumpen aus dem rechteckigen Loch im Boden schaufele, sucht sich der Mogul einen Sitzplatz. Er wählt einen umgestürzten Baum, den er kurzerhand vom Schnee befreit.

»Das Orakel ist also tot«, sagt er nach einer Weile. »Hast du sie getötet?«

»Nein.«

Er nickt, als würde er verstehen. »Ich dachte mir schon, dass sie es früher oder später selbst tun würde. Ich sah es in ihrem Blick.«

»Ach?« Überrascht hebe ich die Brauen und verharre mit der Arbeit.

»Der Schmerz muss unerträglich gewesen sein. Es wundert mich, dass den anderen Feen nichts aufgefallen ist. Dabei war es doch so offensichtlich.« Er verstummt für einen Moment, ehe er fortfährt. »Ihr Tod ändert natürlich einiges.«

»So?«

»Oh ja.«

»Und zwar?« Ich stütze mich auf den Spaten, um ihn zu fixieren. Er grinst. In seinen Augen tanzen die Schatten – wie sie auch in meinen waren.

»Du wirst nie erfahren, warum sie dich erwecken ließ, es sei denn …«

»Es sei denn was?«

Sein Grinsen wird eine Spur breiter. »Es sei denn, *er* verrät es dir.«

»Er?«

»Der Hexenjäger natürlich.«

Ich runzele die Stirn, mustere ihn, nicht sicher, ob ihm zu trauen ist. »Wieso sollte er es wissen?«

»Er weiß so viel mehr, als du glaubst.« Geschwind steht er auf und kommt mit drei großen Schritten herüber. Auf einen Wink seiner

Finger fährt das Erdreich auseinander, öffnet sich zu einem tiefen Grab, für das ich noch Stunden gebraucht hätte.

»Keine Ursache«, sagt er nonchalant, ehe er eine Hand an meine Wange legt. Ich will zurückweichen, doch seine Magie hält mich gefangen. Hilflos stehe ich da und sehe in Augen, die mich seltsam schaudern lassen, denn sie sind den meinen zu ähnlich. Denen der Königin, voller Abgründe.

»Ich an deiner Stelle würde mich mit dem Zuschaufeln beeilen, denn bald wird es stockfinster sein und einem wehrlosen Mädchen kann im Wald so viel passieren.« Er lacht, ehe er kurz mit den Lippen die meinen berührt. Nur für eine Sekunde, und doch merke ich, wie ein Teil meiner Kraft schwindet. Als er sich löst, schmerzt die Trennung fast körperlich. Für einen Moment stehen wir einfach nur da und blicken uns an.

»Ich verstehe, was er an dir findet«, sagt er schließlich sehr leise und ungewöhnlich ernst. Dann dreht er sich um und steigt auf den Teppich. Einen Augenblick später ist er entschwunden.

Er nannte mich ein wehrloses Mädchen. Ganz unrecht hat er nicht, denn ich bin nicht nur meiner Magie beraubt und all der Fähigkeiten, die sie mit sich bringt, sondern auch noch durch den Eissplitter in meinem Herzen eingeschränkt. Er verhindert, dass ich die Magie meiner Schwestern lenken und sie vernichten kann. *Wenn sie sich nicht selbst vernichten …*

Ich blicke zu dem schwarzen Loch und mir wird schlecht. Der Spaten gleitet aus meinen Fingern, fällt dumpf neben die Hacke. Der Zeitpunkt des Abschieds ist viel zu schnell gekommen. Einen Augenblick lang bin ich versucht, das Grab zuzuschütten und es selbst erneut auszuheben, nur um mehr Zeit zu gewinnen. Der Gedanke, dass sie dort unten liegt, während ich ihren Körper Schaufel für Schaufel mit schwarzer Erde bedecke, schnürt mir die Kehle zu.

»Du weißt, dass es nicht anders geht«, flüstere ich. Mir bleibt keine Wahl, wenn ich nicht will, dass die Tiere sich an ihr nähren. Die anderen Feen könnten ihr ein passenderes Begräbnis bereiten, doch ich verwerfe den Gedanken sofort wieder. Die Drachenreiterin will meinen Tod, während die Rabenmutter mich gegen das Versprechen, sie möge die Letzte sein, verschonte. Was die Eishexe in mir sieht und warum sie mir aus dem Palast zu fliehen verhalf, verstehe ich kaum, und wo die Zwillinge und die unscheinbare Siebte Fee sind, weiß ich nicht. Nein. Die Feen sind keine Alternative.

So bleibt mir nur der Wald. Der Wald und das Grab vor meinen Füßen. Zu viele habe ich in meinem Leben ausgehoben, ein jedes für ein Feenkind, das in meinen Arm starb. Ich schwor mir, niemals wieder eines beerdigen zu müssen und nun liegt Kassandras Leiche neben mir und wartet darauf, dass ich sie der Erde übergebe. Ich greife nach ihren Armen, ignoriere die Kälte ihrer Haut und schleife sie über den Rand. Sie ist schwer. Der Tod ist schwer.

»Verzeih mir, Kassandra«, flüstere ich und lasse sie behutsam hinabgleiten, bis sie am Grunde liegt. Ich versuche, die Hände friedlich über der Brust zu falten. Doch sie strahlt keinen Frieden aus. Nur Qualen. Alles an ihr schreit die Qualen hinaus, die sie vor ihrem Ende erleiden musste. Sanft schließe ich ihre Lider.

»Du hast mir die Liebe prophezeit, dabei war sie die ganze Zeit schon da. Ich habe es nicht verstanden. Aber jetzt verstehe ich es, Kassandra. Du hast mir die Karten gelegt – zwölf Schwestern. Ihr standet nicht für den Dornröschenzauber, nein, den hätte ich auch allein vollbringen können, ich dachte nur fälschlicherweise, dass ich es in eurem Beisein tun musste. Jetzt erst begreife ich, dass ihr für die Liebe standet.« Meine Stimme wird brüchig. »Ich habe euch geliebt … Ich habe dich geliebt.« Für einen Moment ersticke ich beinahe. »Kassandra«, flüstere ich und lasse sie gehen.

Dann greife ich mit bebenden Händen zum Spaten und hoffe inständig, dass es das letzte Grab sein mag, das ich schließe. Doch in meinem Herzen nistet die Furcht, dass sechs weitere folgen werden.

Der neue König

Hoffnung ist überall, sie hängt wie ein stickiger, süßer Gestank in den nächtlichen Gassen der Wasserstadt, die einst vom Geruch der Angst durchflutet waren. Die Angst ist mir lieber, gab sie mir doch ein Gefühl der Vertrautheit. Diese kindliche Freude hingegen, die in den trunkenen Augen all der Menschen glänzt, die mir in den engen Gassen und Straßen entgegenkommen, lässt mich schaudern. Sie feiern noch immer den Sieg über die Giftmischerin. Sie feiern den Tod. Die Schankstuben sind überfüllt, Betrunkene liegen sich lallend in den Armen, überall erklingt Musik.

Ich bewege mich schnell, hoffe, dass niemand auf die Gestalt im weißen Leinenkleid achtet. Im Vorbeigehen schnappe ich mir einen Mantel, der achtlos über der Lehne eines verwaisten Stuhles hängt. Sein Besitzer ist irgendwo in den Massen, zu beschäftigt und vielleicht auch zu betrunken, um den Verlust zu bemerken. Eilig schlage ich die Kapuze über den Kopf und verberge mein Gesicht im Schatten, genauso das Kleid, das mir die Prinzen der goldenen Stadt gaben. Ich weiß nicht, ob die Feiernden mich als Fee erkennen würden. Wahrscheinlich nicht, denn die Nacht hängt schon tief über der Wasserstadt. Nur die Feuer in den offenen Kaminen der Wirtshäuser durchbrechen das Dunkel, erhellen die Fenster und zeichnen Quadrate aus Licht auf die Kopfsteinpflaster der Straßen. Vorsichtig husche ich unter den erleuchteten Scheiben entlang, bemüht, nicht in den Lichtschein zu treten. Zwei Dirnen torkeln kichernd aus einer Taverne, die Lippen geschwollen, die Haare zerzaust. Sie hatten eine gute Nacht. Die Freude über das Ende der Hexe lockert die Geldbeutel und die Stimmung. Für sie alle beginnt ein neues Leben. Doch der Alltag wird sie einholen, früher oder später, und sie werden begreifen, dass ein Tyrann immer nur durch einen weiteren Tyrannen ersetzt wird.

Im selben Moment öffnet sich die Tür des Wirtshauses gegenüber und spuckt eine Gruppe schwarz gekleideter Männer auf die Straße. Ich erkenne die drei Hexenjäger sofort, die in der Mühle Karten spielten und von denen einer versuchte, mich zu töten.

Sollten sie nicht am Grunde des Ozeans liegen?

Eine Frau ruft ihnen etwas Obszönes hinterher. Der Wirt lädt sie zum nächsten Abend erneut ein. Sie werden gefeiert wie Helden. Als hätten sie selbst die Wasserstadt von der Herrschaft meiner Schwester befreit. Ihnen folgt ein Mann, der mir genauso bekannt ist. Langsam gleite ich tiefer in den Schatten und halte den Atem an.

»Viktor«, hauche ich lautlos. Der Anführer der Hexenjäger lebt. Statt der gewohnten Rüstung trägt er jedoch ein prächtiges Hemd, die Ärmel bestickt mit allerlei Gold. Es reflektiert den Schein des Feuers. An seinem Arm hängt eine Frau, die kaum alleine gehen kann. Dutzende Menschen rufen ihm hinterher. Die Frau an seiner Seite gackert. Umringt von den Brüdern schlendert er die Gasse hinauf und kommt mir dabei ganz nah. Weder er noch die anderen bemerken mich.

»Eure Majestät«, höre ich seine Begleitung kichern.

Es braucht einen Moment, bis ich begreife, was das bedeutet. Viktor ist der neue Monarch der Wasserstadt, so wie er es schon im Heim der Hexenjäger geplant hat. Doch ich dachte, sie seien tot, hinfort gespült vom Fluss, ertränkt von den Nixen und Meerjungfrauen? Wenn er … wenn er überlebt hat, dann vielleicht auch …?

»Elle«, flüstere ich und will ihm hinterherstürzen, als sich eine Hand um meinen Arm schließt.

»Nicht jetzt«, raunt der Uhrmacher. »Komm mit. Ich warte schon eine Weile auf dich.«

»Aber …«

»Frag mich alles, was du wissen willst, sobald wir in der Uhrmacherwerkstatt sind«, unterbricht er und dirigiert mich sanft in die entgegengesetzte Richtung. Viktor und die Hexenjäger verschwinden aus meinem Blickfeld.

»Sie leben?«, frage ich flüsternd.

Der Uhrmacher nickt nur und lotst mich durch das Labyrinth der Gassen, bis wir unter der schwankenden Laterne seines Ladens stehen. Sofort schließt er die Tür auf und verschwindet im Innern. Ich werfe einen letzten Blick auf die ausgestorbene Gasse und denke an die Männer, die ich tot geglaubt hatte. Und an das Kind. Ich denke an Elle.

»Sie leben«, flüstere ich erneut und trete ein. Das Ticken hallt mir entgegen, nimmt mich gefangen in seinem unermüdlichen Rhythmus, wie das Schlagen Tausender Herzen, wie der Puls des Lebens.

»Was ist mit Elle?«

»Alles zu seiner Zeit«, sagt der Uhrmacher und zeigt zum Tresen. Er zieht einen alten Stuhl hervor und bittet mich, Platz zu nehmen. Er ist seltsam still. Dann setzt er sich selbst hinter den Tresen und entzündet zwei Kerzen. Die Flammen flackern kurz, ehe sie Ruhe finden. Das sanfte Licht reicht kaum bis zu den Wänden. Nur schemenhaft zeichnen sich all die Uhren ab, deren Schläge den Raum füllen, mir durch Mark und Bein gehen. Doch ist da gleichzeitig eine Stille, die mir die Luft nimmt. Erst als er eine kleine Uhr direkt neben die Kerzen stellt, begreife ich, dass es Trauer ist, die den Uhrmacher umgibt. Trauer um den Tod des Orakels. Und ich erkenne, dass wir erst über sie sprechen müssen, ehe ich Antworten über Elle bekomme.

»Ihr habt es gewusst?«

»Ja«, sagt er leise und streicht mit den Fingern über das Glas der Uhr, deren Zeiger stillstehen. »Ja, ich wusste es.« Die Stimme ist kaum mehr als ein Hauch. »Ich dachte, uns würde noch ein bisschen mehr Zeit verbleiben, aber sie verrann unendlich schnell.«

»Uns?« Ich bemerke die Zärtlichkeit, mit der er die verstummte Uhr auf dem Tisch berührt.

»Ich war noch ein Kind, als sie mich auserwählte, ein Uhrmacher zu sein. Es war eine große Ehre.« Er scheint mich nicht wahrzunehmen, hat nur Augen für die Uhr, deren Schlag nie wieder erklingen wird, da er zusammen mit dem Herzen meiner Schwester verstummte. »Ich verließ meine Familie, um bei ihr das Handwerk des Uhrmachers zu erlernen, so wie es seit ewigen Zeiten Tradition ist.« Einen

Moment schweigt er, versunken in Erinnerungen, dann blickt er auf. Er sieht müde aus, alt und müde. Schwere Ringe ziehen sich unter seinen Augen entlang. »Sie war keine Hexe, sondern ein Wesen voll Güte und … Reue. Sie gab sich an vielen Dingen die Schuld.« Plötzlich greift er nach meiner Hand. »Begreife eines, Lilith. Sie war das Orakel, sie sah die Zukunft und ja, sie spielte mit den Karten, die ihr gegeben wurden. Aber sie ist nicht das Schicksal. War es niemals. Du glaubst, dass sie dich und die Welt lenkte, aber das stimmt nur zum Teil. Sie war gebunden, so wie du es bist. An eine höhere Macht. An …« Er verstummt.

»An was?«, frage ich sofort.

Er zögert, lässt mich los und sinkt zurück in den Schatten. »Die Frage lautet: an wen?«

Für einen Moment herrscht Stille.

»Wer soll schon mächtiger als das Orakel sein?«

»Mächtiger sogar, als du es je warst«, fügt er hinzu.

»Niemand«, antworte ich.

Doch er schüttelt den Kopf. »Manche Antworten musst du noch finden.«

»Es gibt niemanden, der mächtiger ist als wir Feen«, beharre ich.

Er seufzt leise. »Es gibt so viel mehr zwischen Himmel und Erde, zwischen Leben und Tod, als du und ich wissen.«

»Aber …«

»Du wirst die Antwort finden, wenn du aufmerksam genug bist. Es liegt nicht an mir, sie dir zu geben.«

Für einen Moment sitze ich ratlos da. »Nur das Schicksal ist mächtiger als wir Feen«, sage ich und bei meinen Worten blitzt etwas in seinen Augen auf.

»Schicksal.« Er lächelt und doch kann es seinen Schmerz nicht überdecken. »Es gibt noch eine zweite Kraft daneben, eine, die alles lenkt.«

»Sagt mir, was Ihr wisst!«

Er hebt die Hände. »Das habe ich, und bevor du erneut fragst, lass uns zu deinem Anliegen kommen. Du bist aus einem bestimmten Grund hier, nicht wahr? Des Males wegen.«

»Ja«, gebe ich überrascht zu. »Ja, das Mal. Es ist von Kassandras Arm entfernt worden, und da Ihr die anderen vom Hexenjäger bekamt, dachte ich, es wäre sinnvoll, hier mit der Suche zu beginnen.«

»Nun.« Seine Stimme wird fester. Ich spüre, wie er sich distanziert. »Das Orakel kam zu mir, die Haut mit dem Mal in Papier gewickelt. Die Wunde hatte sie verbunden. Du hast es sicherlich gesehen.«

»Wozu all das?«, frage ich und versuche, nicht an Kassandras entstellten Körper zu denken. »Welchen Sinn hat es, die Male zu sammeln?«

»Sie sind wie ein Puzzle«, erklärt der Uhrmacher und zieht eine Schublade hinter dem Tresen auf. Ich höre es knistern, kurz darauf legt er fünf sauber verschnürte braune Papiertäschchen auf den Tisch. Nebeneinander.

»Brunnenhexe, Rattenbiest, Kinderfresserin, Giftmischerin und …«, er zögert einen Herzschlag lang, »das Mal des Orakels.«

»Die Meerhexe fehlt.«

»Er war noch nicht wieder hier, um das Mal zu hinterlegen. Doch er wird kommen. So wie jedes Mal.«

Fünf Hautstücke meiner verstorbenen Schwestern, sorgsam verwahrt in der Uhrmacherwerkstatt. Der Hexenjäger sammelt sie. »Warum sammelt er sie?«

»Sie besitzen Macht.«

»Macht?«

»Überlege einmal, was dich und deine Schwestern so besonders gegenüber den anderen machte?«

»Den anderen?«, frage ich irritiert.

»Ihr wart nicht die einzigen Feen. Es gab immer mal wieder *Wechselbälger*, und auch wenn die meisten starben, so überlebte hier und da eines. Doch niemals erreichte eines von ihnen auch nur annähernd so viel Macht wie du oder deine Schwestern *nach dir*.« Er sieht mich aufmerksam an und in seinem Blick sehe ich, dass er darauf wartet, ob er fortfahren kann. Er will mir etwas sagen, er will, dass ich es verstehe. »Es gab viele Feen, doch verfügte keine über eine Macht wie du. Denk nach, Lilith.«

»Ich …«

»Ja, *du!*«

»… und meine Schwestern.«

Er schüttelt den Kopf. »Nein, denn ab wann gewannen sie an Stärke? Wann wurden sie wahrhaft mächtig?«

Ich sehe ihn an, und langsam, ganz langsam beginne ich zu begreifen, worauf er hinauswill. »*Als sie mir meine Macht nahmen.*«

Lächelnd nickt er, so als sei ich eine besonders gelehrige Schülerin. Er beugt sich vor und die Kerzen zaubern einen feinen Glanz in seine dunklen Augen. Er liebte das Orakel und vielleicht liebte sie auch ihn. Er war ihre Schwachstelle, so wie der Hexenjäger die meine ist. »Sie nahmen dir deine Macht mithilfe des Mals.«

Ich drehe das Handgelenk nach oben. Auf ihm prangt das schwarze Zeichen der Dreizehn Feen. Ich schuf es einst, um sie aneinander zu binden und zu kontrollieren.

»Sie nutzten das Mal, um mir meine Magie zu stehlen?«

»Ja«, ruft der Uhrmacher aus und schlägt mit den Händen auf den Tisch. »Ich weiß nicht, wie, aber sie sind der Schlüssel. In ihnen ist deine Magie verborgen.«

Sofort greife ich nach einem der Päckchen und etwas in mir stöhnt vor Sehnsucht. Für einen winzigen Moment wickele ich voller Hast und Vorfreude den ersten Hautfetzen aus. Doch als ich ihn in der Hand halte und der Geruch des Todes den Raum flutet, stürze ich zurück. Der Stuhl kippt um. Das Mal landet auf dem Tresen. Es ist die Haut einer meiner Schwestern. So groß die Sehnsucht in mir nach der verlorenen Magie auch ist, umso größer ist der Schmerz. Meine Finger brennen, ebenso meine Wangen.

»Ich kann nicht«, keuche ich und doch ziehen mich die Päckchen mit ihrem grausigen Inhalt unwiderstehlich an. *Meine Magie!*

Langsam wickelt der Uhrmacher das Mal wieder ein.

»Warum erzählt Ihr mir all das?«, frage ich erstickt. »Warum sagt Ihr mir, wie ich meine Macht zurückbekommen kann, wenn Ihr doch wisst, wer ich mit ihr war?«

»Oh, ich zeige dir nicht, *wie*, denn das weiß ich gar nicht. Ich sage dir nur, wo sie verborgen ist.« Päckchen für Päckchen verschwindet in der Schublade, bis die Kerzen nichts weiter als die dunkle Tischplatte bescheinen. Der Gestank nach verrottetem Fleisch hängt wie eine letzte Mahnung in der Luft. »Wenn du eines Tages weißt, wie du sie nutzen kannst, dann werden sie hier auf dich warten.«

»Warum?«, bringe ich hervor.

»Weil sie mich darum bat.«

»Kassandra?«

Er nickt. »Sie war gebunden, Lilith. Sie konnte das Schicksal nicht aufhalten.«

»Sie hat Marie getötet!«

»Ja und nein.«

»Verdammt, sie hat den Hexenjäger zu Marie in die Brunnenwelt geschickt, damit er sie tötet!«, brülle ich. »Sie hat Marie verraten, ebenso das Rattenbiest! Sie hat den Fluch auf sich gezogen, weil sie einer von uns den Tod brachte!«

»Manche Dinge mussten geschehen«, meint er vage und klingt plötzlich so unendlich müde. »Die Frage ist, was wir bereit sind, für unsere Ziele zu opfern.«

Ich schnaube, reibe mir über das Gesicht, will Klarheit und verstehe doch nichts. »Marie musste sterben, damit ich wieder leben konnte, nicht wahr? Weil nur durch ihren Tod die Bannzauber fielen, die den Turm verbargen, und ich gefunden und erweckt werden konnte, richtig? Ist es das, was du mir sagen willst? War das Kassandras Plan? Maries Tod und damit auch ihres gegen mein Leben?«

»Nicht sie traf die Entscheidungen.«

»Sie wollte mich nicht erwecken?« Meine Stimme bricht.

Für einen winzigen Moment erhellt ein kleines Lächeln die Lippen des Uhrmachers und erinnert mich an den sorglosen jungen Mann, den ich beim letzten Mal traf. »Tausend Jahre schliefst du in diesem Turm und doch sprach sie ständig von dir. Sie hat dich geliebt, Lilith, und niemals vergessen. Genauso die anderen. Glaub mir, sie hat oft bereut, dich verraten zu haben, und doch sah sie keine Möglichkeit, ihren Fehler wiedergutzumachen und dich zu retten.« Er seufzt. »Denn nur die Liebe konnte dich erwecken und keine von ihnen glaubte an die Liebe. Selbst du zweifelst noch an ihrer Existenz, obwohl sie allein der Grund ist, warum du hier vor mir stehst und lebst.«

»Es war der Hexenjäger«, entfährt es mir. »Er hat mich geküsst. Er hat mich erweckt!«

»Ja«, murmelt er und wirkt unendlich nachdenklich. »Seltsam, dass ausgerechnet er es war.«

»Aber …«

Er hebt die Hand und unterbricht mich. »Zu weit«, sagt er und reibt sich die Stirn. »Zu weit. Einen Schritt zurück.«

»Was?«

»Wir kommen vom Weg ab und die Zeit verrinnt.« Einen Moment sammelt er seine Gedanken. »Das Mal und diese Verbindung, die es zwischen euch schuf, war nicht geplant. Sie hätten niemals deine Macht stehlen dürfen, doch sie taten es und brachten damit alles durcheinander.« Plötzlich wird er hektisch, steht auf und eilt um den Tisch herum. Fahrig greift er nach meinen Händen. »Du bist das Herz, Lilith. Du bist der Grund für all das hier. Vergiss das nicht.«

»Das Herz?«, flüstere ich, von seiner seltsamen Nervosität angesteckt. »Was bedeutet das?«

»Du bist der Grund, warum wir leben, und du bist der Grund, warum wir sterben.«

Bevor ich etwas erwidern kann, zieht er mich in die Arme und drückt mich einen langen Augenblick, ehe er sich löst. »Doch genug davon. Es gibt viel zu tun und die Zeit drängt. Morgen Abend wird es einen Ball geben, den der neue König sich selbst zu Ehren geben wird. Du wirst dort hingehen.«

»Viktor – wenn Viktor noch lebt, was ist dann mit …?«

Doch er schüttelt den Kopf. Er schüttelt ihn und ich kann plötzlich nicht mehr sprechen, weil ich für einen Moment Hoffnung hatte und es unendlich schmerzt, sie wieder zu verlieren. Ich schlucke die Tränen, räuspere mich. »Ein Ball also?«

»Ein Maskenball«, verbessert er sich leise und sieht mich nicht an. »Ich habe schon mit der Schneiderin gesprochen. Sie sollte morgen Mittag mit der Arbeit fertig sein. Du wirst wundervoll aussehen.«

»Was soll ich auf dem Ball?« Meine Stimme ist rau, Elles Lachen hallt in meinem Kopf, ich verbanne ihr Bild, verbanne jeden Gedanken an sie.

»Das wirst du wissen, wenn du da bist«, antwortet er rätselhaft und pustet die erste Kerze aus. Dann entlässt er mich. »Du weißt noch, wo dein Bett ist?«

»Ja.« Ich verlasse den Verkaufsraum nur zögernd, habe noch so viele Fragen, doch er wird mir nicht antworten, nicht heute. Ich höre, wie der Uhrmacher die zweite Kerze ausbläst und alles in Dunkelheit taucht. Mattes Mondlicht fällt durch die Scheiben der Werkstatt, taucht alles in silbrigen Glanz. Die Schlafkoje liegt so da, wie ich sie verlassen habe. Mein Kopf verstummt für den Moment, als ich nur dastehe und mein Körper sich an den des Hexenjägers erinnert. Seine Nähe, seine Stimme. Hier erzählte er mir einst von seiner Kindheit und wie seine Eltern starben. *Vater, Mutter, Kind und das letzte Stück Brot.* In Gedanken an seine warmen Arme kuschele ich mich in die kalte Decke.

»Gute Nacht«, flüstere ich in die Stille hinein und glaube ein Echo all der verlorenen Feenkinder zu hören.

Morgengrauen

»Aufwachen, Schneewittchen.«

Die sanfte Stimme zieht mich aus einem traumlosen Schlaf. Traumlos – keine Schreie und kein Tod. Fast hätte ich gelacht, doch als ich die Augen öffne und den Mogul an meinem Bettrand sitzen sehe, vergeht der frohe Moment.

»Was willst du hier?«

»Freu dich bloß nicht zu sehr, mich zu sehen«, scherzt er lachend und lehnt sich entspannt in der ohnehin schon viel zu kleinen Koje zurück. »Gemütlich hast du es. Ja wirklich, so lässt es sich schlafen.«

»Was willst du?«, frage ich erneut und richte mich auf. Er ist mir viel zu nah, unsere Beine berühren sich, seine Hand liegt auf der Decke direkt über meinem Knie, als wolle er mich liebkosen. Ich ziehe die Beine an.

Er grinst. »Du kannst ja rot werden«, meint er amüsiert.

»Zum letzten Mal: Was willst du? Hast du irgendeinen perfiden Spaß daran, mir aufzulauern?«

»Das möchte ich gar nicht abstreiten«, gibt er direkt zu. »Nur bitte sei nicht so grob, kleine Fee. Ich möchte dein Freund sein.«

»Ach, und warum?«

»Weil ich glaube, dass du Freunde gut gebrauchen kannst.« Er greift mit einer Hand nach meinem Zopf, so wie es der Hexenjäger immer tat. Es fühlt sich an, als würde er etwas Intimes damit beschmutzen. »Er mag deine Haare. Sie haben ihn schon immer fasziniert. *Wie Rapunzel.*« Ehe ich fragen kann, was er meint, lässt er den Zopf fallen und richtet sich ebenfalls auf. »Nun denn, kommen wir zum wichtigen Teil. Heute Abend wird es einen Ball geben und ich wäre überglücklich, wenn ich dich dorthin begleiten dürfte.«

»Auf den Ball?«

»Richtig. Sehr viele Menschen werden dort sein. Ich hatte sowieso vor hinzugehen, aber in deiner Begleitung würde es mir wesentlich mehr Spaß machen und ich könnte dir hilfreich sein, falls du in Schwierigkeiten kommen solltest.« Bedeutungsvoll pausiert er und grinst. »Nicht dass ich dein Einverständnis bräuchte. Ich kann dir auch einfach folgen, ziehe es aber vor, als deine Begleitung aufzutreten.«

Für einen Moment frage ich mich, was auf diesem Ball passieren wird, dass sowohl der Uhrmacher als auch der Mogul ihm Bedeutung beimessen. Sich beinahe fürchten.

»Ich will offen sein«, fährt er fort. »Du warst einst eine sehr mächtige Fee, mächtiger als alles, was in dieser Welt existiert.«

»Nicht als alles«, murmele ich und denke an die Worte des Uhrmachers.

Der Mogul nickt, als wüsste er genau, wovon ich spreche. In seinen Augen glüht etwas. »Nur noch sechs Schwestern leben und ich gestehe, dass ich es bevorzugen würde, wenn es so bleibt.«

»Und warum?«, frage ich misstrauisch.

»Weil es ein Gleichgewicht schafft«, antwortet er schlicht.

»Gleichgewicht? Egal, wie viele Feen sterben, sollte auch nur eine von uns leben, so ist sie den Menschen bei Weitem überlegen. Es gibt kein Gleichgewicht!«

»Mir geht es nicht um die Menschen.«

»Nicht? Worum dann?«

Plötzlich ist er sehr ernst, aber statt zu antworten, stellt er eine Gegenfrage: »Willst du ihren Tod?«

»Ich – Ist das der Grund, warum du mir folgst? Weil du nicht willst, dass ich meinen Schwestern etwas antue?« Ich stoße die Decke von mir und steige kurzerhand über ihn hinaus aus der Koje. Er greift nach meinem Handgelenk.

»Willst du sie töten?«

»Nein!«

»Dann lass es mich anders formulieren«, sagt er gedehnt. »Kannst du garantieren, sie am Leben zu lassen, sollten sie dir erneut im Weg stehen? Kannst du sie verschonen und ihnen alle Taten verzeihen, selbst wenn sie versuchen, dich erneut zu töten?«

In meinem Kopf pocht ein dumpfer Schmerz, lässt die Welt vor meinen Augen schwanken. Mir ist schlecht. Tief in mir hallt das Lachen der Königin, dunkel und voll. Sie lacht und gleichzeitig weint sie, und ich begreife, dass ich es nicht versprechen kann, weil es etwas in mir gibt, eine dunkle Macht, eine dunkle Seite, die zu allem bereit ist. »Sie sind meine Schwestern«, flüstere ich erstickt und reiße mich los.

»Trotzdem kannst du mir nicht dein Wort geben«, erkennt er leise.

Nur mit Not bewahre ich Haltung. Ich würge das Schluchzen hinunter, das in meiner Brust unermüdlich wächst, und hebe den Kopf, um ihn zu fixieren. »Nein.«

Er seufzt. »Dann nimm mein Angebot an. Wir beide verfolgen dasselbe Ziel. Du willst deinen Schwestern nichts antun und ich habe großes Interesse daran, dass sie weiterleben.«

»Warum?«, frage ich nur.

»Ich sagte dir bereits, dass es eine Art Gleichgewicht schafft.«

Er sagt es und doch ist es nicht die Wahrheit. Er lügt. Irgendetwas verheimlicht er und ich glaube, zumindest einen Teil zu begreifen: Es geht ihm nicht um meine Schwestern, sie sind ihm vollkommen egal, die Macht aber nicht. Es geht allein um Macht und Kontrolle.

»Solange meine Magie *verteilt* ist, kann sie kontrolliert werden. Wenn ich sie aber zurückbekomme, dann …«

»Vielleicht«, sagt er und erhebt sich ebenfalls von der Koje. So steht er vor mir, in dieser seltsamen Werkstatt mit all den angefangenen und fast vollendeten Uhren. »Ich habe meine Gründe. Du hast deine. Lass mich dich begleiten und schützen, notfalls vor dir selbst.«

»Gut«, stimme ich langsam zu, obwohl ich ihm nicht vertraue. Soll er sich mir anschließen. Lieber weiß ich, wo er ist, als dass er mir wie ein Schatten folgt. *Schatten in seinen Augen.* In ihm hausen dieselben Abgründe wie in mir.

»Dann lass uns auf den Ball gehen.«

»Ich werde dich abholen«, verabschiedet er sich galant, ehe er meine Hand nimmt, sie zu lange küsst und auf seinen Teppich steigt, der zwischen Werkbank und den überfüllten Regalen liegt. Er verschwindet und mit ihm der Geruch nach Wüste und orientalischen Gewürzen. Im selben Moment höre ich Schritte auf der Treppe. Kurz darauf öffnet sich die Tür und der Uhrmacher steckt den Kopf herein. Im Tageslicht wirkt er noch blasser als gestern im Kerzenschein. Seine Augen haben jeglichen Glanz verloren, die Wangen sind eingefallen, als sei er in kürzester Zeit um Jahre gealtert.

»Er war hier, nicht wahr?« Ich frage gar nicht erst, woher er es weiß. Seufzend tritt er ein und greift mit fahrigen Händen nach einem Holzblock, der anscheinend eine kleine Uhr werden sollte. »Er redet viel und sagt doch niemals die Wahrheit.«

»Den Eindruck habe ich auch«, stimme ich zu. Er hebt den Kopf und lächelt mich kurz an. »Warum will er, dass die anderen Feen überleben?«

»Hat er das gesagt?«

»Er sprach von Gleichgewicht.«

»Aha«, seufzt der Uhrmacher und stellt den Holzblock zurück zu den anderen. Er fährt mit den Händen durch die Späne. Sie rieseln zu Boden wie kleine, tanzende Sterne.

»Will er verhindern, dass ich meine Macht zurückbekomme?«, frage ich direkt.

»Es ist nicht die Macht, die er fürchtet«, antwortet der Uhrmacher und reibt die Späne zwischen den Fingern. Es duftet nach Holz und Harz. »Es ist ihr Verlust, der ihn ängstigt.«

Ich muss an die Hautfetzen denken, die er nebenan in den Schubladen verwahrt, und an seine Worte vom Vorabend. Wenn die Zeit reif ist, wird er sie mir geben. Will er, dass ich wieder zur Königin werde?

»Ich will gar nichts, Lilith«, sagt er, als könne er meine Gedanken lesen. »Ich hüte lediglich die Zeit.«

»Was passiert hier?«, flüstere ich. »Was wisst Ihr, dass ich nicht weiß?«

»Ich weiß viel und doch nichts.«

»Wenn es etwas gibt, das mir helfen kann, nicht noch mehr Unglück über Pandora zu bringen, so sprecht!«

Die Hand mit den Spänen sinkt. »Liegt dir so viel an Pandora?«

Ich verstumme.

Der Uhrmacher nickt. »Du hast sehr viel Macht, Lilith. Selbst jetzt.«

»Nein, ich besitze keine Magie mehr.«

»Ich spreche nicht von Magie.«

»Wovon dann? Wovor fürchtet sich der Mogul so sehr, dass er bereit ist, mich auf Schritt und Tritt zu verfolgen? Was wisst Ihr über ihn? Und über mich? Und diese andere Macht … Ist er es?«

»So viele Fragen.« Er stöhnt, als hätte er Kopfschmerzen, und schließt die Augen, schwankt wie ein Baum, dem die Wurzeln gekappt sind. »Wir haben nur so wenig Zeit.«

Mein Blick fällt auf sein Handgelenk und die große goldene Uhr, die beim letzten Mal so gut wie stillstand. Jetzt rasen die Zeiger über das Blatt, ziehen Runde für Runde, eine nach der anderen, immerfort.

»Was passiert hier?«

»Meine Zeit läuft ab.«

»Warum?«, bringe ich mühsam hervor.

»Der Ball«, sagt er statt einer Antwort, »dort wird sich alles entscheiden. Du wirst wundervoll aussehen, Lilith, wie eine Königin.«

»Bitte, was geschieht mit Euch?«, frage ich, doch er schüttelt den Kopf.

»Selbst wenn ich wollte, kann ich dir nichts sagen, weil es nicht der richtige Zeitpunkt ist.«

»Wird es ihn je geben?«

Er zwinkert mir zu. In seinem Haar entdecke ich erste graue Strähnen, die gestern noch nicht da waren. *Als würde das Leben aus ihm fließen.* »Es kommt, wie es kommen muss.«

»Kann ich irgendetwas für Euch tun?«

»Vertraue auf dein Herz«, antwortet er. Dann dreht er sich um. »Ich habe viel zu tun. Meide die Straßen, Lilith. Bleibe im Schatten und trage den neuen Umhang, den ich für dich anfertigen ließ. Er liegt vorne im Laden, zusammen mit den anderen Sachen, die du brauchen wirst. Ich vergaß gestern Abend, sie dir zu geben.«

Damit verlässt er die Werkstatt und kurz darauf den Laden. Ich weiß nicht, wohin er geht. Ich frage nicht nach. Alles, was er mir sagen wollte, hat er gesagt. Auch wenn es sich anfühlt, als wüsste ich kaum mehr als zuvor. Ich blicke zu der Schlafkoje und frage mich, ob ich je wieder darin schlafen werde – oder ob diese Nacht die letzte war. Es ist still, sonderbar still und ich ahne, dass es die Ruhe vor dem Sturm ist. Eine seltsame Ruhe, denn sie ist erfüllt von dem Ticken Tausender Uhren.

Das frühe Sonnenlicht fällt schräg durch die bunten Scheiben der Fenster, malt schillernde Kreise auf die dunklen Holzdielen. Ich trete neben den Tresen und bin kurz versucht, einen Blick in die Schubladen zu werfen. Die Versuchung zerrt an mir. Sie rufen mich, die Hautfetzen – meine Magie. Ehe der Drang zu stark wird und ich nicht mehr widerstehen kann, wende ich dem Tresen den Rücken zu. Auf dem roten Ledersessel unter dem Buntglasfenster liegt ein Päckchen. Es ist nahezu identisch mit dem, welches ich beim letzten Besuch vom Uhrmacher erhielt.

Als ich es auseinanderfalte, fällt mir zuerst ein dunkelblaues Cape in die Hände. Es ähnelt dem roten, nur ist es nicht mit Wolfsfell gefüttert, sondern luftig leicht, sodass ich mich gut darin bewegen kann. Dazu gibt es eine Rüstung, gleich der, die ich einst trug. Als ich an mir und dem verschmutzten Kleid hinuntersehe, überkommt mich das dringende Bedürfnis, all das von mir abzuwaschen: den Schmutz, den Staub, die Erinnerungen. Mit der neuen Kleidung unter dem Arm drehe ich den Ring.

Kurz darauf stehe ich vor den Mauern der Wasserstadt am Rande der Seen. Die Sonne steigt hinter den Hügeln im Osten empor, färbt den Himmel zartgelb, während er auf der anderen Seite noch dunkelviolett schimmert. Es ist beinahe zu ruhig. Die Stadt liegt im Rausch. Der Morgen kommt zu früh nach einer langen Nacht. Mir soll es recht sein. Geschwind steige ich aus den Schuhen und dem Kleid, das mir die Bewohner der Goldenen Stadt gaben, und lasse es ins taufeuchte Gras fallen, ehe ich in den See wate. Das Wasser ist nachtkalt, dichte Nebelschwaden hängen über den Ufern und ziehen über den See. Vereinzelt ragen Trauerweiden aus dem Dunst, die herabhängenden Zweige im Weiß verborgen. Irgendwo zwitschert ein

Vogel, begrüßt den Tag. Ich gleite bis zu den Hüften in die eisigen Fluten, löse den Zopf und öffne die Haare. Dann tauche ich ein. Für einen Moment raubt mir die Kälte den Atem, ehe ich die Wärme meines Körpers und den Herzschlag spüre, der das Blut durch die Adern treibt. Ich lebe immer noch.

Solange ich kann, bleibe ich unter Wasser, starre hinauf zu der schimmernden Oberfläche und sehe mein Leben. Ich sehe alles. Und fühle mich frei.

»*Willst du sie töten?*«, höre ich den Mogul fragen.

Nein, antwortet es in meinem Kopf. *Nein, will ich nicht, denn ich vergebe ihnen. Ich vergebe ihnen alles, was sie mir antaten und vielleicht noch antun wollen. Sie sind meine Schwestern. Mein Herz.*

Prustend breche ich durch die spiegelglatte Oberfläche.

»Ich vergebe euch«, flüstere ich, doch der Nebel verschluckt meine Worte. Den Kopf im Nacken, die Haare schwer und nass wie ein Schleier, stehe ich inmitten der Seen vom Nebel verhüllt, spüre die Sonnenstrahlen und akzeptiere zum ersten Mal das Leben, so wie es ist. Ich bin Lilith, ich bin die Feenmutter, ich bin die Königin. Das alles sind Teile von mir. Das alles bin ich.

Und weil ich das weiß, kann ich entscheiden, wer ich in Zukunft sein will.

Leicht weht der Wind durch die Zweige der Trauerweiden. Das sanfte Rascheln klingt, als würden sie flüstern. Über morgen und gestern, über eine bessere Welt. Da ist noch ein weiteres Geräusch, eines, das die friedliche Idylle stört. Stampfende Hufe, Wiehern. Ich fahre herum, erblicke die Silhouetten der Pferde am Ufer. Sie reiten direkt auf das Päckchen mit der Kleidung zu. Schnell drehe ich den Ring, bin sofort da, schnappe mir das Paket und das alte Kleid. Ich will auch nach den Schuhen greifen, doch es bleibt keine Zeit. Der Ring trägt mich fort.

Nur wenige Schritte weiter presse ich mich keuchend hinter den Stamm einer Trauerweide, verborgen vor den Blicken der Reiter, und wage kaum zu atmen. Das Paket an die nasse Brust gedrückt stehe ich da und kann mich nicht rühren, nicht ein bisschen. Mein Herz schlägt so schnell, dass ich meine, sie müssten es hören. Doch sie bemerken mich nicht.

Einer der Reiter steigt ab. Die Steigbügel klirren, Schritte im Gras. Ich ahne, dass er sich nach den Schuhen bückt, die ich zurückließ.

»War sie das?«, fragt eine Stimme, die mir nur allzu vertraut ist.

»Ja«, antwortet der Hexenjäger. »Ja, das war sie.«

»Dann hat sie das Orakel wahrlich getötet und ihr den Ring gestohlen.« Olga schnalzt mit der Zunge. Eines der Pferde tänzelt unruhig.

Sie sind zusammen, sie sind hier, Olga und er.

Ich schließe die Augen. Sehe erneut, wie er auf mich zu galoppierte, auf dem Rücken des Pferdes, Überraschung in den tiefgrünen Augen, nur für eine Sekunde, ehe der Ring mich forttrug, fort von ihm.

»Was sollen wir tun?«, fragt Olga.

»Gar nichts«, antwortet der Hexenjäger und alles in mir verzehrt sich nach seiner Stimme. Nach diesem vertrauten Klang.

»Gar nichts?«, echot Olga ungläubig. »Wenn sie den Ring hat, dann verfügt sie über einen Teil ihrer alten Magie. Wir dürfen sie nicht zu dem werden lassen, was sie einst war. Du kennst die Geschichten!«

Etwas in mir fürchtet die Antwort, ein anderer Teil sehnt sie geradezu herbei, nur um ihn erneut sprechen zu hören. Doch er schweigt. Wortlos steigt er auf das Pferd. Kurz darauf galoppieren sie weiter und ich bleibe zurück.

»Hexenjäger«, flüstere ich. Meine Hände zittern. Es kostet mich alle Kraft, ihm nicht nachzulaufen oder seinen Namen zu rufen. Ich will ihn spüren, seine Arme, seine Wärme – und ich will ihn anschreien, weil er verschwiegen hat, dass er es war, der mich küsste, damals im Turm. Er hat den Fluch gebrochen, nicht der Prinz. Er war es, der den Dornröschenschlaf mit dem Kuss brach, und hat doch niemals ein Wort darüber verloren. Nun ist er in der Wasserstadt, ob Zufall oder Schicksal, unsere Wege sind dazu bestimmt, sich immer wieder zu kreuzen. Er und ich.

Liebe?, fragt etwas hoffnungsvoll in mir und ich versuche die seltsame Pein zu verdrängen, die mich plötzlich am Atmen hindert.

Nein. Ich bin seine Feindin, antworte ich mir selbst. Doch da ist eine Frage, die mir in der Seele brennt und vor deren Antwort ich mich mehr fürchte, als dem Tod ins Auge zu blicken: »Warum hast du mich dann geküsst?«

Apfelgarten

»Weiß wie Schnee, rot wie Blut, schwarz wie Ebenholz.«

Der Ring trägt mich in die Unterführung, dorthin, wo der Hexenjäger von der Erlösung der Feenkinder sprach, als ich das kleine Mädchen mit dem Apfel unter dem Marktstand fand, das aussah wie ich. Wie Schneewittchen. Bis heute weiß ich nicht, welche meiner Schwestern die Menschenkinder von dem Fluch erlöste, der alle, die mit Schneewittchenschönheit geboren wurden, zu einem Leben als Fee verbannte. Oder zu einem vorzeitigen Tod durch die Menschen. Eine von ihnen hatte Mitleid – oder Angst vor Konkurrenz?

Im Schatten der Unterführung, wohin das frühe Sonnenlicht nicht zu dringen vermag und die Nacht sich krampfhaft festhält, schnarcht eine einsame Gestalt, verborgen zwischen Unrat und Abfällen. Ein Überbleibsel der vergangenen Nacht. Es wird noch viele solcher Nächte geben. Die neugewonnene Freiheit muss gefeiert werden. So lange, bis das Feiern zur Qual wird.

Bis auf die schlafende Person ist die Gasse leer. Selbst oben auf der breiten Marktstraße höre ich nur vereinzelt Schritte. Ein Fensterladen wird geöffnet, Stimmen dringen heraus, sprechen schlaftrunken miteinander. Um die Ecke kommt ein Hund, die Nase schnüffelnd am Grund. Ohne mich zu beachten, eilt er vorbei, einem Ziel entgegen, das nicht einmal er zu kennen scheint. Genauso fühle ich mich, als ich die Treppen hinaufsteige und die Unterführung mit ihrer beklemmenden Dunkelheit und den Erinnerungen an einen viel zu besorgten Hexenjäger zurücklasse. Ob er als Held empfangen wird? Oder mit derselben scheuen Art von Respekt wie einst?

Die Straßen liegen ruhig da, nur hin und wieder rollt ein Wagen über das helle Kopfsteinpflaster, beladen mit den ersten Gütern für den Markt. Immer mehr Fensterläden werden aufgestoßen. Ich höre

Menschen miteinander lachen, das Kichern eines Kindes und ein fröhliches Lied. Es erzählt von der Freude eines Neubeginns, von Glück und Hoffnung. Eine Bauersfrau mit einem Käfig gackernder Hühner kommt mir entgegen, schenkt mir ein strahlendes Lächeln, genauso der Schmied, der gerade seine Türen öffnet. Vielleicht fühlen sie sich unbesiegbar seit dem Tod der Giftmischerin.

Meine Füße tragen mich wie von selbst in das Herz der Wasserstadt. Sie kennen den Weg zum Palast. Die linke Seite erhebt sich in gewohntem Glanz, während der rechte Teil, dort wo sich einst der große Saal befand, in Trümmern liegt. Hier starb meine Schwester.

Ein paar ziemlich zerzauste Wachen stehen auf dem Platz und vor den noch intakten Eingangsportalen. Einige schlafen auf ihre Hellebarden gestützt oder an die Mauer gelehnt, manche starren Löcher in die Luft, die Augen verschleiert. Einer jedoch fixiert mich.

»Kann ich helfen?«

»Sieht schlimm aus«, sage ich nur und zeige auf die letzten Pfeiler des Saales, die wie das Gerippe eines Toten in den sorglosen Morgenhimmel ragen.

»Nicht von hier, was?«

»Nein«, gestehe ich und kann den Blick nicht von den Trümmern wenden.

»Kannst es dir ansehen, wenn du willst«, brummt der Wachmann. »Der neue König lässt es extra stehen, um die Verletzbarkeit der Hexen zu demonstrieren. Sieh es dir an, aber sei auf der Hut, der hintere Teil ist instabil.«

»Danke.« Mit einem knappen Lächeln wende ich mich ab, um zu der Stätte zu gehen, an der ich eine meiner Schwestern verlor und die nun ein Denkmal für unsere Sterblichkeit ist. Es ist eine verzweifelte Demonstration ihrer angeblichen Macht, ihres vermeintlichen Sieges über eine von uns. Und doch verstehe ich nicht, wie sie feiern können, starben doch auch unzählige aus ihren Reihen. Fast ist es, als würde das Kreischen der Hofdamen als

Echo in dem Gemäuer hallen. Das Kreischen, als die große Halle auseinanderbrach und sie unter herabstürzenden Steinbrocken begrub.

Zwölf Menschen starben an diesem Ort, so sagt es das Schild, das an einen der letzten Pfeiler angebracht worden ist. Zwölf Menschen und eine Hexe.

Die Namen der Opfer sind sorgsam in den Pfeiler gemeißelt. Nur einer fehlt.

Einem spontanen Impuls folgend greife ich mir einen Stein und ritze unter die anderen langsam die Buchstaben, um auch ihren Namen der Liste hinzuzufügen.

Kaum habe ich das »A« beendet, als ich den Wachmann vorbeigehen sehe, doch er blickt nicht zu mir. Gähnend schlendert er seine Runde über den Platz. Als er um die Ecke verschwindet, lege ich meine Hand auf die Linien, die mit der Zeit verwittern werden. Dann wird nichts mehr an das Feenkind erinnern, das einst mit solcher Gewalt über die Wasserstadt herrschte.

»Eva«, flüstere ich und lächele beinahe. »Du warst Eva, die Tapferste von uns allen.«

Kurz bleibe ich hocken, ehe ich mich erhebe und den Blick über die Trümmer schweifen lasse. Ich versuche nichts zu fühlen, keinen Schmerz, keine Reue und keine Schuld. Es klappt erstaunlich gut. In mir ist es irgendwie leer, als wären all diese Gefühle beim Baden in den Seen verschwunden. Zumindest für eine Weile. Fragt sich nur, wie lange es braucht, bis sie zurückkehren und mich wieder ganz und gar in Leid hüllen.

Ich beschließe zu gehen und weiß doch nicht wohin. Zurück auf dem Platz nicke ich dem Wachposten höflich zu, ehe ich eine Gasse wähle. Sie führt an einer hohen Mauer entlang, hinter der ich leise Schluchzer höre, die mir auf seltsame Weise vertraut sind. Doch ich weiß nicht woher. Sie scheinen so unpassend in all der Freude. Da kommt mir ein kleiner Junge hopsend entgegen, ein Schwein an einer Leine hinter sich herziehend.

»Sag, was ist hinter der Mauer?«

»Weißt du das denn nicht?«, fragt er und sieht mich groß an. »Das ist der Garten der bösen Königin.«

»Ihr Garten?« Ich blicke zur Mauerkrone, die mit eisernen Spitzen überzogen ist. Wie die Zähne eines Ungeheuers.

»Ja«, fährt der Junge fort und schüttelt verwundert den Kopf. »Ihr Apfelgarten.«

»Äpfel«, flüstere ich.

»Du weißt schon, die mit dem Gift«, vertraut er mir geheimnisvoll an. »Mama glaubt, ich wisse das nicht und sie ist immer ganz böse, wenn Vater etwas davon herausrutscht. Aber ich bin ja nicht blöd. Und ein Baby bin ich auch nicht.«

»Gewiss nicht«, stimme ich zu und mustere die Mauer, die sich scheinbar endlos an der Gasse entlangschmiegt. »Gibt es einen Eingang?«

»Einen Eingang? Du willst da rein?« Die Augen des Jungen werden noch größer. »Im Ernst?«

»Ist es verboten?«

»Ob es verboten ist?«, schreit er nun fast und scheint kurz vor einem Lachanfall zu stehen. »Bei Gott, und wie das verboten ist!«

»Aber die Giftmischerin ist besiegt«, sage ich langsam.

Er nickt übertrieben. »Ja. Aber der Garten lässt dennoch niemanden hinein.«

»Er lässt niemanden ein?«

»Du bist wahrlich nicht von hier«, erkennt er, als würde das alles erklären. »Es gibt ein Tor, aber es lässt sich nicht öffnen. Niemand außer der bösen Königin hat je den Garten betreten.«

»Aber es gibt ein Tor?«, hake ich sofort nach.

»Es ist am Ende der Gasse, bei der kleinen Kapelle mit den Engelsstatuen.« Er zeigt in die Richtung, aus der er gekommen ist. »Vor ein paar Tagen haben sie noch probiert, das Tor aufzubrechen, aber es hat nicht funktioniert. Ich glaube, sie wollen jetzt die Mauern einreißen. Der neue König hat irgendetwas verkünden lassen, aber ich kann noch nicht alles lesen, was auf den Zetteln steht. Und Vater hat es mir nicht gesagt. Ich weiß nur, was die Leute so reden.«

»Sie wollen sie abreißen?«

Wieder nickt er und sieht mich abwartend an, ob ich noch weitere Fragen habe.

»Danke.« Ich lächele.

»Was willst du in dem Garten?«, fragt er, als ich weitergehen will.

»Nach den Äpfeln sehen?«, schlage ich vor und er kichert.

»Nicht naschen«, rät er mir und zieht sein Schwein weiter. Kurz blicke ich ihm hinterher. So rein und frei von Vorurteilen. Wie er wohl reagieren würde, wenn ich ihm verriete, dass ich eine Fee bin? Ob er Angst bekäme? Oder wäre er selbst dann noch neugierig?

Kinderherzen. Ich verstehe, warum meine Schwestern sie suchten und brauchten.

Zielstrebig folge ich der Gasse, bis sie sich vor einer Kapelle verzweigt. Der winzige Turm erhebt sich über einem gedrungenen Gebäude aus schwarzem Stein. Die anderen Häuser der Wasserstadt sind aus hellen Ziegeln errichtet, nur dieses hebt sich wie ein Schandfleck davon ab. Das Kreuz über dem Tor sieht verbrannt aus, als wäre es mit Asche überzogen. Die Turmglocke schimmert blass. Es wirkt, als sei sie lange nicht mehr erklungen. An der Seite steht ein abgestorbener Baum. Keine Blätter treiben an ihm, nur die verdorrten Äste ragen wie ein Baldachin über das Portal der Kirche, wie suchende Hände. Auf dem Platz davor stehen im Halbkreis zwölf gewaltige Engelsstatuen, die beinahe so hoch wie die Kapelle selbst und ebenso schwarz sind.

Ich schreite langsam zwischen die Engel. Die Flügel erheben sich weit und mächtig in den Himmel, berühren jeweils die nächsten Schwingen an den Außenspitzen, sodass sie einen geschlossenen Kreis bilden. Es erweckt den Eindruck, als würden sie mich mit ihren Augen anstarren. Als wäre Leben in ihnen.

»Wer oder *was* seid ihr?«, frage ich und lege die Hand auf einen steinernen Sockel, der erstaunlich warm ist. *Wie einst der Turm*, erinnere ich mich und schrecke zurück. Und plötzlich bin ich mir sicher, dass sie mich erkennen. *Sie haben auf mich gewartet!*

Langsam drehend mustere ich die Statuen mit den leblosen Zügen und den viel zu lebendigen Augen. Etwas lauert in ihnen und ich bin mir nicht sicher, ob es mir wohlgesonnen oder feindlich ist. Zwischen zwei Engeln mit flammenden Schwertern entdecke ich in der Mauer das Tor zum Garten. Ich will darauf zulaufen, verharre aber. Kurz glaubte ich, die Schwerter würden sich bewegen, um den Eingang zu versperren. Ich lege den Kopf schief, beobachte sie einen Moment, ehe ich Schritt für Schritt auf das Tor zugehe, die Engel immer im Blick.

Nichts geschieht.

Dann stehe ich an dem Tor, hebe die Hand und berühre das Holz. Überall sind Risse, stumme Zeugen der gewaltsamen Versuche, es zu öffnen. Ich drücke die Klinke, doch das Tor rührt sich kein Stück und ich begreife, dass auf ihm ein Bann liegt.

»Was ist dein Geheimnis?«, murmele ich und streiche mit den Fingern über das Holz.

»He! Sie da!«, ruft jemand hinter mir. Erschrocken fahre ich herum, reiße mir dabei an einem Splitter die Haut auf. Blutstropfen perlen hervor, benetzen das Holz. Vor der Kapelle steht ein Wachposten, die Strenge in seinem Blick schwindet, weicht einem staunenden Verblüffen, dann Entsetzen.

»Was zum Teufel …«

Ich spüre einen Lufthauch, rieche überreife Äpfel. Das Tor schwingt auf.

»Blut«, flüstere ich. »Feenblut.«

»Halt! Stehen bleiben!«, schreit der Wachposten, der sich wieder gefangen hat. Doch ich denke gar nicht daran. Geschwind schlüpfe ich durch das Tor und lasse es hinter mir ins Schloss fallen. Ich höre den Wachtposten schreien, Schritte erklingen auf der anderen Seite, kurz darauf hämmert jemand gegen das Holz.

»Aufmachen!«, brüllt die Wache.

Er kann nicht hinein. Nicht ohne mein Blut.

So drehe ich mich um und lasse ihn hinter mir schreien und toben. Vor mir öffnet sich der schönste Garten, den ich je gesehen habe. Apfelbäume ziehen sich in Reihen über rot blühende Wiesen, wie die des Brunnenreiches. Zwischen den Bäumen und an der Mauer ranken

Rosen in den unterschiedlichsten Rot- und Orangetönen, die Zweige schwer von Blütentrauben, die Luft geschwängert von ihrem süßlichen Duft. Sonnenstrahlen brechen sich in den Tautropfen, funkeln und glitzern in allen Farben des Regenbogens. Ein Frosch quakt in einem kleinen Weiher, der ruhig zwischen den Bäumen liegt. Davor steht eine Bank. Darauf sitzt mit dem Rücken zu mir eine Gestalt, die Schultern gebeugt. Ich erkenne sie.

Zögernd folge ich dem sandigen Weg durch den Garten, hin zu der schluchzenden Fee. Sie hört mich nicht kommen. Erst als ich mich neben sie setze, zuckt sie zusammen. Mit geröteten Augen sieht Haruko zu mir auf. Sofort scheint sie fliehen zu wollen, doch ich lege ihr eine Hand auf den Arm.

»Bitte bleib.«

Erst scheint sie unschlüssig, in ihrem Blick glimmt das Misstrauen, dann sinkt sie zurück und seufzt.

Eine Zeit lang sitzen wir nur stumm nebeneinander und starren auf den Weiher. Zwei Elfen fliegen knapp über die Wasseroberfläche, hinterlassen einen feinen Sprühregen, bevor sie in einer der zahllosen Baumkronen verschwinden.

»Was machst du hier?«, fragt Haruko schließlich. Ihre Stimme ist rau vom Weinen. Oder vor Angst?

»Ich suche Antworten«, gebe ich zurück, obwohl es nur halb stimmt. Denn ich suche auch Vergebung und einen Weg, der kein Leid mehr bringt. Weder den Feen noch den Menschen. Doch das sage ich nicht.

»Das Orakel ist tot, nicht wahr?«

Ich nicke nur.

»Hat sie es wirklich selbst getan?«

Wieder nicke ich. Haruko seufzt. »Ich wollte dem Wispern der Bäume keinen Glauben schenken, doch es ist wahr.«

»Sie wollte es so«, ist alles, was ich dazu sagen kann, ohne den Schmerz erneut zu fühlen, der wieder hochzukommen droht.

»Warum?«, fragt Haruko und ich erkenne, dass sie tatsächlich nichts vom Verrat des Orakels weiß.

»Weil sie den Fluch des Mals auf sich gezogen hat, als sie dem Hexenjäger verriet, wie das Rattenbiest und die Brunnenhexe zu vernichten sind.«

Haruko keucht. »Sie war das?«

»Wenn ich dem Uhrmacher glauben kann, dann tat sie es nicht freiwillig, dann tat sie *nichts* freiwillig. Nur ihren Tod konnte sie selbst bestimmen. Vielleicht das Einzige in ihrem Leben.«

»Niemals! Wer sollte in der Lage sein, jemanden von uns zu so etwas zu zwingen?«

Ich betrachte sie, den roten Zwilling, der das Brunnenreich schuf – und wie es scheint, auch den Apfelgarten. Ihre mandelförmigen Augen schwimmen in Tränen.

»Woher kommt der Mogul?«, frage ich. »War er im Osten schon bekannt, als ihr noch Kinder wart?«

Sie überlegt, schüttelt dann den Kopf. »Nein«, antwortet sie gedehnt. »Es gab Feenkinder, doch die meisten starben. Nur die wenigsten wurden alt genug, um sich zu wehren, und selbst dann hatten sie kaum eine Chance.« So wie sie und ihr Zwilling Akiko, die eines Tages zu uns in den Wald kamen. Sie hatten sich selbst gerettet, etwas, das vor und nach ihnen niemals wieder jemandem gelungen war. Vielleicht, weil sie zu zweit waren. »Aber eines weiß ich gewiss: Es gab nie einen Jungen. Nicht einen unter all den Feenkindern, die ich traf. Ich kann mir nicht vorstellen, dass er wie wir ist.«

Wie wir …

Ich runzele die Brauen. »Was meinst du damit?«

»Er besitzt Magie, aber sie funktioniert anders als unsere. *Er ist anders.*« Ich spüre, dass sie diesen Verdacht zum ersten Mal ausspricht und nach den richtigen Worten sucht, um ihn zu formulieren. »Er ist keine Fee.«

»Feenrich«, verbessere ich.

»So hat er sich der Eishexe vorgestellt«, berichtet Haruko. »Doch kurze Zeit später verlangte er, Zauberer genannt zu werden. Ich bin mir sicher, er will uns nur glauben lassen, er sei wie wir.«

»Wie kommst du darauf?«

»Nur so ein Gefühl«, murmelt sie. »Vielleicht bist du deshalb erwacht, um uns vor ihm zu schützen.«

Dabei will er sie vor mir schützen.

»Ich habe euch großes Leid angetan«, sage ich und greife nach ihrer Hand. Sofort versteift sie sich unter meiner Berührung. »Und es gibt nichts, was das geschehene Unrecht wiedergutmachen könnte.«

»Du hast uns aufgenommen, als wir Kinder waren, uns ein Zuhause gegeben und eine Zukunft«, sagt sie. »Dafür stehen wir auf ewig in deiner Schuld.«

»Nein. Ihr schuldet mir nichts.« Ich drücke ihre Hand ein letztes Mal, ehe ich sie freigebe. Sie atmet sichtbar auf. Es gibt so viel, das ich ihr sagen möchte, finde aber nicht die richtigen Worte. »Erinnerst du dich an Odette?«, frage ich stattdessen.

Sie zuckt zusammen, etwas in ihrem Gesichtsausdruck verändert sich und sie fährt zu mir herum. »Odette?« Es flackert in ihrem Blick, die Erinnerung kommt zurück, Stück für Stück, bis sie die Augen aufreißt und erbleicht. »Das Schwanenmädchen!«

»Ich schwor, kein Feenkind mehr zu Grabe zu tragen. Doch ich brach diesen Schwur, als ich in den Höhlen des Siebengebirges auf Gretchen traf und kurz darauf Eva tötete … und die Meerhexe. Ich bin zu dem geworden, was ich am meisten gefürchtet hatte: eine Gefahr für euch.«

Haruko schweigt. Was gäbe es auch zu sagen? Es ist die Wahrheit und ich muss damit leben. Sie muss es ebenso.

»Nicht du warst es«, sagt sie nach einer Weile, »sondern der Hexenjäger.«

»Kassandra tötete Marie nicht mit ihren eigenen Händen, trotzdem traf sie der Fluch des Verrats, weil sie *schuldig ist.* So wie ich Schuld an dem Tod der anderen trage. Hätte ich mich nicht aus dem Bund des Mals ausgenommen, würde ich jetzt unter dem Fluch dahinsiechen. Ich wäre dem Tod geweiht.«

»Ich kann nicht glauben, dass sie es getan hat«, murmelt Haruko. Ihre Magie umgibt uns wie der Duft der Rosen, offenbart sich in dem Gras, das ihre Knöchel umspielt und ihre Nähe sucht. Sie knetet die Finger, Blütenblätter rieseln daraus hervor. Ein Zeichen ihrer Nervosität, weil sie ohne Akiko ist. Ich erinnere mich noch daran. Immer wenn die Zwillinge getrennt wurden, und sei es nur für wenige Augenblicke, begannen ihre Hände unbewusst nach der Nähe des anderen zu suchen. Noch immer beneide ich sie um diese bedingungslose Hingabe und Liebe füreinander. Doch obwohl sie zusammengehören wie Tag und Nacht, hat Haruko einen Ort geschaffen, der ihr allein gehört, weil nichts, was dort wächst, jemals vergeht: das Brunnenreich.

Auch der Apfelgarten ist ihr Werk, wenngleich ich ebenfalls Akikos Magie spüre, in der Erde und den Äpfeln. Das Gift kommt von ihr, beendet das Leben.

»Warum bist du hier?«, frage ich Haruko. »Warum ohne sie?«

»Weil sie meinen Schmerz nicht begreift«, stößt Haruko hervor und die Grashalme schmiegen sich enger an ihre Beine, vielleicht, um ihr Halt zu geben. Mit einer ausschweifenden Bewegung umfasst sie den ganzen Garten und dort, wo sie hinzeigt, scheint die Natur zu erwachen und zu wachsen.

»Das alles ist unser Werk. Jeden einzelnen Baum haben wir mit Bedacht kreiert. Spürst du die Sorgfalt, mit der wir sie auswählten und gedeihen ließen? Mehr als ein Jahrzehnt verbrachten wir damit, diesen Ort zu einem Paradies zu formen, einem Symbol des Friedens. Doch jetzt versuchen die Menschen, ihn zu zerstören und ich bin hier, weil mir der Gedanke Angst macht. Für Akiko jedoch gehört der Tod dazu, sie versteht nicht, dass ich es nicht ertragen würde, sollte all das verschwinden, all die Apfelbäume, die wir erschaffen haben. «

»Was bedeutet dir der Garten?«

Haruko steht auf, geht zum Weiher. Unter ihrem Schritt erwachen die Knospen der wilden Blumen zum Leben und recken sich ihr entgegen, als wäre sie die Sonne.

»Es gab einst einen furchtbaren Krieg um diese Stadt, geführt von vier Feen und drei Menschenvölker. Akiko und ich befehligten ein Volk, das aus den Wäldern kam, die Drachenreiterin eines aus den Bergen und die Giftmischerin kämpfte auf Seiten der Einheimischen.« Sie lächelt, doch die Heiterkeit erreicht ihre Augen nicht. »Mit unendlicher Zeit gesegnet, kann das Leben langweilig werden. So langweilig, dass ein Krieg wie eine willkommene Abwechslung erscheint.« Sie wendet sich um und sieht mich an, die Wangen gerötet, ob vor Scham oder etwas anderem, vermag ich nicht zu sagen. »Wir schufen uns einen Krieg. Wir spielten Götter und das Spielfeld war diese Stadt und die Menschen waren unsere Schachfiguren. Wir hatten Spaß …« Ihre Stimme schwankt, wirkt ungewohnt schrill. »Wir hatten Spaß und ließen sie kämpfen, so lange, bis sie nahezu ausgelöscht waren. Selbst dann gaben wir keine Ruhe, suchten weitere Völker, noch mehr Figuren, die wir nach Belieben opfern oder retten konnten. Wir spielten – bis aus dem Spiel eines Tages Ernst wurde.«

»Was ist geschehen?«

Plötzlich ist es still. Furchtbar still. Und als Haruko erneut zu sprechen beginnt, graut mir vor dem, was sie sagen wird.

»Es gab einen Mann, dessen Frau unserem Krieg zum Opfer fiel. Er hatte ein Kind. Ein Feenkind. Obwohl er es hätte töten sollen, wie die Menschen es immer taten, schützte er es – liebte es sogar. Er liebte das Kind, weil es das Einzige war, das ihn an seine Frau erinnerte. Er gehörte zum Volk der Berge. Doch Eva entdeckte ihn und aus irgendeinem Grund beschloss sie, ihn zu retten. Sie beide. Wir stimmten zu. Was kümmerten uns zwei Menschen, wo wir doch Tausende hatten, über deren Schicksal wir entscheiden konnten?« Etwas in ihrer Stimme lässt mich schaudern. Vielleicht erkenne ich mich selbst: *Was machten zwei Tote mehr oder weniger?* Nichts, es macht keinen Unterschied. Nicht für uns. »Sie lotste sie raus aus der alten Wasserstadt, hin zu einem Apfelbaum, dort sollten sie bis zum Anbruch der Nacht auf sie warten. Doch als Eva kam …«

»Was?«, frage ich, neben ihr am Weiher stehend. Ohne es bemerkt zu haben, bin ich ihr gefolgt. »Was war an dem Baum?«

»Sie gehörten zum Volk der Berge, verstehst du?« Harukos Stimme wird defensiv, gleichzeitig rau. »Sie hatte kein Anrecht auf sie, denn sie waren Eigentum der Drachenreiterin und ihr war es nicht gleich. Vielleicht ging es ihr nur ums Prinzip, wer kann das heute noch sagen …«

»Was ist geschehen, Haruko?«

»Sie hat ihnen von dem Feenkind erzählt.«

Ich schließe die Augen, nur für einen Moment, und habe die Bilder doch so klar vor mir, als wäre ich dabei gewesen und nicht endlos weit weg in einem Turm. »Wem?«, frage ich nur.

»Ist das nicht gleich? Das Ergebnis wäre immer dasselbe gewesen.«

»Wem hat sie von dem Kind erzählt?«

Haruko seufzt. »Den Einheimischen, Evas eigenem Volk.«

»Sie haben sie getötet?«, frage ich, obwohl die Antwort so eindeutig scheint.

Zu meiner Überraschung schüttelt Haruko den Kopf. »Nein, aber der Vater starb bei dem Versuch, seine Tochter zu schützen. Als Eva kam, konnte sie nur noch das Kind retten. Sie brachte es an einen sicheren Ort.«

»Wohin?«

»Ist das nicht klar?«, fragt Haruko und lächelt vage.

»Ins Brunnenreich«, erkenne ich. Vielleicht war das Harukos Art der Wiedergutmachung. »Ich habe kein Feenkind dort gesehen.«

»Das wundert mich kaum. Sie blieb nicht ewig. Irgendwann zog es sie hinaus in die Welt. Die Kriege der Wasserstadt gehörten längst der Vergangenheit an, die Merkmale der Feen waren in Vergessenheit geraten und sie konnte leben – unter den Menschen.«

»Der Schneewittchenfluch …«

»Eva hat ihn gelöst«, bestätigt Haruko. »Das Mädchen war das letzte Feenkind.«

Ich pflücke einen der überreifen Äpfel von einem tief hängenden Ast, drehe ihn in den Händen und kann das Gift in seinen Adern riechen. »Was hat das mit diesem Garten zu tun?«

»Der Mann starb unter diesem Apfelbaum dort drüben.« Haruko zeigt auf einen Baum auf der gegenüberliegenden Seite des Weihers, der nicht viel anders aussieht als die übrigen. Erst auf den zweiten Blick erkenne ich, dass er weniger perfekt ist, die Rinde voller Blessuren, vage sehe ich ein eingeritztes Herz, nahezu verwittert. Als ich den Blick schweifen lasse, wird mir bewusst, dass der ganze Garten einzig und allein um ihn herum entworfen wurde. Er ist das Herzstück und von der Bank am Ufer hervorragend zu beobachten.

»Er starb zu seinen Wurzeln und tränkte sie mit seinem Blut, ebenso die Tränen Evas. Ich habe sie noch nie weinen sehen, niemals zuvor und niemals wieder danach. Sein Blut und ihre Tränen schufen ein einzigartiges Gift, das nun in den Äpfeln schlummert. Wir entwarfen all die anderen nach diesem Vorbild.«

»Warum?«

Sie zuckt mit den Schultern. »Der Krieg war vorbei. Die Lust am Spielen vergangen. Wir kürten Evas Volk zum Sieger, befahlen ihnen, die Wasserstadt neu zu errichten, hier um den Garten herum, den wir als Zeichen des Friedens erbauten, Frieden zwischen uns Feen. Vielleicht ließen wir sie gewinnen, weil wir uns schuldig fühlten. Vielleicht schufen wir auch deshalb den Garten.«

»Und die Drachenreiterin?«

»Hast du die Engel gesehen? Sie sind ihr Geschenk, die Wächter des Apfelgartens und des Friedens.« Haruko wirkt nachdenklich, ihr Blick schweift zum Himmel, als würde sie erwarten, dass der Drache jeden Moment am Horizont erscheint. »Ich weiß nicht, ob sie jemals bereute, was damals geschah. Wir sprachen nie wieder darüber. Eva wurde zur Königin der neuen Wasserstadt und eines Volkes, das sie bis in die Tiefen ihrer Seele für den Mord an diesem Mann hasste. Und das ließ sie die Menschen bis zum Tag ihres Todes spüren. Der vergiftete Apfel wurde ihr Zeichen. Sie legte ihren Namen ab und nannte sich fortan nur noch die Giftmischerin.«

»Trotzdem löste sie den Schneewittchenfluch.«

»Ja«, sagt Haruko lächelnd. »Das war wohl ihre Art der Wiedergutmachung. Wir alle finden einen Weg, mit unseren Sünden zu leben.«

»Hat sie ihn geliebt?«

»Wer weiß das schon …« Haruko zuckt mit den Schultern, dann fixiert sie mich. »Liebst du ihn?«

»Ja«, antworte ich, ohne zu zögern und bringe Haruko zum Lachen.

»Das ist gut. Wirklich gut. Bedeutet es doch Hoffnung für uns alle, nicht wahr?«

Hoffnung. Ich fürchte nichts so sehr wie die Hoffnung. »Vielleicht …«

Im selben Moment fährt Haruko herum und erbleicht. »Er ist hier!«

Die Armbrust auf uns gerichtet, tritt der Hexenjäger aus dem Schatten der Bäume. Er zielt. Sofort ruft Haruko die magische Pforte. Äste sprießen aus dem Boden, winden sich in die Höhe, um das Portal zu bilden, als ein Bolzen durch die Luft zischt und Haruko in die Schulter trifft. Ihr Schrei hallt in mir wider, die Magie der Pforte flackert. Sie taumelt, die Hände um den Bolzen.

Ich springe zu ihr, fange sie auf, bevor sie zur Erde stürzen kann. »Das Portal, schnell, konzentriere dich, ich halte ihn auf«, flüstere ich und schiebe mich zwischen sie und den Hexenjäger. Die Arme erhoben, um sie so gut es geht abzuschirmen, drehe ich mich um und fixiere ihn.

»Aus dem Weg, Lilith!« Seine Stimme duldet keinen Widerspruch.

»Wie bist du hier hereingekommen?«, frage ich und spüre, wie mein Herzschlag bei seinem Anblick stolpert. »Das Tor ist mit einem Bann geschützt.«

Ohne die Armbrust zu senken oder Haruko aus den Augen zu lassen, tippt er mit den Fingern auf ein Fläschchen, das an seinem Gürtel baumelt. Im Innern schillert eine rote Flüssigkeit.

»Feenblut!«, keucht Haruko hinter mir. Sie klammert sich an meine Schultern, die Hände aschfahl. »So konnte er auch die Hecke bezwingen, die den Turm umschließt. Sie weicht vor unserem Blut!«

Der Hexenjäger kneift die Augen zusammen. »Lass mich vorbei, Lilith!«

»Damit du sie töten kannst?« Die magische Pforte wächst, aber langsam, viel zu langsam. Haruko schluchzt. Ich spüre, wie ihre Kräfte schwinden. Ohne Akiko funktioniert ihre Magie nur halb. Ohne mich wäre sie schon verloren. Ob er wusste, dass sie hier zu finden ist?

»Geh aus dem Weg, Lilith, sonst …«

»Sonst was? Tötest du auch mich?« Ich hebe das Kinn und blicke ihn an. »Nur zu«, stoße ich hervor. »Ich bin eine Fee wie sie. So eine Chance bekommst du nie wieder.«

Wut, vielleicht auch Verzweiflung, glimmt in seinen Augen. Dann betätigt er den Abzug. Der Bolzen schnellt hervor, gleichzeitig drehe ich den Ring.

Haruko keucht, als wir unsanft im Schatten der Unterführung landen. Sie stolpert zu Boden. Ich lasse sie liegen, balle die Fäuste, um das Zittern zu kontrollieren, das mich überfällt und mitreißt wie ein Blatt im Sturm. In mir wächst ein erstickter Schrei. Er gurgelt in der Kehle, ich stöhne auf.

Er hätte mich erschossen!

Meine Faust trifft die Mauer, die Haut platzt auf, und obwohl ich Blut rieche, spüre ich den Schmerz kaum. Ich schließe die Lider, lehne die Stirn an die kühlen Steine und versuche zu atmen, einfach zu atmen. Immer weiter. Ein und aus. Die kalte, abgestandene Luft brennt in den Lungen, alles brennt. »Er hätte mich getötet!«

Haruko richtet sich mühsam auf. »Aber ich dachte … Ihr seid … Seid ihr nicht …?«

»Dein Tor«, unterbreche ich sie und wende mein Gesicht ab, damit sie die Tränen nicht sieht. Einfach atmen, ein und aus. Mit geschlossenen Augen konzentriere ich mich auf den Rhythmus, versuche alles andere auszublenden, um der Ohnmacht Herr zu werden.

»Aber du liebst ihn«, flüstert Haruko hinter mir.

»Was spielt das für eine Rolle?«, zische ich und höre selbst, wie jämmerlich ich klinge. »Er wird nicht aufgeben. Nicht für mich, nicht für die Liebe.«

Kurz spüre ich eine tröstende Hand auf der Schulter, dann die Magie der Pforte. Das warme Sonnenlicht der anderen Seite erhellt den Schatten unter der Brücke, ehe Haruko verschwindet und mit ihr der Sonnenschein.

»Wer hat das Licht angemacht?«, brummt der Besoffene in der Ecke und sinkt zurück, als er bemerkt, dass es wieder dunkel ist.

An die Wand gelehnt sinke ich ebenfalls nieder, noch immer im Kampf gegen die Tränen. Ich werde nicht weinen, nicht hier und jetzt. Nicht wegen ihm. Den Kopf auf den Knien, konzentriere ich mich allein auf die Luft in meine Lungen. Ein und aus. So lange, bis sich der Schlag des Herzens beruhigt und die Ohnmacht weicht.

Er hätte mich getötet. Obwohl er es war, der mich durch einen Kuss erlöste.

Liebe? Wie kann es sie für uns geben? Für mich?

Vielleicht niemals.

»So wirst du deine Probleme nicht lösen, Kindchen«, lallt der Betrunkene und schielt aus trüben Augen zu mir herüber. »So, wie du dahockst, hat es bei mir auch angefangen. Ist ein guter Ort, diese Brücke, um sich darunter zu verkriechen. Vor den Problemen, meine ich.« Er hustet und keucht, spuckt einen Schleimklumpen hervor. Eine Ratte oder irgendetwas Ähnliches kauert zu seinen Füßen. Er scheint das Wesen gezähmt zu haben. »Glaub mir, ich kenne mich mit Problemen aus«, lacht er heiser und richtet sich in eine halbe Sitzposition. »Hab weiß Gott genug davon.«

»Eindeutig«, seufze ich und versuche ihn zu ignorieren, stattdessen zu überlegen, was ich jetzt tun soll.

»Ich sehe doch, dass du Rat brauchst«, lallt er weiter. »Lass dir von einem betrunkenen, alten Mann, der lieber unter der Brücke den Rausch ausschläft, anstatt von seinem Weib Schelte zu beziehen, mal etwas sagen: Es lohnt sich nicht zu streiten. Deshalb komme ich hierher, um gar nicht erst die Möglichkeit dazu zu haben.«

»Und das soll mir inwiefern helfen?«, frage ich gereizt.

Er lacht. Das Tier, was auch immer es ist, klettert auf seinen Schoß, wo er es mit zittrigen Händen zu streicheln beginnt. »Wenn ein junges Ding so verzweifelt aussieht wie du, dann geht es mit Sicherheit um Ärger mit dem Liebsten. Habe ich recht?«

Ich schnaube.

»Wusste ich es doch. Ein Streit unter Liebenden.« Er wirkt erstaunlich zufrieden, wie er da im Dreck und Unrat sitzt und das komische Ding auf seinem Schoß hat. »Achtung, hier kommt mein

Rat: Geh sofort zu ihm, sag ihm, womit er dich verletzte, wasch ihm gehörig den Kopf, lass alles raus!«

»Was?«, frage ich irritiert. »Aber … was ist mit dem Nicht-Streiten?«

»Oh, das ist nur der letzte Ausweg, wenn alles Streiten nichts mehr bringt und die Liebe schon zu schwach ist.« Er gluckst. Wahrscheinlich sehe ich allzu verblüfft aus. »Glaub mir, Kindchen, die Liebe verträgt so einen kleinen Streit, hat ihn manchmal wahrlich nötig. Erst wenn es zur Gewohnheit wird, solltest du dir Gedanken machen.«

»Liebe.« Ich lache fast hysterisch.

»Ah«, sagt er sinnierend. »So ist das also. Du weißt nicht, ob er dich liebt.«

Ich schluchze, lache zugleich und nicke schließlich. »Ja«, sage ich zu dem Mann unter der Brücke und entdecke mich wenig später dabei, wie ich ihm mein Herz ausschütte. So sitzen wir da, der trunkene Mann, der seinem Weib nicht unter die Augen treten mag, und ich, die einstige Königin der Feen. Wir könnten kaum unterschiedlicher sein und doch bin ich dankbar, dass er sich die Zeit nimmt und mir zuhört. Ich erzähle ihm alles, von den Feen, dem Fluch, dem Kuss und meiner Rache. Vielleicht ist der Rausch in seinem Blut noch zu stark oder er hält mich selbst für betrunken, denn er fürchtet sich nicht. Im Gegenteil, er stellt Fragen und möchte alles wissen. Noch niemals in meinem Leben habe ich mehr über mich erzählt als in diesem Moment einem Wildfremden.

»Du solltest zu ihm gehen«, sagt er schließlich und kratzt sich am Kinn. »Es ist eindeutig, du selbst hast den Dornröschenfluch erschaffen und nur wer wahrlich liebt, kann ihn brechen. Er liebt dich also. So einfach ist das.«

»Er hat auf mich geschossen! Und es ist nicht das erste Mal, dass er versuchte, mich zu töten.«

»Ah, na ja! Gefühle – allen voran die Liebe – machen uns Männern manchmal gehörig Angst, musst du wissen.« Er grinst. »Geh zu ihm. Was hast du schon zu verlieren? Zur Not kannst du mit deinem Zauberdings wieder verschwinden.«

»Mit dem Ring.«

»Jaja, genau.« Er lacht. Vielleicht glaubt er mir doch nicht. Aber recht hat er.

»Ich werde zu ihm gehen«, beschließe ich.

»Gut so«, sagt er und klatscht in die Hände. Das Tier von seinem Schoß flüchtet erschrocken. »Immer daran denken, er ist auch nur ein Mensch … Na gut, du bist keiner … Ach, was soll's. Wird schon schiefgehen!«

»Danke«, sage ich leise und meine es ehrlich. »Danke für alles!«

Das Versteck der Spiegel

Die Hoffnung stirbt zuletzt, so sagen die Menschen. Heute bete ich, dass sie recht behalten. Denn als ich den Ring drehe und mich zurück in den Apfelgarten meiner Schwester zaubere, habe ich keine Ahnung, was mich erwartet.

Die Liebe?

Oder der Tod?

Abseits des Weges finde ich mich wieder. Zwischen den Bäumen kann ich den Weiher im Sonnenlicht funkeln sehen. Davor steht der Hexenjäger, die Arme vor der Brust gekreuzt, als würde er auf etwas warten. Die Armbrust lehnt lässig neben ihm an der Bank. Sein Blick ruht nachdenklich auf der spiegelglatten Oberfläche des Sees. Ich könnte stumm stehen bleiben, ihn eine Weile beobachten und anschließend verschwinden.

»Willst du mich nur anstarren oder kommst du zu mir, damit wir reden können?«

Er dreht den Kopf und sieht mir in die Augen.

»An dich kann man sich nicht anschleichen, wie?«

»Nein.« Seine Augen, die mir so vertraut und doch völlig fremd sind, folgen jeder meiner Bewegungen. Was würde ich dafür geben, um seine Gedanken zu kennen.

»Wusstest du, dass ich zurückkommen würde?« Zögernd trete ich näher.

»Ich hoffte es.«

»So?« Überrascht blinzele ich. An einem Baum gelehnt verharre ich, bemüht, den Abstand nicht zu gering werden zu lassen. »Was willst du von mir?«

»Unsere Reise ist noch nicht beendet.«

»Doch, das ist sie«, entgegne ich. »Sie endete unter der Linde auf dem Hügel, als du den Dolch gegen mich zogst und versuchtest, mich zu töten.«

Er hebt die Brauen.

»Du wolltest mich töten. Zweimal.«

»Du bist eine Hexe.«

»Ich bin eine *Fee.*«

»Was macht das für einen Unterschied?«, fragt er und kommt nun seinerseits auf mich zu. »Hexe, Fee. Das alles sind nicht mehr als Namen.«

»Namen«, wiederhole ich und werde mit jedem Schritt, den er sich nähert, nervöser. Mein Puls beginnt zu rasen. Meine Hände zittern leicht. »Wie ist dein Name?«

»Ich bin der Jäger«, antwortet er. »Alles, was ich bin, dient einzig dazu, die Feen zu vernichten.«

»Wieso willst du das?«

»Weil es richtig ist.«

»Hat es sich richtig angefühlt, auf mich zu schießen?«

»Ich wusste, du würdest fliehen.«

»Trotzdem wirst du es wieder tun, irgendwann – in der Hoffnung, mich zu treffen, nicht wahr?«

Er zögert, schüttelt vage den Kopf. »Dich zu töten wird das Schwerste von allem sein. Allein der Gedanke …« Er stockt, hebt eine Hand, um meine Wange zu berühren. Im letzten Moment fängt er sich und erstarrt, den Blick auf seine Finger gerichtet, dann auf mich, als könnte er nicht fassen, was er da gerade fast getan hätte. »Du bist der Schlüssel«, sagt er rau. »Erst wenn du stirbst, wird das Opfer deiner Schwestern nicht umsonst gewesen sein.«

»So muss es nicht sein!«

»Es gibt keinen anderen Weg.«

»Es gibt immer einen anderen.«

Er lacht leise und plötzlich liegt seine Hand doch an meiner Wange, streicht über mein Kinn und hebt es an. »Ich wünschte, du hättest recht.«

Kurz schließe ich die Lider, reiße sie sofort wieder auf, als mir bewusst wird, wie schwach ich mich mache. Nur eine Fee, die ihm nicht in die Augen sieht, kann er töten.

»Ich will das nicht«, sagt er ungewöhnlich sanft. »Und doch glaube ich, dass mir keine Wahl bleibt.«

»Ich kenne die Wahrheit«, bricht es aus mir heraus.

Die Hand an meiner Wange erstarrt. »So?«, fragt er nur.

Ich nicke, beiße mir auf die Lippen und plötzlich fehlen mir die Worte. Wie um Himmels willen soll ich ihm sagen, dass ich weiß, dass er mich erweckte? Mit dem Kuss, dessen Nachhall ich noch immer spüre.

»Hat er es dir erzählt?«

»Er?«, frage ich irritiert.

»Der … Mogul«, bringt der Hexenjäger starr heraus.

»Der Mogul redet viel, aber nicht darüber.« Ich sehe ihn an, den Mann, der mich erweckte, und erhasche einen kurzen Blick auf den Sturm in seinem Inneren. »Nicht über uns. Nicht viel zumindest.«

»Du hast ihn getroffen?«, fragt er sofort.

»Hin und wieder«, gebe ich zu. Er verkrampft sich merklich. Sein Blick bohrt sich in meinen und er beugt sich vor. Ich spüre seinen Atem auf der Haut.

»Was will er von dir?«

»Das Gegenteil von dir«, würge ich hervor. »Er wird meine Schwestern schützen. Er möchte, dass die Jagd aufhört.«

Der Hexenjäger wirkt einen Moment überrascht, schnaubt dann und dreht sich um. Er flieht ein paar Schritte, ehe er stehen bleibt, die Fäuste in die Seiten stemmt und zum Himmel blickt. »Ich habe es mir gedacht.«

»Bin ich die Einzige, der etwas Wichtiges entgeht?«, frage ich. »Warum will er sie retten?«

»Er will nur sich selbst retten«, entgegnet der Hexenjäger. »Glaub mir, an nichts liegt ihm mehr, als an seiner eigenen Haut.«

»Woher kennst du ihn?«

»Das spielt keine Rolle. Was zählt, ist, dass er ein Lügner ist.«

»Und du bist keiner?«

Er schweigt und wirkt auf einmal so schrecklich einsam und verletzlich, dass ich dem Drang, ihm Trost zu spenden, nicht widerstehen kann. Ehe mir bewusst wird, was ich da tue, stehe ich schon neben ihm und lege die Hände auf seinen Arm. Er scheint genauso überrascht zu sein wie ich. Für einen Augenblick sehen wir uns nur an, tausend unausgesprochene Sätze zwischen uns, bis er seufzend den Blick löst. Ich wünschte, er hätte es nicht getan, denn er sagt so viel mehr, als Worte es könnten. Er wird nicht aufgeben. Das, was uns verbindet, ändert nichts an seinen Plänen.

»Sag mir, Hexenjäger, was geschieht, wenn du uns alle getötet hast? Was geschieht dann?«

Erneut schweigt er, vielleicht zu getroffen von der Traurigkeit in meiner Stimme. Er blickt in die Ferne, scheint an einem weit entfernten Ort zu sein, an den ich ihm nicht folgen kann. Er schwindet. Obwohl ich ihn berühre, zerrinnt er zwischen meinen Fingern. Ich kann ihn nicht halten.

»Was passiert, wenn du versagst?«, frage ich und kann den verzweifelt hoffnungsvollen Ton nicht verhindern. »Sollten die Feen weiterleben, wäre das so schlimm?« Ich weiß nicht, ob er mir zuhört, denn er antwortet nicht. »Krieg und Elend wird es immer geben, ganz gleich, ob wir Feen existieren oder sterben. Schau dir die Menschen an, dein gelobtes Volk, das dir wert scheint, gerettet zu werden. Sie stehen uns in Grausamkeiten in nichts nach. Eine Fee vermag vielleicht Dutzende Leben auf einen Schlag auszulöschen, aber ein Krieg der Menschen fordert ebenso viele Opfer. Sag also, was wird sich für Pandora ändern, wenn wir verschwinden?«

»Es geht nicht um Pandora«, antwortet er prompt.

»Nicht?« Ich sehe ihn überrascht an. »Worum geht es dann?«

»Um mehr, als du ahnst, so viel mehr.« Mit diesen Worten dreht er sich zu mir, der Blick dunkel. »Deshalb spielt es keine Rolle, ob ich etwas empfinde … Es ist die Konsequenz nicht wert.«

Ich verdränge die Schmetterlinge, die in meinem Bauch zu tanzen beginnen, verstecke das Zittern meiner Finger. Er sieht mich so intensiv und beinahe ein bisschen verzweifelt an, dass ich kaum atmen kann. Meine Wangen brennen und ich brauche einen Moment, ehe ich den Rest seines Satzes begreife. »Sag mir, was für Konsequenzen das sind«, verlange ich zu wissen.

Er packt mich an den Schultern. »Verstehst du denn nicht? Es ist egal, was wir füreinander empfinden oder wer ich bin. Denn du ... du bist der Schlüssel, und solange du existierst, wird es kein Ende geben. Doch es muss enden!«

Obwohl ich stark sein möchte, verliere ich den Kampf gegen die Tränen. »Du hast mich geküsst«, bricht es aus mir hervor. »Der Spiegel hat es mir gezeigt. Es war dein Kuss. Du ... du warst es und nicht der Prinz.«

»Das spielt keine Rolle«, murmelt er und ich fürchte, er will erneut fliehen. Vor mir. Vor seinen Gefühlen.

»Bitte«, ich klammere mich an seinen Arm. »Warum hast du es mir nicht gesagt?«

Er zögert lang, ehe er mir in die Augen sieht und ich erkenne, dass auch er um Fassung ringt. »Weil es meine Aufgabe ist, dich zu töten und nicht, dich zu lieben.«

»Und doch hast du mich geküsst.«

»Ja und ich bereue es jeden Augenblick.«

Ich stolpere zurück, als hätte er mich geschlagen.

»Es ist besser für dich, wenn du mich hasst«, höre ich ihn murmeln. »Das macht es uns beiden leichter.«

Ich kann ihm nicht antworten, alles in mir zerfließt vor Leid, bis da nichts mehr ist als eine schreckliche Leere. Eine schrecklich einsame Leere.

»Lilith«, flüstert er und will nach mir greifen.

»Fass mich nicht an«, keuche ich und taumele fort von ihm. Seine Hände suchen nach mir, wollen Trost spenden, als würde sein Körper eine andere Sprache sprechen als sein Verstand. Als würde er mich lieben. Doch er tut es nicht und ich wirbele herum, fliehe, stolpere, lande rücklings im Teich. Sofort ist er da und will mir heraushelfen.

»Verschwinde«, zische ich und weiche weiter in das Wasser. Ein Frosch taucht panisch in die Tiefen. Entengrütze tropft vom Zopf, klebt an meinen Armen. »Wag es ja nicht, mir zu nahe zu kommen! Hörst du? Verschwinde!« Ich sehe ihn an und begreife endlich, dass er sich immer gegen mich entscheiden wird. Wir haben keine Zukunft, weil der Grund seiner Jagd zwischen uns steht. Ein Grund, den er mir nicht verraten wird. *Nicht will.*

»Geh«, schluchze ich. »Geh und tu, was du nicht lassen kannst. Töte meine Schwestern, töte auch mich, aber ich werde nicht mit dir gehen. Ich werde niemals wieder mit dir gehen!«

»Komm her«, fleht er und streckt eine Hand nach mir aus.

Gleichzeitig sehe ich etwas am Grunde des Weihers funkeln. Der Hexenjäger folgt meinem Blick, dann sieht er es auch. Bevor er sich rührt, bin ich schon da und greife nach dem Spiegel der Giftmischerin, der sorgsam verborgen in ihrem Weiher steckt. Ich ziehe ihn aus dem Uferschlamm.

»Lass ihn liegen«, knurrt er, plötzlich wieder ganz der Hexenjäger.

»Warum?«, frage ich wachsam und weiche zusammen mit dem Spiegel zurück. »Was ist damit?«

»Gib ihn mir!« Fordernd streckt er eine Hand aus, während er langsam näher kommt. »Gib mir den Spiegel.«

Vielleicht ist es Trotz oder eine winzige Rache, vielleicht auch Instinkt. Ich schüttele den Kopf. »Nein«, hauche ich, drehe zeitgleich den Ring. Der Hexenjäger hechtet los und stürzt sich auf mich, doch er verfehlt sein Ziel. Nur eine Sekunde später stehe ich im Turm. Das Wasser perlt von meinen Armen und rinnt die Beine herab. Auf den Dielen bildet sich eine große Lache. Irgendwo quakt ein Frosch, der wohl versehentlich mitkam. Ich verharre, atme tief ein und aus, während mein Herz sich beruhigt und der Frosch aufgeregt die Treppe hinab verschwindet. Draußen wartet der Tod auf ihn. Im Schnee, der noch immer das Land diesseits des Gebirges überzieht, wird er nicht lange überleben.

Langsam hebe ich den Spiegel an, sehe ein blasses Gesicht, verborgen hinter Schlieren aus Entengrütze und Wasserperlen. Kurz löse ich den Blick von meinem Spiegelbild und suche die Stelle, an der er einst im Kreise der anderen hing, bevor jede Schwester einen nahm. Ich finde sie und schreite darauf zu, um den Spiegel zurück an seinen Platz zu bringen. Kaum hängt er, fühle ich eine eigentümliche Wärme. Sie durchfließt mich, kribbelt in Händen und Füßen, hüllt mich ein wie in eine kuschelige Decke. Für einen Moment schwillt die Magie im Raum an, Kinderlachen erklingt. Ich glaube die Feenkinder singen zu hören, ehe der Zauber erlischt und alles so verlassen und magielos wie zuvor ist. Ich lege den Kopf schief, lausche dem Echo einer längst vergangenen Zeit und betrachte die Spiegel. Drei von ursprünglich dreizehn hängen an der Mauer. Meiner, Evas und der des Orakels. Sie brachte den ihren zu mir, kurz bevor sie starb. Warum?

Ohne es bewusst zu entscheiden, drehe ich den Ring und die letzten Töne des Kinderliedes verklingen zwischen den Knochentürmen der Kinderfresserin. Die Finsternis ist so vollkommen, dass ein gewöhnlicher Mensch nichts sehen könnte. Ein gewöhnlicher Mensch, so wie ich es momentan bin. Nur hier und da flimmert eine winzige blaue Flamme an den Wänden, gefangen in magischen Kristallen, zeichnet ein grobes Bild des Massengrabs im Siebengebirge. Ich stolpere durch die Dunkelheit, suche den Spiegel, den die Kinderfresserin einst ihr Eigen nannte. Den vierten Spiegel, den ich aus irgendeinem Grund zurück an seinen Platz bringen muss. Ich verstehe nicht wieso, und doch erscheint es mir richtig, da nicht nur das Orakel, sondern auch der Hexenjäger Interesse an ihnen zeigten. Besser ich habe sie als der Hexenjäger, denn ich weiß nicht, wozu sie dienen. Knochen knacken unter meinen Füßen. Dutzende Schädel stapeln sich zu hohen Bergen, die nur vage in der Finsternis als solche auszumachen sind. Es scheint mir, als würden sie mich aus ihren leeren Augenhöhlen anstarren. Irgendwo liegt auch die Leiche meiner Schwester. Verfaulend und verrottend. Die wachsende Panik ignorierend, ich könne ihre leibliche Hülle vor dem Spiegel finden, wühle ich mich durch den Berg, schiebe die blankgeknabberten Knochen mit den feinen Bissspuren beiseite und grabe blind tastend, die stumme Bitte auf den Lippen, ich möge nicht auf weiches Fleisch treffen. Ich habe sie einfach zurückgelassen, ohne Grab, ohne alles, irgendwo zwischen den Gebeinen all ihrer Opfer. Ich weiß nicht mehr wo.

»Warum ist sie hier?«

»Was tut sie da?«

»Vielleicht ist sie genauso verrückt wie die andere.«

Ich hebe den Blick und begegne den blassen Augen dreier durchscheinender Geister.

»Wie könnt ihr hier sein, obwohl sie tot ist?«, frage ich überrascht. Ich dachte, dass sie mit der Kinderfresserin verschwinden würden.

»Seht ihr, ich sagte doch, sie ist verrückt«, meint der Geist eines kleinen Mädchens.

»Sind sie das nicht alle?«, flüstert der zweite Geist und sieht aus leuchtenden Augen zu mir nieder. »Ich an ihrer Stelle wäre es.«

»Wieso seid ihr noch hier?«, wiederhole ich meine Frage.

»Wir warten«, antworten der erste und zweite Geist wie aus einem Mund.

»Worauf?«, frage ich.

Der zweite zuckt die Achseln. »Darauf, dass es besser wird.«

»Auf den Frieden«, meint das Geistermädchen.

»Auf jemanden, der kommt, um uns zu retten«, wispert der letzte und zugleich jüngste.

»Retten?« Mir schnürt es die Kehle zu. Ich versuche, das Entsetzen vor ihnen zu verbergen. Ihnen kann niemand mehr helfen, sie sind verloren und das schon seit ewigen Zeiten.

»Warum guckst du so?«, fragt der kleinste.

»Sie glaubt, wir wissen nicht, dass wir tot sind«, erklärt das Mädchen altklug und lacht glockenhell, sodass es mir eiskalt den Rücken hinabläuft. »Dabei sind wir anders als gewöhnliche Geister.«

»Vielleicht sollten wir sie zu einer von uns machen«, schlägt der erste Geist vor und stimmt in das Lachen ein. Das Echo schallt von allen Wänden wie aus tausend Kehlen eines Kinderchores.

»Hört auf«, rufe ich. »Hört auf!«

Die Geister verstummen. Das Mädchen sieht mitleidig zu mir hinab. »Was treibt dich in die Höhle?«

»Suchst du etwas?«, fragt der jüngste.

»Ja.« Ich nicke. »Einen Spiegel. Ich suche den Spiegel der Kinderfresserin.«

Sie weichen erschrocken zurück, als ich den Namen ausspreche, den meine Schwester erst durch ihren Tod erhielt.

»Gretchen«, berichtige ich schnell. »Wo ist Gretchens Spiegel?«

»Wieso sollten wir ihr helfen?«, zischt das Mädchen dem anderen Geist zu. »Sie ist nicht besser als die anderen.«

»Was willst du mit dem Spiegel?«, fragt mich der zweite Geist neugierig und schwebt langsam den Knochenberg hinab. All die Schädel, die er berührt, scheinen kurz zum Leben zu erwachen und ich meine, in den Augenhöhlen ein sanftes Schimmern zu sehen. »Es ist nur ein alter Spiegel, gut verborgen und geschützt. Was ist er dir wert, dass du den weiten Weg in die Gruft unter den Bergen antrittst?«

»Ich weiß es nicht«, gebe ich ehrlich zu. »Ich weiß nicht, wofür ich ihn brauche.«

»Warum willst du ihn dann?«, zischt das Geistermädchen und erscheint plötzlich neben mir. Ihre kalten Hände streichen über meine Haut, tunken sie in eiskaltes Feuer und für einen Moment flackert all der Schmerz durch meine Adern, den sie vor ihrem Tod erleiden musste.

»Es tut weh, nicht wahr?«, fragt sie mitleidig und berührt mich erneut. »Es war schlimm und doch kein Vergleich zu dem, was sie sich jedes Mal selbst antat.«

»Was verlangt ihr als Gegenleistung?«, rufe ich erstickt, während in mir die Qual des Geistermädchens tobt.

»Schenk uns Frieden«, fordert sie.

»Gib uns ein Grab«, fügt der Zweite hinzu.

»Uns allen«, vollendet der Dritte.

Ich spüre die runden Schädel unter den Händen, die blanken Knochen all derer, die viel zu früh aus dem Leben gerissen wurden und niemals Frieden fanden.

»Gebt mir den Spiegel und ich werde schon bald jeden Einzelnen von euch zur Ruhe betten.«

»Tu es jetzt!«, fordert das Mädchen.

Ich schüttele den Kopf. »Das kann ich noch nicht. Doch ich schwöre bei meinem Blut, dass ich wiederkommen werde. Nicht heute und nicht morgen, aber ich werde kommen und eurem Leiden ein Ende bereiten.«

In der Höhle wird es mit einem Mal unglaublich still, so als würden selbst die Felsen gebannt schweigen und auf die Entscheidung der Geister warten. Ich werde Zeuge einer stummen Beratung, dann nickt der jüngste.

»Gut«, sagt er leise. »Du sollst den Spiegel bekommen und wir werden auf dich warten. Du hast Zeit, bis der Mond sich rundet.«

»So soll es geschehen«, flüstern Tausende Geisterstimmen im Chor, und als ich den Blick hebe, erstrahlt die unterirdische Gruft im matten Schein Aberhunderter Kinderseelen. Der Knochenberg teilt sich, die Schädel kullern krachend auseinander, bis ganz am Grund das silberne Glas des vierten Spiegels blinkt. Hastig kämpfe ich mich durch die Gebeine und umfasse das kühle Metall.

»Bis zum vollen Mond«, sagt der kleine Geisterjunge und nickt mir zu, dann lasse ich die Gruft mit all den traurigen Seelen hinter mir, um den vierten Spiegel nach Hause zu bringen.

Geisterstunde

»Bis um Mitternacht musst du zurück sein und der Stadt den Rücken kehren«, sagt der Uhrmacher und reicht mir ein großes, braunes Paket, in dem mein Ballkleid liegt.

»Was geschieht um Mitternacht?« Ich sehe mich in dem kleinen Verkaufsladen der Uhrmacherwerkstatt um. Mir scheint, als würden heute alle Uhren schneller schlagen. Vielleicht ist es auch nur mein eigenes Herz, das mit dem Takt nicht mehr mitzuhalten vermag.

Der Uhrmacher lächelt und drückt meine Hand. »Um Mitternacht musst du den Ring drehen und verschwinden. Egal wohin, nur fort von hier. Versprich es mir.«

Langsam nicke ich.

»Du musst alles und jeden zurücklassen, selbst wenn es dir das Herz zerbräche.«

»Welches Herz?«, frage ich nur und senke den Blick.

»Hm«, macht der Uhrmacher. »Du hast ihn getroffen. Ich sagte dir einst, dass er niemals von seinem Weg abweichen würde und doch …«

»Und doch?«, frage ich sofort und richte mich auf.

»… gibt es immer Hoffnung«, vollendet er leise. »Manchmal reicht ein kleiner Funke, um alles zu verändern, hin und wieder braucht es ein ganzes Feuer und in deinem Fall eine wahre Feuersbrunst.« Bevor ich antworten kann, hebt er die Hand. »Mitternacht!«

»Ich werde daran denken«, verspreche ich und gehe mit dem braunen Paket in die hintere Werkstatt, um mich umzuziehen.

Als ich es auf die Werkbank lege und zwischen den angefangen und unvollendeten Arbeiten des Uhrmachers stehe, frage ich mich, wie es mit ihm weitergehen wird. Hat er eine Zukunft ohne das Orakel und ihren Schutz? Noch verfügt er über seine Gaben, doch erneut wirkte er blasser, die Haut so dünn wie Papier.

Vorsichtig wickele ich das Paket auseinander und betrachte das Kleid, das darunter zum Vorschein kommt. Es erinnert mich an die Siebte Fee und ihren Zaubermantel aus Allerleirauh. Doch nicht des Fells, sondern seiner Innenseite wegen. Das Kleid in meinen Händen ist aus tiefem Blau, durchwoben mit feinen Gold- und Silbersplittern, als hielte ich ein Stück nächtlichen Himmel in der Hand. Obendrauf liegt eine silberne Maske, die an den Mond in all seiner Pracht erinnert.

Einen Moment lasse ich den Stoff durch die Finger gleiten, ehe ich aus der Rüstung steige und mich in einem Bottich wasche, den der Uhrmacher extra herbeigeholt haben muss. Dann ziehe ich das Kleid an. Gerade als ich die Träger seitlich der Schultern platziere, rieche ich die Wüste.

»Darf ich dir behilflich sein?«, fragt der Mogul und tritt hinter mich.

»Wenn du mir bei den Knöpfen helfen würdest«, erwidere ich ruhig.

Sofort spüre ich seine warmen Finger auf meiner Haut, während er Knopf für Knopf die Leiste schließt.

»Das Kleid ist zauberhaft«, sagt er galant. »Es erinnert vage an den Mantel deiner Schwester.«

»Ja«, gebe ich zu und überlege, ob es eine geheime Botschaft des Uhrmachers ist. Soll ich heute wie die Siebte Fee sein und zweite Chancen verschenken?

»Fertig«, sagt der Mogul und dreht mich herum, damit er mich vollends betrachten kann. Er nickt zufrieden. »Du wirst die Schönste von allen sein.«

Die Schönste von allen? Die war ich immer und käme ich in Lumpen, so würde ich die irdischen Frauen noch bei Weitem an Anmut übertreffen. Die Schönste zu sein, ist keine Leistung, keine Ehre. Es ist mir in die Wiege gelegt und mehr Fluch als Segen.

»Schönheit«, sage ich, »ist schlicht der Ausgleich für mein fehlendes Herz.« Kurz glaube ich, Panik in den Augen des Moguls aufflackern zu sehen. Doch er fängt sich schnell.

»Es gab eine Zeit, in der du herzlos warst. Lass uns hoffen, dass es nie wieder dazu kommt.« Er hebt eine Hand und legt sie auf meine

Schulter. »Jetzt gerade besitzt du größere Güte als mancher Mensch.« Zu lange verweilen seine Finger auf meiner Haut und die Panik in seinen Augen verwandelt sich in etwas anderes, dunkles und lustvolles. »Du bist wahrlich schön, von innen und außen, und ich bereue jeden Tag, das Angebot deiner Schwestern nicht angenommen zu haben … Jungfrau oder nicht, an dir haben die Götter ein Meisterwerk geschaffen, das einen Mann schwach werden lässt.« Nur langsam streicht er über meine Schulter und schließlich den Arm hinab. Er hinterlässt eine glühende Spur. »Der Hexenjäger ist wahrlich zu beneiden.«

»So?« Ich traue dem Mogul nicht, spüre aber, dass er mich mehr zu brauchen scheint, als ich ihn. Er will etwas von mir und es ist nicht mein Körper, auch wenn es ihn reizt, ihn zu besitzen. Nein, es ist etwas anderes, das er sich von mir erhofft. Und deshalb kann ich mit ihm gehen. Zumindest für den Moment.

»Er muss gleichermaßen mit Blindheit wie Dummheit geschlagen sein, ein so wundervolles Geschöpf vernichten zu wollen«, murmelt der Mogul und greift nach einer Strähne meines Haares, die sich aus dem Zopf gelöst hat. »Was gäbe ich nicht alles für nur eine Nacht mit dir.«

»Mein Leben?«, gebe ich rhetorisch zurück, denn das ist der Preis, den die Frauen an seiner Seite bezahlen.

Erst sieht er mich verblüfft an, lacht dann schallend auf und löst sich. »Du siehst, es ist aussichtslos.«

»Welch ein Jammer.« Obwohl ich nicht weiß, was die wahren Absichten seines Angebots sind, fühle ich mich unbeschwert in seiner Nähe. Grinsend löse ich die Flechten des Zopfes. Zur Feier des Abends werde ich die Haare anders tragen. Kaum habe ich das gedacht, öffnet sich wie von Zauberhand das Fenster der Werkstatt und vier Elfen flattern herein. Lachend sausen sie zu mir, küssen mich auf die Wange, eine sogar auf die Nasenspitze, ehe sie mit flinken Händen meine Haare hochzustecken beginnen.

»Wie hast du das gemacht?«, fragt der Mogul sofort, zu gleichen Teilen interessiert wie misstrauisch, und kann den Blick nicht von den winzigen Wesen wenden, die um meinen Kopf schwirren.

»Ich war das nicht«, gestehe ich, meine Freude aber ist zu groß, als dass ich die vertraute Geste meiner kleinen Freunde hinterfrage. Gehüllt in das Plätschern der kichernden Stimmen, lasse ich sie gewähren. Wie früher bürsten sie das Haar mit ihren Fingern, flechten und knoten es, und unterhalten sich dabei ununterbrochen. Es dauert nicht lang, da schweben sie vor mir in einer Reihe und verneigen sich. Die Kleinste kichert und zwinkert mir zu, worauf eine andere sie leicht anstupst.

»Ich danke euch«, flüstere ich, ehe sie so schnell durch das Fenster verschwinden, wie sie gekommen sind.

»Seltsamer Zauber«, murmelt der Mogul.

»Kein Zauber«, erkläre ich. »So war es schon immer. Wieso sollte sich daran etwas verändern?«

»Alles verändert sich irgendwann.«

»Manche Dinge nicht.« Ich drehe mich um und sehe in seinen Augen Ehrfurcht schimmern. Ich muss noch schöner als zuvor aussehen. »Warum seid ihr Feinde, du und der Hexenjäger?«

»Feinde?«, überrascht zieht der Mogul die Brauen hoch. »Nein, Feinde sind wir nicht. Wir verfolgen nur unterschiedliche Ziele.«

»Die euch zu Feinden machen«, schlussfolgere ich.

»Nur wenn er nicht einsieht, dass sein Weg der falsche ist.« Er lächelt und der Wüstengeruch wird intensiver. Ich spüre die Hitze des Sandes, das Glühen der Sonne. »Wie kann der Tod ein guter Weg sein?«

Nachdenklich nicke ich, ehe ich mich aufraffe und die silberne Maske aufsetze.

»Wir werden sehen.« Ich reiche dem Mogul eine Hand. Erst jetzt fällt mir auf, dass auch er äußerst elegant gekleidet ist, einem Maskenball entsprechend. Bevor er die dargebotene Hand ergreift und ihr einen zu langen Kuss drauf haucht, setzt er seine goldene Maske auf. Als hätten wir uns abgesprochen. Sonne und Mond, Tag und Nacht. Das ungleiche, wenn auch perfekte Paar.

»Meine Liebste«, säuselt er und geleitet mich aus der Werkstatt. Hinter seinem Tresen sitzend, blickt der Uhrmacher auf und erbleicht, als er den Mogul erkennt.

»Denk an meine Worte«, mahnt er ein letztes Mal.

»Kommt Ihr nicht mit?«, frage ich.

»Man braucht mich hier.«

»Können Eure Pflichten nicht einen Abend warten?«, wage ich einen letzten Versuch. Ihn hierzulassen, in dem dunklen Laden, mit all den rasenden Uhren, die panischen Herzen gleichen, erscheint mir so falsch … als würde ich ihn nie wiedersehen. Als wäre dies unser letzter Moment und etwas in mir versucht mit aller Macht, es hinauszuzögern.

»Denk an das Versprechen, das ich dir gab. Ich werde es halten. Halte du auch die deinen.«

Ich löse mich vom Mogul, eile zum Uhrmacher und falle ihm um den Hals. »Sagt, ist das ein Lebewohl?« Entsetzt erkenne ich, wie schwach und mager er geworden ist. Ich kann all seine Knochen spüren. Das Herz in seiner Brust rast – ebenso die Uhr am Handgelenk.

»Alles endet irgendwann«, sagt er und drückt mich beruhigend.

»Wieso Ihr? Wieso jetzt?«, bringe ich mühsam hervor und starre auf die goldenen Zeiger der Armbanduhr, die gehetzt ihre Runden ziehen.

»Der Zauber des Orakels schützte mich«, antwortet er rau und allein der Klang seiner Stimme ist so zerbrechlich wie sprödes Glas. »Ich erhielt jahrhundertealtes Wissen, um es zu hüten und zu verwahren. Ich war nicht mehr als ein Gefäß. Doch ohne den Schutz ihrer Magie ist die Last der Jahre zu groß.«

»Ihr altert?«

»Ja.« Mit gebrechlichen Fingern, die so gar nicht zu dem jungen Mann passen wollen, den ich vor einiger Zeit zum ersten Mal traf, streicht er mir eine Träne von der Wange, die es irgendwie unter der Maske hindurch geschafft hat.

»Was ist ein Leben ohne die Liebe?«, sagt er. »Ich gehe gern, denn ohne sie zu sein, wäre das schlimmere Los.«

»Kassandra …«

»Ich habe sie geliebt«, antwortet der Uhrmacher und in seinen braunen Augen blitzt etwas auf. »Sie war dir in vielerlei Hinsicht sehr ähnlich. Sie suchte genauso vergeblich nach Zuneigung und es fiel ihr ebenso schwer, sie zu erkennen.«

»Ihr wart zusammen?«

»Uns war eine gemeinsame Zeit vergönnt, auch wenn sie nur kurz währte. Doch jeder einzelne Tag mit ihr hat mein Leben bereichert und ich bereue nichts. Lieber sterbe ich in dem Wissen, sie geliebt zu haben, als ohne sie gewesen zu sein.«

»Rührend«, entgegnet der Mogul trocken und reicht mir eine Hand. »Können wir?«

Der Zorn ist so plötzlich da, dass ich ihm einen Moment hilflos ausgeliefert bin. Etwas in mir will ihn töten, den Mogul, auf der Stelle. Meine Finger rucken hoch, rufen in alter Gewohnheit nach der Magie. Erst als nichts geschieht und ich den entsetzten Ausdruck in den Augen des Moguls erkenne, begreife ich, was ich da gerade tue. *Was ich getan hätte,* besäße ich noch meine Macht.

Der Mogul presst die Lippen zusammen, der Uhrmacher hingegen legt sanft eine Hand auf meinen Arm und zieht ihn nieder. »Und auch darin ähnelst du dem Orakel: immer zerrissen.«

Mein Gesicht beginnt zu brennen, die Scham lässt mich beinahe schreien. Ich kann so oft wiederholen, dass ich nicht mehr bin, wer ich einst war, doch es ändert nichts an der Tatsache, dass ich die Vergangenheit niemals vollständig zurücklassen kann. Niemand kann das. Sie holt uns immer wieder ein und sei es in Momenten, in denen wir am wenigsten damit rechnen. Die Schatten der Vergangenheit werden wir niemals los. Sie folgen uns auf Schritt und Tritt, denn sie haben uns erst zu dem gemacht, was wir heute sind.

»Denk an deine Versprechen«, bittet der Uhrmacher, ehe er auf den Stuhl hinter dem Tresen sinkt. »Wir zeichnen uns durch Taten aus, durch nichts sonst.«

Ohne zu hinterfragen, was er meint, flüchte ich aus der Uhrmacherwerkstatt. Dieses Mal ist es ein Lebewohl, ich spüre es. Und auch wenn die Hautfetzen dort auf mich warten werden, so wird er es nicht. Mein einziger Freund in der neuen Welt. Noch immer kenne ich seinen Namen nicht. Er wird ihn mit ins Grab nehmen. Er schützt ihn bis zum Schluss.

»Leb wohl«, flüstere ich erstickt und eile zusammen mit dem Mogul die kleine Gasse entlang, an deren Ende unter der schwankenden Laterne ein gebrochener Mann in einem Laden voller Uhren sitzt, die das Ende ankündigen.

Tanz der Masken

Der neue König lässt ein Fest veranstalten, als wüsste er nicht um die Schatten, die in den dunkeln Gassen seiner eroberten Stadt wachsen und gedeihen.

Drei Tage, so schreit es von all den Blättern, die an unzähligen Toren und Wänden angeschlagen sind. *Drei lange Tage und Nächte soll der Maskenball andauern, um den Tod der sechs Hexen zu feiern: Brunnenhexe, Rattenbiest, Kinderfresserin, Giftmischerin, Meerhexe und Orakel.* Die Namen prangen in roten Buchstaben auf den Zetteln, sichtbar für all jene, die lesen können.

Sie feiern den Tod.

Kaum betrete ich am Arm des Moguls das Schloss hoch oben auf dem Hügel der Wasserstadt, da möchte ich umkehren und fliehen. Von einer Empore blicken wir hinab auf die Tanzfläche, die am Fuß der geschwungenen Treppe im Licht der aberhunderten Kerzen schimmert. Der Saal ist über und über mit goldschimmernden Äpfeln geschmückt. Sie hängen in Trauben von der Decke, zieren die Geländer der Treppe und finden sich auf Dutzenden Tischen, die seitlich der Tanzfläche aufgereiht sind. Selbst die prächtigen blutroten Samtvorhänge werden von vergoldeten Apfelketten gehalten. Alles glänzt in den beiden Farben: Blutrot und Gold. Sie feiern den Sieg über die Giftmischerin und nutzen ihr Symbol, den roten Apfel, indem sie ihn mit Gold überzogen in etwas Neues verwandeln, nicht ahnend, dass sie so der Brunnenhexe unbewusst huldigen.

Auf einem Balkon musiziert ein Streichorchester, füllt den Saal mit sanften Klängen, zu dem maskierte Paare über die Tanzfläche schweben, als würden sie auf Eis dahingleiten. Auf dem Thron direkt daneben sitzt Viktor, in einem schrecklich überladenden Gewand, das mit Dutzenden Medaillen, Orden und Sternen behangen ist. Kurz frage ich mich, mit welchen Taten er sich all der Abzeichen als würdig erwiesen hat, doch nur zu schnell begreife ich, dass dies alles Teil seiner Darbietung ist. Er als Bezwinger der Hexen, obwohl er nicht einen Finger rührte. Es wird sich zeigen, ob er ein besserer Regent sein wird, als es die Giftmischerin war. Vielleicht erweist er sich würdiger im Herrschen als im Siegen.

Der Mogul drückt sanft meinen Arm. »Komm, Schönste der Nacht, lass uns tanzen.«

An seiner Seite schwebe ich die Treppe hinab. Erstaunte Rufe ertönen. Der Mogul und ich geben ein nahezu perfektes Paar ab. Zu perfekt. Die Herren verneigen sich, während die Damen uns unverhohlen mustern und hinter vorgehaltenen Fächern tuscheln. Sie tragen kunstvolle Gewänder in allen Facetten von Rot und Gold. Ebenso schimmern die Masken. Nur ich, in der dunkelblauen Robe mit den funkelnden Sternen, hebe mich wie ein schwarzes Schaf von der Menge ab und frage mich, wozu der Uhrmacher diese Zurschaustellung inszeniert hat. Will er, dass die Menschen mich als Fee erkennen?

Doch wie der Wolf im Schafspelz bleibe ich unerkannt.

Als unsere Füße die Treppe verlassen und das Parkett des Ballsaals berühren, wird die Musik des Orchesters wie von Zauberhand lauter. Ich sehe kurz zum Mogul, der mich sogleich inmitten der tanzenden Paare zieht, doch er lächelt nur und scheint sich keiner Schuld bewusst zu sein. Die Menschen weichen wie von unsichtbaren Fäden gezogen. Sie machen uns Platz, während wir immer größere Runden drehen.

Von ihm getragen gleite ich dahin und fühle mich seltsam schwerelos. Ich denke nicht an die Gesichter, die uns sorgsam verhüllt hinter Masken beim Tanz beobachten. Ich denke an nichts. Die Musik hüllt mich ein, nimmt mich gefangen. Ich wirbele herum, weiter und weiter, nicht wissend, ob der Mogul mich verzaubert hat und wenn, dann ist es mir hier und jetzt gleich. Ich genieße das Gefühl seiner Nähe, und als ich in seine glühenden Augen blicke, vergesse ich für einen Moment die tannengrünen des Hexenjägers. Ich wünschte, die Musik würde niemals enden. Ich wünschte, ich könnte mich auf ewig drehen und vergessen – alles vergessen.

Nur die Musik und ich und die Arme, die mich halten. Ich schließe die Augen.

Doch das Lied endet. Die Streicher verstummen. Mein Rock bauscht sich ein letztes Mal auf, als würde auch er dem Tanz hinterhertrauern, dann hält er still. Für einen winzigen Augenblick verharrt die Zeit, ehe jubelnder Applaus losbricht. Aber ich höre ihn kaum, denn hinter dem Mogul, hoch oben auf dem Absatz der Treppe, steht er, die Arme auf das Geländer gestützt, das Gesicht hinter einer schwarzen Maske verborgen, und sieht mich an.

Eilig löse ich meine Hand aus der des Moguls und fliehe von der Tanzfläche. Die Damen und Herren weichen, nicht ohne mir bewundernde Blicke zuzuwerfen. Das Orchester beginnt erneut zu spielen, Paare fluten die Tanzfläche.

»Darf ich um diesen Tanz bitten?« Viktor steht plötzlich vor mir. Er scheint mich abgepasst zu haben, ein gewinnendes Lächeln auf den Lippen. »Wir sind uns noch nicht vorgestellt worden, befürchte ich.«

»So?« Er erkennt mich nicht, würde er doch sonst niemals meine Nähe suchen. Nicht freiwillig, denn er mag sich zwar mit dem Tod all der Feen brüsten, ich bezweifle aber, dass er jemals den Mut besessen hätte, einer von ihnen entgegenzutreten.

»Nun, wie sieht es aus? Gewährt Ihr mir die Ehre dieses Tanzes?« Seine Hand schwebt fragend zwischen uns. Ein Blick über die Schulter zeigt mir, dass der Hexenjäger von der Treppe verschwunden ist. Ich kann ihn nirgends entdecken. »Vermissen Sie jemanden?«

»Nein«, sage ich und ergreife seine Hand. »Nein, niemanden.«

Viktors Grinsen wird breiter, als er besitzergreifend eine Hand auf meine Hüfte legt und mich zwischen die anderen Tänzer führt. Sofort zieht er mich an sich und erneut werde ich getragen von der Musik, wenngleich ich mich diesmal nicht fallen lassen kann. Viktor war schon damals mein Feind, als Anführer der Hexenjäger, und auch heute noch als König der Wasserstadt ist er es. Die blonden Haare trägt er kürzer, vielleicht damit die Krone auf seinem Haupt besser zur Geltung kommt. Alles an ihm scheint irgendwie erzwungen und gleichzeitig gibt er sich so gelassen, als sei er schon mit dem Zepter in der Hand geboren worden.

»Habt Ihr einen Namen, schöne Fremde?«

»Gewiss«, antworte ich ausweichend.

Er lacht. »Ich sehe schon, Ihr wollt ihn nicht verraten.«

»Namen haben Macht«, erwidere ich.

»Ah, nun denn, so werde ich Euch einfach die geheimnisvolle Schöne nennen.« Ohne aus dem Takt der Musik zu geraten, küsst er meinen Handrücken. »Ich fürchte, ich muss Euch heute Abend noch um den einen oder anderen Tanz bitten, um mehr über Euch zu erfahren.«

»Was würdet Ihr denn gerne wissen?«

»Wer ist der Mann, in dessen Begleitung Ihr gekommen seid? Ist er Euer Gatte?«

»Der Mogul?« Ich schnaube undamenhaft. »Niemals.«

»*Mogul?*« Mitten in der Bewegung stoppt Viktor und starrt mich verblüfft an. »Etwa der …?«

»Natürlich nicht«, beeile ich mich zu sagen. »Wo denkt Ihr hin? Ein Feenrich? Hier?« Ich lache glockenhell, es klingt wesentlich unbeschwerter, als ich mich fühle, doch Viktor scheint es mir abzukaufen, wenngleich sein Grinsen nicht mehr ganz so schwerelos wirkt wie zuvor. »Er ist lediglich ein Freund.«

»Ah ja. Ein Freund also.«

»Eher weniger als ein Freund«, verbessere ich und meine Worte zaubern ein Funkeln in seine Augen. Er zieht mich enger heran. Die Orden und Abzeichen drücken in meine Haut. Er riecht nach Wein und süßem Parfüm. Ich bin nicht die erste Frau, die er heute in den Armen hält, wohl aber die erste Fee.

»Ich hörte, Ihr wart Hexenjäger, bevor Ihr König wurdet?«

»So ist es«, sagt er gedehnt. »Irgendjemand musste ihnen ja entgegentreten. Den meisten Menschen fehlte dazu der Mut und auch die Stärke.«

»Euch nicht?«

»Natürlich nicht!«, ruft er aus und wirkt pikiert. »Wenngleich ich zugeben muss, dass nicht ich es war, der den entscheidenden

Schwerthieb führte. Wohl aber gehörte der Mann zu meinen Leuten. Da kommt er auch schon, der Mann der Stunde. Was sage ich, des Jahrhunderts! Läuten seine Taten doch ein neues Zeitalter ein! Komm her, alter Freund!«

Ich erstarre bei seinen Worten. Nur langsam drehe ich mich und folge Viktors Blick. Der Hexenjäger steht direkt neben mir, die Augen unergründlich, das Gesicht verborgen hinter der Maske.

»Darf ich vorstellen …«

»Wir kennen uns schon«, unterbricht ihn der Hexenjäger und fixiert mich. Alles dreht sich. Die Nähe ist zu viel und doch ist er das Einzige, was ich klar sehe. Plötzlich finde ich mich in seinen Armen wieder. Er hält mich. Ich scheine getaumelt zu sein und er hat mich aufgefangen.

Viktor ist vergessen. Ich weiß nicht, was er noch sagt, irgendetwas Zusammenhangloses über Feen und Äpfel und entführte Kinder, dann verschwindet er. Vielleicht schickt der Hexenjäger ihn auch weg. Irgendwie finden meine Finger seinen Nacken, krallen sich in sein Haar, während er mich über die Tanzfläche führt. Ich liege in seinen Armen, spüre jeden Zentimeter seines Körpers und klammere mich an ihn wie eine Ertrinkende. Wir sprechen kein Wort, sehen uns nur stumm an.

Versunken in seinen Anblick bemerke ich erst, dass er mich von der Tanzfläche lotst, als wir durch die zweiflügeligen Türen hinaus auf eine große Terrasse treten, die hoch über der Stadt liegt. Überstürzt löse ich mich von ihm und fliehe zum Geländer, sehe hinab auf die funkelnden Lichter der Wasserstadt und ihre schimmernden Spiegelbilder in all den Seen um sie herum. Am Himmel steht ein blasser Mond, kaum mehr als eine schmale Sichel, umgeben von Abertausend Sternen. Ich atme tief ein und aus, kämpfe gegen das Zittern meiner Finger an. Dann höre ich die Schritte und das Klirren von Schwertern.

»Warum bist du hier?«, fragt eine verhasste Stimme.

»Weil der Uhrmacher es mir riet«, antworte ich zitternd und wende mich Olga zu, die neben dem Hexenjäger steht. Hinter ihnen positionieren sich die drei Hexenjäger-Brüder, die Hände auf den Schwertern.

Sie beobachten jede meiner Bewegungen. Mehr und mehr Soldaten treten schattengleich auf die Terrasse, umzingeln mich. Sie strömen Selbstbewusstsein aus, mehr als ich je zuvor bei ihresgleichen erlebt habe. Ich bin eine Fee und doch fürchten sie mich nicht. Vielleicht weil sie von dem Splitter in meinem Herzen wissen und wie wehrlos ich bin. Oder sie sind trunken von ihrer neuen Macht. Vielleicht fühlen sie sich unbesiegbar. Sie sind es nicht. Sie sind so verletzlich wie eh und je.

»Was willst du hier?«, wiederholt Olga. Ihre Stimme ist fest, doch schwingt keine Freude in ihr, nur tiefe Traurigkeit. »Du hättest nicht kommen sollen.«

Ich sehe von ihr zum Hexenjäger. Er sagt nichts, sieht mich nur stumm an, die Maske in der Hand. Hat er mich verraten? Ihnen ausgeliefert?

»Soll es so enden?«, frage ich ihn. »Willst du diese Männer und Wachen auf mich hetzen, damit sie mich töten und du es nicht tun musst?«

Er dreht seine Hand, nur ein wenig, und ich erkenne im warmen Schein der unzähligen Kerzen, der durch die Scheiben zu uns hinausfällt, dass er neben der Maske noch etwas anderes festhält: Einen Apfel, nicht golden, sondern rot.

»Du bist eine Hexe«, ruft Olga und mein Blick fliegt zurück zu ihr. »Was hast du erwartet? Glaubtest du ernsthaft, nicht aufzufallen? Du …« Sie stockt, scheint mit sich zu ringen. »Du hättest sie in Ruhe lassen sollen.«

»Sie?«

Olga schüttelt nur den Kopf. »Gib auf! Du kannst nicht mehr entkommen.«

Ich suche erneut den Blick des Hexenjägers, doch er hat sich abgewandt und geht. Seine Silhouette verschmilzt mit dem Schatten des Palastes, als würde ihn all das nichts mehr angehen. Als wäre es ihm gleich, ob ich lebe oder sterbe.

»Hexenjäger …?«, bringe ich flüsternd hervor.

Durch die geöffneten Fenster sehe ich für einen winzigen Augenblick den Mogul tanzend vorbeigleiten, ehe er im Gedränge aus roten und goldenen Röcken entschwindet, ohne meine Not bemerkt zu haben.

»Zeig deine Hände – hoch damit«, sagt Olga.

Doch ich rühre mich nicht. Mein Blick bleibt an den hell erleuchteten Fenstern hängen und den Menschen dahinter. Sie tanzen unbeschwert zu den Klängen der Musik. Sie tanzen und sind frei, so wie ich es eben noch war.

»Ich zähle bis drei«, warnt Olga. »Mach es nicht schwerer als es ist.«

Ich bleibe stumm. Der Hexenjäger ist schon längst verschwunden. Nur die Brüder und all die Soldaten sind geblieben, um mich gefangen zu nehmen, notfalls zu töten. Sie ziehen die Schwerter.

»Eins«, sagt Olga mit rauer Stimme.

Wieder erscheint der Mogul in meinem Sichtfeld, er lacht über einen Witz.

»Zwei.«

Plötzlich höre ich noch jemand anderen lachen. Kinderlachen. Ich reiße die Augen auf. Dann sehe ich sie. Zwischen den Tänzern, in einem weißen Kleid.

»Drei«, flüstert Olga.

»Elle«, bricht es aus mir heraus. Das kleine Mädchen verharrt, dreht suchend den Kopf.

»Elle!«, schreie ich und bemerke kaum, wie die Soldaten auf mich zustürmen. Das Mondlicht spiegelt sich in den blanken Schwertern.

Meine Hand tastet nach dem Ring, gerade als ich ihn berühre, findet ihr Blick den meinen und ein zögerndes Lächeln erhellt ihr Gesicht.

»Elle«, wispere ich unter Tränen, dann bin ich fort.

Im Schlag der Nacht

Ein Augenblick kann die Welt verändern.

Manchmal reicht ein kleiner Funke, hin und wieder braucht es ein ganzes Feuer und in deinem Fall eine wahre Feuerbrunst.

Ein Lächeln, ein vertrauter Blick und nichts ist mehr wie zuvor. Es geschehen noch Wunder und die, die wir verloren glaubten, kehren zu uns zurück. Sie kommen heim, als wäre nie etwas gewesen und doch wird ihre Abwesenheit uns unwiderruflich verändert haben, zum Guten oder zum Schlechten. Es liegt an uns allein.

»Elle«, flüstere ich und sinke bebend im Kreis der Engelsstatuen nieder, die Hände fest aufs Herz gepresst, weil ich hoffe und inständig bete, dass mein Verstand mir keinen Streich spielt, dass sie wirklich da ist. *Elle, meine kleine Elle.*

Ich bette den Kopf in den Handflächen, schließe die Augen und versuche ihr Bild festzuhalten, wie sie zwischen den Vorhängen des erleuchteten Fensters stand und sich in meine Richtung drehte. Sie hat mich gehört. Ob sie mich auch erkannte? Trotz der Maske und der Zeit, die vergangen ist?

»War sie das?«, frage ich, ohne aufzusehen. Ich weiß, dass der Hexenjäger zu mir in den Kreis getreten ist. Es ist, als hätten die Engel es leise gewispert. Ihre Stimmen umgeben uns wie ein Raunen. »War das Elle?«

»Ja.«

»Wusstest du es? Wusstest du, dass sie lebt?« Wahrscheinlich klinge ich hysterisch, kann es aber nicht verhindern. »Wusstest du es?«

Vage schüttelt er den Kopf. »Ich erfuhr es erst heute.«

»Elle lebt?« Ich kann und will es nicht glauben, aus Angst vor dem Schmerz und der Enttäuschung, sollte es nicht stimmen. Ich wehre mich gegen die Hoffnung, die in mir keimt und unaufhaltsam wächst. »Elle lebt?«

Er kommt langsam näher, den Apfel spielend in den Händen, als bräuchten sie eine Beschäftigung. »Als wir sie auf dem Hof zurückließen, brach ein Teil der Hexenjäger nach unserem Besuch auf. Darunter Viktor mit Samira und Elle.«

»Warum?«

»Die Giftmischerin war gefallen, die Wasserstadt führungslos und Viktors Pläne groß.«

»Und Olga?«, frage ich.

»Sie hat die anderen zum Aufbruch bewegt. Das Orakel war zu ihr gekommen und hatte sie vor dem Zorn der Meerhexe gewarnt.«

»Aber warum? Warum sollte Kassandra die Männer retten, die ihr und den anderen Feen den Tod wünschen?«

»Wegen Elle«, sagt er leise.

In meinem Kopf rauschen die Bilder:

Kassandra am Fuße des Turms, zerschmettert und tot.

Im Wald, die Karten zwischen uns liegend. Ihr Lachen. Ihr wissender Blick.

Im Kreise der verbliebenen Feen, hoch oben am Nordpol. Ihre Vision.

Sie sah mein Ende sowie ihr eigenes und zuvor Elles. Sie rettete Elle.

»Olga hat versucht, die Hexenjäger zu warnen, aber einige glaubten ihr nicht. Viktor schon. Wenn es um seine Haut geht, ist der feige Bastard übervorsichtig. Er nahm Elle mit, weil er sich in ihrer Nähe sicher wähnte, meint er doch, dass das Orakel sie erneut retten würde, sollte Gefahr drohen. Deshalb hat er sie stets bei sich.«

»Sie war nicht in der Mühle, als die Meerjungfrauen kamen?«

»Nein.«

»Aber … ich dachte …«

»Diejenigen, die Olga nicht vertrauten, blieben zurück und …« Er verstummt.

»Die perfekte Täuschung«, erkenne ich. »Weil sie starben, glaubte ich, auch Elle wäre …« Meine Augen weiten sich. »Die Meerhexe hat … Sie hat nicht …?«

»Sie konnte Elle nichts tun, weil sie längst auf dem Weg in die Wasserstadt war.«

»Sie hat Elle nicht …?«

»Nein.«

»O Gott.« Dann habe ich sie vernichtet für ein Vergehen, das sie niemals begangen hat! Ich lege den Kopf in den Nacken und sehe in den nachtschwarzen Himmel. Eine einzelne Träne rinnt über meine Wange. Endlich darf ich um sie trauern, kann es, weil sie die Schuld, derer ich sie bezichtigte, nie auf sich lud. Ich lag falsch.

Verzeih mir!

»Olga hat nichts gesagt.«

»Sie hat dem Orakel Stillschweigen versprechen müssen«, sagt der Hexenjäger. »So wie sie dich an die Rabenmutter ausliefern musste.«

Sofort zuckt mein Blick zurück zu ihm. »Du wusstest davon?«

»Erst als du aus dem Traumfänger verschwunden warst und ich dich nirgends finden konnte …« Er stockt, als würde die Erinnerung etwas in ihm auslösen, und ich meine, unterdrückte Wut aufflammen zu sehen. »… da gestand sie, was ihr befohlen worden war. Sie sagte, dass du diesen Weg gehen müsstest und es Dinge gäbe, die du noch nicht wüsstest.« Langsam kommt er näher. »Sag, was hast du bei der Rabenmutter erfahren?«

»Die Wahrheit darüber, wer ich bin«, flüstere ich.

»Du weißt es wieder?«, fragt er nur.

Erschrocken reiße ich die Augen auf.

Seufzend kniet er vor mir nieder, greift nach einer Strähne, die sich aus der Frisur gelöst hat, und wickelt sie um den Finger. »Ich wusste immer, wer du bist.«

»Aber wenn du wusstest, was für ein Monster ich war und welch schreckliche Dinge ich tat, wieso hast du mich dann geküsst?« Meine Stimme ist nicht mehr als ein Hauch.

»Weil ich auch die Lilith kannte, die du warst, bevor du die Feenmutter wurdest.«

Ich blinzele, verstehe nicht, was ich da höre. »Aber im Haus der Sieben, du wusstest so wenig. Ich erzählte dir von mir, von uns … Du warst unwissend!«

»Und du menschlich«, sagt er, als wäre das an Erklärung genug. »Du warst anders, hilflos und unendlich verletzlich. Ich sah weder die Königin noch die Feenmutter, sondern ein Mädchen, das ich glaubte verloren zu haben. Deshalb musste ich herausfinden, woran du dich erinnertest und wer du nun warst.« Langsam streicht seine Hand über meine Wange. »Ich hätte dich töten sollen, als du im Turm erwachtest, aber ich konnte es damals so wenig wie heute. Weil etwas in mir sich nach dir sehnt, nach dem Mädchen, das du einst warst. Das Mädchen, das mit nackten Füßen durch den Schnee lief, mit den Elfen tanzte und verzweifelt die Feenkinder zu retten versuchte.«

»Wer bist du?«, flüstere ich. »Wie kannst du all das wissen?«

Doch er schüttelt den Kopf. »Ich weiß so viel über dich, vielleicht mehr als du selbst.«

»Woher?« Ich wage kaum zu atmen, mein Herzschlag klingt dumpf. Alles dreht sich, mein Leben, sein Leben. »Woher weißt du all das?«

»Weil ich immer bei dir war«, gibt er leise zu. »Weil ich neben dir stand, als deine Mutter in den Flammen verbrannte. Ich war da, folgte dir aus dem sterbenden Dorf. Ich folgte dir überallhin.«

»Aber … ich erinnere mich nicht an dich.«

»Und doch war ich da.«

»Wie ist das möglich?«

Er lacht, aber es klingt nicht fröhlich, sondern erschöpft »Alles ist möglich, Lilith, alles.«

Plötzlich droht er mir zu entgleiten, er wendet sich ab, und obwohl ich mich vielleicht fürchten sollte, weil er so viel mehr über mich zu wissen scheint, als er wissen dürfte, kann ich ihn nicht gehen lassen. Ich muss endlich erfahren, was hier gespielt wird, denn außer mir scheinen es alle zu wissen.

»Bitte«, sage ich und greife nach ihm, verschränke meine Finger mit seinen, halte ihn auf.

Sein Blick wird weich, lässt mich für einen Moment die Verletzbarkeit hinter seiner Fassade sehen, ehe er ihn auf unsere Hände richtet. »Du glaubst nicht, wie oft ich mir gewünscht habe, dich berühren zu können.« Er streichelt sanft mit dem Daumen über meine Haut. »Wie oft ich mir wünschte, dich wahrhaft zu spüren.« Langsam zieht er mich an sich. Ich lasse ihn gewähren, gehüllt in seine Worte, die mich seltsam tragen und deren tieferen Sinn ich doch nicht begreife.

»Wer bist du?«, flüstere ich und sehe in die dunkeln Augen, deren Farbe im schwachen Mondlicht kaum zu erkennen ist. »Wer bist du wirklich?«

»Ich war einst nur ein einfacher Junge, der sich nichts sehnlicher wünschte als eine Freundin.« Er küsst meine Fingerspitzen, eine nach der anderen, und es liegt eine Sanftheit in dieser Geste, die mich schwindeln lässt. »Doch heute … bin ich nur noch der Hexenjäger, der beenden muss, was vor so vielen Jahren seinen Anfang fand.«

Ich starre ihn an, unfähig, zu verstehen. Nur ein Gedanke, nur ein einziger strahlt klar und deutlich in meinem Kopf. Doch wage ich kaum, ihn auszusprechen, aus Angst, ich könnte einem Irrtum erliegen. Aus Angst, dass all dies nur ein verworrener Traum ist, aus dem ich bald erwache. »Liebst du mich?«

Kurz verharrt er. Seine Arme halten mich und ich falle, in der berauschenden Gewissheit, dass er mich auffängt. Ich spüre die Rüstung unter den Händen, rieche das Leder und den Wald. Und für einen winzigen Augenblick glaube ich zu wissen, wer er wirklich ist. Nicht der Hexenjäger auf seiner grausamen Mission, sondern ein Mann, der fast schon verzweifelt liebt, und nicht freiwillig wurde, was er heute glaubt, sein zu müssen. Die Hände um meine Taille geschlungen, schiebt er mich vor sich her, bis ich mit dem Rücken an einen der Engel gelehnt dastehe, gefangen zwischen dem kalten Stein und seiner Hitze. Er küsst mich fordernd und mit einer Dringlichkeit, als fürchte er den Moment, in dem der Zauber endet. Ich weine und lache und die Welt steht still. Zumindest für uns. Denn natürlich verrinnt die Zeit, sie zerfließt um uns herum. Sie gewährt uns einen winzigen Augenblick Unendlichkeit in den Armen des anderen, ehe sie uns mit geballter Macht einholt und uns aus dem Traum reißt, der niemals andauern kann. Die Uhr der kleinen Kapelle hinter den Engelsstatuen beginnt zu schlagen. Ich sehe beide

Zeiger auf der Zwölf stehen und begreife, dass ich gehen muss, auch wenn es mich zerreißt.

»Ich muss fort«, rufe ich erstickt zwischen den Küssen und versuche ihn fortzuschieben. Er will mich nicht gehen lassen. »Ich versprach es dem Uhrmacher. Um Punkt Mitternacht muss ich den Ball und die Wasserstadt verlassen.«

Die Augen des Hexenjägers glühen, die Schläge zählen die Zeit. »Bleib!«

»Ich kann nicht!«, widerspreche ich und löse mich aus seinem Arm. »Ich musste es versprechen.«

»Warum nur?«, fragt er plötzlich unruhig und sieht zum erleuchteten Palast, der über uns auf dem Hügel thront. Leise wehen die Klänge der Musik zu uns hinab. »Er verlangt niemals etwas ohne Grund.«

Bevor ich erwidern kann, dass ich die Antwort nicht weiß, finde ich sie, denn ich spüre Hitze und Magie. Er bemerkt es auch, denn schon fliegt seine Hand zum Schwertgriff. Die Zärtlichkeit fällt von ihm ab und ein Schleier aus Entschlossenheit verhüllt ihn vor mir. Er wird zum Jäger.

»Sie kommen«, knurrt er.

»Nur eine«, sage ich, hin- und hergerissen zwischen der Verpflichtung gegenüber dem Uhrmacher und dem Drang, an der Seite des Hexenjägers zu bleiben.

»Wer ist es?«, fragt er.

Im selben Moment verstummt der letzte Schlag der kleinen Kapelle und über dem Schloss zeichnet sich die gewaltige Silhouette des Drachens ab. Er schlägt mit den Flügeln, in den Augen die Hölle glühend. Auf ihm sitzt die Drachenreiterin. Kurz glaube ich ihr Lachen zu hören, dann stürzt er nieder und mit ihm explodiert die Welt. Flammen brechen aus seinem Maul hervor, fließen über die Terrasse und fluten die Straßen der Wasserstadt. Sie ist gekommen, um zu zerstören.

»Elle!«, schreie ich panisch und begreife, was der Uhrmacher meinte. Aber ich kann sie nicht zurücklassen. Niemals! »Ich muss Elle retten!«

»Nein!«, ruft der Hexenjäger.

Ehe er mich hindern kann, greife ich nach seiner Hand, drehe zeitgleich den Ring und finde mich keine Sekunde später an den Ufern der Seen wieder, außerhalb der Stadt. Ihr flammendes Spiegelbild leuchtet überall um uns herum.

»Was zum Teufel …?«, keucht er, da habe ich mich schon von ihm gelöst und die Hand erneut am Ring. Ich breche mein Versprechen, ich kann nicht anders.

»Verzeih mir«, flüstere ich, als der Ring seinen Zauber wirkt und mich fortträgt. Ich hoffe, dass er mir nicht folgt, sondern in der Sicherheit der Seen verbleibt. Ich könnte es nicht ertragen, ihn zu verlieren, genauso wenig wie Elle. Der Gedanke an sie treibt mich beinahe in den Wahnsinn. *Bitte, bitte, habe sie verschont!*

Als ich auf der Terrasse lande, in einem Inferno aus Flammen und Rauch und verbranntem Fleisch, ist es, als wären all meine Albträume Realität geworden. *Dreh um,* flüstert es in mir. *Du willst das nicht sehen!*

Doch ich habe keine Wahl, hatte nie eine. Weder beim Tod meiner Mutter noch als ich glaubte, Elle im Tal verloren zu haben. Liebe bindet, sie bindet über den Tod hinaus.

Sie ist nur ein Mensch.

Sie ist alles!

Ich stürze durch die Flammen und geborstenen Fenster ins Innere des Palastes. Überall liegen Glasscherben und verwundete Gäste, manche im Kampf mit den Flammen, andere längst verloren. Zwischen den Leichen finde ich Samiras Gestalt gleich neben einem sterbenden Viktor. Ich unterdrücke die Panik.

»Wo ist sie?«, brülle ich über die Schreie der Menschen hinweg und packe ihn am goldenen Kragen. Seine Augen sind ein einziger Scherbenhaufen, und als er mich erkennt, scheint auch der letzte Lebensfunke aus ihm zu schwinden. »Wo ist Elle?!«

»Warum sie?«, flüstert er so leise, dass ich ihn kaum über das Sterben des Palastes hinweg höre, dann stirbt auch er. Ich stoße ihn von mir, den selbsternannten König der Wasserstadt, und wirbele herum.

»Elle!«, brülle ich in das Chaos. »Elle!«

Olga stürzt auf mich zu, das Schwert in der Hand, blanke Entschlossenheit im Blick. Sie hält mich für die Gefahr, doch sie täuscht sich, denn nicht ich bringe das Feuer.

Ich hebe die Arme, will ihr meine Unschuld beweisen, als die Flammen hell auflodern und mich verschlingen. Für einen winzigen Augenblick spüre ich ihre nagenden Zähne auf der Haut, ehe sie mit mir verwachsen und auf meinen Befehl warten. Der Splitter! Er taut und die Magie gehorcht mir!

Mit flammenden Händen trete ich Olga und den letzten Soldaten entgegen. Ihre Augen weiten sich vor Furcht. Die Herzen der Männer schlagen im ängstlichen Takt, gleichsam mit dem der Uhren unten in der Uhrmacherwerkstatt, und ich begreife, dass sie dem Tode geweiht sind. Die Drachenreiterin wird niemanden verschonen. Sie ist gekommen, um die Wasserstadt mit allen Bewohnern zu vernichten, um der Revolution ein Ende zu setzen, in der Stadt, in der alles begann. Sie wird alle töten.

Nur eine nicht!

»Wo ist sie?«, rufe ich. »Wo ist Elle?«

»Was willst du von ihr?«, brüllt Olga gegen das Prasseln der Flammen.

»Ich will sie retten«, antworte ich. »Ich muss sie retten.«

Das Schwert in Olgas Händen bebt.

»Wo ist sie?«, brülle ich und das Feuer lodert gleißend auf, doch ich verbrenne nicht. Ich und die Hitze sind eins. Wir sind mächtig. Wir sind stark. Es ist meine uralte, ureigene Magie. *Ich könnte sie alle töten!* Erschrocken fahre ich zusammen, lasse die Flammen schrumpfen. Ich bin nicht hier, um zu vernichten, sondern um Leben zu retten. »Sag mir, wo sie ist, damit ich sie fortbringen kann.«

Olgas Blick schwankt. Ich sehe den Zweifel in ihren Augen, sie ist hin- und hergerissen, genau wie ich. Bevor sie sich entscheiden kann, ertönt hinter ihr das Kreischen des Drachens, kurz darauf bricht er durch die Wand. Dutzende Soldaten und Gäste begräbt er unter seinen Pranken. Obenauf sitzt die Drachenreiterin und blickt hasserfüllt auf mich nieder.

»So ein Zufall aber auch«, zischt sie. »Willkommen, Schwester. Ich hoffe, du weidest dich am Unglück der Menschen, denn ihr Schicksal wird auch das deine sein!«

Sie hebt die Hand und erbleicht, denn das Feuer gehorcht ihr nicht mehr.

»Du hast mir einst meine Magie gestohlen, doch hat sie mich nicht vergessen«, brülle ich und hebe die flammenden Hände.

Kurz flackert Furcht über das Gesicht der Drachenreiterin, ehe sie dem Drachen den Angriff befiehlt. Sofort öffnet er das gewaltige Maul und aus dem schwarzen Schlund steigt glühende Lava, ergießt sich in den Saal und über mich. Sie frisst sich in meine Haut, doch anstatt mich zu töten, stärkt sie die Magie nur noch.

»Glaubst du mich damit vernichten zu können?«, rufe ich und sie schreit auf, entreißt einem Soldaten den Speer.

»Du bist nicht unsterblich, Schwester!«

Im selben Moment höre ich Elle schreien, wende den Kopf, um sie zu suchen.

»Elle?« Kurz erhasche ich das Blitzen eines weißen Kleides, versteckt hinter dem goldenen Thron, und Erleichterung durchflutet mich. »Elle!«

»Vorsicht!«, brüllt Olga. Mein Blick ruckt zu ihr, dann zur Drachenreiterin. Zu spät begreife ich den Fehler. Der Speer zischt durch die Luft, genau auf mich zu. Ich reiße die Arme hoch, rufe die Flammen und bin doch zu langsam.

Gleichzeitig stürzt Olga vor und der Speer durchbohrt sie. Ihre Augen werden groß wie Seen, spiegeln das Feuer, die Hände finden meine Schultern. »Rette sie«, flüstert Olga. »Rette das Kind.« Dann sinkt sie keuchend nieder und verstummt. Für eine Sekunde bin ich wie gelähmt, fühle einen seltsamen Schmerz über den Verlust einer Frau, die meine Feindin war und von der ich doch immer hoffte, sie sei meine Freundin. Doch ich kann sie nicht retten. Nicht beide.

Im Augenwinkel sehe ich die Drachenreiterin nach dem nächsten Speer greifen. Das Feuer des Drachens flutet die Welt, tränkt die Luft mit kochenden Tränen. Die Soldaten versuchen zu fliehen. Es wird kein Entkommen geben. Nirgends werden sie sicher sein.

Ich löse mich von Olga, in deren Lunge der Tod gurgelt, und haste zum Thron am Ende des Saals. Die Wachen lassen mich passieren, ihre Augen sehen allein den Drachen, sie sehen den Tod. Hinter mir schreit die Drachenreiterin, als mich ihr zweiter Speer haarscharf verfehlt. Dann bin ich da.

»Elle?«

Sofort finde ich sie, reiße sie an meine Brust. Sie wimmert, das Gesicht vor Qualen verzerrt und doch ist es Elle. Sie ist es. »Kleine Elle«, flüstere ich. »Alles wird gut.«

Ich drehe den Ring und die Hölle aus Schreien und Rauch und dem Gestank verbrennender Haut verschwindet. Stattdessen fallen Flocken vom Himmel, verfangen sich wie Sternenstaub in Elles Haar. Ich presse den schluchzenden Körper an mich, während ich durch den Schnee haste. Vor uns erscheinen die leuchtenden Fenster, schimmern sanft hinaus in die ruhige Nacht. Kaum etwas zeugt vom Tod auf der anderen Seite der Berge, nur der Wind trägt eine Spur der Schreie. Elle kann sie nicht hören. Doch sie werden auf ewig in ihren Erinnerungen erklingen.

»Ich bringe dich zu einem guten Ort«, flüstere ich und eile auf die Tür zu, hämmere dagegen. Wie beim letzten Mal zögern sie, mir zu öffnen.

»Macht auf!«, rufe ich. »Ich brauche Hilfe! Schnell!«

Warmes Licht fällt hinaus, hüllt Elle und mich ein. Sie hebt den Blick und sieht aus großen, verweinten Augen zu den sieben Männern auf.

»Ihr müsst sie nehmen«, würge ich hervor und versuche nicht zu schluchzen. »Ihr müsst sie beschützen!«

»Ein Kind?«, fragt einer.

»Wer ist sie?«, fragt ein zweiter.

»Wieso bringst du sie zu uns?«, fragt der Älteste.

»Weil sie niemanden sonst mehr hat!« Ich versuche Elles verkrampfte Hände von meinem Nacken zu lösen, sie klammert sich umso fester, will mich nicht loslassen. »Ihr müsst auf sie achten und vor Unheil bewahren! Versprecht es!«

Elle beginnt zu wimmern, doch ich ziehe sie von mir und es bricht mir das Herz. Sie streckt die Ärmchen nach mir aus. »Nehmt sie«, schluchze ich. »Nehmt sie, behandelt sie gut!«

»Aber der Schutz der Sieben …?«, murmelt Peter, der Koch.

Da greift der Älteste schon nach Elle und zieht sie in die Arme. »Komm her, mein Kleines«, sagt er sanft und sie klammert sich an ihn, als würde sie ertrinken. Ihr Jammern zerreißt mich. Er nickt mir zu.

»Danke«, hauche ich und stolpere zurück. Elles Blick folgt mir. Dann drehe ich den Ring.

Die Stille der Zeit

Ich weiß nicht, was ich erwartet habe, doch als ich zurückkehre, ist von der einstigen Wasserstadt kaum noch etwas übrig. Rauch verdunkelt den Mond und die Sterne. Nur der Schein all der verglühenden Ruinen erhellt die Nacht. Es ist still, verdächtig still. Keine Schreie erklingen mehr, kein Schluchzen und Wimmern. Nur das gefräßige Schmatzen der Flammen erfüllt die Luft und das entfernte Krächzen eines Rabenschwarmes, der gen Horizont zieht.

Ich haste durch die Trümmer. Oben auf dem Hügel, wo einst der Palast stand, sind nichts als Säulen verblieben, die wie das Gerippe einer Leiche in den Himmel ragen.

Die Drachenreiterin war gründlich.

Mein Schritt hallt gespenstisch in den ausgestorbenen Gassen. Nur hier und da streben die Reste der einstigen Häuser den Sternen entgegen, alles andere ist zertrümmert oder verbrannt. Asche – alles ist mit einer dicken Schicht Asche überzogen. Ich bekämpfe die Erinnerungen an meine Mutter und den Geruch ihrer verbrannten Haut. Ihr Tod liegt lange zurück. Ich darf nicht schwach werden. Nicht hier und nicht jetzt. So strebe ich vorwärts, während um mich herum die Ascheflocken tanzen wie nach einem siegreichen Kampf. Irgendwo höre ich den Drachen schnauben. Noch ist meine Schwester da und wartet auf etwas, vielleicht auf meine Rückkehr. Doch erst muss ich zur Uhrmacherwerkstatt und hoffe inständig, dass sie verschont wurde. Tatsächlich ist sie das einzige Gebäude, das noch steht. Vermutlich bewahrte sie ein letzter Schutzwall, den das Orakel um ihren Geliebten gesponnen hat. Ich eile zur Tür, reiße sie auf und stolpere in den Verkaufsraum. Direkt fällt mir dir gespenstische Stille auf. Die zahlreichen Uhren an den Wänden und in den Schränken sind verstummt, zusammen mit den Menschen der Wasserstadt. Für einen Moment denke ich an den Jungen mit dem Schwein, der mir den Weg zum Apfelgarten wies, ebenso an das kleine Mädchen mit dem Apfel, das unter dem Marktstand hockte und von all den Leuten verteidigt wurde, und ich denke an den Betrunkenen unter der Brücke. Dann verdränge ich ihre Gesichter, darf nicht durch sie oder die anderen Opfer abgelenkt sein. Sie sind verloren. Ich kann sie nicht retten. Nur Elle konnte ich hinausschaffen. Mein Herz.

Der Uhrmacher ist nirgends, weder hinten in der Werkstatt noch oben im ersten Stock, und ich frage mich, ob er den Laden verließ, um gemeinsam mit der Stadt, die sein Zuhause war, den Untergang zu erleben. Zögernd lege ich eine Hand auf den Tresen, lasse sie sanft über die Wachsspuren der Kerzen gleiten. Ehe ich die Schubladen aufziehe und nach den Hautfetzen suche. Die Sehnsucht in mir wird plötzlich übermächtig. Ich reiße die Fächer auf, durchwühle sie hektisch, eins nach dem anderen.

»Suchst du die hier?« Lässig lehnt der Mogul an der Tür der Werkstatt und mustert mich mit einem lauernden Ausdruck in den dunklen Augen. Der Teppich liegt ausgerollt im Schatten des hinteren Zimmers. In seiner Hand knistern die braunen Päckchen. Ich rieche den Gestank des faulen Fleisches, der sich mit den Aromen des Orients zu einer seltsamen Note vermischt.

»Gib sie mir!« Fordernd strecke ich den Arm aus.

»So viel Macht, verborgen in schwarzen Symbolen«, sinnt der Mogul und ein düsteres Lächeln umspielt seine Lippen. »Ich frage mich, ob nur du …?« Er verstummt, reibt mit dem Daumen über das Papier.

»Dich verlangt es nach meiner Macht?«

Er reagiert nicht auf den scharfen Tonfall. Im Gegenteil, er wirkt nahezu abwesend. »Vielleicht beinhaltet es die Lösung all meiner Probleme«, murmelt er.

»Ihr alle wisst etwas, das mir verborgen ist«, erkenne ich und sofort findet sein Blick den meinen. »Doch glaub mir, ich werde herausfinden, welches Spiel ihr spielt!«

»Es wundert mich, dass du denkst, ich würde mit ihnen an einem Strang ziehen.«

»Mit wem?«, hake ich nach.

»Mit niemandem.« Er steckt das Päckchen ein. »Ich verwahre sie lieber, wer weiß, wozu sie noch nützlich sind.« Bevor ich nach ihm greifen kann, ist er samt dem Teppich verschwunden und ich stehe da, in der verstummten Uhrmacherwerkstatt, und bemerke, dass es nicht so leise ist wie angenommen. Ein paar Uhren in der hintersten Ecke füllen mit ihren Schlägen die unerträgliche Stille. Die Uhren meiner letzten Schwestern? Oder von Elle? Zögernd trete ich zu ihnen und knie nieder. Sacht fahre ich über das polierte Holz der Kleinsten, spüre die Vibration des Uhrwerks und glaube Elle zu sehen. Die Tür schwingt auf, Ascheflocken wehen herein, tanzen und drehen sich, ehe sie auf den verstummten Schatten ihr Grab finden. Der Uhrmacher folgt.

»Es war alles nur ein Test, der Ball und das Versprechen, ist es nicht so? Ich sollte wegen Elle dorthin, um sie zu retten. Doch durftet Ihr nichts sagen, weil ich es selbst entscheiden musste, nicht wahr?«

»Keine gute Tat bleibt unbemerkt«, sagt der Uhrmacher. »Du kannst deine Schuld nicht mehr begleichen, aber vielleicht kann sie es für dich tun. Sie hat ein reines Herz.«

»Sie ist noch ein Kind«, zische ich und spüre unbändige Wut in mir aufsteigen, darüber, dass er die ganze Zeit wusste, in welcher Gefahr sie schwebte und nichts tat, um sie zu retten. Er ließ sie alle in den Tod gehen!

»Dank dir hat sie eine Kindheit«, sagt der Uhrmacher mit schwerer Stimme, als wüsste er, woran ich denke. »Irgendwann wird sie erwachsen sein, eine junge Frau, so wie du es einst warst. Mögen wir hoffen, dass sie einen besseren Weg finden wird, als der deine es war.«

»Wusstet Ihr, dass die Wasserstadt zerstört werden würde?« Endlich nehme ich die Hand von der kleinen Uhr, von der ich glaube, dass sie zu Elle gehört, und drehe mich zu ihm um. Seine Haare sind schlohweiß, die Haut fahl. Er ist mehr tot als lebendig.

»Die Geschichte nimmt ihren Lauf«, antwortet er betrübt. »Ich bin nur der Hüter der Zeit, kein Held. Ich kann nichts ändern.«

»Und doch ändert Ihr viel, indem Ihr mir helft.« Ich schlucke die Wut hinunter. Hier und jetzt ist nicht der richtige Zeitpunkt, um sich zu streiten. Die Wasserstadt ist verloren und vielleicht wäre es dazu gekommen, gleich welchen Weg er eingeschlagen hätte. Wer bin ich, ihn zu verurteilen? »Ich habe Elle gerettet, so wie das Orakel es wollte.«

»Du allein hast dich dazu entschieden, obwohl du mir das Gegenteil versprachst!«

»Aber …«

»Ich leugne nicht, dass sie sich diese Tat erhoffte, doch die Wahl lag bei dir.«

Einen Moment lasse ich den Blick über die verstummten Uhren schweifen. »Warum hat sie Elle vor der Meerhexe gerettet?«

»Weil du sie liebst.«

»Ist das so?«

»Warum sonst hast du dich in die Flammen gestürzt?«

Ich könnte ihm von den Alpträumen erzählen, die mich fast jede Nacht quälen, in denen ich abwechselnd Elle und meine Mutter verliere, manchmal auch meine Schwestern: Ich renne über brennende Wiesen und komme doch nicht vorwärts, während die Königin die Angst verurteilt und über die Liebe lacht, die sie tief im Innern selbst empfindet. Für Elle, für Mama, für meine Schwestern. Nie kann ich sie retten, denn ich komme zu spät. Jede Nacht. Außer heute.

Elle ist in Sicherheit. Vorerst.

»Was geschieht nun mit ihr? Der Schutz der Sieben ist gebrochen, was, wenn eine der anderen …?«

»Deine Furcht ehrt dich«, fällt er mir sanft ins Wort. »Sie zeigt, wie menschlich du bist. Du sorgst dich um das Wohl eines Kindes, das nicht deines ist. Eine noble Geste, die nur einem liebenden Herzen entspringen kann.«

»Sagt mir, wie es weitergeht.«

»Es ist an der Zeit, dass du deine Macht zurückerlangst«, antwortet er nach kurzem Zögern. »Als der Splitter schmolz und die Magie der Drachenreiterin dir gehorchte, lag es an dir zu wählen: Dem Weg der Rache zu folgen oder Elle zu retten. Du hast dich für das Leben und gegen den Tod entschieden. Aus freien Stücken, nicht weil ich dich bat oder warnte. Verstehst du nun, warum ich dir nichts sagen konnte, nicht durfte? Ich denke, du begreifst, wieso ich dir erst jetzt die Male geben kann.«

»Aber die Hautfetzen sind fort!«

Sein Kiefer klappt herunter, Verblüffung, dann Entsetzen im Gesicht, ehe er mit eilenden Schritten zum Tresen hastet und die Schubladen aufzerrt. Es dauert einen Moment, bis er begreift und niedersinkt, die Stimme erschöpft, die Augen fahl.

»Wer war es? Welcher der beiden?«

»Der Mogul.« Es wundert mich, dass der Uhrmacher es nicht kommen sah.

Als würde er den stummen Vorwurf hören, erklärt er: »Nur ihre Taten bleiben meinem Blick verschlossen, ihr Schicksal ungewiss. Es gibt keine Uhr, die ihren Takt zählt … denn sie sind anders. Sie sind nicht wie wir.«

»Sie?«, frage ich, obwohl ich ahne, von wem er spricht.

»Mogul und Hexenjäger«, sagt er leise. »Sie haben denselben Ursprung, doch könnten ihre Ziele nicht unterschiedlicher sein.«

»Welches ist das richtige Ziel?«

»Keines«, antwortet der Uhrmacher und schüttelt langsam den Kopf. »Keines und doch beide.«

Eine Weile bleibt er still. Die Botschaft seiner Worte ist klar: Ich muss selbst entscheiden, welchen Weg ich gehen will. Ich kenne weder den Preis des einen noch den des anderen.

»Du wirst es erkennen, wenn du die Kreuzung erreichst«, murmelt der Uhrmacher und verschwindet in der Werkstatt, nur um einen Moment darauf zurückzukehren und mir meine Kleidung zu bringen. »Zieh dich um. Was dich erwartet, kann nicht im Ballkleid geschehen.«

Ich nehme das Cape und die Rüstung entgegen. »Warum ist das Kleid blau? Alle anderen trugen Rot oder Gold.«

Er lächelt zufrieden, als hätte er nur auf diese Frage gewartet. »Du gabst ein Versprechen und es wird der Moment kommen, an dem du erneut ein Versprechen geben kannst. Dann erinnere dich an dieses Kleid und denk an den Mond und die Sterne in all ihrer Pracht. Vielleicht gefällt dir der Gedanke.«

»Ihr sprecht in Rätseln.«

»So soll es sein«, bestätigt er, »denn die Entscheidung muss von Herzen kommen, sie darf nicht vorgegeben werden. Es liegt dir frei, zu wählen.«

»Wie viel Zeit verbleibt Euch noch?«, frage ich, während er die Knöpfe des Kleides öffnet, damit ich es von den Schultern streifen kann.

»Ich hoffe auf den nächsten Vollmond«, antwortet er zweideutig und faltet das Kleid zusammen. Wir schweigen wie zwei alte Vertraute und der Gedanke schmerzt, dass ich ihm so viel Leid bescherte. Dennoch hilft er mir. Weil er der Uhrmacher und es seine Aufgabe ist.

Dann stehe ich in der Rüstung da und schließe das Cape, wie ich es schon einmal tat. Doch dieses Mal gibt kein Zurück. Die Uhren sind verstummt und jene, die noch leise vor sich hin ticken, kennen nur eine Richtung. Der Weg führt vorwärts.

Ein letztes Mal drehe ich mich um.

Der Uhrmacher lächelt. »Du bist ein guter Mensch, Lilith, und eine gute Fee.«

»Und Ihr der beste Freund, den ich je hatte.«

Er schüttelt den Kopf. »Das wäre ich gerne, doch es war nicht ich, der dir in all den schweren Zeiten beigestanden hat.« Er ergreift meine Hand und wie bei unserer ersten Begegnung drückt er mir einen sanften Kuss darauf. »Und dennoch bin ich froh, deine Bekanntschaft gemacht zu haben, Lilith.«

»Das klingt nach Abschied.«

Sein raues Lachen erklingt. »Dachtest du nicht schon einmal, du würdest mich niemals wiedersehen? Manchmal fühlt sich etwas endgültig an, doch ob es das ist, erfahren wir erst im Laufe der Zeit.« Dann gibt er mich frei.

»Lebt wohl«, sage ich zum zweiten Mal und fliehe aus der Werkstatt. Ich lasse ihn erneut zurück, nicht wissend, ob ich ihn je wiedersehen werde oder dies wirklich das letzte Mal ist.

Engelshaut

Noch immer wartet die Drachenreiterin. Ich spüre ihre Magie durch die Gassen wabern, wie es einst die der Giftmischerin tat. Sie umgibt alles, dringt in meine Adern, lockt und kitzelt. Doch die Königin in mir ist stumm, ganz so, als hätte es sie nie gegeben. Vielleicht ist sie verschwunden, weil ich endlich begriffen habe, dass sie ein Teil von mir ist. Dass ich *sie* bin. Meine Hände sind ihre Hände. Niemals zwei, sondern nur ein Wesen.

Ich wandere durch die Gassen, die kaum wiederzuerkennen sind, denn sie liegen voller Trümmer und verkohlter Leichen. Ich versuche sie zu ignorieren, denn die seltsam verrenkten Körper erinnern zu sehr an Zeiten, als ich diese Angriffe befahl. Das Bild der Goldenen Stadt erscheint vor meinem inneren Auge und ich erkenne mit Erschrecken, dass ich sie im Stich gelassen habe. Die Brüder des Prinzen, von dem ich so lange glaubte, er habe mich erweckt, vertrauten darauf, dass ich sie retten würde, doch ich verschwand und ließ sie zurück in ihrer schrecklichen Hungersnot. Ob sie nach mir suchen? Oder ob sie längst begriffen haben, dass ihnen die vermeintliche Schwanenprinzessin keine Rettung bringt? Was wird aus der schwangeren Frau, aus all den Hungernden und den letzten Prinzen?

Bevor ich zu einer Lösung komme, wie und ob ich ihnen helfen kann, tauchen dunkle Umrisse im Rauch auf. Ich erkenne die Engelsstatuen, die unbeschädigt vor der schwarzen Kapelle aufragen, die Flügel rußgeschwärzt, die Augen so lebendig wie zuvor.

»Wie ich sehe, bist du zurückgekehrt«, knurrt meine Schwester, inmitten des Kreises stehend, und blickt mir mit flammendem Blick entgegen.

»Wartest du auf mich?«, frage ich ruhig.

Sie lacht schallend. »Alles wartet auf dich, Schwester, alles. Als würde sich die ganze Welt nur um dich drehen. Du glaubst ja gar nicht, wie mir das zuwider ist!«

»Du warst gründlich«, sage ich und weise auf das Trümmerfeld, das einst die Stadt war. Auf den Schuppen ihrer Rüstung spiegelt sich tausendfach die Glut der Ruinen.

»Ich zerstörte diese Stadt schon einmal, doch sie wagten es, sie erneut zu errichten. Solange die Giftmischerin herrschte, ließ ich sie gewähren, aber nun, nach ihrem Tod, musste jemand die Menschen für ihre Vergehen strafen! Sie haben sich gegen uns versündigt, feierten sie doch den Tod der Feen und eine zum Scheitern verurteilte Revolution! Sag, Schwester, was ist ein Fest ohne ein warmes Feuer?«

Ich schreite um den Kreis der Engel herum, während sie sich wachsam mit mir dreht.

»Duftet die Luft nicht wunderbar befreit von der Sünde? Herrlich rein und rauchig.«

»Ich rieche nur verbranntes Fleisch und Tod.«

Die Drachenreiterin lacht höhnisch. »Was bist du zimperlich geworden.«

»Ich bin menschlich.«

»Durchaus«, gesteht sie ein und mustert mich hasserfüllt. »Du bist, was du uns verboten hast zu sein.«

Mein Schritt stolpert, ich fange mich an einer der Statuen ab, vermeine eine leichte Regung zu spüren. »Es tut mir leid«, sage ich belegt und meine es auch so.

»Es tut dir leid?«, echot sie ungläubig. Ihr Zorn schwillt an.

»Glaub mir, wenn ich die Zeit zurückdrehen könnte, würde ich …«

»Schweig!«, unterbricht sie mich schrill, die Hände zu Fäusten geballt. Sie strahlt eine so schreckliche Wut und zugleich Verletzbarkeit aus, dass es schmerzt, sie anzusehen.

»Lucia«, flüstere ich und für einen Moment wirkt sie in ihren Grundfesten erschüttert, ehe ihre Augen zu zwei dunklen Flammen werden, die einen Blick in die Hölle ihrer Seele offenbaren.

»Wag es ja nicht!«, brüllt sie und schleudert mir die Worte wie Peitschenhiebe entgegen. »Du hast dich als Göttin aufgespielt und uns nach deinem Vorbild walten lassen, du hast uns befohlen, zu richten und zu zerstören. Aber nun, wo dir die Reue so gut steht, verlangst du dasselbe von mir? Du verlangst, dass ich bereue? Begreife eines, *Schwester*, du besitzt keinerlei Macht über mich! Nicht mehr!«

»Ich bin und bleibe die Königin«, sage ich, die brennenden Hände hebend, und versuche, sie nicht die Schuld sehen zu lassen, die ich bei ihrem Anblick empfinde. Sie würde es nur als Schwäche auslegen. »Deine Magie gehörte einst mir und hat sie die Wahl, so gehorcht sie immer meinem Willen.«

»Mag sein«, zischt sie und zeigt mit dem Finger auf mich. »Und doch gibt es eines, das dir niemals gehorchte!« Ein Glühen wächst um sie herum. »Ich stahl dir das Feuer, doch das Licht bringe immer noch ich!«

Während das Strahlen sie umfließt, erinnere ich mich an das Mädchen, das sie einst gewesen ist. Das Kind, dem sowohl das Licht als auch das Feuer gehorchte. Doch sie scheute die zerstörerische Kraft der Flammen und hütete nur das Licht, wie ein Engel, rein und unschuldig. Etwas, das ich niemals war, weshalb mir, egal wie oft ich es auch versuchte, das Licht nicht folgte, als wisse es um die Schatten meiner Seele.

Lucia hingegen war reines Licht – bis ich sie brach und ihr befahl, das Feuer zu lenken und zu töten. Ich formte aus dem hellsten Stern unterm Himmel das dunkelste Wesen, das unter den Feen je gelebt hat. Sie wurde die Schlimmste von allen.

»Du hast mich zu dem gemacht, was ich jetzt bin«, flüstert sie aus der gleißenden Helle, die den Kreis der Engel flutet. Sie klingt wie ein Kind, nicht wie die Drachenreiterin. »Du hast mich fallen lassen. Du hast mich zerstört!«

»Lucia«, rufe ich und hoffe so sehr, dass noch etwas von dem einstigen Engelsmädchen vorhanden ist, irgendetwas.

Doch eine kindliche Stimme belehrt mich eines Besseren. »Lucia ist tot!«

Das Licht explodiert, die Engel erzittern, ich werde nach hinten geschleudert, gegen die Wand der Kapelle, und die Drachenreiterin – nein, das düstere Ebenbild Lucias erhebt sich in die Luft. Ihr folgen die Engelsstatuen, die Schwerter ziehend. Nur die zwei mit den flammenden Waffen verbleiben vor dem Eingang des Gartens, als einsame Wächter zur Linken und Rechten.

»Komm, Königin, kämpfe mit mir«, lockt Lucia und schleudert mir eine Welle aus gleißendem Licht entgegen. Kurz bevor sie mich versengt, reiße ich die Arme empor und errichte einen Feuerwall. Er fängt die brennenden Strahlen ab und doch beginnt meine Haut zu glühen, denn das Licht ist mir fremd und voll Hass.

»Ich will dir nichts tun!«, rufe ich.

»Zu spät«, brüllt sie. Im nächsten Augenblick stürzen die Engel nieder, die Gesichter so kalt wie der Stein, aus dem sie geschaffen sind. Ich fahre herum, lasse mich von dem Feuer tragen, es hüllt mich ein. Wir sind eins. Mein ursprüngliches Element, meine stärkste Macht. Ich hebe die Arme und finde mich der Drachenreiterin gegenüber. Wir umkreisen uns in der Luft, während die Engel zum zweiten Schlag losstürmen. Ihre steinernen Schwingen wirbeln die Asche auf, ersticken die Flammen. Doch ich brenne weiter. Gleichzeitig mit den Engeln schickt Lucia eine Welle strahlendes Licht los. Ich schieße in die Höhe, entkomme nur knapp den Hieben der Statuen. Sofort rufe ich das Feuer und lasse es auf die Engel los. Es gleitet einfach an ihnen ab und sie beginnen den nächsten Angriff. Erneut weiche ich aus, lasse die Flammen auf sie regnen. Ohne Erfolg.

»Sie sind wie ich«, höre ich Lucia lachen. »Sie kommen aus der Hölle und kein Feuer der Welt kann ihnen etwas anhaben!«

Wie kann ich sie dann vernichten? Ich fliege über die qualmende Stadt. Die Magie, die sie mir vor so langer Zeit stahl, trägt mich hoch hinauf, fort von der mächtigsten verbliebenen Fee. Sie ist, wie ich einst war: voll Dunkelheit. Und doch strahlt sie wie der hellste Stern und ihr Licht zeichnet zuckende Schatten auf die Ruinen der Wasserstadt, während die Engel mir nachjagen.

»Du kannst ihnen nicht entkommen!«, kreischt sie. Ihr beinahe kindliches Lachen hallt über die Trümmer, flutet sie wie das Licht, schallt von den Wänden und es ist, als würde ein Chor von Dämonen mit ihr lachen.

Ein Wesen der Hölle. Meine Schöpfung.

Ich stürze zwischen den Säulen einer zerstörten Halle hindurch, höre die Engel direkt hinter mir und begreife, dass es vor ihnen kein Entkommen gibt.

Lucia weiß es auch.

Unter mir gleitet die Mauer des Apfelgartens dahin, wie eine schwarze, schlafende Schlange liegt sie um den Garten, der völlig unberührt von den Flammen scheint. Die Äpfel der unzähligen Bäume schimmern im Schein des Feuers. Elfen blinzeln verschreckt aus den Wipfeln. Sie folgen mir mit den Blicken. Das Gras wiegt sich sanft, als würde ein lauer Wind durch es streifen, als wüsste es nichts von dem Feuersturm, der außerhalb des Paradieses wütet.

In diesem Augenblick erwischt mich ein Schlag am Bein, ich strauchele, verliere kurz die Kontrolle über die Magie. Sofort verlöschen die Flammen und ich stürze hinab, überschlage mich auf der Mauer, ehe mein Schwung nachlässt und ich hinabfalle, in den Garten. Der Aufprall raubt mir den Atem. Der Schmerz explodiert in all meinen Gliedern. Ich liege kurz da, keuche und blicke zum orange leuchtenden Himmel empor, vor dem sich die Silhouetten der Engelskrieger abzeichnen. Schwerelos schweben sie in der Luft und starren auf mich nieder, wie ich gebrochen im Gras liege.

Irgendwo wimmern ein paar Wichtel, eine Elfe schluchzt.

Lucia erscheint zwischen den Engeln, sinkt auf die Mauer. Sie starrt mich an, das Strahlen verblasst. Nur ein sanfter Schimmer bleibt, umgibt sie wie eine zweite Haut, als würde ein Heiligenschein um ihren Kopf leuchten.

»So endet es also«, flüstert sie ehrfürchtig.

Ich bringe kein Wort hervor, selbst wenn ich wollte, könnte ich nicht sprechen. Ich bin gelähmt vor Schmerz. Körperlichem und seelischem. *Ich habe aus ihr ein Monster gemacht. Ich habe sie verdorben.*

»Ich dachte, es wäre schwieriger«, sagt sie beinahe bedauernd. In ihren Augen erscheint ein seltsamer Ausdruck, der an Trauer grenzt. Vielleicht ist es auch nur das, was ich sehen möchte: ein Abglanz der alten Lucia.

Doch sie ist fort.

»Du bist mir nicht ebenbürtig«, fährt sie fort und gleitet langsam von der Mauer herab. Ich sehe sie an und sehe doch nur das Kind, das mit all den anderen spielte, das ich abends ins Bett trug und dessen Stirn ich küsste. Lucia hatte das größte Herz von allen. In ihren Augen strahlte ein funkelnder Sternenregen. Jetzt leuchtet in ihnen das Höllenfeuer.

»Ernte den Lohn deiner Saat«, zischt sie und lässt ein Schwert aus gleißendem Licht entstehen.

»Nein!«, schreit eine vertraute Stimme. Jemand stürzt vor, zwischen mich und sie. »Nicht! Tu es nicht!« Haruko kniet neben mir und schützt mich mit ihrem Körper. »Sie ist nicht mehr, was sie einst war. Sie ist nicht mehr so!«

»Geh aus dem Weg!«, zischt die Drachenreiterin.

»Nein!«

»Geh aus dem Weg!«, brüllt sie und ihre Worte hallen wie ein Sturm durch den Garten.

»Wenn du sie tötest, tötest du auch dich, begreifst du denn nicht?«, fährt Haruko mit bebender Stimme fort. »Du bist noch immer gebunden an den Fluch des Mals. Richte sie hin und du wirst dein Ende ebenso wie das Orakel finden!«

»Das Orakel?«

»Sie hat Marie an den Hexenjäger verraten«, erklärt Akiko und tritt hinzu. Sie meidet meinen Blick, legt aber die Hand auf die Schulter ihres Zwillings. Ihre Magie verbindet sich. Ich spüre, wie ein Teil davon in mich fließt, als würden sie mir eine Hand reichen. Der Schmerz des Sturzes verebbt allmählich, als würde er aus mir herausfließen, hinaus ins Erdreich. Sie versuchen, mich zu heilen.

»Verschone sie«, fleht Haruko, »und du verschonst auch dich!«

»Verschwindet oder ich werde euch ebenso vernichten!«, knurrt die Drachenreiterin. Die Engel zucken in Erwartung ihrer Befehle. Sie wird uns alle drei töten.

»Geht!«, keuche ich. »Seid nicht töricht.«

Haruko sieht überrascht zu mir. »Nein«, sagt sie ungewöhnlich sanft. »Nicht wenn es die Chance gibt, dass du zurück bist.«

»Sie ist nicht zurück!«, bellt die Drachenreiterin.

»Oh doch, das ist sie«, sagt eine weitere Stimme und die plötzliche Kälte, die meinen Atem gefriert, lässt mich ahnen, welche Schwester dazugekommen ist.

»Was willst du hier?«, knurrt die Drachenreiterin.

»Ich bin gekommen, um dich vor einem Fehler zu bewahren«, antwortet die Eishexe und schreitet langsam auf uns zu. Unter ihrem Schritt vereist das Gras. Raureif überzieht die Halme sowie die Blüten und Knospen der Rosen, die an der Mauer wuchern.

In meinen Adern pulsiert Magie, so viel Magie. Die der Erde, des Feuers und des Eises. Berauscht schließe ich die Augen, bewege die Finger, spüre, wie die vereinte Magie die Wunden und Knochenbrüche heilt, meinen Körper durchfließt und ihm die Kraft zurückgibt, die er braucht. Der Schmerz verschwindet vollkommen, bis er nichts als eine vage Erinnerung ist. Was bleibt, ist das unbändige Gefühl der Macht. Ich könnte die Engel vom Himmel stürzen und Lucia zu einer Säule aus Eis gefrieren, ehe die anderen drei ihrem Beispiel folgen würden. Ich könnte sie töten. Ich könnte …

Haruko weicht, als ich aufstehe, sucht die Nähe ihres Zwillings. Sie spüren sofort, dass ihnen die Magie fehlt, weil ich sie habe.

Die Eishexe blickt verwundert auf ihre Finger, jeglicher Magie beraubt. »So fühlt es sich also an«, sagt sie leise und betrachtet ihre Hände eingehend, ehe ihr Blick mich findet. »Es ist lange her, seit ich so schwach war.«

»Sehr lange«, bestätige ich. Eine Eiskruste wächst über meine Haut, wandert den Arm hinauf, bis zum Hals, ehe ich sie bändige und zurückdränge. Sie gehorcht dem Befehl, erkennt mich als Herrin an und es ist, als wären die letzten tausend Jahre nie geschehen. Aber das sind sie. *Sie haben mich verraten!*

»Lilith?«, ruft Haruko seltsam beunruhigt. Sie wissen, dass sie mir unterlegen sind, sie alle. Selbst die Drachenreiterin, auch wenn sie die Einzige ist, die über einen Teil ihrer ureigenen Magie verfügt. Weil ich ihn nicht antasten kann, weil er mir nicht gehorcht, und würde ich noch so sehr bereuen, das Licht wird mir immer fremd bleiben. Es ist mein Feind. Dabei *will ich nicht, dass es das ist.*

»Tausend Jahre«, beginne ich zischend und kann den Zorn nicht ganz aus meiner Stimme bannen. Er wächst mit der Magie, schwillt an und droht mich zu ertränken. »Tausend Jahre, betrogen von den eigenen Schwestern, verbannt vor den Augen der Welt, jeglicher Macht beraubt. Ihr habt euch gleich mehrfach gegen mich gewandt!« Für einen winzigen Augenblick flackern die Flammen hell um die eine Hand, während die andere vereist und die Erde zwischen meinen Füßen erbebt, ehe ich die Kontrolle zurückgewinne und den Zorn bändige. Ich löse die Fäuste, das Feuer stirbt, das Eis schmilzt. »Über Rache sind wir lange hinaus«, sage ich leise, die Eishexe nickt. »Es spielt keine Rolle mehr, dass ihr mich betrogen habt, denn ich verstehe, wieso ihr es tatet.«

»Das bezweifle ich stark.« Lässig lehnt der Mogul an einem Apfelbaum, hält eine Frucht in den Händen, dreht sie hin und her, ein schiefes Grinsen auf den Lippen. »Nettes Familientreffen«, sagt er und zwinkert mir zu. »Bin ich auch eingeladen?«

Fürchteten sie sich eben vor mir, so ist es jetzt der Mogul, den meine Schwestern mit Vorsicht betrachten. Selbst im Gesicht der Drachenreiterin erkenne ich eine Beklommenheit, die so gar nicht zu ihr passen will.

»Was wollt Ihr hier?«, fragt die Eishexe und tritt vor. Als ältestes Feenkind stellt sie sich schützend vor die anderen, ob mit Macht oder ohne.

Es waren auch ihre Kinder, begreife ich plötzlich. Wir retteten sie vor den Menschen, kämpften Seite an Seite und sangen sie in den Schlaf. Wir hielten sie im Arm und gaben jenen, die gerettet wurden, ein Heim. Sie und ich, wir waren die Ersten, und obwohl sie die Ältere von uns beiden war, besaß ich die größere Macht und wurde zur Feenmutter, zur Königin. Und als ich mich verlor, wurde sie der letzte Schutz der Kinder. Sie beschützte Marie im Brunnen, kämpfte zwölf Tage und Nächte gegen die Kälte und den Schnee, obwohl ihre Macht kaum ausreichte, um eine Handvoll Eis zu zaubern. Erst jetzt begreife ich, wie groß ihre Liebe zu den Feen ist. Sie würde alles opfern, selbst ihr Leben, um das der Feen zu retten. Schickte sie doch den Nordwind, um mich zu töten, als ich erwachte, auch auf die Gefahr hin, wie das Orakel zu enden. Sie wollte sie schützen – vor mir.

»Ich bin hier, um eine Katastrophe zu verhindern«, antwortet der Mogul lächelnd. »Nicht, dass ihr euch gegenseitig vernichtet.«

»Was interessiert dich das?«, knurrt Lucia und lässt von mir ab, um sich neben die Eishexe zu stellen. Sogar Haruko und Akiko nehmen unbewusst Position hinter ihren Schwestern ein. Seltsame Beklommenheit erfasst mich, als ich sie vereint dastehen sehe. *Wie früher.* Vielleicht ist nicht alles verloren.

»Mogul«, rufe ich und er nickt mir fragend zu. »Was meinst du damit, dass du bezweifelst, ich würde verstehen, wieso sie mich betrogen haben?«

Es wird totenstill, als hielten selbst die Elfen die Luft an.

»Sagen wir es so«, beginnt der Mogul und ein dunkles Grinsen spielt um seine Lippen, »die Idee wurde ihnen eingeflüstert, so lange, bis sie dem Gedanken nicht widerstehen konnten und zur Tat schritten.«

»Du lügst!«, zischt die Drachenreiterin.

Ein Lachen bricht aus ihm heraus. »Wusstest du, dass es am schwersten war, dich zu überzeugen? Die böse, böse Lucia!«

»Niemals!«

»Doch als dein Wille erst einmal brach, warst du die stärkste Kraft. Oh ja, du hast es geplant, du hast alles organisiert. Den ganzen Verrat an deiner Schwester, deiner Königin – oder soll ich besser sagen: deiner Mutter?« Er lacht. »Wer versteht schon eure Verwandtschaftsverhältnisse?«

Die Kiefer der Drachenreiterin knacken bedrohlich. Die Engel am Himmel sinken tiefer, jederzeit bereit, ihre Herrin zu verteidigen. Sie verharrt, gefangen von dem, was er sagt. Ihr Blick sucht meinen und ich erkenne die Zweifel inmitten des Höllenfeuers.

»Wer war es?«, frage ich. »Wer hat das Misstrauen gesät und den Wunsch nach meinem Tod geschürt?«

»Oh nein, nicht nach deinem Tod.« Der Mogul dreht den Apfel in der Hand. »Nur das Ende deiner Macht war das Ziel. Wer hätte ahnen können, dass sie dir im Schlaf die Magie stehlen würden und damit den ganzen schönen Plan vernichten?«

»Wovon spricht er?«, murmelt Akiko.

»Er lügt!«, ruft Haruko. Das Zittern ihrer Stimme straft sie Lügen. Sie fürchten sich vor der Wahrheit, so wie ich. Und doch scheint plötzlich eines zum anderen zu passen, wie ein Puzzle, das nach und nach zusammenfindet. Wir sind Figuren in einem Schachspiel und jemand lenkt uns, jemand, den wir weder sehen noch bekämpfen können.

Bevor ich dazu komme, meine Gedanken in Worte zu fassen, fährt der Mogul bereits fort.

»Verratet mir nur eines: Wie konntet ihr der Königin die Macht stehlen? Dass sie in euren Malen gebündelt ist, weiß ich – nur nicht den Weg, wie sie dorthin kam. Es muss einen Spruch geben, irgendeinen Zauber! Sagt ihn mir und ich werde euch das Rätsel des Großen und Ganzen offenbaren!« Er wirft den Apfel hoch und fängt ihn auf, wobei er ihn auf seinem Finger dreht wie einen Globus. »Wollt ihr das Geheimnis Pandoras und eurer Existenz wissen?«

»Nein, wollen sie nicht!«

Ich fahre zum Hexenjäger herum, ebenso meine Schwestern, die unsicher scheinen, von wem die größere Gefahr ausgeht. Nur der Mogul ist völlig unbeeindruckt.

»Willkommen, Bruder«, sagt er und ein dunkler Schatten legt sich über seine Züge.

»Bruder?«, fragt die Eishexe überrascht. Ihr Blick zuckt zu mir, doch ich bin genauso sprachlos wie sie. Ich fixiere den Hexenjäger, suche die Ähnlichkeiten und spüre eiskaltes Entsetzen, als ich sie finde.

»Unmöglich!« Haruko spricht aus, was ich denke.

»Es ist wahr!« Der Mogul lächelt. »Vielleicht ist es an der Zeit, dass mein Bruder sich vorstellt und die Wahrheit offenbart.«

»Lass das«, knurrt der Hexenjäger und tritt langsam näher, das Schwert in der Hand.

»Brüder?«, wispert Akiko. »Wie kann das sein? Ihr seid ein Feenrich und er … er ist ein …«

»Gott?«, schlägt der Mogul vor und hebt belustigt die Brauen, als wäre all dies ein Spiel.

»Hexenjäger?«, frage ich. Tatsächlich sieht er zu mir, das Gesicht eine einzige Maske, sodass ich nichts darin erkennen kann. Weder Lügen noch die Wahrheit. »Was wird hier gespielt?«

»Es ist kein Spiel«, sagt er ruhig.

»Und ob es das ist!«, ruft der Mogul lachend. »Es ist das Spiel des Lebens. Der Zauberei und der unbegrenzten Möglichkeiten!«

»Du weißt nicht, wovon du redest«, knurrt der Hexenjäger.

»Und ob ich das weiß!« Der Mogul stößt sich vom Baum ab, wirft den Apfel achtlos fort. »Ich verstehe viel besser als du, was für Chancen sich uns bieten. Siehst du das?« Er hebt die Hände, ruft die Magie. Ein goldener Strudel aus Feuer und Sand kreist über unseren Köpfen. »Siehst du, welche Macht ich habe?«

»Wer seid Ihr?«, fragt die Eishexe und ballt die Faust. Ich ahne, dass sie verzweifelt wünscht, nicht schwach und wehrlos zu sein. Doch ihre Magie fließt in mir, wie die der Zwillinge und die des Feuers. Nur das Licht Lucias strahlt unberührt, gibt der Drachenreiterin eine Sicherheit, die den anderen Feen fehlt. Jetzt wissen sie, wie es ist, menschlich und ohne Magie zu sein.

Menschlich und ohne Magie.

Mich durchzuckt ein vager Gedanke, ein weiteres Puzzlestück. Es ist etwas, dass der Mogul sagte.

Siehst du, welche Macht ich habe?

Als hätte er sie sonst nicht.

»Ihr seid Menschen«, stelle ich fest und an dem flackernden Blick des Moguls erkenne ich, dass ich recht habe. »Woher hast du deine Magie?«

Erst sieht er mich stumm an, beginnt dann zu lachen. Hysterisch dringen die Laute aus seiner Kehle, brechen sich zwischen den

Mauern des Apfelgartens und verhallen über den Ruinen der Stadt. »Von einer Wunderlampe«, japst er und hält sich den Bauch. »Wie in den verdammten Büchern. Eine *Wunderlampe!*«

»Sei still!«, befiehlt der Hexenjäger und will zu ihm treten. Der Mogul hebt die Hand, sofort trennt sie eine Barriere aus reiner Magie.

»Du willst es ihnen nicht sagen? Nun, dann hüte dein Geheimnis, ich jedoch sehe keinen Sinn darin, mich zu verstellen.« Mit einer spöttischen Verbeugung dreht er sich zu uns herum. »Darf ich vorstellen? Man nennt mich Mogul, doch geboren wurde ich als Mensch.« Er grinst zum Hexenjäger. »Dank der Liebe meines Bruders ist es mir möglich, zu sein, wer immer ich sein will. Und dank einer *Wunderlampe!*« Wieder beginnt er zu kichern, über einen Witz, den nur er zu begreifen scheint. »Es bedurfte eines einzigen, klitzekleinen Wunsches. Doch im Gegensatz zu ihm fand ich keine Meerjungfrau, die ihn mir erfüllen wollte. Oh, Verzeihung, habe ich aus Versehen einen Teil deines Geheimnisses verraten? Vergib mir!« Der Hexenjäger steht da, sein Blick ruht auf mir allein. »Da ich also keine Meerjungfrau fand, suchte ich nach einem anderen Weg und da erschien die Lampe wie gerufen. Die Wunderlampe. Und so bekam ich statt eines Wunsches gleich drei!«

»Komm zum Punkt«, knurrt die Drachenreiterin.

»Drei Wünsche. Zwei davon bereits erfüllt: Magie, die den Feen ebenbürtig ist, und ewiges Leben.«

»Und zu welchem Preis?«, fragt der Hexenjäger und löst den Blick kurz von mir.

Der Mogul zuckt nur mit den Schultern, in seinen Augen glüht die Dunkelheit. »Eine Jungfrau mehr oder weniger, was macht das schon. Sie schenken mir ihr Leben und ihre Zeit. Sowie die Liebe.«

»Deswegen also«, sagt die Eishexe leise. »Alles hat seinen Preis und der Eurer Ewigkeit ist der Tod all dieser jungen Frauen.«

»Jungfrauen«, verbessert der Mogul. »Das Alter spielt dabei keine Rolle.«

»Was habt Ihr für die Magie gegeben?«, fragt die Eishexe weiter.

Kurz schwankt das Lächeln des Moguls. »Alles hat seinen Preis«, wiederholt er die Worte der Eishexe und wendet sich abrupt ab. Aus der Hosentasche zieht er die knisternden Papierstücke, in welche die Male der gefallenen Feen eingewickelt sind.

»Gib sie mir«, fordert der Hexenjäger sofort.

»Damit du sie zerstören kannst?«, fragt der Mogul. »Damit du alles hier zerstören kannst?«

»Du weißt, dass es richtig ist.«

»Richtig für wen?«, brüllt er plötzlich. »Für die Menschen? Die Menschen dort draußen? Glaub mir, Bruder, sie sind deine Mühen nicht wert! Keiner von ihnen würde für dich oder irgendjemanden tun, was du hier versuchst.«

»Es ist richtig«, beharrt der Hexenjäger und versucht durch die Barriere aus Magie zu dringen, doch sie ist zu stark. Sie flimmert um den Mogul wie ein sanfter Sandnebel.

»Und was ist mit ihr?«, fragt der Mogul und zeigt auf mich. »Bist du wirklich bereit, sie zu opfern?«

Mein Herz setzt einen Moment aus. Die Magie in mir kreischt. Sie spürt meine Anspannung und die schreckliche Hoffnung. Die Feen lauschen, unfähig, einzugreifen oder zu fliehen. Sie sind abhängig von mir und meiner Reaktion. Ich könnte sie gehen lassen oder sie hier und jetzt richten, dem Hexenjäger blind vertrauen und tun, zu was er mich erweckte. Doch er verlangt nicht, dass ich sie töte. Ich würde ihm auch nicht gehorchen. Vielleicht weiß er das. Er weiß so viel.

Wer ist er?

»Liebe«, spottet der Hexenjäger und trifft mich damit mitten ins Herz. Für einen Augenblick stehe ich wie gelähmt da, als der Mogul plötzlich bei mir ist. Über mir. So schnell, dass ich nicht dazu komme, ihn zu stoppen.

Schon presst er die Lippen auf meinen Mund und alles explodiert. Die Welt versinkt. Etwas in mir zerbricht. Ich spüre es und kann nichts tun, um es zu verhindern. Ganz, ganz langsam, gleitet mein Bewusstsein hinfort. Meine Beine beginnen zu zittern, die Lippen prickeln. Alles dreht sich. Die Magie entgleitet mir immer mehr, als würde er sie aus mir saugen; und obwohl ich verzweifelt versuche, mich auf sie zu konzentrieren und ihn fortzustoßen, kann mein Geist sich auf nichts anderes als den Kuss besinnen. Seine Lippen, sein Atem.

Ich bin verloren.

Da löst sich der Mogul, ich blinzele in die Dunkelheit. Nach ein paar Sekunden wird mein Blick klarer und ich erkenne Schemen. Ich höre eine Stimme. Der Mogul hält mich in seinen Armen. Er riecht nach Wüste, Sonne und Zimt.

»Sag Bruder, soll ich weitermachen? Soll ich sie töten? Sie ist zwar keine Jungfrau – ach verzeih, das wusstest du ja schon –, aber sie schmeckt trotzdem köstlich. Und auch wenn es mir nichts bringt, so könnte ich dennoch ihr Leben beenden. Das ist es doch, was du willst und zu schwach bist zu tun, nicht wahr?«

Ich blinzele, erkenne die Barriere aus Sand, die uns vor den anderen abschirmt, den Feen und dem Hexenjäger. Ohnmächtig stehen meine Schwestern da, der Magie beraubt. Nur der Hexenjäger brüllt und tobt und schlägt gegen die Barriere. Ich höre ihn nicht, ich höre nichts außer dem Lachen des Moguls.

»Ich will dich nicht töten«, vertraut er mir an und fährt mit den Lippen sanft über meine Wange. »Doch wenn ich ihn zur Vernunft bringen will, bleibt mir kaum eine Wahl. Ich kann nicht zulassen, dass er Pandora vernichtet, verstehst du, kleine Fee?«

Erneut küsst er mich. Erneut werde ich gezogen in einen Taumel aus seltsamer Ekstase und schleichender Dunkelheit, die mich zu verschlingen droht.

Ganz am Rande begreife ich, dass ich hier und jetzt sterbe. So, wie es meine Schwestern während der Rechtsprechung geplant hatten. Er tötet mich. Ich verstehe nicht warum. Wollte er mich nicht beschützen? Mich und meine Schwestern?

»Ich brauche dich nicht mehr«, haucht der Mogul an meine Lippen, wandert hinab zum Hals, zieht eine Spur feuriger Küsse auf meiner Haut. Der Wunsch, mich zu wehren, ist da, aber so schwach, dass ich ihn kaum greifen kann. Gefangen in seinem Bann, genieße ich auf verdrehte Art die Hitze und seltsame Trunkenheit und erkenne, dass es schlimmer hätte enden können. Ich spüre kein Leid und keinen Schmerz, nur willenlose Hingabe.

»Jetzt, wo ich die Male habe«, murmelt er beinahe zärtlich, »bist du unwichtig geworden. Die Magie scheint nicht an dich gebunden, dein Überleben nicht von Bedeutung. Außer für ihn … und seinen Plan.«

Hexenjäger, flüstern meine Gedanken. Mit aller verbliebenen Macht zwinge ich den Blick fort vom Mogul und sehe über seine Schulter, direkt in die Augen des Hexenjägers, und was ich sehe, bricht mir das Herz. »Er liebt dich«, flüstert der Mogul. »Er hat dich immer geliebt. Und doch wird er dich opfern.«

»Warum?«, hauche ich.

Er streichelt mit den Fingern über mein Schlüsselbein und die Kehle. »Du bist der Grund für alles. Oder besser: deine Magie! Sie speist diese Welt, kleine Fee, und will er sie vernichten, so bleibt ihm keine Wahl, als all jene zu töten, die sie tragen. Indem sie dir die Macht stahlen, besiegelten sie ihr Todesurteil. Was meinst du, warum er sich *Hexenjäger* nennt?« Er grinst, aber das Grinsen gilt nicht mir, sondern seinem Bruder. »Er könnte alles sein, doch er ist der Hexenjäger.«

»Was …«, versuche ich, bringe ich die Worte jedoch kaum hervor. Alles in mir ist schwach und taub.

»Weißt du, was das Orakel prophezeite, nachdem er dich beinahe getötet hätte?«, fragt er seltsam abwesend. »*Wenn alle Hexenmale geborgen und die Macht wieder die der Königin ist, muss sie sterben, auf dass alle Magie aus dieser Welt schwinde und sie mit ihr.*« Er zieht mich vor sich, hebt mein Kinn an, sodass ich Auge in Auge mit dem Hexenjäger stehe, getrennt durch die Barriere.

»Deshalb hebt er dich bis zum Schluss auf, weil erst die anderen dahinscheiden müssen. Er wird nicht aufhören, weißt du? Er wird sie alle jagen, eine nach der anderen, bis er die Male besitzt. Erst dann wird er dein Leben nehmen, gleich, dass es ihn zerstört.« Er fährt mit einer Hand an meiner Taille hinab, schmiegt den Kopf an meine Wange. »Ich kann das nicht zulassen.«

»Aber …«

»Ich wollte so gerne dein Freund sein, kleine Fee. Aber wenn ich dich hier und jetzt töte, existieren die Hexenmale weiter und in ihnen deine Magie. Nur darum geht es, kleine Fee, um die Magie. Mit ihr wird alles auf ewig bestehen.« Die Arme um mich geschlungen, hält er mich. Ich will schreien, kämpfen, ihn von mir stoßen, und kann es doch nicht. »Glaub mir oder nicht, aber ich bedauere, dass es so endet.«

Ich glaube ihm tatsächlich. »Versprich mir, dass du … sie beschützt … vor ihm.«

»Wozu?«, fragt der Mogul und die Schatten in seinen Augen tanzen betörend. »Ob sie leben oder sterben, spielt keine Rolle mehr, jetzt, da ich die Hexenmale besitze. Solange ich sie hüte, kann mir nichts passieren. Es ist nicht mein Krieg, kleine Fee, war es nie.«

»Bitte«, hauche ich, doch er grinst nur. Ich muss sie schützen, die letzten Feen, meine Schwestern, meine Kinder, meine Familie. Ich muss sie retten!

»Sag auf Wiedersehen«, flüstert der Mogul und beugt sich zum letzten Kuss hinab.

Doch bevor seine Lippen die meinen berühren, lasse ich die Magie los und stoße sie fort zu ihren neuen Herrinnen. Ich schleudere sie von mir, keinen Moment später explodiert die Welt, nicht des Kusses wegen, sondern vor Kälte und Flammen. Das Sandschild bebt. Dornenranken brechen aus der Erde, wickeln sich um die Knöchel des Moguls, zerren an ihm. Fluchend tritt er nach ihnen, da bricht die Magiebarriere unter einer vereinten Front aus Eis und Feuer. Er lässt mich fallen. Als ich auf dem vereisten Boden aufschlage, sehe ich gerade noch, wie er von den Ranken verfolgt davonhastet, verzweifelt bemüht, den Angriffen der Feen zu entkommen.

Sie kämpfen, um mich zu retten, ist mein letzter Gedanke, ehe die Dunkelheit mich hinabzieht in ihr schwarzes, stummes Reich.

Zukunftsträume

Wörter sind Magie aus Buchstaben, die ganze Geschichten zu erzählen vermögen. Sie schaffen Welten voller Zauber und Liebe, Freude und Leid. Sie lassen Helden auferstehen und sterben, erzählen von Wahrheit und dem Kampf um Gerechtigkeit – oder dem Verlust dieser. Es gibt unzählige Geschichten, geschaffen aus unzähligen Worten. Doch eines ist ihnen allen gleich: Sie besitzen einen Anfang und ein Ende. Es beginnt mit »Es war einmal« und endet, wenn die letzte Seite gelesen ist, die letzten Worte verklingen und nichts als eine schreckliche Leere verbleibt. Dann schließt sich der Bucheinband wie der Deckel eines Sarges und alles, was so lebendig und voll Wunder erschien, bleibt darunter verborgen. Bis das Buch erneut aufgeschlagen wird und wir einen Blick in den Sarg wagen. Bis jemand kommt und das schlafende Schneewittchen erweckt. Erst dann kann die Geschichte fortgehen, einen zweiten Anfang finden.

So wie mein Leben einen zweiten Anfang nahm, als der Hexenjäger mich im Turm mit einem Kuss erlöste. Nur, dass die Zeit nicht stillgestanden hatte, sondern fortgegangen war. Tage waren zu Jahren zerflossen, zu Jahrzehnten und schließlich einem Jahrtausend.

Ich blinzele die Schwärze weg, die der Kuss des Moguls in mir schuf, und versuche die Erinnerungen an die Nacht im Apfelgarten zu ordnen. Die seltsamen Andeutungen, die vage ein Bild ergeben, das ich noch nicht ganz zu erkennen vermag, dessen Umrisse aber deutlicher werden.

Als sich mein Blick klärt, sehe ich einen Himmel aus Seide über mir. Ich liege in einem Bett, ähnlich dem im Turm. Aber dies ist nicht der Turm, sondern ein Zimmer. Es ist klein, dafür vollgestopft bis unter die Decke mit Kostbarkeiten, als habe sich jemand nicht für einen Einrichtungsstil entscheiden können. Kunstvoll geschnitzte Truhen stapeln sich zusammen mit Hunderten von Büchern über geknüpften

Teppichen auf dunklen Holzdielen, Ölgemälde verhängen wie Puzzlestücke die Wände. Davor stehen Säulen mit Pflanzen, die Statue einer vergessenen Göttin, ein Regal voller Steine und Muscheln.

Langsam schiebe ich die Beine aus dem Bett, finde tatsächlich ein Stück freien Boden. Jemand hat mich ausgezogen, denn ich bin nackt. Auf einem Hocker zwischen zwei Truhen und der Göttin liegt die Rüstung, daneben das blaue Cape.

Zögernd erhebe ich mich, teste meinen Stand. Die Schwäche, die der Kuss des Moguls in mir auslöste, scheint vorüber. Auf dem Weg zum Hocker trete ich an eines der Sprossenfenster und blinzele hinaus. Ich weiß nicht, was ich erwartet habe, doch als ich eine weitläufige Stadt mit sandfarbenen Häusern und dahinter das schimmernde Meer erblicke, stockt mir der Atem. Murano in voller Pracht. Ich war lange nicht mehr hier.

Hinter mir öffnet sich die Tür. Der Hexenjäger tritt ein. Er bleibt stehen, als er mich sieht. Langsam schreite ich zwischen den Truhen und Hockern und all den Bücherstapeln zurück zum Bett, fasse mit einer Hand in die seidigen Gardinen. Eine Gänsehaut überzieht meinen Körper. Sein Blick brennt in meiner Seele.

»Sag, was ist geschehen?«, fordere ich ihn auf, wohl wissend, dass ihn meine Nacktheit zu irritieren scheint. Ich genieße, wie viel Macht ich über ihn habe. »Was trug sich zu, nachdem meine Schwestern den Mogul angriffen?«

»Er konnte entkommen«, antwortet der Hexenjäger rau. »Und ich mit dir dank deines Rings.«

Der Ring, ich spüre ihn an meinem Finger. Er nahm ihn mir nicht, lässt mir die Freiheit zu gehen und ihn zu verlassen. Warum?

»Stimmt es, was der Mogul sagte?«, frage ich und komme noch näher. Er weicht, als wolle er fliehen. Vor mir und meiner Nacktheit. Eine Mischung aus Erregung und Triumph schwelt in mir. »Stimmt es, was er über dich sagt?«

»Was meinst du?«, bringt er mühsam hervor.

»Seid ihr Brüder?«

Er nickt, in seinen Augen brennt ein grünes Feuer.

»Bist du ein Gott?«

Kurz stockt er, dann schüttelt er den Kopf. »Nein.«

»Aber du lebst länger, als ich es schon tue«, flüstere ich.

»Nein und ja«, antwortet er ausweichend.

»Und solange ich lebe ...« Ich zögere, weil es so absurd klingt und doch muss ich meinen Verdacht aussprechen. »Solange ich lebe, existiert diese Welt?«

»Ja und nein«, lautet erneut die Antwort.

»Solange meine Magie existiert?«, präzisiere ich.

Diesmal nickt er. »Es scheint so.«

»Es begann mit mir?«

Wieder ein Nicken.

»Weil du mich liebtest?« Eine vage Vermutung, doch das Feuer in seinen Augen wird zu einem wahren Sturm, lässt mich schaudern, gleichzeitig vor Freude und Ohnmacht, denn es zeigt mir die Antwort. »Und du liebst mich noch.«

»Ja«, sagt er heiser und überbrückt den letzten Abstand. Getrieben von einer Leidenschaft, die größer ist als alle Zweifel, küssen wir uns, während seine Hände überall sind. Er berührt mich, als könnte er nicht glauben, dass ich real bin, dass ich hier vor ihm stehe, in Fleisch und Blut, und mich ihm hingebe. Weil ich ihn liebe.

Und er mich.

Er stöhnt meinen Namen, streicht über den Zopf und umfasst meine Brüste. Sie passen perfekt zu seinen Händen, als wäre ich alleine für ihn geschaffen. Als wäre ich sein Gegenstück.

»Ich liebe dich«, flüstert er rau. »Ich habe dich immer geliebt.«

Bevor ich etwas erwidern kann, versiegelt er meine Lippen mit einem Kuss. Jetzt ist keine Zeit der Worte.

Seine Rüstung reibt auf meiner Haut. Sie riecht nach Feuer und Rauch. Kurz erinnere ich mich an die sterbende Wasserstadt, doch als er meinen Hals mit Küssen bedeckt, vergesse ich alles. Es gibt nur noch ihn und die Gewissheit, dass er mich liebt, es schon immer tat.

Schließlich weicht die Rüstung, landet irgendwo auf den Dingen, die den Raum fluten, genauso das Laken des Bettes. Nur er und ich, im wilden Tanz, hoffnungsvoll und verzweifelt zugleich, als stünden wir an einem Abgrund. Vielleicht ist es auch so. Vielleicht sind wir dazu verdammt, uns auf ewig und für immer zu verlieren. Doch selbst die Angst vor dem kommenden Tag und den Entscheidungen, die getroffen werden müssen, vermögen unserer Sehnsucht keinen Einhalt zu gebieten. Die Ungewissheit treibt uns verzweifelt in einen vergänglichen Himmel aus Glück. Ich klammere mich an ihn, halte ihn so fest ich kann, spüre ihn überall. Auf meiner Haut, in meinem Herzen, bis tief in meine Seele.

Noch lange, nachdem die Leidenschaft verebbt ist, liegen wir eng umschlungen auf dem Himmelbett. Er hält mich im Arm, während ich die Linien seiner Narben nachzeichne, die sich wie ein Spinnennetz über seinen Oberkörper ziehen. Sie erzählen eine Geschichte voll Leid.

Ich erinnere mich an die Nacht, als wir uns auf dem Eisbärenfell in der Hütte der Sieben liebten. Damals suchte ich die Liebe und verstand nicht, dass ich sie in den Armen des Mannes gefunden hatte, der mich hassen sollte und nicht müde wurde, die keimende Vertrautheit zwischen uns zu zerstören. Erst am Teich der Nixen glaubte ich zu erkennen, wie sehr er mir verfallen war. Denn auch wenn seine Worte mich Feind schimpften, so sprachen seine Augen etwas anderes. Sie sprachen von Liebe, und ich begann zu hoffen.

Doch dann kam Olga.

»Olga ist tot«, flüstere ich.

Der Hexenjäger versteift sich kurz, ehe er seine Wange an meinem Haar reibt. Ich frage mich, ob er trauert. »Die Raben haben ihre Leiche geholt«, sagt er leise. »Ich sah sie gen Gebirge fliegen.«

»Sie ist gestorben, um Elle zu retten.«

Er greift nach meiner Hand und beginnt die Fingerspitzen zu küssen.

»Hast du sie geliebt?«

»Nein«, antwortet er, doch es klingt ein seltsamer Ton in seiner Stimme.

Ich drehe mich in seinem Arm, um ihn ansehen zu können. »Aber sie hat dir etwas bedeutet.«

»Ja.«

Für einen winzigen Moment spüre ich einen Stich Eifersucht, ehe ich mich fange. »Es tut mir leid.«

»So?« Er hebt die Brauen. »Sie war nicht gerade deine Freundin.«

»Sie ist nur ein Opfer der Umstände«, entgegne ich. »Wären wir uns zu einer anderen Zeit an einem anderen Ort begegnet … hätten wir vielleicht Freundinnen sein können.«

Er lächelt und es lässt seine Züge weich werden. »Ja, vielleicht.« Wieder küsst er meine Finger. »Sie war ein guter Mensch.«

»Sie war in dich verliebt.«

Er verharrt, nickt dann. »Sie wusste, dass es keine Zukunft für uns gab.«

»Weil du der Hexenjäger bist«, sage ich und mein Mund wird trocken.

Sein Blick wird ernst. »Unter anderem.«

»Und auch für uns wird es keine Zukunft geben«, füge ich hinzu und die Nähe zu ihm schmerzt plötzlich bittersüß.

Er richtet sich auf. Seiner Wärme beraubt, beginne ich zu zittern, fühle mich schrecklich allein. Denn gleich, was zwischen uns geschieht oder wie sehr ich ihn liebe oder er mich, wird es doch niemals genug sein. Nicht für ihn.

»Es ist …«, beginnt er, ehe ich ihn unterbreche.

»Wag es ja nicht!«, zische ich. Nur mit Mühe kann ich die Tränen unterdrücken. »Wag es ja nicht, mit irgendwelchen Entschuldigungen zu kommen! Ich will sie nicht hören!«

»Lilith«, sagt er rau und streckt eine Hand nach mir aus, da bin ich schon aus dem Bett gesprungen und eile zum Fenster. Ich reiße es auf und sehe hinunter auf die Straßen Muranos, die im strahlenden Sonnenschein daliegen. Tief atme ich die frische Seeluft ein. Sie strömt durch das Fenster, legt sich um meine Haut wie ein Mantel aus Eis und lässt mich frieren.

Dann ist er bei mir, schmiegt sich an meinen Rücken und lehnt den Kopf an meine Wange.

»Geliebte Lilith«, flüstert er in mein Ohr.

»Ich bin die böse Fee«, korrigiere ich und beobachte die winzigen Schiffe, die in den Hafen der Stadt einlaufen. Die weißen Segel zeichnen sich hell vom dunklen Blau des Meeres ab. »Es gibt keine Happy Ends für die Guten, wie kann es da eines für die Monster geben? Für mich?«

»Du bist kein Monster«, widerspricht er sanft und doch wissen wir beide es besser.

»Du warst dabei«, rutscht es mir heraus und erinnert mich daran, was er unter den Engeln zu mir sagte. Er weiß zu viel, mehr als er wissen dürfte. »Wenn du da warst, als ich die Feenkinder quälte, wie kannst du mich dann lieben?«

»Ich war da, als du ein Kind warst«, korrigiert er, »und als du die Feenkinder gerettet hast, eines nach dem anderen. Ich weinte mit dir um jedes, das starb und trug sie mit dir zur Erde.« Er schweigt kurz, reibt seine Wange an meiner. Ich kann nicht anders, als mich an ihn zu schmiegen. »Als ihr in dem Turm in Sicherheit schient, habe ich dich verlassen. Doch ihr wart nicht sicher, denn als ich *zurückkam*, war die Goldene Stadt längst vernichtet und das Zeitalter der Feenmutter vorbei. Ich kam zurück, als du als Königin über Pandora herrschtest.«

»Dann wusstest du es nicht«, flüstere ich. All die Taten, all die Qualen.

»Ich habe es geahnt«, gibt er zu. »Und in den Erinnerungen deiner Schwestern gelesen.«

»Wer bist du?«, platzt es aus mir heraus und ich drehe mich in seinem Arm, um ihn zu fokussieren. »Du willst kein Gott sein und ein Zauberer bist du auch nicht. Nur wie kannst du all die Zeit über an meiner Seite gewesen sein und doch habe ich dich nie gesehen? Wie ist das möglich?«

»Ich kann es dir nicht sagen, noch nicht«, fügt er hinzu.

»Erst musst du entscheiden, wie es mit mir weitergeht«, erkenne ich und ein leichtes Nicken bestätigt den Verdacht. »Wieso habe ich das Gefühl, dass deine Rolle die größte von allen ist?«

Er lacht auf. Leise. Verzweifelt? »Nein, Lilith, ich war nie mehr als ein Beobachter. Dies hier ist deine Geschichte und es hätte nie die meine werden sollen …«

»Aber?«

»Du wurdest zu mächtig«, antwortet er schlicht.

»Zu mächtig?«

»Zu *echt*.«

»Ich verstehe nicht.«

»Du hättest nie mehr sein sollen, als …« Er unterbricht sich. »Aber so ist das Leben, nicht wahr? Es verändert die Dinge, es lässt sie wachsen und gedeihen, zum Guten und … zum Schlechten.«

»Wie bei mir.«

»Als ich sah, was aus dir geworden war«, er stockt, »da musste ich eingreifen. Mir blieb keine Wahl. Und so säte ich Zweifel in den Köpfen deiner Schwestern und den Gedanken, ohne dich ein besseres Leben zu haben.«

Mein Mund wird trocken. Ich löse mich von ihm, trete zurück. »Was sagst du da?« Obwohl ein Teil in mir will, dass er schweigt, halte ich ihn nicht auf, als er weiterspricht. Denn es gibt Wahrheiten, denen wir uns stellen müssen, die nicht verschwinden, wenn wir versuchen, vor ihnen zu fliehen. Im Gegenteil, mit jedem Schritt, den wir uns entfernen, wachsen sie wie eine Flutwelle an, bis sie uns einholen und fortreißen.

»Ich musste einen Weg finden, dich aufzuhalten«, sagt er eindringlich, die Hand zwischen uns erhoben, als wolle er mich halten. »Du durftest nicht weiterexistieren, doch brachte ich es nicht übers Herz, dich zu töten. Und so fand ich eine dritte Möglichkeit.«

»*Dornröschenzauber*«, hauche ich entsetzt, die Wand im Rücken. Seine Augen sind so dunkel wie die Nacht, durchzogen mit grünen Punkten, die mir vertraut und gleichzeitig unendlich fremd sind. Ich weiß nicht, wer er ist und über welche Macht er verfügt, über mich, über alle.

»Ich sorgte dafür, dass Kassandra dir die Karten legt.«

Fassungslos starre ich ihn an, den Mann, der mit meinem Leben spielt. Der meine Karten mischt und neu verteilt, weil ihm das Blatt, das mir gegeben ist, nicht gefällt. Er, der sich Hexenjäger nennt und doch so vieles mehr ist. Ein Gott? Ein Lügner?

Ich wende mich ab, trete näher ans Fenster, um mich zu sammeln. Ich brauche die kurze Pause, ehe ich die nächste Frage stellen kann und es weitergeht. Beinahe glaube ich, das Ticken der letzten Uhren in der Uhrmacherwerkstatt zu hören. Meine Zeit verrinnt unermüdlich, während ich hier stehe und hinaus auf die schimmernden Wellen blicke. Für das Meer gibt es keine Zeit und doch wird man nun unterscheiden: zwischen dem Zeitalter der Meerjungfrauen und danach. Sie sind verbannt von der Welt, können nur noch unter der Oberfläche existieren. Sie sind da und doch sieht sie niemand mehr und irgendwann werden sie als tot gelten.

»Es war dein Plan, mich in den Schlaf zu versetzen?« Eigentlich ist es keine Frage, sondern eine Feststellung.

»Ja.«

Doch etwas ging schief. »Sie nahmen mir meine Macht«, sage ich und begreife, was der Mogul sagte. »Sie wurden wie ich.«

»Sie wurden genauso gefährlich«, bestätigt er.

»Deswegen bist du hier.«

»Deswegen bin ich hier.«

»Um deine Schöpfung zu vernichten.« Eine weitere Feststellung. Ich kann ihn nicht ansehen, noch nicht. Mein Blick ist starr aus dem Fenster gerichtet, hinaus auf die Welt, von der ich dachte, ich würde sie beherrschen. In Wirklichkeit bin ich nur eine Figur in seinem Spiel. »Du behauptest, kein Gott zu sein und doch erhebst du dich zum Richter über Leben und Tod. Du hast entschieden, mich zu verbannen, als ich zu gefährlich wurde, und jetzt, wo meine Schwestern die Gefahr sind, suchst du ihr Ende. Der einzige Unterschied ist, dass du es diesmal persönlich tust.«

»Es darf nicht noch einmal schiefgehen«, antwortet er viel zu ruhig.

»Du tötest sie.«

»Ich habe keine Wahl.«

»Wir haben immer eine«, entgegne ich hart und blicke nun doch über die Schulter zurück. »Damals hättest du mich töten können, aber du hast mich verschont.«

»Ich war schwach«, gibt er zu.

»Warum hast du mich im Turm geküsst?«, frage ich leise. Im Vergleich zu all dem, was ich erfahre, scheint die Liebe so unwichtig wie nie zuvor. Doch ist sie der Grund für alles. Für mein Leben, für den Schlaf und sie wird entscheiden, ob er mich diesmal töten kann.

»Ich dachte nicht, dass es so hart sein würde, dich nach all der Zeit zu sehen. Wirklich zu sehen, nicht nur aus der Ferne.«

»Du hast mich erweckt.«

»Ich wusste nicht, dass ich … dass du … wir.«

»Der Kuss der wahren Liebe«, flüstere ich.

»Ich habe nicht erwartet, dass ausgerechnet ich …«, er unterbricht sich, »… ich dachte, es wäre der Prinz gewesen.«

Ich schnaube, muss gleichzeitig lachen und bringe doch nicht mehr als ein heiseres Glucksen zustande.

»Ich suchte den Turm auf, weil das Orakel mir prophezeite, dass dort der Schlüssel für die Vernichtung der Feen zu finden sei. Sie sprach von einer Waffe. Ich wusste, dass du dort sein würdest, aber ich hatte ja keine Ahnung, dass sie dich meinte. Erst als der Nordwind der Eishexe uns jagte und du davon sprachst, das Ende deiner Schwestern zu sein, begriff ich, dass du des Rätsels Lösung bist. Mit dir begann es, mit dir endet es.«

»Und so findest du erneut den Bogen von der Liebe zum Tod«, sage ich und versuche mir nicht anmerken zu lassen, wie tief mich seine Worte verletzen. Ich spreche von Liebe, während es ihm nur um die Jagd geht. Ich stütze mich ab, sehe ihn in meinem Blickfeld schwanken. Alles schwankt. Meine ganze Welt.

»Begreifst du denn nicht?«, fährt er mich an und kommt näher. »Ich dachte, du seist dem Prinzen verbunden. Nichts war nach meinem Kuss geschehen. Als ich den Prinzen über dich gebeugt fand, seine Hände auf deiner nackten Haut, und begriff, dass er dich ebenfalls geküsst hatte, da lag es so nahe, dass er es war und nicht ich. Weil mein Platz nicht hier ist, es niemals war. Weil du und ich nicht sein dürfen!«

»Und doch warst du es«, flüstere ich erstickt.

»Weißt du, welche Qualen ich litt? Wie schwer es war, neben dir zu sein, dich zu sehen und zu spüren, als Mensch, als atmendes

Wesen und doch durfte ich dich nicht lieben? Weil es falsch ist … aus so vielen Gründen.«

»Was kann an der Liebe falsch sein?«

»Alles, Lilith, alles.«

Ich greife nach meiner Rüstung, beginne sie überzuziehen. Um Distanz zu schaffen zwischen ihm und mir. Zwischen unseren Körpern, die sich viel zu deutlich nacheinander sehnen. Es schmerzt, ihn zu sehen, ihn berühren zu können und es nicht zu dürfen, weil er mir noch nicht alles gesagt hat, weil da mehr ist. Und plötzlich habe ich den Hauch einer Ahnung, wie es in all der Zeit für ihn gewesen sein muss. Obwohl er von Anfang an wusste, dass seine Mission mit meinem Tod endet, konnte er der Versuchung nicht widerstehen und so liebte er mich und stieß mich gleichzeitig fort, das schreckliche Ziel immer vor Augen. Mein Ende wird auch seines sein. *Weil ich sein Herz bin.*

»Ich dürfte gar nicht hier sein«, sagt er und die Distanz zwischen uns wächst mit jedem Kleidungsstück, das ich überstreife.

»Aber du bist es.«

»Um meine Fehler zu korrigieren.«

»Um die Feen zu vernichten.«

»Ihre Macht«, korrigiert er leise. »Es geht immer nur um die Macht.«

Ich schließe den letzten Knopf, verharre kurz, ehe ich mit der Hand über das Mal streife, das sich unter der Rüstung verbirgt. Er wird mich nicht gehen lassen. Nackt steht er da und beobachtet mich. Ist es Gerechtigkeit, die ihn antreibt? Reue? Liebe?

»*Meine* Macht«, verbessere ich und ziehe den Ärmel höher, entblöße das Mal der Dreizehn Feen. »Nimm es, wie du es den anderen genommen hast. Nimm das Zeichen. Schneide es von meiner Haut.«

»So funktioniert es nicht«, sagt er und klingt ungewohnt bitter. Diesmal dreht er sich um, getrieben von einer inneren Unruhe, und läuft Kreise, inmitten all der unnützen Dinge, die das Zimmer füllen. »Die Brunnenhexe musste sterben, damit der erste Bannzauber fiel, der den Turm verbarg, und nach ihm all die anderen, bis nur noch die Hecke als letzter Wächter verblieben war. Ich brauchte Blut, um auch sie zu bezwingen.«

Ich will mir die Hände auf die Ohren pressen, nicht hören, wie er über die Ermordung meiner Schwestern spricht, doch er fährt fort und ich lausche ihm, lausche den Taten, die längst geschehen sind und mit denen er leben muss. Genauso wie ich. »Doch die Goldkinder tobten und dann waren da noch Olga und die Ascheprinzessin, sodass ich nicht dazu kam, das Blut zu nehmen. Also verriet mir das Orakel das Lied des Rattenbiestes.«

»Warum hat sie dir nicht selbst Blut gegeben?«, unterbreche ich ihn.

»Sie sagte, es sei verdorben.«

Der Fluch des Verrats nistete darin, schloss sie aus. Seufzend schließe ich die Augen. »Und so opferte sie eine weitere Schwester gleich einem Bauern.«

»Ich wollte sie nicht töten«, fährt er mit teilnahmsloser Stimme fort, »sondern nur ihr Mal nehmen und etwas Blut. Doch obwohl ich ihr das Zeichen vom Arm schnitt, verfügte sie über deine Magie und so blieb mir keine Wahl, als auch sie zu erledigen.«

»Ach ja?«

»Ich bedaure es nicht«, sagt er fest und sein Blick findet meinen, »und wenn du da gewesen wärst und gesehen hättest, was ich sah, würdest du es verstehen.«

Kinderkäfige, flüstert es in mir, doch ich verschließe mich, will es nicht hören, nicht daran denken. Das Rattenbiest tyrannisierte Murano, stahl nicht nur jegliches Hab und Gut, sondern auch die Kinder. Ich lehne mich an das Regal mit all den Mineralien und begreife, wieso dieser Raum so vollgestopft ist. Weil sie es können, weil sie es endlich können, ohne dass sie des Nachts beraubt werden. Denn die Ratten sind tot, ertränkt in den Fluten, durch ihn.

»Sie müssen sterben?«, flüstere ich und er nickt.

»Nur so wandert die Magie zurück in das Mal. Und ich brauche die Male, sie alle.«

Für einen Moment schweigen wir. Weshalb er sie sammelt, weiß ich bereits und doch weiß ich kaum etwas über ihn.

»Ich kenne nicht einmal deinen Namen«, sage ich leise. »Ich weiß nichts von dir, außer dass ich mich schrecklich nach dir sehne. Vielleicht ist das Liebe, aber …« Ich suche nach irgendeiner Reaktion in seinem Gesicht, irgendetwas, doch da ist nichts. »Aber wenn selbst die Liebe unwichtig erscheint, dann sag mir, was zählt? Sag mir, wofür es sich zu kämpfen lohnt? Wofür kämpfst du?«

»Für meine Welt«, antwortet er überraschenderweise.

»Pandora?«, frage ich und ahne doch, dass er etwas anderes meint. Und tatsächlich schüttelt er den Kopf. »Du bist nicht von hier?«

Ein Muskel zuckt an seiner Schläfe. Er presst die Kiefer zusammen. Die Wahrheit ist zum Greifen nah. »Ich weiß nicht, wie all das möglich ist. Doch ich bin hier, oder nicht? Ich kann dich anfassen und spüren. Ich kann … töten. Also bin ich hier. Es scheint unmöglich und doch ist es so.«

»Du sprichst in Rätseln.«

Einen Moment betrachtet er seine Hände, als müsste er sich vergewissern, dass sie wirklich da sind, ehe er die Rüstung aufhebt und sich ebenfalls ankleidet. Die Distanz zwischen uns wächst ins Unendliche. Er zieht sich von mir zurück und ich erkenne, dass wir am Ende des Gesprächs angekommen sind. Mehr wird er nicht verraten, weil er glaubt, schon zu viel gesagt zu haben. Er liebt mich, aber er vertraut mir nicht. Weil ich die Dreizehnte Fee bin, die böse Königin.

»Dies ist deine Geschichte, Lilith.« Der Hexenjäger schließt die letzten Riemen der Rüstung und schiebt die Dolche in den Gürtel. Von irgendwoher hat er das Schwert geholt und bindet es sich um. Die Armbrust lehnt am Bett. Er ist noch auf der Jagd. Er ist der Jäger. »Keine Geschichte sollte endlos währen. Es muss ein Ende geben. Es gibt immer eines.«

Er wird sie töten, meine Schwestern: Haruko und Akiko, Täubchen und Befana, Lucia und meine älteste Schwester, die Eishexe. Die letzten Feen. Ihr Schicksal scheint besiegelt. »Und was ist mit mir?«

»Ich weiß es nicht«, gesteht er, ohne mich anzusehen. »Du hast zwar keine Magie, aber es wird der Tag kommen, an dem du versuchen wirst, sie zurückzuerlangen. Der Tag darf nicht kommen. Es darf nie wieder geschehen, denn so viel mehr steht auf dem Spiel.«

»Der Mogul …«

»Verfolgt eigene Pläne«, unterbricht mich der Hexenjäger.

»Was für Pläne?«

Er wirft einen knappen Blick über die Schulter, greift gleichzeitig nach der Armbrust und hängt sie sich um. »Wir alle müssen uns für eine Welt entscheiden. Er wählte die deine.«

Damit schreitet er zur Tür und öffnet sie.

»Wohin gehst du?«, rufe ich und will ihn am liebsten aufhalten.

»Jagen«, antwortet er kurz angebunden, dann verschwindet er und lässt mich zurück. Er lässt mich frei. Meine Zeit ist noch nicht gekommen. Aber unsere ist vorbei.

Ein eisiges Bündnis

Spieglein, Spieglein an der Wand …

Ich bin zurück, hebe den Blick zu den matt schimmernden Flächen der Spiegel, die den Turm im Wald füllen. Sie reflektieren den Fall der weißen Flocken vor dem Fenster. Sie spiegeln mich.

Ich war einst die Königin, heute bin ich nichts als eine junge Frau, auf der Suche nach einem Weg aus diesem Chaos, dessen Ursprung und Ausmaß ich noch nicht ganz begreife. Ich hebe die Hand, berühre das Glas und rufe meine älteste Schwester, die Einzige, die mir helfen kann, den Hexenjäger aufzuhalten.

Es dauert nicht lang, da flimmert das Gesicht auf den vier Spiegelscheiben, die auf den angestammten Plätzen im Turm hängen. Evas Spiegel, daneben Gretchens, Kassandras und meiner, der größte von allen. Vier von dreizehn. Sie scheinen eine Rolle zu spielen, doch welche, ist noch geheim.

»Schwester«, grüßt die Eishexe. Vierfach hallt ihre Stimme durch den staubigen Raum, bricht sich an den leeren Wänden. »Du lebst.«

»Hast du etwas anderes erwartet?«

Sie lächelt dünn. »Nein. Es war nur eine Frage der Zeit, bis du mich aufsuchen würdest.«

Ich nicke. »Nun, da bin ich.«

»Und was möchtest du von mir?«

»Frieden«, antworte ich schlicht und sie hebt überrascht die Brauen.

»Frieden?«

»Wie lange ist es her, seit wir Seite an Seite standen?«, frage ich und erinnere mich an das Gefühl der Einigkeit, als sie alle sich gemeinsam gegen den Mogul wandten, um mich zu schützen. »Wir sind eine Familie, waren es immer.«

»Ja«, bestätigt sie.

»Meinst du nicht, es ist an der Zeit, die Vergangenheit ruhen zu lassen und einen friedlichen Weg zu finden, wie wir miteinander sein können, ohne uns zu fürchten oder gar zu hassen?«

»Sprich weiter«, fordert sie.

»Wir haben viel Unheil über diese Welt gebracht.« *Und die des Hexenjägers?*

»Du meinst, über die Menschen«, erkennt die Eishexe nach einem Moment des Schweigens.

»Wir tyrannisieren die Menschen seit endlosen Zeiten, lassen sie büßen für Taten, die so lange zurückliegen, dass sie selbst nicht mehr wissen, was Geschichte und was Mythos ist. Anstatt einen Neuanfang zu wagen, strafen wir sie fortwährend und nähren den ewigen Hass. Es ist ein Teufelskreis, aus dem die Menschen nicht in der Lage sind auszubrechen. Wir schon.«

»Hm«, macht die Eishexe und nickt nachdenklich.

»Wenn wir aufhören, die Monster zu sein, die sie in uns sehen, und uns gnädig zeigen, dann können wir eine Veränderung bewirken. Nicht jetzt und nicht morgen, aber sie werden vergessen, irgendwann werden sie vergessen und wir können Frieden finden.«

»Warum sollten wir das tun?«, fragt sie und wirkt ehrlich interessiert.

»Weil wir es können.«

Sie hebt zweifelnd die Brauen.

»Und weil es die einzige Möglichkeit ist, den Hexenjäger von seinem Weg abzubringen.«

»Er will also noch immer unseren Tod.«

»Ja.« Seufzend wende ich mich ab und schreite durch den Raum zu dem Fenster, aus dem sich das Orakel in den Tod stürzte. Die Knospen der Rosen sind vereist. Ich breche eine ab, trotz des Eises rieche ich ihren unverkennbaren modrigen Duft nach verfaulenden Leibern. Er erinnert mich an all die Jahre, die ich verschlief. »Es steckt mehr dahinter, als wir ahnen«, sage ich zu mir und ihr gleichermaßen.

»Was weißt du?«, fragt sie.

»Nicht viel. Nur dass er nicht aufgeben wird, weil seine Welt durch meine Magie bedroht ist, und da sie in euren Adern fließt, seid ihr das Ziel. Er will euch töten, um die Magie zu vernichten.«

»Seine Welt?«, hakt die Eishexe sofort nach. Ihre Stimme nimmt einen anderen Klang an. Sie wirkt nicht so überrascht, wie ich erwartet habe. Wachsam wende ich mich wieder ihr zu und mustere sie eingehend. Es ist seltsam, sie gleich viermal zu sehen. Übermächtig und strahlend schön. Meine erste und älteste Schwester, vielleicht die Schwächste von allen. Und doch wäre sie die Einzige gewesen, die mich hätte aufhalten können, als ich zur Feenmutter wurde. Aber sie fand nie den Mut, gegen mich zu sprechen, gegen meinen Terror. Und kurz frage ich mich, ob der Nordwind am Tag meines Erwachens ein Akt der Wiedergutmachung war, weil sie die anderen einst nicht beschützt hatte. Obwohl in ihr meine Magie fließt, scheint sie im Innern noch dieselbe wie früher zu sein. Sie hat einen guten Kern, so wie ich. *So wie alle?*

»Wenn wir ihn überzeugen können, dass wir keine Gefahr darstellen, mehr noch, wenn wir keine Gefahr *sind,* dann muss er einsehen, dass sein Weg der falsche ist.«

»Du liebst ihn«, stellt sie fest.

»Ja«, bestätige ich.

»Ich ahnte es von dem Moment deiner Auferstehung an, doch konnte ich es nicht glauben.« Seltsamerweise lächelt sie. »Es ist also wahr. Wir Feen können lieben.«

»Ja«, sage ich erneut.

»Weiß er von deinen Plänen?«

»Nein«, gebe ich zögernd zu.

Sie fragt nicht nach. Vielleicht ahnt sie, dass Liebe und Vertrauen nicht ein und dasselbe sind. Er vertraut mir nicht genug, um die Wahrheit zu offenbaren, und ich ihm nicht, weil er die Feen und auch mich töten will. Er fürchtet den Tag, an dem ich meine Magie zurückerlangen werde, der Uhrmacher hingegen erwartet ihn. Ich weiß nicht, welcher Weg der richtige ist, aber ich weiß, wie meine Wahl aussieht. Kassandra vertraute dem Uhrmacher – und ich werde das ebenso tun.

»Ich brauche meine Macht zurück.« Sofort versteift sich die Eishexe. »Ich will nicht alle Magie, nur die der verstorbenen Feen. Eure jedoch, die deine und die der anderen fünf, möchte ich nicht. Ihr sollt sie behalten.«

»Warum?«, ist alles, was sie fragt.

»Weil es ein Gleichgewicht schafft«, erwidere ich. »Weil ihr zusammen über genauso viel verfügen werdet wie ich. Die Macht von sechs Feen, gegen die Macht von sechs Feen. Fortan werde ich nicht mehr eure Königin sein, sondern euch ebenbürtig.«

»Trotzdem wirst du mehr besitzen als jede Einzelne von uns«, gibt sie zu bedenken.

»Ist es denn nicht mein Recht, was mir gehörte, wiederzuerlangen?«, frage ich zurück. »Sieh es andersherum. Ihr habt mich betrogen und alle Magie gestohlen, aber ich bin bereit, euch zu vergeben und einen Teil der Macht zu lassen.«

»Hm«, zögert die Eishexe. »Ich weiß nicht, was die anderen dazu sagen werden.«

»Deswegen rede ich nur mit dir«, gebe ich zu und sehe sie fest an. »Durch den Splitter hast du bewiesen, dass auch du Frieden suchst. So wie ich.«

»Was ist, wenn die Magie die Königin erweckt und du zu dem wirst, was du glaubst, hinter dir gelassen zu haben?«

Ich brauche einen Moment, ehe ich antworte. Sie spricht an, wovor ich mich am meisten fürchte und doch glaube ich, dass es so sein muss. Der Uhrmacher wollte es. Kassandra wollte es. Und doch … »Es gibt keine Garantie.«

»Hm«, murmelt sie nach einer Weile. »So sprich und verrate mir, wie ich dir helfen kann.«

»Ich brauche die sechs Male der verlorenen Feen.«

»Weißt du, wo sie sind?«

»Der Mogul stahl sie vom Uhrmacher. In ihnen bündelt sich die Macht, die ihr mir einst nahmt.«

»Das wird nicht leicht, der Mogul ist ein starker Gegner«, bedenkt sie.

»Mit deiner Hilfe sollte es zu schaffen sein«, entgegne ich.

Sie reagiert kaum. »Und dann?«

»Dann wirst du mir zeigen, wie ihr mir die Macht stahlt und auf eben diesem Weg werden wir sie zurückholen.«

Ich sehe etwas in ihren Augen flackern. Panik? Doch sie nickt. »Gut«, sagt sie und strafft die Schultern. »Such du die Spiegel der gefallenen Feen, denn du brauchst sie ebenso wie die Male. Ich werde unterdessen den Mogul aufspüren.« Damit verschwindet sie von den Spiegeln und ich bleibe zurück im Turm, die Reste der vereisten Blüte in meiner Hand. Ich öffne die Finger. Sie schimmern rot wie Blut. Kurz habe ich den Hauch einer Vision, doch sie schwindet so schnell, wie sie begann.

»Unmöglich«, murmele ich, denn ich besitze keinerlei Macht. Ich drehe mich im Kreis, mustere die Spiegel, sehe mich selbst. Ich glaubte, Kinderlachen zu hören, jetzt aber ist alles stumm. Vielleicht war es nur eine Täuschung. Ich habe keine Zeit, darüber nachzudenken. Ich muss die Spiegel finden und vereinen, ehe der Hexenjäger mir die nächste Schwester nimmt.

Von Spiegeln und Äpfeln

Maries Spiegel zu finden, scheint am einfachsten zu sein und so beschließe ich, zuerst ins Brunnenreich zu reisen und nach ihm zu suchen. Trägt der Ring mich sonst an alle Orte, die ich kenne und ihm befehle, so ist ihm das Paradies unter der Erde verschlossen. Nur durch die Brunnen lässt es sich betreten.

Der Brunnen im Nordreich wäre eine Möglichkeit, doch weiß ich nicht, ob er nach dem Kampf noch steht. Genauso scheidet der alte Brunnenschacht vor dem Turm aus, in den ich vor so langer Zeit Marie stieß. Die Jahre ließen ihn zusammenbrechen. Die Reste der verfallenen Mauern sind stumme Zeugen seiner einstigen Existenz. So bleibt als letzter mir bekannter Brunnen nur der in dem verbrannten Dorf nahe der Räubersiedlung.

Ich drehe am Ring und finde mich kurz darauf zwischen den verkohlten Häuserfassaden wieder. Die Luft schmeckt nach Asche. Ich unterdrücke die aufkommenden Erinnerungen und hechte zum Brunnenrand. Zwei Raben kreisen am stahlblauen Himmel, ihre krächzenden Rufe durchschneiden die gespenstische Stille. Hier gibt es kein Leben mehr, nein, in den schwarzen Ruinen haust nur noch der Tod. Eilig greife ich nach dem Sims und schwinge mich hoch. Da sitze ich, auf der Mauer in einem Dorf aus Asche, das Herz gefüllt mit den Schreien meiner Mutter. Ich halte die Luft an und zähle bis drei, ehe ich mich fallen lasse. Der Zauber wirkt schnell, schon zerrt die Magie an mir, löst mich auf und fängt den Sturz ab. Der kreisrunde Himmelsausschnitt vergeht hinter einer Wolke aus Goldstaub. Einen Moment später bin ich im Brunnenreich, um mir den fünften Spiegel zu holen.

Herzhafter Brotduft weht mir entgegen, als ich über die goldenen Weiden laufe. Die Goldkinder tanzen und lachen, doch als sie mich bemerken, verharren sie und winken. Ein kleiner Junge läuft mir entgegen, greift sofort nach meiner Hand. Er trägt eine Krone aus Mohnblüten. Sie wirken so frisch, als habe er sie gerade gepflückt.

»Willkommen«, grüßt er mich glockenhell. »Was treibt dich zu uns unter die Erde, vermisst du den Frieden?«

»Ich bin auf der Suche nach etwas.«

»So?« Er runzelt die Stirn. »Was kann das sein?«

»Maries Spiegel. Weißt du, wo er ist?«

»Ihr Spiegel?«, fragt er und ist plötzlich ungewohnt wachsam. »Was willst du damit?«

Auch die anderen Goldkinder treten näher, die Haut so strahlend wie die Sonne, die Augen schimmernd wie reines Gold. Sie beobachten mich.

»Ich will ihn an seinen Platz hängen. Dort, wo er hingehört.«

»Das geht nicht«, erwidert der Junge. »Komm und iss mit uns.«

»Es ist wichtig«, entgegne ich.

»Essen ist wichtig«, lacht er.

»Iss mit uns!«, fordern auch die anderen und greifen nach mir, ziehen mich zu der Tafel, die wie letztes Mal im hohen Gras steht, reich gedeckt mit feinem Porzellan und üppigen Blumensträußen. Die weiße Tischdecke bauscht sich leicht. Im Hintergrund thront der goldene Baum, das Einzige, was aus der ewig gleichen Szenerie hervorsticht. Ob dort der Spiegel versteckt ist?

»Nein, da ist er nicht«, sagt der Junge und klopft neben sich auf die Bank. »Setz dich und iss!« Er reicht mir das warme Brot. Ich breche ein Stück ab und wider Erwarten spüre ich große Vorfreude auf den berauschenden Geschmack von Nüssen, Erde und Ewigkeit. Der rote Tee wird gereicht, ich trinke davon und sie schenken nach, immer und immer wieder. Das Blut der Brunnenwelt. Je mehr ich trinke, desto unwichtiger scheinen all die Sorgen. Pandora entschwindet, alles verliert an Bedeutung, der Mogul, der Hexenjäger … Ich lasse mich mitreißen von dem Sog aus Lachen und Sorglosigkeit, Berauschtheit und Glück. Die Goldkinder verschwimmen zu einer formlosen Masse aus Gold und Licht.

»Sie will den Spiegel«, höre ich den Jungen aus weiter Ferne sagen.

»Wir können ihn ihr nicht geben!«

»Soll sie ihn selbst finden.«

»Warum sucht sie ihn?«

Die Welt dreht sich. Ich erkenne kaum, wer spricht, klammere mich an den Tisch, um nicht zu fallen, spüre die weiche Tischdecke unter meinen Fingern zerfließen. Alles zerfließt.

»Sag ihr doch, wo er ist.«

»Und dann?«

»Dann lass sie ziehen. Ihr Krieg ist nicht der unsere.«

»Was kümmern uns die Sorgen der Feen?«

»Sollen sie sich gegenseitig vernichten.«

Die barschen Stimmen klingen seltsam von der kargen Felsendecke wider. Schwankend stürze ich von der Bank, lande rücklings im Gras, der dunkle Felsen spannt sich wie ein endloser Himmel über mir. Schmetterlinge summen vorbei, die roten Mohnköpfe neigen sich nieder. Sie wispern. Nein, nicht sie, die Brunnenwelt wispert, sie flüstert mir etwas zu. Doch ich kann die Worte kaum verstehen, weil die Schreie der Brunnenkinder sie übertönen. *Warum streiten sie?*

Ich versuche mich zu drehen, brauche zwei Anläufe, dann liege ich bäuchlings im wogenden Gras, robbe weiter, während die Erde unter mir sich in Wellen bewegt, mich fortträgt.

Ich greife nach den langen, goldenen Halmen des Grases, will mich festhalten. Sie gleiten durch meine Finger – alles entgleitet mir und ich beginne zu kichern.

»Sag, was willst du mit dem Spiegel?«, glaube ich den Jungen fragen zu hören. Der Boden dreht sich, oben ist unten und unten ist oben. Doch ich kichere nur weiter, während die Welt aus den Fugen gerät.

»Sie hat zu viel von dem Tee getrunken.«

»Zu viel Tee …«

Ein verklingendes Echo.

Ich glaube ihm nicht. Ich glaube, dass sie mir etwas von dem Mohnblumensaft gaben. Er macht schläfrig. Warum wollen sie, dass ich schlafe?

Weil sie nicht wissen, ob sie mir vertrauen können.

Kaum habe ich das begriffen, zieht mich der Mohnsaft tief in sein Reich. Die Welt aus schwankenden Mohnblumen und einem Himmel aus Felsen schwindet und nichts als Dunkelheit verbleibt.

Er liegt neben mir im Bett, die Brust nackt. Sonnenstrahlen fließen sanft über seine Haut, zeichnen das Spiel der Muskeln nach, als er den Arm ausstreckt und mich an sich zieht.

»Mein Herz«, flüstert er rau.

Noch nie war ich mir seiner Liebe so bewusst wie hier und jetzt.

»Gib auf«, bitte ich ihn. »Lass ab von deinem Pfad des Todes.«

Doch er lächelt nur und küsst mich. »Ich sehe ihn in deinen Augen«, murmelt er.

»Wen?«, frage ich verwirrt, während mein Körper so verzweifelt zu ihm drängt.

»Den Zorn«, antwortet er leise und streicht mit den Fingern über mein Kinn, haucht mir Küsse auf den Hals. »Und bald, ganz bald wird er sich in Hass verwandeln. Das ist gut, Lilith, hasse mich.«

»Ich hasse dich nicht«, widerspreche ich, doch tief in mir spüre ich einen Funken Angst. Was, wenn er meine nächste Schwester tötet? Wenn er den Kopf Harukos in den Händen hält, das Schwert getränkt mit ihrem und Akikos Blut. Kann ich ihn auch dann noch lieben? Oder stirbt die Liebe irgendwann?

»Es ist okay«, sagt er ruhig. Sein Atem streift warm über meine Haut. »Lerne mich zu hassen, Lilith, und niemals dich selbst, denn all das hier ist zwar deine Geschichte, aber ich bin derjenige, der sie geschaffen hat.«

Als ich erwache, liege ich unter dem goldenen Baum, die Beine weit von mir gestreckt. Ich fühle mich seltsam erschöpft, die Glieder gehorchen mir kaum, während die Gedanken in meinem Kopf rasen.

»Warum habt ihr das getan?«, flüstere ich mit belegter Stimme.

Der Junge hockt neben mir, als habe er auf mich gewartet. Er lächelt, doch seine Augen blicken ungewohnt ernst. Eine Veränderung geht in ihm vor. Nein, in der Brunnenwelt allgemein. Es ist, als hätten Sorgen ihren Weg hineingefunden, sich zwischen die langen Halme der Blumen genistet und in die Herzen der Goldkinder.

»Wir mussten beraten«, antwortet er.

»Zu welchem Ergebnis seid ihr gekommen?« Ich stütze mich an der Rinde des goldenen Baumes ab, versuche aufzusitzen, da höre ich es wieder, das Flüstern. Verwundert sehe ich hinauf in die ausladende Baumkrone. Die Blätter rascheln, die Äpfel schimmern. Kommt das Wispern von dort?

»Wir werden dir helfen. Unter einer Bedingung.«

Ich löse mich vom Anblick der sanft schwankenden Zweige, die zu tuscheln scheinen, und wende meine Aufmerksamkeit dem Jungen zu. »Und die wäre?«

Er blickt auf die Hände, in denen er einen goldenen Apfel hält. Er rollt ihn hin und her.

»Er bildet keine neuen Früchte mehr«, sagt er leise. »Seit ihrem Tod fallen sie ab. Etwas verändert sich und wir wissen nicht was. Wenn ich dir also sage, wo der Spiegel ist und du mit seiner Hilfe die Macht, die Marie dir einst stahl, zurückerlangst, so bitte ich dich, heile die Brunnenwelt.«

»Der Spiegel ist der Schlüssel?«, frage ich überrascht.

Er runzelt die Brauen. »Natürlich. Warum solltest du ihn sonst suchen?«

»Ich …«

»Du willst doch deine Macht wiedererlangen, oder?«, fragt er plötzlich zweifelnd.

»Ja«, bestätige ich.

»Gut.« Er nickt und wirft mir den Apfel zu. »Versprich, dass du den goldenen Baum rettest und mit ihm die Brunnenwelt und ich verrate dir, wo er ist.«

»Ich verspreche es«, sage ich, ohne zu zögern. Kurz denke ich an die Kinderseelen, gefangen in den kalten Höhlen des Siebengebirges. Auch ihnen gab ich ein Versprechen im Tausch für den Spiegel. Die Königin in mir hätte ihnen alles versprochen, gleich was, und ihr

Wort niemals gehalten. Doch so bin ich nicht mehr. »Ich werde zurückkommen und mein Möglichstes tun.«

Der Junge wirkt zufrieden. Er lächelt. »Das ist alles, was wir verlangen können.« Mit einem Hüpfer springt er auf, die Mohnblumen im Haar wackeln bedrohlich, bleiben aber an Ort und Stelle. »Der Spiegel ist nicht mehr hier, du findest ihn in der Außenwelt, denn als Marie starb und der Hexenjäger die Ascheprinzessin befreite, da nahm sie ihn heimlich mit sich. Zu spät bemerkten wir den Diebstahl, doch da der Spiegel unwichtig für uns ist, möge er dir mehr nützen.« Er zuckt mit den Schultern.

»Die Ascheprinzessin«, wiederhole ich und erinnere mich vage an die Geschichte, die die Hexenjäger über sie erzählten: Von der goldenen Kugel am Brunnenrand, die als Lohn für die Rettung der hinabgefallenen Prinzessin versprochen ward, und den Versuchen unzähliger Ritter und Edelmänner, den Eingang ins Brunnenreich zu finden – doch nur der Hexenjäger, mein Hexenjäger, kannte den Weg und brachte sie zurück. »Wo ist ihr Schloss?«

»Das musst du selbst herausfinden«, sagt er zuversichtlich. »Nimm den Apfel mit. Du wirst wissen warum.«

Damit verabschiedet er sich und eilt zu den anderen, die einem ewigen Takt folgend über die Wiesen tänzeln. Doch der Rhythmus scheint verstimmt, das Hopsen nicht so schwerelos wie zuvor. Die Brunnenwelt stirbt.

Ich lasse die Frucht des goldenen Baumes in die Tasche des Capes gleiten, ehe ich fortgehe. Das seltsam hysterische Lachen der Goldkinder begleitet mich bis zum Brunnen. Erst als sich die Wände um mich schließen und nichts als das kleine, kreisrunde Loch Himmel weit oben verbleibt, löst sich das beklemmende Gefühl, dass ich zu spät sein werde. Zu spät, um sie zu retten.

Die Kälte des Brunnenschachts kriecht sogleich unter meine Haut, hüllt mich ein wie dickflüssiger Nebel. Diesmal brauche ich nicht an den glitschigen Steinen emporzuklettern, denn oben wartet er nicht, um mich heraufzuziehen. Nein, diesmal habe ich den Ring und er wird mich forttragen aus diesem schrecklichen Loch.

Ich fasse nach dem schmalen Goldreif und will ihn drehen, als mir etwas auffällt.

Ich stocke, knie nieder, streiche Morast und dicke Ascheflocken beiseite und finde das blaue Buch der Eishexe. Das Buch, welches ich verlor, als ich mit Olga im Brunnenreich war. Meine Finger zittern, als ich es umschließe, der Schlamm schmatzt unwillig, ganz so, als wolle er es nicht freigeben. Dann liegt es in meiner Hand. Zerschlissen wie einst, alt und schmutzig und doch scheint es der Eishexes größter Schatz gewesen zu sein. Ich spüre etwas durch den Buchrücken, wie der Schlag eines Herzens. Als hätte es einen Puls. Eine Seele.

Langsam richte ich mich auf, zögere, das Buch zu öffnen, weil ich mich vor dem fürchte, was in ihm steht. Weil ich mich vor den Buchstaben fürchte, die eine Geschichte ergeben. Eine Geschichte, die es der Eishexe wert erschien, immer und immer wieder gelesen zu werden.

Ich drehe das Buch und betrachte die Rückseite. Was verbirgt sich in seinem Innern? Hoffnung? Oder noch mehr Leid?

Auf dem Brunnenrand landet ein Rabe, reißt mich aus den Gedanken. Er schüttelt das Gefieder und im nächsten Moment sitzt meine Schwester da, die langen, schlanken Beine zu mir hinab baumelnd, während sich der Federmantel über die kleine Mauer wie eine schwarze Flut ergießt. Die Augen so dunkel wie die Nacht.

»Sie möchte mit dir sprechen«, krächzt sie zu mir herab. »Das störrische Goldkind.«

»Wer?«

»Die Freundin des Hexenjägers, die das Kind meiner Rabin ist. Wir holten sie aus den Flammen des Palastes.«

»Olga lebt?«, frage ich überrascht. Meine Schwester neigt nur den Kopf. »Was will sie von mir?«

Die Rabenmutter lacht. »Was verstehe ich schon von den Menschen? Ich sehe nur, dass ihre Zeit abläuft und nichts kann sie retten. Wer weiß, warum sie mit ihren letzten Atemzügen ausgerechnet nach dir fragt, der Hexe, wegen der sie stirbt.« In ihren Augen schimmert es neugierig. »Sag, Schwester, warum verfallen dir die Menschen? Erst die sieben Männer in der Berghütte, dann das Kind und selbst die Hexenjägerin, die mehr Gründe als alle andere hat, dich zu hassen.«

»Sie hasst mich auch«, entgegne ich, doch die Fee auf dem Brunnenrand schüttelt den Kopf. Die Federkrone zeichnet sich scharf vor dem blassen Himmel ab.

»Nein, nein, das tut sie nicht. Denn glaub mir, Schwester, mit Hass kenne ich mich aus. Ich sehe ihn täglich in den Augen meiner Raben. Obwohl ich sie vor einem grausamen und öden menschlichen Leben rettete, verachten sie mich für das, was ich aus ihnen gemacht habe.«

Ich schweige, weiß keine Antwort. Ich habe die Käfige gesehen, die in der Leere des Rabenschachts hängen. Ich habe das Echo der vergangenen Schreie gehört.

Als würde die Rabenmutter die Gedanken in meinen Augen lesen, erhebt sie sich abrupt. »Du findest sie in dem goldenen Käfig!« In einer einzigen schnellen Bewegung streift sie den Federmantel über und verwandelt sich zurück in die Königin der Raben. Mit zwei Schlägen ihrer mächtigen Schwingen verdunkelt sie den Himmel, ehe sie verschwindet. Eine einzelne Feder fällt zu mir herab. Ich fange sie auf, betrachte sie kurz, bevor ich sie gemeinsam mit dem Buch der Eishexe zu Maries goldenen Apfel stecke.

Dann drehe ich den Ring und zaubere mich hinauf auf den Brunnenrand. Ich lande auf dem schmalen Stück Stein, blicke zum rosafarbenen Himmel. Ich weiß nicht, wie viel Zeit im Brunnenreich verging. Ein Tag? Oder mehr? Die Sonne senkt sich der Nacht entgegen, taucht das verbrannte Dorf in orangefarbenes Licht. Der Schatten der Rabenmutter verschwindet am Horizont.

Olga wartet auf mich. Sie möchte mit mir sprechen.

Mir bleibt keine Zeit, mich zu wundern, denn Olgas Zeit neigt sich dem Ende zu. Und so drehe ich ein zweites Mal den goldenen Reif.

Am Grunde des Schachts

Die Dunkelheit des Rabenschachts umfängt mich wie ein warmer Schleier. Das Licht der Fackeln scheint schwächer als beim letzten Mal. Der goldene Käfig schwankt, als ich so plötzlich in ihm stehe. Olgas Mutter fährt herum, die Federn als loser Mantel um die Schultern hängend. Sie sieht mich überrascht an, dann verfinstert sich ihr Blick und sie richtet sich auf. Ist es Trauer oder Wut, die ihre Augen verschleiert? Als wir uns das letzte Mal sahen, saß ich in dem goldenen Käfig und sie bewachte mich, doch ich entkam. Heute bewacht sie ihre Tochter, die sie einst bei den Räubern zurückgelassen hatte. Ob sie es bereut? Wortlos verwandelt sie sich in einen Raben und flieht durch die vergoldete Käfigtür. Sie fliegt nicht weit und landet auf einer der rauchgeschwärzten Streben, die wahllos den kreisrunden Schacht durchziehen. Aberhundert Raben hocken da, stumm und starr, als wären sie Statuen und keine Lebewesen. Das Gefieder fängt den Flammenschein. Vielleicht erscheint es mir deshalb dunkler. Sie haben sich alle versammelt. Zur Totenwache.

»Du bist gekommen«, röchelt Olga zu meinen Füßen und ich wende mich ab von dem beängstigenden Anblick der schwarzen Krieger der Lüfte.

Olga sieht mir aus einem bleichen Gesicht entgegen, die Augen glänzend. Ich sehe den Tod darin lauern. Er ist ihr ganz nah. Es wundert mich, dass sie noch lebt. Dachte ich doch, dass sie schon im Schloss der Wasserstadt starb, als der Speer der Drachenreiterin sie durchbohrte.

»Sie haben mich geholt«, sagt sie matt und ein zynisches Lächeln umspielt die blassen Lippen. »Die Raben … sie haben mich aus den Flammen gerettet, damit ich hier sterben kann.« Sie hustet und ein feiner roter Sprühregen besprenkelt ihre Brust, die sich keuchend senkt und hebt. »Ist Elle … ist sie in Sicherheit?«

»Ja«, sage ich und sinke ihr gegenüber nieder. Ich will nach ihrer Hand greifen, ihr danken, dass sie Elle rettete, gleich zweimal, doch ich bringe kein Wort heraus. Sie beobachtet mich wissend, als ahne sie genau, was in mir vorgeht. Erkennt sie, wie hilflos ich bin?

Ein schwaches Lächeln zuckt um die weißen Lippen, Blut rinnt aus den Mundwinkeln. Ich höre es in ihrer Lunge gurgeln. Sie ertrinkt daran und ich kann nichts für sie tun, weil ich über keine Macht verfüge, die ihr helfen könnte. Und die Rabenmutter? Vielleicht kann sie es nicht, weil sie es nie lernte – keine von ihnen. Wozu sollten sie auch Menschen heilen? Sind sie doch der Feind. Olga wird nur ein weiteres Opfer in einem Krieg sein, bei dem es keine Gewinner gibt und nie welche gab.

»Was willst du?«, frage ich leise.

»Das, was alle wollen«, bringt sie mühsam hervor.

Ich hebe die Brauen, verstehe nicht, was sie meint.

»Vergebung«, flüstert sie rau.

»Von mir?«

Sie lacht, vielleicht ist es auch nur ein kurzes Husten. »Nein, Hexe. Für dich.«

»Was? «

Sie neigt den Kopf. »Ich habe dich gehasst. Als du mit ihm in die Mühle kamst, da habe ich dich gehasst. So offensichtlich war deine Liebe zu ihm, so offensichtlich, dass auch er etwas fühlte. Er …« Sie hustet, spuckt mehr Blut, das wie Fäden von ihrem Kinn auf den goldenen Grund des Käfigs tropft. Ich höre Olgas Mutter nervös mit den Federn rascheln. Sie will zu ihr, der verlorenen Tochter. »Als er dich vor Viktor rettete, obwohl du bist, was du bist, da hätte ich es wissen müssen. Aber blind vor Eifersucht wollte ich es nicht wahrhaben. Nein. In meinem Hass hätte ich alles getan, um dich zu vernichten. Und doch konnte ich es nicht. Weil er mich bat, dich zu retten.« Sie verstummt kurz, als würde sie sich an ein weit zurückliegendes Gespräch erinnern. »*Du müsstest leben. Du seist wichtig, die Wichtigste von allen.* Ich folgte seinen Befehlen und rettete dich aus dem Eispalast, weil ich ihn liebte und alles für ihn getan hätte, selbst die Frau retten, die er mehr liebte als alles andere.«

»Olga«, flüstere ich, um sie zu bremsen. Ich ertrage den Hass nicht, der in ihren Augen glänzt, wenn sie mich ansieht. Für sie bin und bleibe ich ein Monster. Doch noch schlimmer als das ist der Selbsthass, weil sie mir half, und einen Mann liebt, der ihre Gefühle nicht erwidert.

»Schweig still, Fee«, unterbricht sie mich schroff. Ihre Stimme ist rau, der Tod spricht aus ihr. »Lass mich sagen, was ich zu sagen habe, ehe ich gehe, wohin auch immer.«

Endlich greife ich nach ihrer Hand, kann nicht anders und drücke sie. Für einen winzigen Moment lässt sie es zu, ehe sie mir entgleitet.

Mit geschlossenen Lidern fährt sie fort, damit ich die Tränen nicht sehen kann. »In der Brunnenwelt, als ich dir den goldenen Apfel gab, da hoffte ich, dass er dich verändern würde, so wie er die eitle Prinzessin in ein Aschenputtel verwandelte. Ich hoffte, er würde deine schwarze Seele erkennen, aber … was auch immer er in dir gesehen hat, es war nicht nur das Böse, denn er ließ dich sein, wer du bist.«

»Ich bin ein magisches Wesen«, versuche ich zu erklären, doch da schüttelt sie schon den Kopf.

»Du bist so viel mehr.« Ihr Blick findet meinen, und dass sie die Trauer und den Schmerz nicht mehr verbirgt, zeigt, wie nah sie dem Ende ist. »Du wirst es beenden. Es begann mit dir und nur durch dich … kommt es zur Ruhe.«

»Was genau ist *es?*«, flüstere ich.

Sie lächelt vage. »Selbst ich habe mittlerweile verstanden, dass dies hier«, sie hebt die Hand zu einer matten Bewegung, die alles einzuschließen scheint, »nur wegen dir existiert. Du bist der Grund für alles. Du bist *sein* Grund. Sein Spiegelbild.« Ihre Stimme bricht. »Denn er liebt dich.«

Es gibt keine Worte, die ihr Leid lindern könnten, den Schmerz über eine unerwiderte Liebe. Sie und ich, beide dem einen verfallen, den wir nicht haben können. Ich möchte ihr sagen, dass es auch für uns keine Zukunft gibt, dass er sich niemals binden wird, weder an sie noch an mich. Doch ich schweige, weil ihre Zeit vergeht und sie noch so viel zu sagen hat.

»Er …«, beginnt sie stockend, die Stimme schwer vor Tränen. »Er wusste nicht, dass das Orakel mir befahl, dich an die Rabenmutter auszuliefern.«

»Warum hast du ihr geholfen?«

Ein schwaches Lachen. »Ich bin ein Goldkind.« Sie hebt die Finger, die im Schein der Fackeln golden schimmern. »Ich bin es bis zum Schluss. Ich kenne die Seite der Feen, die sie vor den Menschen verbergen. Ich kenne eure Geschichte. So wie alle Goldkinder sie kennen. Wirst du es retten?«

»Was?«, frage ich, überrumpelt von dem plötzlichen Themenwechsel.

»Das Brunnenreich. Seit Maries Tod vergeht es. Die Blätter welken, die Blüten vertrocknen. Es stirbt. Ich sah die Veränderung vor den anderen, vielleicht weil ich seit Maries Tod nicht mehr da war.«

»Ich komme gerade von dort.«

»Ich weiß, ich kann den Duft des Brotes an dir riechen.« Olga lächelt, dann wird sie ernst. »Wirst du es retten?«

»Ich werde es versuchen.«

Sie scheint über meine Worte nachzudenken, nickt schließlich. Die Raben auf den Stangen rascheln mit den Flügeln. Weit oben spüre ich die Rabenmutter kreisen. Sie kommt nicht zu uns, sie bleibt fern. Ob wegen mir oder um den Tod nicht zu sehen, kann ich nicht sagen. Sie zieht einsam ihre Runden, auf das Ende wartend.

»Du hast Elle gerettet. Du wirst auch die Goldkinder retten.« Olgas Augen werden matt, das Röcheln lauter. »Ich glaube, du wirst uns alle retten. Unsere Welt, die keine Welt ist.« Ein Schwall Blut ergießt sich aus ihrem Mund. Ich will ihr aufhelfen, doch sie zerrt mich mit letzter Kraft herab, bis ich ganz nah über ihr bin und unsere Gesichter sich fast berühren.

»Ich habe ihm immer vertraut, doch er ist der wahre Feind. Rette uns vor ihm. Rette Pandora!« Ihr Atem vergeht, die Finger, die mich noch einen Moment zuvor so kräftig packten, erschlaffen. Bevor ihr

Kopf gegen die goldenen Stangen des unterirdischen Käfigs kippt, hat sie uns verlassen. Ihr Geist ist fort. Was bleibt, ist eine leere Hülle. Die Rabin stürzt herbei und bricht über Olga zusammen. Der Federmantel bedeckt sie beide wie eine schwarze Flut – ein Leichentuch gesponnen aus Federn. Die Aberhundert Raben beginnen zu krächzen. Sie besingen die verlorene Tochter, dann erheben sie sich, einer nach dem anderen, in einem endlosen schwarzen Strudel und schrauben sich hoch und höher, dem Ausgang entgegen. Vielleicht begleiten sie Olgas Seele auf ihrer letzten Reise hinauf zu den Sternen. Zurück bleibt einzig die Mutter mit dem Körper ihrer Tochter im Arm, die sie einst zurückließ und die ihr sterbend zurückgeben wurde.

Bevor ich mich abwende, um sie mit dem Kummer allein zu lassen, ziehe ich den goldenen Apfel hervor. Vor gar nicht allzu langer Zeit legte ich einen roten in die Hand meiner sterbenden Schwester. Und auch wenn Olga mich bis zum Schluss hasste, so trauere ich doch um sie. Ich lege die Frucht in ihre Hand, schließe sacht die Finger und verabschiede mich stumm von ihr. Sie rettete Elle und dafür werde ich ihr bis in alle Ewigkeit dankbar sein. Dann trete ich an den Rand des Käfigs. Ein Blick in die Höhe zeigt, dass die Rabenmutter sinkt. Sie scheint auf etwas zu warten. Auf mich?

Ich nicke ihr zu, drehe den Ring und zaubere mich an den Grund des Schachts, gleich neben den schwarzen See, auf dem acht weiße Schwäne ihre einsamen Runden schwimmen. Als ewiges Abbild der verstorbenen Seelen von Odette und Hans, Marie und Kassandra, dem Rattenbiest und Gretchen, Eva und der Meerhexe. Sie sind tot. Verbleiben sieben Feen unter den Lebenden: Täubchen, Haruko und Akiko, Befana, Lucia, die Eishexe und ich selbst. Doch ich ahne, dass ich nicht alle werde retten können.

Wie seltsam es ist. Beim letzten Besuch wollte ich sie hier versammelt sehen, als Schwäne auf dem See. Aber heute wünsche ich mir nichts sehnlicher, als sie noch einmal im Arm zu halten. So wie die Rabin Olga im Arm hält.

Ich knie nieder, tauche eine Hand in das kalte, schwarze Wasser. Es perlt von den Fingerspitzen, erzeugt kleine Kreise. Irgendwo am

Grund liegt der Federmantel, den ich einst verlor. Wer weiß, welche Geheimnisse sich noch in den Tiefen verbergen. Vielleicht wird eines Tages jemand kommen, lange nachdem wir vergangen sind, den gläsernen Berg und den endlosen Schacht bezwingen, nur um dann hier zu stehen, in stummer Faszination, und sich zu fragen, was die Schwäne wohl bedeuten. Vielleicht sind unsere Geschichten bis dahin vergessen und nicht einmal die Schwäne können das ändern.

Die Rabenmutter landet und streift das Federkleid ab. Mit der schwarzen Krone auf dem Haupt tritt sie neben mich. »Bevor du gehst, möchte ich dir etwas geben«, krächzt sie und hebt ihren Arm. Die Schwäne gleiten auseinander. Ein Strudel entsteht inmitten des Sees, gibt etwas preis und teilt das Wasser. Kleine Sturzbäche perlen herab. Dann schwebt er da, der Spiegel der Rabenmutter, über dem unterirdischen See. Die Oberfläche kräuselt sich sanft in den niederfallenden Tropfen. Als würde der Spiegel weinen.

»Du sammelst sie, nicht wahr?«

»Die der anderen«, erwidere ich sofort. *Die der Toten.* Sie nickt, als wüsste sie es.

»Du magst deine Meinung geändert haben und nicht mehr nach unserem Tod trachten, aber ich habe genug begriffen.«

»Was meinst du?«

Sie zögert. »Nachdem ich dir die Freiheit schenkte und du als Schwan zur Goldenen Stadt zogst, um das Orakel zu suchen, da kam sie zu mir.«

»Das Orakel?«

Die Rabenmutter nickt. »Sie erzählte mir so einiges über uns und über dich. *Über ihn.*«

Alles führt zu ihm. »Was hat sie über ihn gesagt?«

»Es ist wichtig, dass du herausfindest, *wer er ist*«, sagt sie langsam. »Erst dann kannst du deine Entscheidung treffen.«

»Welche Entscheidung?«

»Wie es endet«, antwortet sie ruhig und ihr Blick ist dabei so klar, dass sie mich gespenstisch an Kassandra erinnert.

»Was weißt du noch darüber?«

Sie lächelt. »Er war nicht konsequent genug, deswegen wird er diesmal sehr sorgfältig sein.«

Sie hebt den Arm, und bevor ich begreife, was sie da tut, hat sie sich das Hexenmal samt Haut vom Arm gerissen. Sie keucht, Tränen in den Augen, und schwankt einen Moment, ehe sie sich fängt und mir den triefenden Fetzen hinhält. »Hätten wir damals deine Magie nicht genommen, so wäre alles anders gekommen. Aber wir raubten sie dir und damit uns die Chance auf ein Leben. Jetzt ist es an der Zeit, den Tribut zu zahlen.« Der Fetzen schwebt zwischen uns, das Blut tropft auf die Steine. Gebannt starre ich darauf, fühle das wohlige Prickeln tief in mir wachsen, gleichsam das Grauen. *Meine Macht!*

Die Rabenmutter scheint das Glitzern in meinen Augen zu sehen, denn kurz flackert die Angst in ihren. »Ich bin die Einzige, der das Orakel die ganze Wahrheit offenbarte. Vielleicht, weil ich dich gehen ließ. Vielleicht war ich schon immer dazu bestimmt, es zu wissen. Denn ich habe begriffen, dass unsere Leben verwirkt sind. Hier!« Vehement drückt sie mir das schwarze Mal an die Brust. Fast von allein umschlingen meine Hände es, suchen den Hauch von Magie, der darin verborgen ist. Nein, noch fließt sie in ihren Adern, doch das Mal und der Spiegel sind gemeinsam der Schlüssel, um mir zurückzuholen, was mein ist.

»Musst du nicht sterben, damit …?«

»Nein«, widerspricht sie. »Darin täuscht sich der Hexenjäger. Denn nur du allein kannst sie uns nehmen, solange wir leben. Sollten wir aber sterben, so wartet die Magie auf dich in den Malen. So oder so, sie ist dein.«

Sie ist mein!

Und sie selbst wird nichts weiter als das Täubchen sein, das sie vor so langer Zeit war. Nicht mehr und nicht weniger.

»Ich werde lernen müssen, mit der Magie zurechtzukommen, die mir von Geburt an gegeben ist. Es ist nicht viel, aber genug, um mich vor den Menschen zu schützen, so lange, bis du zurückkommst …«

»Warum tust du das?«

»Nur wenn du alle Magie vereinst, besteht Hoffnung für Pandora«, sagt Täubchen. Sie hat sich ein paar Schritte von mir entfernt, hält das blutende Handgelenk umschlungen. »Ich werde spüren, wenn es so weit ist und dann werde ich auf dich warten. Auf dich und darauf, dass du dein Versprechen einlöst.«

Sie will noch immer die Letzte sein, der letzte Schwan. Ich bringe es nicht übers Herz, ihr zu sagen, dass ich keine von ihnen mehr töten werde! Denn auch wenn der Fetzen in meiner Hand mich lockt und reizt und von einer glorreichen Zukunft säuselt, so bleibt mein Herz bei ihnen. Ich liebe sie. Ich werde ihnen nichts tun – oder?

Der Spiegel kommt über den See geglitten, das Wasser unter ihm kräuselt sich sanft, die Schwäne weichen, bis er vor mir schwebt, von unsichtbaren Flügeln getragen.

»Nimm ihn«, sagt die Rabenmutter rau, ehe sie die Federn überstülpt und zum Raben wird. Bereut sie ihren Entschluss? Sie gibt alles auf, was sie heute ist. Für was?

Ich wünschte, sie würde mir die Wahrheit erzählen. Die ganze Geschichte, egal wie grausam sie auch sein mag. Doch ich verstehe, warum sie es nicht tut, nicht darf.

Schnell greife ich nach dem Spiegel. Er ist kalt und nass, er schmiegt sich in meine Hand, als würde er mich begrüßen. Kurz spüre ich eiskalte Furcht, zeitgleich herrliche Dominanz. Meine Magie – so unendlich nah!

Zusammen mit meinem wertvollen Geschenk entschwinde ich dem endlosen Schacht des gläsernen Berges.

Spiegelzauber

Kaum habe ich den Turm betreten und den Spiegel der Rabenmutter an seinen ursprünglichen Platz gehängt, erscheint das Gesicht der Eishexe darauf. Sie runzelt die Brauen, scheint zu bemerken, dass etwas nicht stimmt und doch kommt sie nicht darauf, dass es der falsche Spiegel ist, durch den sie mich ansieht. Er sollte tief unten in den Fluten des schwarzen Sees liegen. Ob sie begreift, was das bedeutet? Unsere Abmachung ist hinfällig, es gibt keinen Mächteausgleich mehr.

»Hallo, Schwester«, grüßt die Eishexe, zögert dann, als wäre sie auf der Suche nach dem Grund ihrer Irritation. Der Hautfetzen ist sicher verborgen in meiner Faust, die tief in der Tasche des Capes steckt. Ich reibe mit dem Daumen darüber. Meine Finger triefen vor Blut.

»Was hast du über den Verbleib des Moguls herausgefunden?«, frage ich, ehe ihr Misstrauen ins Unermessliche wachsen kann.

Sie runzelt die Brauen. »Er hinterlässt eine Spur aus geschändeten Jungfrauenleichen. Zuletzt wurde er in Murano gesehen. Er scheint die Ruine des Rattenbiestes bezogen zu haben.«

»Murano.« Die Hafenstadt, in der ich mit dem Hexenjäger war. Das heißt, irgendwo dort ist auch er. »Weißt du etwas darüber, wo der Hexenjäger ist?«

Ein kaum merkliches Zögern. »Nein.«

»Hm.«

Sie betrachtet mich eine Weile. Ich hoffe, sie sieht nicht das gefährliche Glitzern in meinen Augen. Meine Hände kribbeln, mein Herz rast, denn bald, ganz bald wird die Magie wieder mir gehören. In mir tanzen Furcht und kalte Entschlossenheit. Was passiert, wenn ich sie zurückerlange? Werde ich stark genug sein?

Es ist, wie es ist, flüstert etwas in mir und im letzten Moment schaffe ich es, die Faust ruhig zu halten, bevor ich sie hervorziehen konnte. Der Drang wird übergroß. *Ich will sie zurück!* Etwas in mir.

»Was wirst du jetzt tun?«, fragt die Eishexe schließlich.

»Die Spiegel haben Priorität. Der von Marie befindet sich im Besitz der Ascheprinzessin.« Ich versuche ruhig zu atmen. Mit wenigen Worten kläre ich sie über die Geschehnisse im Brunnenreich auf. »Wenn ich ihn zurückgeholt habe, folge ich der Spur der Jungfrauen, denn wo der Mogul ist, wird auch der Spiegel des Rattenbiestes sein.«

»Du vergisst, dass er versuchte, dich zu töten. Was hindert ihn daran, es erneut zu versuchen? Wie willst du dich wehren, so ganz ohne Magie?«

»Vielleicht ist gerade das mein Vorteil«, sage ich knapp und wende den Blick schnell ab, damit sie die Gier darin nicht sieht. »Für ihn stelle ich keine Gefahr dar.«

Sie scheint meine Worte abzuwägen und ich gebe ihr die Zeit, blicke scheinbar gelassen aus dem Fenster, ein Bild der Ruhe, während mein Puls vor Aufregung rast. Ich konzentriere mich ganz auf die fallenden Flocken, versuche mich auf die Goldene Stadt zu konzentrieren und frage mich, ob die Prinzen und all die Menschen in den vergoldeten Häusern noch leben oder ob der Nordwind sie zu sich geholt hat und sie als stummes Porträt auf ewig in den verschlungenen Gängen des Eispalastes hängen.

»Lass den Winter weichen«, sage ich mehr zu mir als zu meiner eisigen Schwester auf den Spiegeln. Wofür brauche ich sie?

»Wieso sollte ich?«

»Weil dein Herz nicht aus Eis ist«, entgegne ich und bringe sie damit aus dem Gleichgewicht. Sie reißt die Augen auf. Ihr Bild schwankt, als sei sie versucht, die Verbindung zu unterbrechen, doch bevor sie handeln kann, stelle ich die nächste Forderung, fast wie in alten Zeiten.

»Sag mir, wie ich mithilfe der Spiegel und der Male meine Macht zurückbekommen kann.«

»Noch hast du die Male nicht.«

»Sag es mir trotzdem.«

»Wozu?«

Meine Finger verkrampfen sich um den Hautfetzen. Nur mit aller Konzentration, die ich aufbringen kann, gelingt es mir, das Mal nicht hervorzuziehen und zu betrachten. Die Magie in ihm flüstert meinen Namen, sie ruft mich, sehnt sich nach mir, wie ich mich nach ihr.

»Wenn ich dem Mogul entgegentrete und in der Ruine sowohl den Spiegel als auch das Mal des Rattenbiestes erobern kann, dann wäre es hilfreich. Als Sicherheit.« Mein Lächeln ist so falsch wie der Spiegel, durch den sie mich sieht, und doch nickt sie, obwohl ich den Zweifel sehe. Ich atme ruhig, während die Finger in der Tasche arbeiten, den Fetzen streicheln und liebkosen. Es ist wie ein Zwang. Mein Körper spürt die Verbindung, lechzt danach, wieder vollkommen zu sein. *Es ist meine Magie,* flüstert es in mir und ich weiß nicht, ob es die Stimme der Königin oder meine eigene ist. *Wir sind eins,* erinnere ich mich. Niemals zwei Wesen, nur eines. Ich atme tief ein, versuche den rasenden Herzschlag zu beruhigen, fixiere gleichzeitig die Eishexe, das falsche Lächeln fest auf den Lippen.

Ich bin der Wolf. Ich bin …

»Die Spiegel«, beginnt sie stockend, so als ahne sie, dass sie einen schrecklichen Fehler begeht, und tatsächlich will etwas in mir sie stoppen, sie anflehen, nicht weiterzusprechen. Denn sind die Worte erst einmal ausgesprochen und der Zauber enthüllt, so gibt es kein Zurück. Nicht für mich und all das, was in mir schlummert. Wenn sie es sagt, dann bin ich frei, alles von mir, auch das, von dem ich wünschte, es würde auf ewig in mir verborgen bleiben.

Wir sind eins.

Sind wir das?

»Sag es«, bitte ich und schlucke die Angst hinunter, der Versuchung nicht gewachsen zu sein. *Es war nicht alles schlecht,* flüstert es in mir. *Sie nennen es noch heute das goldene Zeitalter.* »Sag es!«

Und sie tut es.

Ich lausche den Worten, die mich erlösen. Sie geben mich frei. Entfesseln mich Stück für Stück. Ich spüre etwas wachsen, etwas in mir, das einen Weg hinaus sucht. Die Finger in der Tasche des Capes sind heiß vor Vorfreude. Meine Haut kribbelt, als stünde sie in Flammen. Rein äußerlich bleibe ich ruhig, unendlich ruhig, während die Worte aus ihrem Mund quellen und sie immer schneller spricht, bis sie schließlich verstummt.

»Das ist alles?«, frage ich und sie nickt.

Das Lachen füllt so plötzlich den Raum, dass ich selbst überrascht bin. Ich weiß nicht, woher es kommt. Die Eishexe keucht, dann ist sie fort und ich starre mir selbst entgegen. Fünfmal ich, schrecklich verzerrt lächelnd, ein finsteres Glühen in den Augen. Gleichzeitig ziehen die Spiegelbilder die Hand aus dem dunkelblauen Cape, die Finger blutrot. Darin verborgen: der Schlüssel meiner Rückkehr. Ich trete vor den Spiegel der Rabenmutter.

»Es ist so weit«, flüstere ich. Wie von allein hebt mein Gegenüber den Arm, bis die Knöchel sich berühren, meine und die des Abbilds. Ich spüre die Kälte des Glases, hinterlasse zwei rote Streifen. Dann drehe ich den Arm und öffne einen Finger nach dem anderen. Das Mal liegt darauf. Vorsichtig lasse ich den Hautfetzen zwischen die Fingerspitzen gleiten, so dass er hinabbaumelt, und führe ihn genau an die Stelle, wo sich mein Mal spiegelt. Es kann nicht schnell genug gehen.

Nicht!, schreit ein Teil in mir.

Endlich, zischt ein anderer.

»Was einst gestohlen, kehrt zurück. Wo es geboren, da soll es sterben«, spreche ich den Zauber, mit dem alles begann und nun enden wird. Sofort verschmilzt das Mal der Rabenmutter mit der glatten Oberfläche des Spiegels, dort, wo sich meines spiegelt. *Es verschmilzt mit mir!*

Meine Haut brennt. Das Zeichen wächst. Dann spüre ich die Magie! Heiß fließt sie durch meine Adern, erst träge, dann immer schneller und schneller. Berauscht löse ich den Blick von dem Spiegel, auf dem nichts als eine Blutspur davon zeugt, dass der Hautfetzen eben noch da war und jetzt verschwunden ist. Nein, nicht verschwunden, sondern mit mir verwachsen und mit ihm ein Teil der gestohlenen Magie.

Das Lachen kommt tief aus meiner Kehle. Es hallt von den Wänden wider und treibt hinaus in die fallenden Flocken. Ich streife das

Cape ab, lege es auf das Bett, ich brauche es nicht mehr, nur die Feder aus seiner Tasche behalte ich. Sanft lasse ich sie durch die Finger gleiten, ehe aus ihr ein schwarzer Regen aus Federn erwächst. So leicht und schwerelos. Die Magie der Rabenmutter gehorcht mir ohne zu zögern. *Sie ist mein!* Ich drehe mich im Kreis, erzeuge einen Strudel aus tanzenden Federn. Sie füllen den Raum bis zur spitzen Decke, rauschen wie tosender Applaus. *Meine Magie ist zurück! Zumindest ein Teil. Ein Anfang.* Meine Füße gleiten über die Holzdielen, befreit von einer Last, die sich *Menschlichkeit* nennt. Sie macht mich schwerelos, sie macht mich … *mächtig!*

Ich verharre im Angesicht der Spiegel. Fünf funkelnde Augenpaare starren mir entgegen, während die Federn wie Tränen fallen.

»*Ich bin zurück!*«, flüstern meine Spiegelbilder, die Augen schwarz wie der Tod. »*Königin*«, grüßen sie im unheilvollen Chor und neigen die Häupter.

Ich strebe zum Fenster, *meinem Platz*, erklimme den Sims, wie es einst das Orakel tat. Dort stehend, hoch oben in dem Turm, der unser aller Schicksal ist, überblicke ich Pandora. Ich spüre die Tiefe, fürchte sie aber nicht, denn sie kann mir nichts anhaben. Niemand kann mir mehr etwas anhaben. Ich breite die Arme aus und die Federn setzen sich zu schwarzen Flügeln zusammen, groß und gewaltig, dann lasse ich los und falle. Der Wind fängt mich, trägt mich fort. Ich gleite durch die fallenden Flocken, steige auf und bin frei. Kein fremder Mantel trägt mich, sondern allein meine Magie.

Unter mir gleiten die Wipfel des magischen Waldes dahin. Die Bäume sehen mir hinterher, begreifen, dass es diesmal die Königin ist und nicht nur ihr menschliches Abbild. Sie verstummen in Ehrfurcht, wagen nicht zu flüstern, denn sie spüren die Macht und unterwerfen sich, so wie sie es immer taten. Ich bin ihrer aller Königin.

Abrupt halte ich inne, stürze fast zwischen die schneebedeckten Wipfel, ehe ich mich fange und über dem Geisterwald schwebend den Gedanken zu fassen versuche. Überall in dem Geäst blinzeln Augen, beobachten mich schweigend. Es ist, als hielte Pandora für einen

Moment den Atem an, als warte es nur auf meine Entscheidung, um sich mit mir weiterzudrehen – *um mich.*

Du bist der Grund für alles.

Ich lasse den Blick schweifen. In der Ferne liegt der gläserne Berg. Die Raben umkreisen ihn und fast glaube ich, das Schluchzen der Rabenmutter zu hören, tief unten am See. Ob sie bereut, mir ihre Macht geopfert zu haben? Nun, nicht wirklich *ihre*, denn das, was ihr von Geburt an gegeben war, gehört noch ihr. Nur der Teil, den sie mir stahl, ist ihr genommen. *Ist wieder mein!*

Auf einmal höre ich Kinderlachen, spüre den Beginn einer Vision, obwohl die Gabe der Vorhersehung nie die meine war. Sie singen von Gold und von Spiegeln, einem Auftrag, den es zu erfüllen gilt und einer Chance für … was?

»*Ein Brunnen, ein Kind, verlorenes Glück …*«, zwitschern die Stimmen und plötzlich begreife ich, dass es keine Vision, sondern das Echo der verstorbenen Feenkinder ist, all jener, die ich zur letzten Ruhe bettete und für die ich sang. Nun singen sie für mich: »*Eine Kugel, ein Herz, ein goldenes Stück.*«

Sie erinnern mich an die Ascheprinzessin und das Abkommen mit der Eishexe, das schon gebrochen ist. Mächteausgleich und Frieden – nichts als Phrasen, leer und bedeutungslos. Der Wunsch, den Hexenjäger vom Guten der Feen zu überzeugen, wirkt plötzlich seltsam gering neben der Verlockung der Magie. Er schwindet mit jedem Atemzug, verblasst neben dem Flüstern in meinem Kopf. Es spricht von glorreichen Tagen und unbändiger Macht, zeichnet Bilder von einer Welt, die Pandora einst war und wieder sein könnte. Ich balle die Fäuste, zwinge mich zur Ruhe und weiß nur eines: *Ich brauche mehr!*

Mehr Male, mehr Spiegel und vor allem: mehr Magie!

»*Ein Brunnen, ein Kind …*«

Weit hinten glänzen die goldenen Turmspitzen über der ewig weißen Landschaft. Sie sind zu steil, als dass der Schnee an ihnen halten könnte. So stehen sie aufrecht und nackt, das letzte Lebenszeichen einer sterbenden Stadt.

»*Eine Kugel, ein Herz …*«

Mehr Spiegel. Einer wurde gestohlen von einer hinabgefallenen Prinzessin, deren Herz nicht rein war und die statt in Gold in Asche und Pech getaucht wurde.

»*… ein goldenes Stück.*«

Ich fixiere die Goldene Stadt. Hätte die Brunnenhexe ein Kind aufgenommen, das von dort kam? Die Prinzessin floh mit dem Hexenjäger und stahl den Spiegel, den ich nun brauche! Ich weiß zwar nicht, woher sie kommt und wo sie jetzt ist, doch ich ahne, woher die goldene Kugel stammt, die der Hexenjäger als Dank erhielt, und wen ich nach dem Verbleib der Ascheprinzessin fragen kann, die des Goldes nicht würdig war.

Der verfluchte Prinz

Eine Tafel, gedeckt mit Tellern und Bechern aus Gold, getaucht in funkelnden Kerzenschein. Doch die Platten, die einst vor Essen strotzten, sind elendig leer. Kein Braten, kein Gemüse, nur schleimige Pampe, gestreckt mit Wasser und Mehl, füllt die Teller und nur spärlich die Bäuche der Hungernden. Sie fallen fast von den Stühlen, als ich am Kopfende auftauche. Erst leuchtet Überraschung in ihren Augen, dann nackte Furcht. Es fühlt sich gut an. Vertraut.

Der König am anderen Ende des Tisches erhebt sich langsam und starrt mich mit mühsamer Beherrschung an. Auf seinen Befehl zücken die Soldaten die goldenen Schwerter und stürmen herbei. Mitten im Lauf lasse ich sie erstarren, bin selbst überrascht, wie leicht es ist. Jetzt ziehen auch die Prinzen die Waffen, erheben sich von dem Mahl, das noch kläglicher ist, als ich es in Erinnerung habe.

»Odette?«

Prinz Ferdinand steht mir am nächsten. Er wirkt verwirrt und zugleich unsäglich müde. Ein Blick in die Runde offenbart mir das gesamte Ausmaß der Not. Die Lage hat sich nicht verbessert. Die erstarrten Soldaten in den goldenen Uniformen wirken blass und schmächtig, die Prinzen hohlwangig und erschöpft, selbst Ferdinand scheint geschrumpft.

»So sehen wir uns wieder, Prinz.« Ich schenke ihm ein vages Lächeln, das kaum bis zu den Augen reicht.

»Aber Ihr … Ihr seid plötzlich verschwunden!« Er unterbricht sich und mustert mich eingehend. Erkennt er diesmal, wer ich bin? Wer vor ihm steht? Doch er fragt nur: »Wie ist das möglich?«

»Alles ist möglich«, antworte ich süffisant und wende mich dem König zu, dessen Schultern vor Wut beben. Seine Söhne und Edelmänner stehen mit gezogenen Schwertern um den Tisch, wartend auf seinen Befehl. Die Furcht ist ihnen deutlich in die Züge geschrieben. Ihre erbärmlichen Herzen rasen, so sehr ängstige ich sie.. Es nährt meine Magie und das tiefe Schnurren in meiner Brust.

»Ich suche eine Prinzessin«, sage ich langsam und betont. »Ein scheußliches Mädchen, ganz in Pech und Asche gehüllt. Sie besaß einst eine Kugel, eine goldene. Ich wette doch, sie stammt von hier. Nicht wahr, König? Seid so gütig und verratet mir, wo ich sie finden kann.«

Seine Kiefer mahlen. »Ihr seid eine Hexe«, spricht er schließlich aus, was alle schon ahnen.

»Oh, nicht irgendeine«, verbessere ich. »Ich bin *die Dreizehnte Fee.*«Jemand keucht und ich erkenne, dass es Prinz Ferdinands Frau ist, die ein kleines Bündel ängstlich an sich presst. Sie hat das Kind bekommen und es lebt. *Noch lebt es.*

»Sieh an, Nachwuchs, was für eine freudige Botschaft«, rufe ich aus und trete näher. Sofort stellt sich Prinz Ferdinand schützend vor Frau und Kind.

»Na, na, na«, tadle ich sanft. »Ich werde doch wohl einen Blick auf den Jungen werfen dürfen, wo ich doch so etwas wie die Patin dieser Stadt und all ihrer Lebewesen bin.« Mein Lachen füllt den Raum, der gespenstisch still geworden ist. Nur die Frau wimmert, starr vor Angst. Das Baby beginnt zu weinen.

»Verschwindet!«, zischt der König.

Ich löse den Blick von den zartrosa Händen, die aus dem Bündel hervorlugen, und betrachte eingehend das zerknitterte Hemd Prinz Ferdinands, streiche ein imaginäres Staubkorn von seinem Ärmel. Stocksteif steht er da, während ich mit seinem Vater feilsche, um sein Leben, um das ihrer aller. »Ihr habt meine Frage noch nicht beantwortet.«

»Weil ich es nicht weiß«, entgegnet er.

»Soll man denn lügen?«, tadle ich erneut, ohne das falsche Lächeln verschwinden zu lassen. »Ich bin enttäuscht von Euch, *Menschenkönig.* Ich hielt Euch für klüger. Anstatt einer offensichtlich gefährlichen Fee einen so einfachen Wunsch abzuschlagen, solltet Ihr lieber sprechen, bevor Ihr es bereut.«

Er knirscht mit den Zähnen. »Ich kann Euch nicht geben, wofür Ihr kamt, denn ich kenne die Antwort nicht.«

»Lüge!«, kreische ich und fahre zu ihm herum. In plötzlich aufwallendem Zorn bin ich auf ihn zugeeilt. Die Edelmänner stolperten übereinander, in der Hast mir zu entgehen. Ein erbärmlicher Haufen aus Armen und Beinen und Schwertern. Sie haben an Mut eingebüßt, die Menschen. Der Winter hat ihnen selbst das letzte bisschen Stolz genommen.

»Sagt mir, wo ich sie finde«, verlange ich und trete so nah an ihn heran, dass er meinen Atem auf seiner Haut spüren kann. Befriedigt registriere ich seine Gänsehaut. »Verratet mir, wo die Prinzessin mit der goldenen Kugel ist und es soll nicht zu Eurem Schaden sein.« Ich fasse ihn am Arm und obwohl er sich versucht zu lösen, schafft er es nicht, weil die Magie mich stark macht, so viel stärker, als er es je sein wird. »Sagt es, Menschenkönig!«

»Nein«, knurrt er.

»Falsche Antwort«, seufze ich und strecke im nächsten Moment die Hand nach der Königin aus, die hinter zwei Prinzen verborgen das Gespräch mit seltsam rasendem Herzen verfolgt. Es schlägt einen anderen Takt als die der Übrigen.

Als meine Magie sie trifft, keucht sie auf und beginnt zu krampfen. Ihre Finger verdrehen sich bis zum Handrücken hin, während die Augen fast aus den Höhlen quellen.

»Interessant«, sage ich und halte inne, die Königin sinkt schluchzend zusammen. Ich habe keine Ahnung, was da gerade passiert ist. Obwohl die Magie mir gehorcht, ist sie geprägt von der Zeit mit der Rabenmutter. Das war ihr Zauber. Ein schrecklicher Zauber. Ein interessanter. Ohne zu zögern, lasse ich die Magie erneut fließen und die Königin krampft, streckt den Nacken unnatürlich weit durch, während ihr gellender Schrei den Saal füllt. Die Prinzen klammern sich an ihre Hände.

»Vater«, keucht der eine Sohn. »Was geschieht mit ihr?«

»Tu doch was!«, schreit der zweite.

Selbst Ferdinand ist einen Schritt von der Seite seiner Ehefrau gewichen, hin zu seiner Mutter. Ich zwinkere ihm zu, abrupt erstarrt er. Wen will er schützen? Ehefrau und Kind oder die Frau, die ihm das Leben schenkte? Zukunft oder Vergangenheit?

Sein Blick fliegt zum Kind und er bleibt.

»Was tust du mit ihr?«, knurrt der König. Er rührt sich kaum, ganz so, als wüsste er, dass mit körperlicher Kraft nicht gegen mich zu gewinnen ist. Nur das Ballen und Lösen seiner Fäuste verrät, wie gerne er mir an den Kragen würde.

»Seltsam«, sage ich und blicke von ihm zu seiner Königin. »Mir scheint, Ihr liebt sie nicht genug, um sie zu retten oder ist der Ansporn nicht ausreichend?«

Der gellende Schrei erstickt in Gurgeln, dann beginnt sie zu würgen.

»Mutter!«, kreischt einer der Söhne.

»Haltet sie auf!«, brüllt der andere, doch niemand rührt sich. Nur die Königin windet sich in unendlicher Qual, während ihre Seele durch den Rachen nach außen gestülpt wird. Ein blasses Gesicht, durchscheinende Arme.

»Wirklich ein abscheulicher Zauber«, sage ich und studiere den Geist, der immer klarere Konturen annimmt. Es erinnert mich an Gretchens Macht, die, um der Endgültigkeit des Todes zu entgehen, die Geister zu rufen begann. Täubchen verlor auch jemanden, sie verlor Odette. Sie war die Einzige, die sich erinnerte, selbst nach Tausenden Jahren, vielleicht, weil auch sie gelernt hat, die Geister zu halten.

Während ich an Odette denke, wächst meine Wut auf den König, auf alle Könige, die es wagten, sich zum Herrn der verfluchten Goldenen Stadt aufzuschwingen. Sie lernen nie, die Menschen. Sie begehen dieselben Fehler.

So wie ich, erkenne ich mit Entsetzen und die Wut verraucht so schnell, wie sie gekommen ist.

Warum bin ich hier?

Will ich Macht? Oder will ich Frieden?

»Ihr seid ein seltsam kalter Mensch«, sage ich zum König.

Seine Zähne knirschen.

»Bedeutet Euch Eure Königin so wenig?«

Eisern schweigt er. Seufzend wende ich mich ab. Mit einem Fingerschnipsen sinkt die Königin zusammen. Ihr Geist schimmert noch kurz, ehe er zurück in die sterbliche Hülle gleitet. Einer der Prinzen zieht sie in die Arme, schaukelt sie weinend hin und her. Etwas sticht in meiner Brust, hindert mich am Atmen. *Er liebt sie! Er* hätte sie sofort gerettet und mir die Antwort gegeben, weil er ihr Kind ist und die Liebe zwischen Mutter und Kind um so vieles tiefer scheint, als die zwischen Mann und Frau.

Zukunft oder Vergangenheit?

Ich finde die Lösung, als ich den Blick über die letzten Söhne des Königs schweifen lasse. Einen hat er an die Eishexe im Wald der Geister verloren und ich frage mich, wie viele er noch bereit ist zu opfern? Ein Kind für ein Kind – einen seiner Söhne oder die fremde Prinzessin? Warum schützt er sie?

Da streift mein Blick Ferdinand und die kleinen rosa Händchen. So zart und verletzlich, dass selbst mein Herz kurz weint bei dem Gedanken an das, was gleich passieren wird, passieren muss, wenn ich die Antworten haben möchte. Doch ich recke das Kinn, und während ich den verdutzten König stehen lasse und zurück zu Ferdinand schreite, stiehlt sich wieder das Lächeln auf meine Lippen. Es ist mein einziger Schutz gegen den Schrei, der in mir wächst.

Vergangenheit oder Zukunft – die Antwort haben sie mir selbst gegeben.

»Vielleicht liebt Ihr Eure Königin nicht, aber *das Kind* ...«

»Fasst ihn nicht an!«, unterbricht Ferdinand mich schrill. Eine Ader pocht an seiner Stirn. Der einst so freundliche Prinz blickt mir verzweifelt, aber entschlossen entgegen. »Er hat Euch nichts getan!«

Ich hebe die Brauen. »Ich weiß. Ihr wart gut zu mir, deshalb lasst mich einen Segen sprechen für das Kind.«

Das Schwert in seiner Hand bebt. Meine Augen scheinen die Worte Lügen zu strafen, denn er rührt sich kein Stück. »Nein!«

»Glaubt Ihr, mich aufhalten zu können?«, frage ich sanft und verstehe doch zu gut, wieso er es tut. Es sind immer die Kinder, die einem Krieg zum Opfer fallen, weil sie unsere größte Schwäche sind. Weil mit ihnen die Hoffnung stirbt. Mit ihnen stirbt alles.

Ferdinands Blick fliegt zum König. Ich ahne, dass der den Kopf schüttelt, es spiegelt sich in der Mimik seines Sohnes. In seinen verzweifelten Augen.

»Sag es ihr!«, fordert er schrill. »Sag ihr, wo sie ist, ehe sie uns alle vernichtet!«

Das leise »Nein« lässt ihn erbleichen. Er weicht zurück, schiebt seine Frau weiter. Das Baby schreit.

»Zu schade«, flüstere ich und lasse Prinz Ferdinand ebenso erstarren wie die Soldaten. Die Frau kreischt, ein anderer Prinz springt herbei. Noch im Flug erwischt ihn mein Zauber und er erstarrt, unfähig, sich zu bewegen. Mein leises Lachen hallt von den Wänden. Für sie muss ich klingen wie ein Monster. Ich bin eines und doch zerreißt es mich.

»Betrachtet den Mut Eurer Söhne, König, beobachtet ihre verzweifelten Versuche, das Kind zu retten. Doch glaubt mir, nur Ihr könnt das.«

»Und dann?«, zischt er. »Was wollt Ihr dann tun?«

»Lasst das meine Sorge sein«, antworte ich süffisant.

Er schüttelt den Kopf. »Ihr werdet uns so oder so vernichten. Niemals werde ich meine Nichte mit ins Verderben ziehen!«

»So opfert Ihr lieber Eure eigenen Kinder?« Seine Gesichtszüge entgleiten und kurz glaube ich, dass er es sich anders überlegt, doch er presst die Lippen zusammen und besiegelt das Opfer. »Ihr seid so anders als ich, denn ich tat alles, um meine Kinder zu retten.«

Sein Blick fliegt zu den Teppichen an den Wänden, mit den Szenen der Feenkinder und mir als Teufel. »Ich kann uns nicht retten, denn wir alle sind verloren, nur sie, sie hat noch eine Chance«, murmelt der König, ehe er sich abwendet. »Verzeiht mir, meine Söhne.«

Einen Augenblick starre ich auf seinen steifen Rücken, ehe ich mich verhärte und mein Herz verschließe. Komme, was kommen muss.

»Ihr habt es so gewollt.« Die Frau wimmert, als ich auf sie zutrete. »Erst Eurer Enkel, und wenn ich mit ihm fertig bin, dann folgen

Eure Söhne, beginnend mit dem Jüngsten. Einen nach dem anderen werde ich töten. Bis niemand mehr da ist, für den es sich zu leben oder zu sterben lohnt.«

»Nein!«, kreischt die Mutter, als ich nach ihrem Baby greife, doch so sehr sie auch versucht, meiner Magie zu widerstehen, muss sie ihn mir lassen.

»Komm her, mein Kleiner, sag *Hallo* zu deiner Patin.« Das Schreien des Kindes verebbt, als ich es sanft hin und her wiege. Aus großen blauen Augen blickt es zu mir auf, noch seltsam unfokussiert, die Haut zart und warm. Es riecht nach Baby und Milch, der Geruch von Liebe. »Mein Kleiner«, gurre ich und lasse die erstarrte Mutter hinter mir zurück, die Augen voller Tränen. Ich halte ihr Herz in den Händen, ihr Leben, während ihre Angst den Raum flutet, mit jeder Sekunde weiter anschwillt und meine Magie nährt. Ich konzentriere mich auf das Kind in meinen Armen. Eine eigenartige Wärme geht von ihm aus. Sie berührt mich irgendwie.

»Was soll ich nur mit dir machen?«, frage ich gerade so laut, dass es auch jeder versteht. Zufrieden registriere ich, dass der König sich mir zugewandt hat und uns anstarrt. Die Knöchel an seinen Händen treten weiß hervor. Der Narr, glaubte er ernsthaft, ich würde meine Drohung nicht wahrmachen?

»Nicht«, flüstert er erstickt.

»Ach? Habt Ihr es Euch anders überlegt?«

Doch er schüttelt den Kopf, das Gesicht grau und fahl.

Ich hebe die Hand über den weichen Haarflaum des Kleinen. »Dann soll es so sein.«

»Nein!«, ruft da die Königin heiser. An ihren Sohn geklammert steht sie schwankend auf. Ich habe keine Ahnung, woher sie die Kraft nimmt, ist sie eben doch beinahe gestorben. »Tu ihm nichts«, fleht sie fast tonlos, »ich sage dir, wo du die Prinzessin findest!«

»Sei still!«, knurrt der König.

»Glaubst du, ich wüsste nichts von deinem Bastard?«, zischt sie keuchend. Die Prinzen stützen sie, während sie ihre letzten Energien zu sammeln versucht. »Ich habe nie etwas gesagt, Edward, oder mich beklagt, nicht einmal, als sie schwanger wurde und du sie nicht schnell genug mit deinem Bruder verheiraten konntest. Schweig still! Wag es ja nicht, mich zu unterbrechen! Wag es ja nicht!« Sie holt zitternd Luft. Ein Leuchten erfüllt ihre Augen, als sie ihre Söhne anblickt und kurz darauf das Baby in meinen Armen. Und ich begreife, woher sie die Stärke zieht und wofür sie aufsteht.

Für die Kinder. Für sie bekämpft sie den Schmerz, der in jeder Zelle ihres Körpers sitzt und sie niederzwingt. Ich sehe die Qual in den harten Linien um die Lippen. Sie leidet Höllenqualen und doch ist das Leid gering gegen jenes, sollte sie eines der Kinder verlieren. Ich weiß das. Ich kenne das. Ich …

»Ich habe alles ertragen«, fährt sie gepresst fort. Die Berührungen der Prinzen scheinen ihr Halt zu geben. Ihr Blick findet meinen: Verzweiflung, Hoffnung, eine stumme Bitte. Von Frau zu Frau, von Mutter zu Mutter. Und ich verstehe sie. »Aber niemals lasse ich zu, dass du unsere Söhne für deinen Bastard opferst!« Die Beine unter ihr schwanken, fast wäre sie eingeknickt. »Bitte«, fleht sie mit letzter Kraft. »Bitte! Ich weiß, wo die Prinzessin ist!«

»Sieh an, König, Eure Königin weiß, was sich gehört. Soll nun sie mir das Geheimnis offenbaren, oder lieber Ihr?«

Er knirscht mit den Zähnen. Das Baby in meinen Armen gurrt.

»Sie lebt als Tochter meines Bruders«, stößt er hervor. »Sein Schloss befindet sich nicht weit von hier, westwärts, doch so wie unseres ist es ebenfalls eingeschneit und die Menschen dem Hungertod nah.« Er verliert die Stimme, räuspert sich, vielleicht, um nicht zu weinen und wirkt auf einmal unendlich müde und alt. Sein Blick, so hart er eben noch war, ist gebrochen. Er hat die Hoffnung verloren. »Geht«, flüstert der König und sinkt nieder. »Geht zu ihr und lasst uns in Frieden.«

»Ich danke dir«, flüstert die Königin, ehe sie die Besinnung verliert.

Des Königs Blick fliegt über die Teppiche an den Wänden, welche die Szenen der Vergangenheit von der Zerstörung und dem Wiederaufbau der Goldenen Stadt zeigen. Ja, jetzt hat er verstanden, wer ich war. *Wer ich bin.*

»Habt Dank, König«, sage ich leise. Das Baby gähnt. Es versteht noch nicht, worum es im Leben geht. Es kennt noch kein wahres Leid, nicht die Qual der Verantwortung. Es wird getragen und beschützt, behütet durch die Liebe einer Mutter, solange sie eben kann. Und selbst wenn sie eines Tages erwachsen sind, bleiben sie auf ewig unsere Babys. Meine Kinder. Die der Königin.

Ich hebe die Hand über den Kopf des Neugeborenen.

»Du wirst überleben«, hauche ich sanft und mit jedem meiner Worte fließt die Magie. Sie ist es nicht gewohnt zu schenken, doch sie beugt sich meinem Willen. »Diesen Winter und alle darauffolgenden wirst du überleben, gleich wie hart oder lang oder kalt sie sind. Ich schütze dich vor der Kälte und ihrem Tod. Ich schütze dein Leben, aber nicht das derer, die du liebst, denn sie werden sterben. Jeden Winter einer, bis zu deinem zwanzigsten Lebensjahr. Dann, wenn du selbst kein reines und unschuldiges Kind mehr bist, wirst du selbst sterben, im Winter deines Lebens. Genieß es, mein Kleiner, genieß deine Kindheit, denn mehr lasse ich dir nicht.«

»Was tust du da?«, schluchzt Ferdinand plötzlich. Ich habe ihn aus seiner Starre erwachen lassen, damit er es hört, damit er weiß, was sein Vater ihm antat, weil er sich weigerte, mir zu helfen.

»Das ist der Preis seines Ungehorsams«, antworte ich leise und küsse das nun schlafende Baby auf den Kopf. »Er wird leben, weil seine Großmutter für ihn kämpfte. Zwanzig Jahre lang. Mehr nicht.«

»Nein!«, kreischt Ferdinand und will zu mir stürzen. Ich sehe es in seinen Augen. Sie schwimmen in Tränen, jeder Muskel zuckt und doch verharrt er, weil er es nicht noch schlimmer machen will. *Oh du kluger, kluger Prinz.* Ich schenke ihm ein Lächeln.

»Zwanzig Jahre«, wiederhole ich, »in denen er jedes Jahr eine Liebe verliert.«

Aus irgendeinem Grund sehe ich plötzlich den Hexenjäger vor mir und mein Herz stockt. Er sollte nicht hier sein! Er sollte verbannt sein, irgendwo in den Tiefen meines Herzens, und doch sehe ich ihn und es schmerzt. Es schmerzt so sehr. *Was tust du da?*, scheint auch er zu fragen.

Ich höre ihn meinen Namen sprechen, höre ihn leise nach mir rufen. Und es liegt eine Traurigkeit in seiner Stimme, die mich erschaudern lässt. *Ist das der richtige Weg?*

»Töte mich!«, bittet Ferdinand rau. »Aber nicht ihn! Bitte nicht ihn!«

»Ihr werdet sterben«, flüstere ich, doch plötzlich kann ich es nicht mehr. Ich kann nicht! Meine Lider flattern, als ich den Blick auf das Baby senke. Der Spruch lässt sich nicht zurücknehmen. Niemand kann das, denn ein gesprochener Segen ist bindend, bis an das Lebensende, entweder des einen oder des anderen. Bis er stirbt. Oder ich.

»Er ist nur ein Baby.« Ferdinands Stimme ist kaum mehr als ein Wispern, wie das Geräusch des fallenden Laubs.

»Ich …«

»Bitte!«, fleht Ferdinand. »Bitte!«

Das Baby streckt sich im Schlaf. Es ahnt nicht, dass ihn der Tod in den Armen hält. Ich bin der Tod.

»Er wird sterben«, flüstere ich und Ferdinand stöhnt auf. Ein animalischer Laut, der von irgendwo am Grund seiner Seele zu kommen scheint. »Doch er kann gerettet werden.«

»Wie?«, ruft er sofort. »Sag mir wie!«

Ich hebe den Blick. Der König starrt stumm und bleich zurück. Die Edelmänner und diejenigen Söhne, die noch nicht erstarrt sind, wagen kaum zu atmen. Blanke Furcht steht in ihren Zügen, lässt die Augen groß und bleich erscheinen. Sie sind geschlagen. Schon wieder habe ich die Goldene Stadt zerstört.

»Er wird leben, wenn er den Glauben an die Liebe nicht verliert«, fahre ich fort und hebe ein letztes Mal die Hand über den kleinen Kopf, streichle den sanften Flaum.

»Was heißt das?«, fragt Ferdinand und macht nun doch einen Schritt auf mich zu.

Ausdruckslos sehe ich an ihm vorbei, hin zu dem Abbild des Mannes, der mir alles bedeutet und der in eben diesem Moment Jagd auf meine Schwestern macht. »Sollte er sich verlieben, aus vollem

Herzen und vom Grunde seiner Seele, und sollte diese Liebe erwidert werden, so kann er gerettet werden.«

»Aber … aber, du sagtest, dass alle sterben, die er liebt.«

»Das ist das Dilemma«, flüstere ich und übergebe ihm seinen Sohn.

Mit einer Drehung des Ringes verlasse ich den Saal voll glänzendem Gold und finde mich hoch oben auf dem höchsten Turm der Stadt wieder, dort wo der erste König der Goldenen Stadt sein Ende fand. Die Statuen von ihm, seiner Frau und Odette als Schwan sind kaum unter dem Schnee zu erkennen. Doch sie sind da, auf ewig in Gold gegossen. Unter mir, in den Hallen des Schlosses, höre ich die Mutter des Babys schluchzen. Ich habe erfahren, was ich wissen wollte und doch verspüre ich weder Genugtuung noch Vorfreude. Nur eine unbestimmte Angst. Ich überblicke die schneeweiße Landschaft und halte Ausschau nach ihm, dem Jäger.

Der Wind flüstert, am Horizont treiben die Wolken auseinander, offenbaren einen Blick in den leuchtend blauen Himmel. Es hat aufgehört zu schneien, doch die Eishexe zögert noch, das Eis weichen zu lassen. Viele werden sterben, der verfluchte Prinz aber wird leben. Zumindest eine Weile, vielleicht länger.

»Es ist möglich«, flüstere ich und lege die Hand auf den Kopf der Statue des goldenen Schwans, der einst Odette war und auf ewig über die goldene Stadt wacht. »Ich habe zu lieben gelernt, obwohl ich glaubte, die Fähigkeit dazu verloren zu haben. Er kann es auch schaffen, der kleine Prinz. Seine Karten liegen besser, als meine es je taten.«

Der Preis der Schönheit

Eine Prinzessin bezaubernd wie die Sonne und sanft wie das Mondlicht, so wurde sie einst beschrieben, doch heute ist nicht mehr viel von der vergangenen Schönheit zu erahnen. Nein, all das, was ihr hässliches Inneres so sorgsam verbarg, ist dahin, verloren in einem Moment der Unachtsamkeit, als sie auf einem Brunnenrand gesessen hatte und hinabgefallen war.

Das Schloss ist schnell gefunden, ebenso der Brunnen, durch den die Prinzessin einst in Maries Reich kam. Er befindet sich im königlichen Garten, der unter einer dichten Schicht Schnee begraben liegt, als würde er schlafen. Doch der Winter ist kein Schlaf, sondern der Tod. Die vielen Spuren in den Gassen sind alt und ausgetreten, sie sind geschaffen von unzähligen Schritten, die mit der Zeit immer schleppender und erschöpfter wurden. Ich spüre die Verzweiflung der Menschen, die sich kaum noch vor die Tür wagen, weil sie zu schwach sind, um der Kälte zu trotzen, und die Hoffnung längst verloren haben, dass dieser Winter je endet. Die Feuer in den Öfen wärmen kaum, das Brennholz ist nahezu aufgebraucht, ebenso die Vorräte in den Kornkammern.

Ich fahre mit der Hand über den Brunnenrand und dort, wo ich den hart gefrorenen Schnee berühre, taut er dahin, tröpfelt über die Steine und hinab in den dunklen Schacht. Hier fand die verhängnisvolle Reise der Prinzessin ihren Anfang. Heute bin ich gekommen, um den letzten Akt zu vollziehen. Ich habe sie schon längst gesehen. Oben am Fenster des grauen Schlosses steht sie, verborgen hinter dichten Gardinen, und beobachtet mich. Sie scheint zu wissen, wer ich bin und wieso ich komme. Oh ja, sie weiß, was ich von ihr will und ihr rasendes Herz lässt mich ahnen, dass sie schon lange auf mich gewartet hat. Noch lasse ich sie im Ungewissen und meinen Blick durch den verschneiten Garten streifen, über die gebrochenen Büsche, die der Schneelast nicht zu trotzen vermochten, und all die

Bäume, die kaum noch als solche zu erkennen sind. Ich berühre einen Schneeberg mit den Fingern und er schmilzt dahin, entblößt das spröde Grün, jeglicher Lebenskraft beraubt. Einzelne Knospen kommen zum Vorschein, tiefrot und von seltener Schönheit. Eine Rose, ausgerechnet eine Rose habe ich gefunden unter all diesen weißen Gräbern. Ich knicke eine Blüte ab. Ein Dorn sticht in meinen Finger, Blut tropft in den Schnee, perlt aus der Fingerspitze, ehe ich mit der Rose zum Eingang des Schlosses strebe.

Es gibt keine Wachen an den Toren, vermutlich, weil sie ebenso wie die Stadtbewohner zu schwach sind, um sich noch auf den Beinen zu halten, und die Gefahr eines fremden Eindringlings dank des Schnees so gut wie unmöglich geworden ist. Es besteht keine Gefahr für den König und seine schwarze Tochter. Nun, fast keine, denn mit mir hat, außer der Prinzessin selbst, niemand gerechnet.

Schwungvoll stoße ich die Tür auf. Knarrend gibt sie nach, lässt mich ein. Schneeflocken stoben hinein, tanzen in der düsteren Diele, zwischen den mit Raureif überzogenen Rüstungen und den vereisten Flaggen, die von der Decke baumeln. Die Kälte und der Tod hausen sogar im Innern, denn nichts, weder Wachen noch Türen, vermag sie aufzuhalten. Einen Moment blicke ich mich in dem dunklen Saal um, ehe ich über einen verblichenen Läufer die steinernen Stufen hinaufsteige. Wände, Decke und Boden, ja selbst die Treppe besteht aus groben, grauen Steinen, wie sie zu meiner Zeit verbaut wurden. Ich frage mich, ob es dieses Schloss und seine Stadt schon vor tausend Jahren gegeben hat. Ich kann mich nicht daran erinnern.

Als ich die Galerie erreiche, erblicke ich in Dunkelheit getauchte Flure. Feuer ist zu kostbar geworden, als dass es für unbewohnte Räume verschwendet werden kann. Ich ergreife eine der letzten Fackeln und entzünde sie mit einem Hauch Magie. Mit jedem Mal gehorcht sie meinem Willen besser, löst sich von den starren Strukturen der Rabenmutter und lässt sich von mir formen.

Die Flamme tanzt unruhig, ehe sie zur Ruhe kommt und die Schatten in die Eingeweide des Schlosses zurückdrängt. Für einen winzigen Augenblick sehe ich eine andere Fackel vor mir, eine blaue, und die Wände, die sie beleuchtet, sind nicht voller Gemälde von verstorbenen Ahnen, sondern aus rauem Stein und Zeugen eines verlorenen Reichtums.

Hexenjäger.

Bevor ich seinen Namen flüstern kann, strebe ich in den dunklen Flur hinein, der an die Gänge der unterirdischen Stadt der Sieben erinnert. An die Stadt und an ihn.

Die Erinnerung macht mir Angst. Sie zaubert einen bitteren Geschmack auf meine Zunge, macht die Schritte schwer. Vielleicht, weil ich weiß, dass ich den falschen Weg begehe. Dass es die Magie ist, die mich leitet, der Durst nach mehr, nach immer mehr. Und nicht der Wunsch nach Frieden. Ich habe den Weg verloren und kann doch nicht anders, als dem Drang zu folgen, der mich tiefer hineintreibt, hinein ins Schloss und mein Verderben. *Ich will mehr Magie, koste es, was es wolle!*

Ich renne mit der Fackel durch das verlassene Schloss, die Schatten vor mir hertreibend und gleichzeitig dicht auf meinen Fersen. Hier und da schlagen müde Herzen hinter dicken Eichentüren, manches ist gefangen im traumlosen Schlaf, andere sind vor Hoffnungslosigkeit erstarrt. Sie alle suche ich nicht, nein, es ist einzig das Herz der Prinzessin, das mich durch die verschlungenen Flure lenkt, denn es schlägt laut und voller Erwartung. Und als ich endlich die Tür erreiche und sie aufstoße, steht sie da, die verschmutzte Ascheprinzessin mit dem Spiegel der Brunnenhexe in der Hand und einem gefährlichen Funkeln in den Augen. *Sie ist verrückt*, ist mein erster Gedanke, doch dann beginnt sie zu sprechen.

»Willkommen, Königin«, grüßt sie und neigt spöttisch das pechüberzogene Haupt. »Du hast dir viel Zeit gelassen, sehr viel Zeit.«

Fokussiert auf den Spiegel und das, was sie in der anderen Hand hält, trete ich ein und schließe die Tür. Die Fackel gleitet in die Halterung an der Wand. Erst dann sehe ich von dem Hammer auf, der seelenruhig über der glänzenden Spiegeloberfläche schwebt, und erforsche ihren Blick. Sie hat keine Angst, ist nur ein wenig nervös, leckt sich die Lippen und strafft die Schultern. Sie ist anders, als ich sie mir vorgestellt habe. Erzählten die Hexenjäger nicht, dass sie verstummt sei und nur des Nachts ihre hysterischen Schreie durch das Schloss hallen würden? Doch wieso sollten die Geschichten über sie wahr sein, wenn die über mich auch nicht stimmen?

»Ich wusste, du würdest früher oder später kommen.«

»Des Spiegels wegen«, stimme ich zu, noch unentschlossen, ob ich sie für ihren Mut bewundern oder für den Leichtsinn verspotten soll.

Sie reckt das Kinn. »Als das Orakel in die Brunnenwelt kam und von dem Hexenjäger und von dir sprach, da sagte sie zur Brunnenhexe, dass du die Spiegel brauchen würdest, um deine Macht wiederzuerlangen und deshalb ...«

»Hast du ihn gestohlen«, vollende ich, »damit ich zu dir kommen muss.«

»Ich ...« Kurz habe ich sie aus dem Konzept gebracht. »Ja ... Ich wollte ...«

»Was?«

Sie schnaubt, der Hammer über dem Spiegel zittert bedrohlich. Sie droht ihn zu zerstören, glaubt, mich damit unter Druck zu setzen, dabei könnte ich sie jederzeit erstarren lassen, wie die Soldaten im Goldenen Schloss. Doch etwas hält mich ab, vielleicht ist es die Art, wie sie den Kopf in den Nacken wirft, das Kinn reckt und mich anfunkelt. Ich habe Respekt vor ihrem Mut.

»Du ahnst ja nicht, wie lange ich schon warte«, sagt sie.

»Was willst du?«, frage ich ehrlich interessiert. Sie ist ein Rätsel, dessen Antwort für einen kurzen Moment Erheiterung verspricht, ehe der Reiz verloren geht.

»Wusstest du, dass die Aschenputtel«, sie speit das Wort nahezu heraus, »jederzeit gehen dürfen? *Gehen müssen!* Sie müssen gehen, weil etwas so Unvollkommenes und Hässliches keinen Platz dort hat, weil sie es nicht sehen wollen. Weil sie es ebenso wenig ertragen wie ... wie ich.« Sie schluckt und blickt blinzelnd zu verdeckten Rahmen, die überall an die Wände gelehnt dastehen. Ob es Gemälde sind, die ihre einstige Schönheit bezeugen? Verborgen hinter Tüchern und Laken. Verloren.

»Was willst du von mir?«

»Erlöse mich!«

Die Antwort kommt so prompt, dass ich überrascht die Augenbrauen hochziehe: »Wovon?«

»Wovon?«, kreischt sie und ihre Augen quellen fast aus den Höhlen. »Sieh mich doch an! Sieh, was deine Schwester aus mir gemacht hat. Ich bin … Ich …« Ihre Stimme bricht. Vielleicht sind die Geschichten über sie doch nicht erfunden. Vielleicht schreit sie des Nachts aus Gram über die verlorene Schönheit, schreit und weint, weil niemand ihr zurückgeben kann, was Marie ihr nahm. Niemand außer mir.

Das ehemals goldene Haar hängt wie ein alter, pechtriefender Lappen um ihr verdrecktes Gesicht, das kaum noch als solches zu erkennen ist. Asche überzieht sie wie eine zweite Haut, umgibt sie mit dem Gestank nach Rauch und Tod. Wie einst die Feenkinder, die ich zur Strafe den erkalteten Ofen schrubben ließ, wohl wissend, dass sie fürchterliche Angst hatten zu verbrennen. Wie die Menschen, die sich im Wald verirrten und statt hinaus den Turm fanden, uns fanden, die Feen und die Feenmutter. Es ist auf ewig in meinem Gedächtnis: der Geruch von Rauch und Feuer, die Schreie der Sterbenden und das Wimmern der Kinder, die wussten, dass sie mir niemals entkommen konnten, weil es niemanden sonst gab, der sie geliebt hätte, nicht so wie ich. Nur mich, sie hatten nur mich, das Monster, das die Menschen tötete.

»Es lässt sich nicht abwaschen«, jammert die Prinzessin. »Es klebt an mir und stinkt und juckt! Ich kann weder schlafen noch hinaus, weil sie alle mich anstarren, mit diesen schrecklich mitleidsvollen Blicken. Sie versuchen sich vorzustellen, was mir widerfahren ist. Aber wie kann ich ihnen sagen, wie die Brunnenwelt wirklich ist, ohne erklären zu müssen, wieso ausgerechnet ich kein Goldkind wurde?«

Während die Prinzessin jammert und erzählt, wie sehr sie unter dem Aschenputtelfluch leidet, denke ich an Marie. Sie hätte die Menschen mit einem schlechten Herzen verbrennen können, so wie ich es getan habe. Stattdessen verwandelte Marie sie in Aschenputtel, wie sie selbst immer dann eines gewesen ist, wenn ein Mensch im Turm starb und sie die Asche hatte beseitigen müssen.

»Erlöse mich!«, fordert die Prinzessin und hebt den Hammer höher. »Nur dann bekommst du den Spiegel. Ansonsten werde ich ihn zerstören!«

»So?«

»Oh ja!« Sie nickt, ihre Augen schwimmen in Tränen. »Glaub ja nicht, dass ich mich nicht traue! Ich fürchte weder dich noch den Tod, denn es gibt nichts, was du mir antun könntest, das schlimmer ist als das Leben, das ich jetzt führe!«

»Unterschätze mich nicht, kleines Prinzesschen«, flüstere ich. »Ich könnte dir sehr, sehr böse Dinge antun und dich leiden lassen, viel mehr, als Marie es je gewagt hätte. Denn im Gegensatz zu mir hatte sie ein Herz für euch Menschen.«

Die Hand der Prinzessin zittert und obwohl sie eben ohne Furcht war, so spüre ich jetzt die Angst über ihren Körper wandern.

»Du … du hast keine Magie«, bringt sie merklich nervöser hervor. »Das Orakel hat es gesagt! Du hast keine Magie! Du brauchst erst die Spiegel. Du kannst mir gar nichts tun!«

»Und wie soll ich dich heilen, wenn ich noch keine Magie besitze?«

Sie erblasst. »Du …«

Ich lasse ihr die Zeit, genieße den Moment und die Verzweiflung, mit der sie nach einer Lösung sucht.

»Du musst mir dein Wort geben«, würgt sie schließlich hervor. »Ich überlasse ihn dir nur, wenn du versprichst, mich zu erlösen, sobald du es kannst!«

»Ich gebe sehr viele Versprechen dieser Tage«, murmele ich und hebe die Hand, in der ich die Rose vom Garten halte. Knisternd geht sie in Flammen auf, bis nichts von ihr bleibt als ein Hauch verkohlter Blütenblätter. »Deine Zeit ist vorbei.«

Die Prinzessin erbleicht unter der Aschehaut. »Magie«, haucht sie entsetzt und lässt den Spiegel beinahe fallen.

»Aber, aber«, sage ich. »Wer wird denn da unvorsichtig? Sei ein artiges Kind und gib mir den Spiegel, bevor etwas passiert, das wir beide bereuen.«

Ihre Hände zittern. Angst sickert aus jeder Pore. Sie ist wie ein in die Enge getriebenes Tier. Sie hat mich unterschätzt, ganz gewaltig sogar. Ich weiß nicht, wen sie erwartet hat, vielleicht eine zweite Marie, mit einem Herzen so groß wie die Sonne. Aber ich bin nicht Marie und mein Herz ist seltsam kalt. Ich bin kalt und mir ist schlecht. Vielleicht gerade deswegen.

»Gib ihn mir!«, fordere ich.

»Erlöse mich erst«, widerspricht sie bebend.

»Nein«, sage ich bestimmt und sehe mich in dem Zimmer um, das einer Prinzessin wahrlich würdig ist. Prunk und Gold, seidene Kissen, eine Chaiselongue. Nur die unzähligen Rahmen, die überall verhangen an den Wänden lehnen, wollen nicht zum Rest passen. Ich trete zum ersten und nehme das weiße Laken ab.

Die Prinzessin beginnt zu wimmern.

»Ein Spiegel«, stelle ich überrascht fest.

»Nicht«, flüstert sie, doch da ziehe ich schon das Tuch vom nächsten, entblöße Spiegel um Spiegel. Bis unsere Gestalten tausendfach den Raum erfüllen. Ich – mit seltsam kalten Augen, die mich schaudern lassen, und sie, die Ascheprinzessin, die hässlicher nicht sein könnte, mit geschlossenen Lidern und gesenktem Haupt.

»Eitelkeit steht dir nicht«, murmele ich und trete ganz nah zu ihr, beobachte das Zucken der Lider. Eine Träne quillt darunter hervor. Sie weint, weil sie die Hässlichkeit nicht erträgt. »Warum sollte ich dich erlösen?« Ich hebe ihr Kinn an und zwinge sie, die Augen zu öffnen und sich anzusehen. Die Qual in ihrem Blick berührt mich überraschend. »Das bist du«, sage ich leise. »So sieht dein Herz aus.«

»Nein«, haucht sie verzweifelt. »Bitte …«

»Wozu willst du schön sein?«, frage ich sanft. »Du könntest dir so viel mehr für den Spiegel wünschen. So viel wichtigere Dinge.«

Doch sie reckt das Kinn empor und kneift die Lippen zusammen. »Gib mir das Versprechen«, verlangt sie gepresst. Obwohl sie am ganzen Körper zittert, ist ihre Stimme erstaunlich fest. Ich bewundere sie widerwillig, fühle mich ihr sogar verbunden. Ich selbst weiß nicht, was es heißt, hässlich zu sein, ich habe keine Ahnung. Schönheit besitzt für mich keinen Wert, weil ich sie im Überfluss besitze.

»Schönheit ist vergänglich«, erinnere ich sie in einem letzten Versuch, doch sie bleibt stur.

»Versprich mir, den Aschenputtelfluch von mir zu nehmen und ich gebe dir den Spiegel sofort. Dann kannst du gehen, wohin du willst.«

»Dann soll es so sein«, seufze ich.

Überrascht über die schnelle Zustimmung zuckt sie zusammen, ehe sie zögernd den Hammer sinken lässt. Die großen Augen folgen jeder meiner Bewegungen, als vermute sie eine Falle. Ich lache in mich hinein, denn gleich, wie wachsam sie auch sein mag, ihr Schicksal ist bestimmt. Der Tod ist ihr sicher. Ob schön oder hässlich, sie wird sterben. Denn wenn ich gehe, bleibt nur noch der Schnee und mit ihm der Tod.

»Ich habe dein Wort?«, fragt sie.

»Oh ja.«

Ein kurzes Zögern, dann reicht sie mir den goldenen Spiegel, der all das repräsentiert, was sie verloren hat: Anmut, Glanz und Macht.

Mein Atem beschleunigt sich kaum merklich, als meine Finger das kühle Metall umschließen und er endlich mein ist.

»Und jetzt?«, wispert die Prinzessin, während sie nervös die Hände knetet.

»Jetzt?« Ich hebe den Blick und jegliche Wärme in mir ist verschwunden. Mein kaltes Lachen flutet den Raum, dringt durch die Wände bis in die angrenzenden Zimmer. Ich höre, wie sich all die anderen Herzschläge beschleunigen. Die Menschen erwachen aus ihren todesähnlichen Starren und spüren die Gefahr, in der sie schweben. Das ganze Schloss scheint vor Angst zu pulsieren. So leichte Nahrung. Sie macht mich stark, unglaublich stark!

»Ich hatte vergessen, wie gut es sich anfühlt«, stöhne ich und schließe die Augen, lasse die Angst wirken und genieße die berauschende

Wirkung. Fast wie der Nektar der Elfen, nur dass ich kein Glück empfinde, sondern herrliche Dominanz.

Auf dem Flur nähern sich zögernde Schritte, kurz darauf öffnet sich die Tür. Der König und seine Frau, umringt von schlotternden Soldaten.

»Willkommen, willkommen«, rufe ich ihnen entgegen. »Tretet ein und habt Teil am Schicksal Eurer verlorenen Tochter. Obwohl sie nicht wirklich *Eure* Tochter ist, nicht wahr, König?«

Die Königin greift sich ans Herz. Sie ist bleich wie ihr Mann und wirkt doch um ein Vielfaches stärker. Sie erwidert meinen Blick, wenngleich voller Furcht, und erinnert damit viel zu sehr an die Königin der Goldenen Stadt. Mutterliebe, vielleicht die größte Liebe überhaupt.

»Was ist hier los?«, verlangt der König scharf zu wissen, bemüht, seine Angst nicht zu zeigen, ebenso wenig die Wut über das Geheimnis seiner Tochter. Oder sollte ich Nichte sagen?

»Die Wahrheit kommt immer ans Licht. Ihr solltet mir dankbar sein, dass Ihr die Möglichkeit habt, reinen Tisch zu machen, bevor der Nordwind Euch holt.«

»Wovon spricht sie?«, tönt die Prinzessin hinter mir schrill. Es juckt mich in den Fingern, sie hier und jetzt sofort zu töten, ihr das Leben zu nehmen, das meine Schwester als wertlos erachtete, als nicht würdig. Doch eine leise Stimme in meinem Innern hält mich zurück. Sie erinnert zu sehr an den Klang des Hexenjägers. Ich will ihn nicht hören, nicht seinen vorwurfsvollen Blick spüren.

»Du hast auch getötet«, stoße ich gepresst hervor. »Wieso verurteilst du mich?«

»Wie bitte?«, stottert der König sichtlich verwirrt. Wer könnte es ihm verübeln?

»Habt Ihr schon einmal so sehr geliebt, dass Ihr, selbst wenn die halbe Welt Euch trennte, noch immer verbunden ward?«, frage ich leise und erwarte doch keine Antwort. Ich lasse den Spiegel sinken und will den Ring drehen.

»Halt«, kreischt die Prinzessin. »Das Versprechen! Was ist mit dem Versprechen?!«

Ich hebe eine Braue. »Sag mir, Prinzesschen, was bringt dir die Schönheit, wenn niemand von euch diesen Winter überlebt? Hättest du nicht lieber Nahrung, Wärme oder Sicherheit für dich und deine Lieben wünschen sollen?« Langsam trete ich auf sie zu. Die Königin hinter mir ruft etwas, doch meine Konzentration gilt der Ascheprinzessin. »Stattdessen willst du deine Schönheit zurück. Du bist kein guter Mensch, nein, ganz und gar nicht. Und genau aus diesem Grund verwandelte dich Marie in das Aschenputtel. Warum sollte ich ihr Urteil anzweifeln, wo du doch erneut bewiesen hast, wie recht sie hatte?«

»Aber …«, stammelt sie, bevor sie verstummt.

Dennoch hebe ich die Hand und lasse das Pech von ihr fließen. Der Staub perlt von ihrer Haut, der Ruß weicht. Schicht für Schicht entblöße ich die Schönheit, die nicht bis unter die Haut reicht.

»Du ähnelst dem Volk deines Vaters. Auch sie wissen das Gold mehr zu schätzen als das Leben. Nun genieß den kurzen Augenblick deiner Schönheit. Sie wird dich nicht retten. Niemanden hier.«

Kurz glaube ich, eine schreckliche Erkenntnis in den zartgrünen Augen der wunderschönen Prinzessin aufblitzen zu sehen. Ihre vollen Lippen öffnen sich zu einem stummen O, doch bevor sie sagen kann, was auch immer sie sagen will, flüchte ich mit einer Drehung des Ringes und lasse sie todgeweiht, aber in all ihrer Herrlichkeit zurück.

Hinter den Käfigen

Die Magie der Rabenmutter trägt mich hinauf in die Wolken, Pandora verschwindet aus meinem Blickfeld, doch egal wie hoch ich fliege, das Gefühl bleibt, dass etwas falsch läuft – ganz und gar falsch.

Selbst als die vereisten Lande hinter mir zurückbleiben, mit all ihrer Not und dem verzehrenden Hunger, werde ich die Unruhe nicht los. Sie treibt mich zur Eile, immer weiter vorwärts, ohne dass ich genau sagen kann, wohin dieses *vorwärts* führt. Es scheint mir fast, als würde ich fliehen, vor etwas oder jemandem, dabei bin ich auf der Suche nach dem Mogul, um die Male zurückzuerobern und mit ihnen meine Magie, um zu sein wie zuvor. Ich will …

Ich weiß nicht, was ich will. Nicht mehr.

Mit Erschrecken wird mir bewusst, dass ich das Ziel verloren habe. Das Ziel und mich selbst.

Ich sinke zur Erde, das endlose Meer vor mir. Unter meinen Füßen erstreckt sich der Strand wie eine weiße, schlafende Schlange. Einst folgte ich dort den Spuren Olgas und des Hexenjägers – heute weiß ich nicht wohin.

Am Horizont steht das Gasthaus *Zum Traumfänger,* thront erhaben wie eh und je auf den Klippen, das Leuchtfeuer so strahlend wie noch nie. Der Handel mit den Schiffen erblüht, befreit von den Ratten und den gebannten Nixen gibt es keine Gefahren mehr außer dem Ozean selbst.

Ich stolpere in den Sand, finde kaum Halt, versinke in den heranrollenden Wellen. Sie tragen Schaum und Perlenketten mit sich, die einst die Hälse der Meerjungfrauen zierten. Der Strand – ein Massengrab der Nixen, ausgespuckt vom Meer, dahingerafft von meinem Fluch.

Seltsam berührt beobachte ich den Tanz der weißen Tränen auf den Wellen, die sanft heranrollen, sich brechen und zurückziehen. Ein ewiges Spiel, das ihnen nie langweilig zu werden scheint. Sie liebkosen die Perlen, die wie verlorene Schätze daliegen. Verloren und getrieben. Wie ich.

Ich wollte dem Hexenjäger beweisen, dass wir eine zweite Chance verdienen, dass wir gut handeln und friedlich mit den Menschen leben können, dass wir es wert sind zu leben. Doch meine erste Tat spricht alle Vorsätze Hohn. Etwas in mir ist böse und so leicht verführbar von der Macht, getrieben von alten Instinkten.

»Ich habe ein Kind verflucht«, sage ich in den Wind und möchte am liebsten weinen, weil kein Zauber der Welt den gesprochenen Fluch auflösen kann. Ich zwinge es, ein Leben zu leben, das kein Leben ist, sondern ein Albtraum. Ich bin der Albtraum.

Ich wende mich der endlosen See zu, gehe ihr entgegen. Das Wasser umspielt meine Knöchel, lockt mich Schritt für Schritt in die Tiefe.

Die Meerjungfrauen sind so plötzlich da, als hätten sie gewusst, dass ich komme. Gleich fünf ziehen unter Wasser ihre Kreise, unfähig, die Barriere zwischen Ozean und Himmel zu durchbrechen. Sie lotsen mich in ihr Reich. Ich folge ihnen.

Als die Fluten über mir zusammenschlagen, wallt Panik in mir auf, zusammen mit den Erinnerungen an den Nixenteich, als ich fast ertrank und der Hexenjäger mich rettete. Doch die Furcht währt nur kurz. Fast sofort spüre ich, dass ich atmen kann. Die Magie in meinen Adern gibt mir all das zurück, was ich auf ewig verloren glaubte.

»Königin«, zischen die Meerjungfrauen und gleiten mit den schuppigen Leibern durch das dunkle Grün. Sanfte Lichtstrahlen brechen durch die Oberfläche, bringt die Flossen und fließenden Haaren zum Funkeln. Die Augen der Nixen sind groß und leuchtend, unselige Versprechen liegen darin.

»Seid Ihr gekommen, um auch die Letzten von uns zu vernichten?«, fragt die Größte. In ihrer Stimme schwingt kein Argwohn mit, sondern Unterwürfigkeit. Die Nixen sind ein Volk, das leicht zu führen ist. Sie brauchen einen Herrscher und nun, da die Meerhexe nicht mehr existiert, erkennen sie mich als neue Herrin an.

»Nein«, entgegne ich und hätte beinahe gelacht, weil es so einfach ist. »Ich bin hier, um den Spiegel zu holen.«

»Den Spiegel?«

»Den der Meerhexe.«

»Natürlich«, flüstert sie mit ihren blassen Lippen. »Er ist verborgen im Palast am Grunde des Ozeans. Wir können ihn holen.«

»Wartet«, halte ich sie zurück. »Bringt ihn zur Mühle. Dorthin, wo die Meerhexe ihr Ende fand. Legt ihn neben ihre Muschel. Da werde ich ihn holen.«

Sofort neigen sie die Häupter. Das Haar umfließt sie wie Seetang. »Wie Ihr wünscht, Königin.« Dann sind sie fort, verschwunden im Zwielicht des Ozeans. Ihre Flossen tragen sie schnell. Sie werden den Spiegel holen, aber erst brauche ich das Mal der Meerhexe. Alle Male. Noch im Wasser schwebend drehe ich den Ring. Das Meer in all seiner unergründlichen Tiefe verschwindet.

Stattdessen finde ich mich in dem überfüllten Zimmer wieder, das ich vor wenigen Tagen – oder waren es Stunden? – erst verließ. Diesmal bin ich allein. Er ist nicht da.

Ich hinterlasse eine nasse Spur, als ich zum Fenster trete und auf die in der Sonne liegenden Häuser hinausblicke. Murano, die Küstenstadt, jahrelang Opfer des Rattenbiestes, ist nun befreit. Lachen und Rufe schallen aus den Gassen zu mir herauf. Irgendwo weint ein Baby, das Geräusch erfüllt mich mit ungeahnter Melancholie. Babyweinen in Murano – einst eine Seltenheit und nun das größte Glück. Ich muss zur Ruine, dorthin, wo das Rattenbiest all die Kinder gefangen hielt. In Käfigen.

Als ich zur Tür schreite, zögere ich kurz am Bett. Die Laken sind noch zerwühlt, so als hätten wir es gerade erst verlassen. Wie von selbst fährt meine Hand zu dem Stoff, berührt ihn wie einen kostbaren Schatz. Ich meine einen Hauch seines Duftes zu riechen, dann reiße ich mich los, fort von seinem Geist, der mich in den Laken liegend neckt und lockt, fort von den Erinnerungen und den vergeblichen Hoffnungen.

Die Tür fällt ohne Wenn und Aber hinter mir ins Schloss, als würde ein Kapitel meines Lebens enden. Ich weiß nicht genau, welches.

Im Treppenhaus begegnet mir niemand, auch die Schankstube unten in der Wirtschaft liegt verlassen da. Schnell durchschreite ich sie, eine Spur aus Meerwasser hinterlassend. Als ich in das Sonnenlicht hinaustrete und seine warmen Strahlen mein Gesicht umfangen, verharre ich und lasse Murano auf mich wirken. Etliche Gässchen führen von dem Platz vor dem Wirtshaus ab, so stark verwinkelt, dass ich in keine mehr als ein paar Schritte hineinsehen kann. Überall sind Menschen. Viele Menschen. Sie stehen in Gruppen zusammen, laufen umher, getrieben von irgendwas, aber glücklich. Sie verströmen einen Mut, den ich selten an ihnen gesehen habe. Mut und Hoffnung.

»Sie kommen von überall her«, sagt eine vertraute Stimme. Die Siebte Fee steht neben mir und lächelt versonnen. »Seit die Küstenstädte frei von den Ratten sind und die gestohlenen Kinder zurückgebracht wurden, streben die Menschen aus all den umliegenden Dörfern herbei, um ihr Glück zu suchen. Das Meer bietet Reichtümer, die fernen Inseln ebenfalls. Und jetzt, wo das Rattenbiest ihnen nicht mehr alles nehmen wird, haben sie eine Chance auf …«

»Reichtum?«, unterbreche ich sie.

»Eine Perspektive«, entgegnet Befana und nickt mir zu. »Siehst du die Familie dort? Die Eltern mit den Kindern? Erst seit Kurzem sind sie wieder vereint, seit der Hexenjäger sie aus den Käfigen befreite. Sie haben eine Chance auf einen Neuanfang.«

Ich folge ihrem Blick, sehe einen Vater, der ein kleines, ungewohnt ernstes Mädchen auf den Schultern trägt. Sie krallt sich an den Haaren fest, versucht gleichzeitig einen Schmetterling nicht aus den Augen zu verlieren, der um sie kreist. Die Mutter folgt nur wenige Schritte hinter ihnen, zwei Jungen an den Händen. Sie lächelt und doch wirkt ihr Blick zerbrechlich, vielleicht aus Angst, das wiedergewonnene Glück erneut zu verlieren. Die Jungen wirken seltsam ruhig. *Gefangen in Käfigen*. Ich kann es mir nicht vorstellen, will es nicht.

»Sie sind jung und stark. Sie werden lernen, damit zu leben. Die Eltern werden ihnen dabei helfen.« Befana legt mir eine Hand auf den Arm. »Komm, ich bringe dich zur Ruine.«

»Woher weißt du davon?«

»Die Eishexe schickt mich.«

»So?« Ich hebe die Brauen.

Befana zwinkert. »Was hat der Mogul schon von den schwächsten Feen zu befürchten?«

Ich bin nicht schwach, nicht mehr, möchte ich sagen und schweige dennoch. Sie darf es nicht wissen, niemand darf es, denn die Magie der Rabenmutter ist meine größte Chance.

»Komm, Schwester, lass uns ein Stück durch die Gassen spazieren, damit du in der Sonne trocknest.« Sie hakt sich bei mir unter und zieht mich über die Straßen aus weißem Kopfsteinpflaster und durch die Menge der Menschen mit all ihren großen Plänen. Ich höre sie sprechen, von Schiffen und Reisen, von Geschäften und von Hoffnung, immer von Hoffnung. Wagen, vollbeladen mit allerlei Gütern, rattern durch die Gassen und füllen die Häuser mit einem materiellen Reichtum, der zuvor keinen Wert besaß. Denn alles, was die Ratten tragen konnten, stahlen sie.

Befana schweigt. Sie lächelt nur leise vor sich hin, während wir uns durch die belebten Straßen schieben. Manchmal berührt sie jemanden an der Schulter oder am Rücken, hin und wieder ergreift sie eine Hand. Doch niemand scheint sie zu bemerken.

»Was tust du da?«, frage ich schließlich.

»Ich helfe ihnen zu vergessen«, antwortet Befana. »Manchen fällt es leichter, anderen schwerer. Am schlimmsten ist es für die, die niemanden haben. Ihnen nehme ich die Trauer, schubse sie in die richtige Richtung.«

»Und die wäre?«

»Nach vorne.«

Ein lauer Wind streicht durch die Gasse, trägt den Duft des Meeres mit sich, Salz und Tang. Ich höre die Segelschiffe im Hafen knarzen und die Rufe der Seeleute. Möwen kreisen am Himmel, der nicht blauer und sorgenfreier sein könnte.

»Danke«, sage ich und drücke ihren Arm.

»Wofür?«

»Dafür, dass du bist, wie du bist. Dich habe ich nicht verderben können.«

»Du hast uns geprägt und dennoch sind wir alle stark genug, um zu sein, wer wir sein wollen.«

»Als ob ich euch eine Wahl gelassen hätte.«

»Es gab eine dunkle Zeit«, stimmt sie zu, »doch die ist lange vergangen und in dem Moment, als wir dich in den Schlaf versetzten, konnten wir einen neuen Weg wählen.« Ein Karren, beladen mit Fässern, die arg nach Fisch stinken, rumpelt an uns vorbei. Wir weichen an eine Hauswand aus, ehe wir uns weiter durch die Gassen schlängeln, getrieben in einem Strom euphorischer Menschen, die nicht schnell genug in den Hafen und zu den Handelsschiffen kommen können. Sie lechzen nach Reichtum. Sie sind wie im Rausch. Wie ein Schwarm Fische, gelenkt von den Strömungen des Meeres, niemals wirklich frei. Wie die Feenkinder. Ich habe ihnen den Menschen als Feind eingeprägt, den Menschen und seine ganze Welt. Ich habe ihnen beigebracht, sie zu unterdrücken und bei Bedarf zu vernichten. Und gleichsam mit ihrem Hass wuchs die Furcht vor ihnen. Sie hatten nie wirklich eine Chance.

»Kinder merken sehr viel mehr, als du glaubst«, sagt Befana leise. »Wir wussten, dass deine Taten nicht immer richtig waren und doch aus den richtigen Gründen geschahen. Und vergiss nicht, ohne dich wäre heute nicht eine von uns am Leben.« Sie schweigt einen Moment. »Erinnerst du dich daran, wie *die stumme Lise* zu uns kam?«

Mein Schritt stolpert, fast wäre ich gefallen, doch der Arm der Siebten Fee hält mich aufrecht. Die stumme Lise. Wie lange habe ich den Namen nicht mehr gehört? Wie Odette. Ich schlucke, versuche mich dem Sog zu entziehen, der mich zurückreißen will in die Zeit der vielen, vielen Opfer.

»Ich weiß nicht mehr, wann du sie zu uns in den Turm brachtest. Ich war schon eine Weile bei euch, ob Monate oder Jahre – Zeit spielte dort nie eine Rolle. Sie verflog so schnell, weil es gute Tage waren, voller Freude und Glück.« Befanas Lachen hüllt mich ein, aber es ist nicht nur fröhlich. »Die guten Tage vergehen so schnell und die schlechten … die schlechten ziehen sich bis zur Unendlichkeit.«

Ich begreife sofort, worauf sie anspielt, aber bevor ich dazu etwas sagen kann, fährt sie fort.

»Du brachtest sie an einem Tag zu uns, an dem wir nicht hinauskonnten, weil es in Strömen regnete. Ich erinnere mich, wie wir oben am Fenster saßen und auf deine Rückkehr warteten, während die Eishexe uns malte. Ich frage mich, ob das Bild noch existiert.« Sie scheint kurz darüber nachzudenken. »Es war eine ihrer besten Arbeiten. Der Regen am Fenster und davor wir Kinder. Vielleicht erinnere ich mich des Gemäldes wegen so deutlich an den Tag. Ich weiß noch, wie wir die Zungen rausstreckten, versuchten, die Tropfen zu fangen und die Eishexe immer wieder mahnte, wir sollten uns nicht zu weit hinauslehnen, aus Angst, wir würden hinunterfallen. Und dann sahen wir dich, aus dem Wald kommend, mit einem Mädchen im Arm.«

»Ja«, sage ich und spüre das Gewicht des zitternden Kindes an meiner Brust, als würde ich es noch tragen. Das Mädchen, das ich tief unten aus den Kerkern einer Burg befreite, gefangen und verborgen gehalten von einem Königspaar, ihren Eltern. Eine Prinzessin, eine Fee, ein Wechselbalg.

»Sie war sehr krank gewesen, nicht wahr?«

Ich nicke nur und denke an den kleinen, fiebernden Körper, ausgemergelt und beinahe zerstört von den langen und kalten Nächten im Kellerloch. Sie brachten es nicht übers Herz, sie zu töten, als sie herausfanden, was sie war. Stattdessen sperrten sie sie in den Kerker, und obwohl man ihr Essen und Trinken gab, wäre sie doch eingegangen, irgendwann, am Fieber oder an der Einsamkeit.

»Sieben Tage hast du abwechselnd mit der Eishexe an ihrem Bett gesessen und um ihr Leben gekämpft, während wir anderen lautlos durch den Turm huschten, eingesperrt vom Regen und gefangen in eurer Sorge. Wir warteten auf das Ende. Beteten, dass es endlich kommen möge, bis dann der Regen am siebten Tag nachließ.«

»Du kannst sie nicht retten.«

Die Hand der Eishexe auf meiner Schulter ist eiskalt. Ich spüre, wie schwer es ihr fällt, die Worte zu sagen, weil sie bedeuten, dass wir ein weiteres Feenkind verloren haben, weil es bedeutet, sie gehen zu lassen.

»Ich kann nicht, noch nicht«, beharre ich und reibe die winzigen, kalkweißen Finger zwischen meinen. »Gib mir noch diese letzte Nacht.«

Sie zögert. Mit Recht. Und etwas in mir wünscht sich, dass sie mich einfach fortreißen würde, fort von dem Kind, das stirbt und das ich nicht retten kann. Doch sie erlöst mich nicht und so bleibe ich sitzen, am Bett des Kindes, das ich aus dem dunkelsten Loch der Burg am Meer holte.

»Und mit dem Regen verschwand das Fieber.« Befana lächelt. »Es war ein Wunder.«

Nur schwammig erinnere mich an die Tage im Turm, die kleine Hand fest in meiner, während ich alles, was ich an Magie geben konnte, in den winzigen Körper fließen ließ, der mehr tot als lebendig war. Die stumme Lise.

»Sie erholte sich nur langsam, aber sie überlebte.«

»Das tat sie.«

»Ich glaube bis heute, dass sie es tat, weil du ihre Hand hieltest«, gesteht Befana. »Eine Hand, die Zuneigung gibt, Wärme und Sicherheit verspricht und Hoffnung schenkt.«

Wieder sehe ich, wie sie die Menschen im Vorbeigehen berührt und begreife, dass sie es deswegen tut, wegen der stummen Lise, und weil ich ihre Hand hielt, so lange, bis sie von den Toten wiederauferstand.

»Nicht alles, was du uns beibrachtest, war falsch oder grausam.«

Seltsamerweise tröstet mich der Gedanke, auch wenn mir nur zu deutlich bewusst ist, dass die guten Dinge die schlechten nicht aufwiegen können. Ein gerettetes Feenleben macht die vielen Toten auf der Burg am Meer nicht ungeschehen.

Ich suchte sie am achten Tag heim, als feststand, dass die stumme Lise überleben würde. Ich schritt durch das Tor und als sie mich sahen, wussten sie, dass ich ihr Ende war. Ich zerstörte sie alle, jedes einzelne Leben. Ich verschonte nicht einmal die Hühner im Hof oder die Ratten in den Gewölbekellern. Und doch waren es die Ratten, die den Ort des Grauens als Erste wieder bevölkerten. Vielleicht, weil sie wussten, dass sie zu Größerem bestimmt waren.

Murano liegt mittlerweile hinter uns in der Bucht. Befana hat mich hinaus auf die Klippen geführt. Wir stehen auf der Steilküste und sehen nur kurz zurück. Die Stimmen der Stadt werden vom Wind davongetragen, so als würde sie gar nicht existieren. Und doch ist sie da, in meinen Rücken, befreit von dem Schrecken, der einst in der dunklen Ruine hauste, die nun vor uns liegt. Sie thront weit oben auf dem Steilhang, die zersplitterten Türme wie abgebrochene, schwarze Zähne in den Himmel ragend. Die Mauern sind noch dunkel vom Ruß. Ich begreife nicht, warum die stumme Lise zurück an diesen Ort zog, an dem ihr so viel Leid widerfahren ist. Ich selbst habe nur ein weiteres Mal meinen Fuß über die Schwelle gesetzt. Damals, als sie verschwand, um dort zu leben. Ich wollte sie zurückholen. Doch sie saß im verbrannten Thronsaal auf dem geschwärzten Thron, die Ratten um sie herum, und lächelte.

»Komm nach Hause.«

Die stumme Lise schüttelt den Kopf. Zwei geschmeidige Körper kringeln sich in ihrem Schoß, während Lise sie mit den langen, weißen Fingern liebkost und streichelt. Eine weitere Ratte sitzt auf ihrer Schulter. Fast wirkt es, als würde das Tier zu ihr flüstern.

Ein Funkeln glimmt in den Augen des Feenkindes, das nun kein Kind mehr ist, sondern eine junge Frau.

»Dein Platz ist nicht hier, sondern im Kreis deiner Schwestern!«, befehle ich und trete ihr entgegen. Sofort heben die unzähligen Pelztiere die Köpfe, als würden sie nur darauf hoffen, ihre neue Herrin und Meisterin im Kampf zu beschützen, vor mir, der Königin der Feen.

Kurz bin ich irritiert und versucht, sie für diese Anmaßung zu strafen, als ich Lises entrücktes Lächeln sehe. Selig zeigt sie an die Wände des ausgebrannten Thronsaals. Vage erkenne ich die Schemen von Käfigen in den Schatten, einer neben dem anderen, und ich begreife, wofür sie sind.

In diesem Moment kann ich sie aufhalten und mit nur einem Fingerschnippen die gesamte schwarze Armee in Flammen aufgehen lassen, die Käfige gleich dazu. Ich kann die letzten Burgreste dem Erdboden gleichmachen, auf dass ihr Antlitz auf ewig von der Erdoberfläche getilgt sei und die stumme Lise nach Hause kommen muss. Doch ich habe längst begriffen, dass es nichts ändern würde, weil ich sie verloren habe, weil sie sich selbst verloren hat, schon vor langer, langer Zeit, in den Kerkern dieser Burg, als ihre Eltern sie in einem Käfig gefangen hielten und ihre einzigen Gefährten die Ratten waren. Damals starb etwas in ihr. Und nichts, nicht einmal ich, kann sie jetzt noch retten.

Ich weiche zurück. Die stumme Lise hält mich nicht auf, stattdessen beginnt sie zu summen, das Lied, das ihr einziger Trost zu sein scheint. Getrieben von der leisen Melodie des Rattenbiestes, die für Jahrhunderte den Tod bringen wird, ergreife ich die Flucht. Ich, die Königin, ohnmächtig im Angesicht meines Versagens. Und ich weiß, dass ich nie wieder einen Fuß in die Burgruine setzen werde.

Doch ich bin hier. Hoch ragen die Mauern vor uns auf. Befana schweigt seit einer Weile. Sie lässt mich allein mit meinen Gedanken und Erinnerungen. Ob sie ahnt, dass ich vor all den Jahren schon wusste, zu welchem Monster die stumme Lise werden würde?

»Warum hast du sie nicht aufgehalten?«, fragt sie in eben dem Moment, als wisse sie, dass ich mir diese Frage selbst stelle.

Ich war mächtiger als alle Feenkinder gemeinsam und es wäre ein Leichtes gewesen, die Ratten zu vernichten und sie im Turm zu verstecken, so wie ich Gretchen versteckt hielt. Und vielleicht war es genau das, was mich hinderte: Ich ertrug es nicht, ein weiteres zerstörtes Feenkind tagtäglich zu sehen. Ich hatte ihr das Leben gerettet, aber ihren Geist verloren. Also ließ ich sie in der Burgruine bei den Ratten und sie trieb ihr grausames Spiel mit den Menschenkindern, während ich die Augen verschloss, teils, weil ich die Menschen hasste und es mir gleich war, was mit ihresgleichen geschah, aber auch, weil es mich an meine Ohnmacht erinnerte.

»Ich hätte sie erlösen müssen«, sage ich schließlich. »Genauso Gretchen.«

Befana antwortet nicht. Vielleicht ist sie zu schockiert von der Wahrheit. In ihren Erinnerungen rettete ich Lise, in meinen habe ich sie ihrer eigenen Hölle überlassen.

»Ich möchte, dass du hierbleibst«, sage ich und löse mich von ihr. In den Überresten der Burg haust nun ein neuer Schrecken. Der Mogul wird mir nicht freiwillig geben, worum ich ihn bitte und ich weiß nicht, wie es ausgehen wird. Nur eines weiß ich gewiss: Ich kann keine Schwester mehr verlieren.

»Noch besser ist es, wenn du gehst«, füge ich hinzu und meine es tatsächlich so, doch sie schüttelt den Kopf.

»Ich bin hier, um dich zu begleiten.«

»Ich kann dich nicht schützen.«

»Darum bitte ich nicht.« Befana lächelt. »Wie auch immer dein Weg aussehen mag und was auch immer das Ziel ist, ich möchte dich begleiten.«

»Nein!«, sage ich barsch. »Du bleibst hier – oder noch besser: verschwinde ganz!«

»Aber …« Ihr Lächeln wankt. Ob sie es erkennt? Ob sie die Magie spürt, die in meinen Adern pulsiert? Doch anstatt zu widersprechen, nickt sie schließlich.

»Bleib einfach aus dem Weg«, bitte ich etwas sanfter.

Wieder ein Nicken, mehr nicht. Sie wird nicht gehen, aber sie kommt auch nicht mit hinein. So lasse ich sie draußen vor dem Tor zurück und muss mich der Vergangenheit und der Zukunft allein stellen.

Magie der Worte

Das Tor gähnt hohl im schwarzen Burgring. Niemand hält mich auf, als ich es durchschreite. Der Burghof liegt leer und verlassen da. Es ist nun das vierte Mal, dass ich ihn durchquere, wenngleich weniger zielstrebig als die ersten Male. Denn diesmal weiß ich nicht, was mich im Innern der Burg erwartet. Diesmal besitze ich nur einen Bruchteil meiner Magie. Ich bin hier, um mir den Rest zu holen.

Die Stufen zur ehemaligen Königshalle gleiten unter mir dahin. Ich muss mich zwingen zu gehen und nicht in die Lüfte aufzusteigen. Der Drang, zu fliegen und die Magie freizulassen, wird mit jedem Schritt stärker. Vielleicht will etwas in mir fliehen und sich verstecken, so wie sich die Eishexe hoch oben im Norden vor dem Lauf der Welt verkriecht. Doch ich kann nicht, denn ich muss einen Weg finden, damit wir alle existieren können, der Hexenjäger, die Menschen und wir Feen. Es muss eine Möglichkeit geben.

Die mächtigen Flügeltüren sind nur angelehnt. Von drinnen hallen mir seltsame Laute entgegen. Vorsichtig schiebe ich ein Türblatt auf und zwänge mich hinein in eine eigentümliche Wärme, heiß und fremd. Es riecht nach Wachs und Weihrauch, nach Wüste und … schweißnassen Körpern?

Flackerndes Kerzenlicht lässt zuckende Schatten über die Wände tanzen, die mit Tüchern verhüllt sind. Der einstige Steinboden ist verborgen unter Dutzenden Teppichen, die sich überlappen wie ein buntes Mosaik, und mir den Weg weisen, tiefer hinein in die Halle. Meine Schritte sind lautlos, die Geräusche werden intensiver. Ein raues Lachen? Ein sanftes Seufzen?

Tuchbahnen hängen inmitten des Saals, zeigen ein sinnliches Schattenspiel, das sich auf der anderen Seite seinem ganz und gar schrecklichen Höhepunkt nähert. Vorsichtig schiebe ich die Vorhänge auseinander.

Der Mogul thront auf einem Berg aus goldenen und roten Kissen, eine nackte Frau auf dem Schoß, eng mit ihm umschlungen. Ihr Kopf liegt im Nacken, die Augen geschlossen. Sie weilt schon nicht mehr unter uns und doch gehorcht ihr Körper noch seinem Willen. Er lässt sie auf sich tanzen, weil es ihm gefällt, weil er es kann. Er sieht mir in die Augen und die Schatten darin glühen wie dunkles Feuer.

»Willkommen, kleine Fee«, haucht er und streichelt den wiegenden Körper, spielt mit ihm, so wie er mit all den anderen spielte, die rings um sein Lager verteilt liegen. Ein Teppich aus nackten Leibern, glänzenden Gliedern und blassen Brüsten, auf denen sich das Kerzenlicht spiegelt. Auf den ersten Blick wirkt es, als würden sie schlafen, doch sie liegen zu ruhig. Kein Atem hebt oder senkt eine Brust. Kein Herz schlägt mehr in ihnen. Sie liegen dort, wo er sie nach seinem alles verzehrenden Liebesspiel verließ, die Gesichter entstellt vor Glückseligkeit. Keine von ihnen ahnte, auf wen sie sich eingelassen haben. Sie hatten nicht den Hauch einer Chance.

»Komm«, säuselt der Mogul und streckt mir eine Hand entgegen. Die Frau ist von seinem Schoß gerutscht und liegt nun zu seinen Füßen, neben den anderen. Der gläserne Blick gen nirgendwo gerichtet. Ihr Körper schimmert, als wäre er in Gold getaucht.

»Komm zu mir, kleine Fee.« Seine Brust glänzt dunkel im Feuerschein, die Augen brennen.

»Ich bin nicht hier, um mich dir hinzugeben.«

»Ein Jammer«, seufzt er theatralisch. »Was führt dich dann in meine bescheidene Unterkunft?« Mit einer ausschweifenden Bewegung fasst er die Halle mit all den Tüchern und Leibern ein. »Ich nehme an, es ist kein Höflichkeitsbesuch, nicht nachdem wir letztes Mal so … *unglücklich* auseinandergingen.«

»Du wolltest mich töten.«

»Töten.« Er lacht und erhebt sich. Bewusst langsam greift er nach einem Tuch und wickelt es sich um die Lenden. »Um etwas zu töten, muss es erst einmal lebendig sein.«

Ich runzele die Stirn. »Was meinst du damit?«

»Genau das, was ich sage.« Neben ihm auf einem silbernen Tisch stehen eine Karaffe, zwei Gläser und eine goldene Öllampe. Er greift nach der Karaffe und schenkt sich ein. »Willst du auch? Es ist wirklich ein ausgezeichneter Tropfen.«

»Nein, danke.«

»Du ahnst ja nicht, was du verpasst.« Er prostet mir zu und leert das Glas mit einem Zug. »Köstlich. Aber gut, du willst reden und keinen Spaß haben. Dann setz dich zu mir.« Mit einer Handbewegung rollt er zwei Körper von den Kissen und klopft darauf. »Nur zu. Ich beiße nicht.«

»Deine Küssen reichen vollkommen«, erwidere ich schnippisch.

»Wo du recht hast …« Er betrachtet die Frauen und kurz bildet sich eine steile Falte auf seiner ansonsten makellosen Stirn. »Ich brauche immer mehr von ihnen. Reichte mir zu Anfang eine am Tag, so sind es jetzt schon vier.« Er unterbricht sich, wirft mir einen scharfen Blick zu und ich habe das Gefühl, dass er zu viel preisgegeben hat. Mit gestrafften Schultern sinkt er auf den Thron.

»Magie fordert ihren Preis«, sage ich knapp.

Das leere Glas schwenkend, betrachtet er mich nachdenklich. »Das ist wohl so.«

»Erst recht, wenn man kein magisches Wesen ist.«

Ein schiefes Grinsen liegt auf seinen Lippen. »Was du nicht sagst.«

»Was seid ihr?«, stoße ich vor. »Du und der Hexenjäger, *wer* seid ihr?«

»Hat er es dir immer noch nicht verraten?«, fragt er belustigt.

Ich ignoriere den Spott. »Ihr seid nicht von hier.«

Er hebt das leere Glas wie zum Prost. »Erfasst, Süße.«

»Nicht aus dieser Welt?«

Ein kurzes Nicken, ein leichtes Lachen. »Diese Welt …« Er unterbricht sich, lehnt sich zurück. Aus seinen Händen rieselt plötzlich feiner Sand. Der Geruch nach Wüste und Hitze wird so intensiv, dass ich fast meine, die Ruine selbst sei eine Illusion und eigentlich befänden wir uns weit im Osten, dort wo die Sonne die Erde küsst. »Diese Welt sollte es gar nicht geben.«

»So?«

»Zauber und Magie, Feen und Meerjungfrauen. All das sind nicht mehr als *Märchen.*« Er ballt die Hand zur Faust. Der Sand quillt aus ihr hervor, bildet einen Berg zu seinen Füßen. Er klingt wütend. »Nichts als Märchen für kleine Kinder.«

»Und doch wahr.«

Er hebt den Blick von dem Sandberg, fixiert mich. »Du hast noch immer nicht den Hauch einer Ahnung, wer du bist. Du weißt es nicht und er lässt dich im Unklaren, weil er weiß, wenn du erst die Wahrheit kennst, wirst du an meiner Seite kämpfen, gegen ihn.«

»Du hast meine Welt gewählt«, wiederhole ich die Worte des Hexenjägers und plötzlich ist mir eiskalt trotz der Hitze der Kerzen. Ich kam hierher, um die Male meiner Schwestern zurückzuerobern, doch jetzt will ich mehr. Ich will Antworten.

»Sag mir alles, was du weißt und dann werden wir sehen, ob wir auf derselben Seite stehen«, fordere ich.

»Das tun wir, Schönste im ganzen Land.« Der Mogul schenkt lachend Wein nach. Diesmal nippt er nur an dem Glas, während er mich aus dunklen Augen beobachtet, die erstaunlich viel Ähnlichkeit mit denen des Hexenjägers haben. Er ist sein Bruder. Es ist offensichtlich und gleichzeitig wieder nicht. Als wäre es manchmal hinter einem Vorhang verborgen.

»Du hast bemerkt, dass die Brunnenwelt stirbt, nicht wahr?« Er scheint mir meine Überraschung anzusehen, doch er verhöhnt mich nicht dafür, sondern fährt fort. »Über kurz oder lang wird ganz Pandora vergehen. Hier und da ist es bereits sichtbar. Die Äpfel im Garten der Wasserstadt faulen, die Elfen in den Bäumen sind zu träge zum Fliegen, die Nixen und Meerjungfrauen … Nun gut, ihr Ende hast du selbst heraufbeschworen. Pandora lebt seit Anbeginn durch deine Magie. Aber jetzt, da die Feen fallen und die Magie mit ihren Leben schwindet, vergeht diese Welt.«

Ich starre ihn nur an und weiß nicht, ob er die Wahrheit spricht oder nicht.

»Du zweifelst an meinen Worten«, erkennt er sofort, stellt das Glas ab und lehnt sich zurück. »Ich verüble es dir nicht, nach all dem, was ich dir versucht habe anzutun, dir und deinen Schwestern. Ich habe keine Entschuldigung, außer dass ich es nicht besser wusste – und es mir im Grunde egal war. Ja. Du und deine Feen, ihr bedeutet mir nichts. Aber Pandora ist alles für mich!«

Und plötzlich verstehe ich. »Weil du hier der Mogul bist.«

»Weil ich hier *alles* sein kann.«

»In deiner Welt …«

»War ich ein Nichts!«, fährt er hart dazwischen und springt auf. »Doch hier, wo alles durchwoben ist mit Magie, wo Träume Wirklichkeit werden und ich ewig leben kann, da bin ich, wer ich sein will. Sieh dir an, was ich kann, sieh, wozu ich in der Lage bin!« Er hebt die Hände weit über den Kopf. Die Flammen der Kerzen zucken, lodern auf. Sand wirbelt durch den Saal, vermischt sich mit den Funken. Ein Strudel aus flüssigem Gold und Licht. Das Gesicht des Moguls leuchtet auf, die Augen zwei dunkle Höhlen. Er lacht, doch es klingt wie ein hysterisches Weinen. Dann lässt er die Arme sinken, der Sand fällt nieder und begräbt die geschändeten Körper wie ein feinkörniges Leichentuch.

»Hier bin ich jemand«, fährt er fort. »Und deswegen will ich, dass Pandora bestehen bleibt. Doch mein Bruder, der *Hexenjäger*«, er speit den Namen nahezu hervor, »will all das zerstören!«

»Ich will die Wahrheit wissen, die ganze Wahrheit«, fordere ich und für einen Moment glaube ich, Mitleid in den Zügen des Moguls zu sehen. Sein Lächeln wird weicher, der Blick seiner Augen sanft.

»Dann gibt es kein Zurück mehr, kleine Fee.«

»Dennoch, ich will es endlich verstehen!«, sage ich fest und er nickt.

»Um deine Geschichte zu begreifen, musst du erst die unsere kennen, die der zwei Brüder, die wie durch ein Wunder den längsten und schrecklichsten Winter überlebten, den die Welt außerhalb Pandoras je gesehen hat.«

Und er beginnt zu erzählen.

Das Leben der Brüder

Wir lebten in einem Dorf am Rande eines dunklen, endlosen Waldes, der uns vom Rest der Welt nahezu abschnitt. Nur ein kleiner Fluss, der aus den Bergen kam und gen Osten floss, verband uns mit den großen Städten, wenngleich sich nur allzu selten ein Schiff in unseren Hafen verirrte. Doch manchmal kam es vor und dann wurde ein Fest gefeiert, bei dem wir all die Köstlichkeiten, die geladen waren, verspeisten. Mit einem dieser Schiffe war einst Mutter gekommen, und als sie das raue Land und die zerklüfteten Berge in all ihrer herrlichen Wildheit zu Gesicht bekam, verliebte sie sich augenblicklich. Und der Mann, der ihr die Hand reichte, um ihr von Deck zu helfen, gewann genauso schnell ihr Herz. So erzählten sie es uns jedenfalls und vielleicht glaubt er, *der Hexenjäger,* deshalb an die Liebe auf den ersten Blick.«

»Tut er das?«, frage ich nur und erinnere mich, ohne es bewusst zu wollen, an den Moment im Turm, als der Dornröschenzauber brach und ich erwachte. Doch auch wenn es für mich der erste Augenblick war, so kannte er mich schon so viel länger.

Der Mogul scheint meine Frage nicht gehört zu haben oder er weiß die Antwort selbst nicht, denn er fährt fort, als hätte es keine Unterbrechung gegeben.

»Es ist wahrlich Ironie des Schicksals«, sagt er bitter lachend, »denn auch sie kamen aus verschiedenen Welten, so wie ihr. Mutter war die Tochter eines ehrgeizigen Bankiers aus der Stadt, während Vater als achter Sohn eines Holzfällers aufwuchs und seine Zukunftsperspektiven nicht über den Rand des Waldes reichten, der das Dorf von zwei Seiten umschloss und gegen die Berge und den Fluss drängte. Trotzdem blieb sie und ließ alles hinter sich, gab ihr altes Dasein im materiellen Überfluss auf, um bei ihm zu sein. Aber das Leben war hart zu ihr – oder sie zu schwach. Vielleicht war sie einfach nicht für die Arbeiten einer Holzfällergemahlin gemacht, hatte sie als Bankierstochter doch niemals mehr tun müssen, als niedlich auszusehen und leise zu sein.«

»Bankier?«, frage ich, als er einen Moment schweigt, und hole ihn damit zurück zu mir.

»Ich vergaß«, sagt er, »dass es manche Dinge hier nicht gibt.«

»Wo ist *hier?*«

Er lacht. Und es ist dieses Lachen, das mir sagt, dass genau das die Frage ist, die aller Rätsel Lösung verspricht.

»Geduld, kleine Fee, wir wollen doch nicht direkt zum Ende springen. Die Geschichte geht weiter, so schrecklich weiter. Denn Liebe, so stark sie auch sein mag, heilt nicht alles, kleine Fee. Es gibt großes Leid, das Löcher in die Herzen frisst, leise und langsam, dass man es zuerst nicht bemerkt, bis das Herz ein Sieb ist und die Liebe entrinnt und nichts mehr sie halten kann.«

Aus irgendeinem Grund greife ich nach seiner Hand und drücke sie kurz. Überrascht sieht er darauf nieder.

»Ich brauche dein Mitleid nicht.«

»Ich weiß.«

Er hebt eine Augenbraue. »Du suchst nur einen Vorwand, um mich zu berühren? Gefällt mir!«

Schnaubend lasse ich los und verschränke die Arme.

»Nicht doch, kleine Fee, ich mag es, wenn du mich berührst.« Er lacht. »Ich mag es auch, wenn du rot wirst. Es überrascht mich immer wieder, wie menschlich du bist. Wie echt.«

»Die Geschichte!«, erinnere ich ihn barsch.

»Geduld ist wahrlich nicht deine Stärke.«

»Bitte«, presse ich zwischen den Zähnen hervor, bekomme sogar ein erzwungenes Lächeln zustande, »erzähl weiter.«

Schallend lacht der Mogul. »Wer hätte das gedacht. Selbst bitten kannst du! Was würde ich dafür geben, dich flehen zu hören. Vielleicht auf den Knien? Aber ich sehe schon, das wäre zu viel des Guten, nicht wahr, kleine Fee?« Ich erspare mir eine Antwort und noch immer grinsend fährt er endlich fort.

»Wo war ich gleich? Bei Mutter und dem Schicksal, das, wenn ich es mir genau überlege, dem deinen recht ähnlich ist. Ich finde mehr und mehr Parallelen. Erstaunlich, wenngleich auch verstörend. Nun, Mutter, die nicht für eine Existenz in der freien Natur geschaffen war, verlor ein Kind nach dem anderen, noch ehe sie das Licht der Welt erblickten. Es war, als würde ihr Körper sich weigern, Leben zu gebären, als läge ein Fluch auf ihr. Und beinahe wäre die Liebe unserer Eltern daran zerbrochen, doch dann kamen wir, mein Bruder und ich. Noch heute munkelt man in dem Dorf, sie hätte einen Pakt mit dem Teufel geschlossen und wir wären nicht die Frucht von Vaters Lenden, sondern die des … nun, du weißt schon.« Sein Grinsen wird breiter und hat dabei tatsächlich etwas Diabolisches.

»Gerüchte«, fährt er fort, »wer weiß schon, ob etwas Wahres daran ist? Fakt bleibt, dass sie nur uns das Leben schenkte, zwei Jungen, die unterschiedlicher nicht sein konnten. Wie Tag und Nacht, wenn du so willst, oder Himmel und Hölle, wobei ich nicht weiß, wer für was steht.« Still prostet er mir zu, kippt erneut den Wein, als wäre er Wasser, während seine Worte in dem Saal nachklingen. In dem Saal und in mir. Ich begreife nicht, was das Schicksal seiner Eltern mit mir zu tun hat, doch ich ahne, dass ich verstehen muss, wer der Hexenjäger ist, um zu erkennen, wer ich bin.

»Ein Pakt mit dem Teufel«, sinniert der Mogul plötzlich und scheint seltsam erheitert, »ergibt furchtbar viel Sinn.«

»Du glaubst, sie hat …?«

»Oh, diesmal rede ich nicht von Mutter, sondern von deinem Liebsten. Was Mutter tat oder nicht tat, wird auf ewig ein Geheimnis bleiben. Denn sie ist tot, weißt du, sie ist tot und das Wissen mit ihr. Wir können nur raten, ob sie während der einzigen Schwangerschaft, die mit Erfolg gekrönt war, immerzu Rapunzel-Salat aß, weil er ihr so gut schmeckte, oder weil der Gehörnte es befahl.« Kurz scheint er nachzudenken. Ohne es bewusst zu merken, hat er sich wieder auf seinen Thron gesetzt und streicht einer der geschändeten Frauen den Sand aus dem Haar. Er streichelt sie fast so, als würde er einem Hund das Fell kraulen. »Wir waren eine absonderliche Familie, mit nur zwei Kindern und einer ehemals vermögenden Frau, die nicht arbeiten konnte. Wir wurden gemieden, fast schon geschnitten. Es war nicht leicht, all die anderen Kinder beim Spielen zu beobachten und gleichzeitig zu wissen, dass wir niemals in ihre Mitte gehörten, galten wir doch als Teufelsbrut. Nur dieses eine … dieses eine Mädchen. Sie war anders, mutiger. Sie fürchtete nichts, nicht einmal den Teufel oder uns. Und so wurde sie unsere einzige Freundin.«

Plötzlich schweigt er und sein Blick liegt dabei so durchdringend auf mir, dass ich glaube, er könne bis auf den Grund meiner Seele schauen. Er sucht etwas in meinem Gesicht, vielleicht erwartet er eine Reaktion, irgendwas. Doch ich schweige.

»Sie sah dir sehr ähnlich«, sagt er leise. »Rote Lippen, weiße Haut und dann diese Haare, schwarz wie die Nacht und zum Zopf geflochten. Zu einem wunderbar langen Zopf. Wir nannten sie Schneewittchen, weißt du. Alle nannten sie so.«

Mein Mund wird trocken. »Was geschah mit ihr?«

»Es war das Jahr des längsten Winters, als das Eis den Fluss und den Weiher bis zum Grund gefror und die Erde zu Stein werden ließ, während die Leichen sich vor den Türen der Häuser stapelten«, beginnt er und sein Blick lässt mich nicht los. Doch er sieht nicht mich, sondern das Mädchen, das einst seine Freundin war, seine und die des Hexenjägers. Ein Mädchen, das wie ich aussah. Ein Feenkind?

»Es war, als würde ein fremder Wintergott durch die Gassen ziehen und an jede Haustür klopfen, um seinen Tribut einzufordern. Die Vorräte wurden knapp, der Hunger groß und die Kälte noch größer. Wir hatten Glück, weil wir nur zu viert waren, bei den anderen Familien, jenen mit vielen Kindern, wuchsen die Haufen der Opfer rasch an. Wir beobachteten durch ein Loch im Fenster, das wir mit unserem Atem jeden Tag vom Eis befreiten, wie sie Körper um Körper hinausschleiften, und dankten Gott dafür, dass es nicht uns traf. Doch es gibt keinen Gott, keinen gnädigen zumindest. Es gibt nur den Teufel mit all seiner grausamen List, denn an dem Morgen, als das Sonnenlicht den Schnee schmolz und das Tröpfeln des tauenden Eises uns weckte, da hatte der Winter auch von uns sein Opfer gefordert. Unsere Eltern waren tot, gestorben in der letzten Nacht vor dem Frühling. In der verdammten letzten Nacht!« Sein Blick ist verschleiert, bis er mich plötzlich fixiert. »Und dann kamst du«, flüstert er unheilvoll. Anstatt fortzufahren, gießt er sich erneut Wein ein und schwenkt das Glas in der Hand. Vielleicht um sich zu fangen, denn auch wenn er grinst, verbirgt das nicht die harten Linien um seine Mundwinkel, die von Trauer und Leid sprechen. »Trauer ist seltsam«, fährt er schließlich fort, »während die einen erstarren, beginnen die anderen, sie zu verarbeiten. Manche malen Bilder, andere widmen sich der Rettung von Kindern und wieder andere beginnen zu schreiben.« Er verstummt, den Blick ins Glas gerichtet.

»Was war mit dem Mädchen?«, frage ich, um die unheilvolle Stille zu füllen, die sich nach seinen Worten über uns senkt.

»Sie lag zuoberst auf einem der Leichenberge, die Haut noch rosig von der Wärme der anderen, zwischen denen sie in der Nacht geschlafen hatte. Sie war das letzte Opfer. Erst unsere Eltern und dann sie.«

»O Gott«, flüstere ich erstickt.

»Gott hat damit nichts zu tun«, sagt er tonlos und schwenkt das Glas, betrachtet den roten Strudel in ihm, ehe er mit seiner schrecklichen Geschichte fortfährt. »Wir zählten noch keine fünf Jahre, und da Kinder nach diesem Winter Mangelware waren, nahm man uns auf und gab uns ein Heim, wenn auch niemals Zuneigung. Und wieder wären wir bei der Trauerbewältigung, der Rettung fremder Kinder. Sie halfen nicht unseretwegen, sondern einzig, um ihrer Trauer Herr zu werden und den Verlust der eigenen Kinder zu verarbeiten. Wir wussten das und lebten damit. Immerhin lebten wir.«

Er krampft die Hand so stark um das Glas, dass ich fürchte, es könne jeden Moment zerspringen, doch da fängt er sich und lächelt. Er ist wie der Hexenjäger, erkenne ich, er verbirgt seine wahren Gefühle genauso hinter einer Maske. Im Gegensatz zum Hexenjäger ist sie nicht kalt, sondern mit falscher Fröhlichkeit bemalt.

»Mein Bruder wurde ein Einzelgänger. Er verkroch sich in seinem Zimmer und entfloh der Wirklichkeit, indem er Bücher las, eines nach dem anderen, und sie lobten ihn dafür, prophezeiten ihm eine große Zukunft, von der sie glaubten, profitieren zu können. Sie hofften, er würde in die Fußstapfen unseres Großvaters treten und Bankier werden. Sie hatten ja keine Ahnung, was er tatsächlich trieb, wenn das Licht bis spät in die Nacht sein Fenster erleuchtete und er tief gebeugt über dem Schreibtisch saß. Nein, sie waren blind, nur ich war es nicht.«

»Was tat er?«, frage ich zögernd. Das Atmen fällt mir schwer. Mir wird kalt. Ich balle die Fäuste und ahne, dass wir am Schluss sind. Am Schluss ihrer Geschichte und am Beginn der meinen.

Der Mogul sieht mich an und in seinen dunklen Augen tanzt ein winziger Funke von Mitleid, während das falsche Lächeln die Lippen auseinanderzieht und die Zähne entblößt.

»Er schrieb«, sagt er leise, »über Schneewittchen, unsere einzige Freundin. *Über dich.*«

»Nein«, hauche ich und fahre zurück, stolpere beinahe über eine der Leichen, taumele gegen die Laken, die von der Decke hängen und das Licht der Kerzen fangen. Jetzt fangen sie mich, halten mich auf, während der Mogul lautlos lacht und seine Worte den Saal mit einer unfassbaren Wahrheit füllen: »Du bist eine Geschichte, Lilith, du bist geschaffen aus Tinte, als Abbild eines verstorbenen Mädchens, das der Hexenjäger über alles liebte. Du bist nicht real.«

Schneewittchen

»Du bist eine Geschichte, Lilith.«

Alles in mir schreit. Ich verliere den Boden unter den Füßen. Ich falle und stehe doch aufrecht, will gleichzeitig fliehen und ihn anschreien, dass es nicht wahr sein kann, weil alles hier so echt ist. Weil *ich* echt bin. Oder nicht? Bin ich es nicht?

Aber ich tue nichts als erstarrt dazustehen und seiner Geschichte zu lauschen, seiner Geschichte über die meinige, denn ich bin nicht mehr als das, nicht mehr als *Worte aus Tinte. Ich bin Tinte.*

»Ich habe heimlich in seinen Büchern gelesen. Ich weiß alles von dir und deinem Leid! Den toten Feenkindern, dem Angriff der Menschen auf den Turm, der Ermordung Odettes. Das alles hat er geschrieben. Das alles hat er dir angetan!«

»Nein«, hauche ich und fürchte gleichzeitig, dass es wahr ist, denn seine Worte ergeben einen furchtbar schmerzhaften Sinn. Der Hexenjäger war immer bei mir, auf Schritt und Tritt. Ich fragte ihn, ob er ein Gott sei, doch er verneinte. Aber er ist ein Gott, er erschuf diese Welt, er erschuf auch mich, indem er sie schrieb.

»Er hat dir all dies angetan!«, schreit der Mogul plötzlich und die Flammen lodern hell auf. »Er hat mit dir gespielt, dich leiden lassen, dir das Herz gebrochen und dann, als du völlig am Boden warst, in deiner dunkelsten Stunde, hat er dich verlassen! Er hat das Buch weggeschlossen und vergessen.« Ich schüttele den Kopf, kann mich immer noch nicht rühren. Er steigt von seinem Thron hinab und kommt zu mir. Der Mogul, der in Wirklichkeit nur ein Mann ist, ein Mann aus einer anderen Welt. Ich weiß nicht, wieso er hier ist oder wie er hierherkam, in meine Geschichte.

Ich bin mehr … ich bin … was bin ich?

»Er hat dich verlassen«, flüstert er und ist mir ganz nah, streicht eine Strähne hinter mein Ohr. In meinem Hals wächst ein Kloß, meine Augen brennen. »Arme, arme Königin«, haucht er und umfasst meine Wangen. »Verlassen und ungeliebt.«

Ich wünschte, ich hätte die Kraft, ihn abzuschütteln, doch mein Herz kann nicht. Es ist voller Tränen, es erstickt.

»Diesen Teil der Wahrheit kennst du bereits, nicht wahr? Dass er dich verließ und bei seiner Rückkehr aus dem Feenkind, das er einst nach dem Vorbild seiner einzigen Freundin geschaffen hatte, eine schreckliche und schöne Königin geworden war. Die Zeit der Feenmutter war lange vergangen, die Menschen unterjocht, die Königin allmächtig.« Der Mogul streicht mit den Fingern über meinen Nacken, umgreift ihn, hält mich fest, seine Stirn an meiner. Ich lasse ihn einfach gewähren. Es spielt keine Rolle. »Er ließ zu, dass du dich in ein Monster verwandeltest.«

»Nein«, flüstere ich mehr aus Reflex als aus wirklichem Protest.

»Mit jedem Satz, den er schrieb, und jedem Fluch, den er über deine Lippen kommen ließ, verwandelte er dich Stück für Stück in die Feenmutter! Und als du das Monster geworden warst, schlug er das Buch zu. Er schlug *dich* zu, weil er fertig mit dir war! Wäre er nicht viele Jahre später gezwungen gewesen weiterzuschreiben, würdest du bis heute in der letzten Ecke eines Regales verrotten. Ungelesen, ungeliebt und vergessen.«

Ungeliebt und vergessen. Ich stöhne, kämpfe gegen die Tränen und das Schluchzen, das mir den Hals zuschnürt. Der Mogul zieht mich in den Arm, er hält mich, spendet mir seltsamen Trost. Er ist ganz sanft, als wüsste er, wie nah ich am Ende bin. Ich stehe am Abgrund, um mich herum die Scherben einer ganzen Welt, meines Lebens. Nichts ist echt. Nichts zählt wirklich. Nicht einmal die Liebe des Hexenjägers. Denn sie galt niemals mir, sondern immer dem Mädchen, das vor so langen Jahren dem Winter zum Opfer fiel. Ich bin ein Nichts. Ich bin *nichts.*

»Die Wahrheit tut weh, kleine Fee. Doch es ist wichtig, dass du sie erfährst, denn nur mit dem Wissen über deine Herkunft und seine schrecklichen Taten kannst du entscheiden, auf wessen Seite du kämpfen wirst. Auf der meinen oder seiner!«

Atmen ist ein Kraftakt, es fällt mir so unglaublich schwer. Es tut so ungeheuer weh. Warum schmerzt es, wenn doch nichts wirklich ist? Ich kann kaum einen klaren Gedanken fassen, alles dreht sich. Die Goldene Stadt, die toten Feenkinder ... all die Toten.

»Er hat mir das angetan?«

Nein, flüstert etwas in mir, fleht geradezu.

»Ja«, sagt der Mogul.

Mein Herz, bleischwer vor Schmerz, zieht mich hinab. In meinem Kopf schwirrt nur eine Frage, hallt immer und immer wieder, weil ich sie nicht begreifen will, weil ich mich fürchte, wie ich mich noch niemals gefürchtet habe. »Ich bin *eine Geschichte?*«

»Ja, kleine Fee, das bist du. Eine Romanfigur, mehr nicht.«

»Aber wie kann das sein?«

»Das ist die Frage, die wir wohl nie beantworten werden können.« Sanft zieht er mich mit sich. Ich spüre kaum, wie er mich auf den Kissen bettet und mir ein Glas Wein in die Hand drückt. Es klirrt leise, als er mit mir anstößt. Benommen sitze ich da, starre ihn an und sehe doch nur den Hexenjäger, den Mann, der mich liebt. Oder sie? *Schneewittchen,* flüstert die Stimme in meinem Kopf. *Ich bin nicht Schneewittchen. Ich bin die böse Königin.*

Und alles in mir möchte weinen, möchte zerfließen wie Tinte.

»Du bist eine Romanfigur und dein Leben hätte enden sollen, als mein Bruder deiner überdrüssig wurde und das Buch, *dein Buch,* zuschlug. Aber dem war nicht so.«

»Was meinst du?«, bringe ich mühsam hervor und versuche mich nicht zu verlieren, sondern zu begreifen, was unbegreiflich scheint.

»Es begann damit, dass ein paar Kinder aus dem Dorf verschwanden. Mein Bruder studierte mittlerweile in der Stadt, während ich – nun, ich tat so einiges.« Er lacht leise und leert den Wein, nur um sich das Glas sofort wieder aufzufüllen. Ich halte meines starr umschlungen, nicht in der Lage, es überhaupt zu bewegen, geschweige denn einen Schluck hinunterzuwürgen. Mir ist schlecht, furchtbar schlecht und doch lausche ich. Es ist das Einzige, was ich noch kann: den Worten horchen, die mich zerstören.

»Die Kinder verschwanden, erste Gerüchte machten die Runde über eine Nixe im nahen Weiher. Es gab eine große Jagd und tatsächlich fing man sie. Die Dorfbewohner verbrannten die Nixe auf einem Scheiterhaufen, und obwohl sie damit jegliche Beweise vernichteten, hielten sich die Geschichten hartnäckig und drangen selbst bis in die Städte. Als dann winzige fliegende Wesen auftauchten, die sehr an eure Elfen erinnern, wurde mein Bruder hellhörig. Er kam zurück, hörte die Menschen sprechen über Wichtel und Elfen, Nixen und Feen, über entführte Kinder in verborgenen Türmen und über die Dreizehnte Fee, die böse Königin.«

»Sie sprachen über mich?« Fast schon zärtlich streicht er über meine Wange, wischt eine Träne fort, die sich trotz all meiner zerbrechlichen Kontrolle davongestohlen hat. Als wäre ich ein kleines Kind.

»All die Geschichten, die Nixe und die Elfen kamen durch dich. Es kam von hier.«

»Wie?«

Er zuckt mit den Schultern, scheint die Antwort nicht zu wissen. »Mein Bruder suchte das Buch hervor und begann darin zu lesen.«

»Mein Buch?«

Der Mogul nickt knapp. »Aus welchen Gründen auch immer hatte sich die Geschichte fortgeschrieben. *Du* hattest dich fortgeschrieben. Dein Leben stand dort, schwarz auf weiß. Und während er las, füllten weitere Worte Zeile um Zeile die Seiten. Das Buch wuchs, es folgte deinen Spuren. Es lebt durch dich.«

»Wie kann das sein?«

»Nicht ich komme aus einer magischen Welt«, sagt er nur und grinst vage. »In meiner Welt, in der echten, da existiert keine Magie. Und doch muss es etwas Vergleichbares geben, denn schließlich bin ich hier.« Er greift erneut nach meiner Wange, diesmal weiche ich zurück und sehe ihn fest an. Mein Herz schlägt kaum noch in meiner Brust, als würde es versteinern, um die Wahrheit zu ertragen. Ich darf nicht daran denken, was der Hexenjäger mir alles angetan hat und was ich wirklich bin, denn wenn ich es tue, werde ich mich verlieren in bodenlosem Schmerz und zerstörerischem Zorn.

»Etwas hat die Geschichte im Buch zum Leben erweckt?«

»Nicht nur das«, bestätigt er und zögert, ehe er weiterspricht. »Etwas hat eine Tür geöffnet, zwischen deiner Welt und der unseren, sodass die Nixen, die Elfen und all der Zauber entweichen konnten. Und glaub mir, wenn ich dir sage, dass es so etwas in meiner Welt nicht gibt und dort nicht hinpasst, dann ist das noch untertrieben. Nein, all das, was hier existiert, kann bei uns nicht sein.«

»Deswegen ist er hier?«, frage ich und verstehe endlich, was der Hexenjäger meinte, als er sagte, er habe sich für eine Welt entschieden. »Er will die Tür schließen?«

»Ja.«

»Doch wenn er sie schließt …«

»Stirbt Pandora«, vollendet der Mogul meine schlimmsten Ahnungen. »Dann stirbst du.«

»Weil ich die Tür bin.«

»Ja«, flüstert er seltsam sanft und greift nach meiner Hand. »Aber ich werde nicht zulassen, dass er dir etwas tut.«

Feinde oder Freunde?

Buchstaben, Tinte und Wörter. Die Seiten eines Buchs.

Ich versuche mir vorzustellen, wie der Hexenjäger als Kind über einem leeren Buch saß, in seinem Kopf das Gesicht eines blassen Mädchens, gleich einer Märchengestalt. Wie Schneewittchen. Sein Mädchen.

Ich gehöre ihm, tat es von Anfang an und bin doch nicht sie.

Fast meine ich das Kratzen des Füllers zu hören, als er die ersten Worte schreibt.

Es war einmal …

Und mit diesen Worten erwachte etwas zum Leben, das es so noch nie gegeben hatte. Eine Geschichte, ein Mythos, eine Fee.

Er ließ mich durch eine Welt wandeln, die er nach seinen Vorstellungen schuf. Er tötete meine Mutter, hetzte mich durch den Schnee, brachte mich an meine Grenzen, an den Abgrund. Er rettete mich. Er war mein Gott, ist es immer noch. Denn ich bin seine Schöpfung und nun ist er hier, um mich zu vernichten. Mich und alles, was aus dieser Geschichte entsprungen ist. Pandora und all seine Wesen.

Ob er je geahnt hat, was aus den ersten Zeilen werden würde?

Etwas hat mich zum Leben erweckt. Und fast glaube ich, dass es die Liebe ist. Vielleicht ist das aber auch nicht mehr als der letzte Tropfen Hoffnung, an den ich mich verzweifelt zu klammern versuche. Denn er ist nicht, wofür ich ihn hielt. Er, der Hexenjäger, ist kein Wesen meiner Welt. Ihm liegt nichts an Pandora, meinen Schwestern oder den Menschen hier. Sein ganzes Bestreben galt niemals uns. Sondern nur der Welt, aus der er stammt.

Ich hebe den Blick zum Mogul, sehe die Schatten in den goldenen Augen, und obwohl es sich im Herzen falsch anfühlt, erkenne ich, dass ich auf seiner Seite kämpfen muss. Für Pandora. Für mich und eine zweite Chance.

Der Mogul lächelt, er scheint in meinem Gesicht lesen zu können wie in einem aufgeschlagenen Buch. Noch vor Kurzem hat er versucht, mich zu töten. Er wollte mich vernichten, weil er dachte, er bräuchte nur die Male. Doch jetzt hat er verstanden, dass es nicht ohne mich geht. Denn ich bin der Schlüssel und die Tür. Ich bin das Herz dieser Welt.

Und plötzlich bin ich es, die lacht, laut und schwer. Er zuckt zurück vor mir und zum ersten Mal scheint er diejenige zu erkennen, die ich vor all den Jahren war.

Er sieht die Königin.

Langsam richte ich mich auf, während das Lachen noch von den Wänden hallt, immer und immer wieder, als würde ein Chor meine Stimme tragen.

Ich strecke die Hand aus. »Gib mir die Male!«

Seine Augen weiten sich vor Unentschlossenheit. Doch er wird mir gehorchen, weil ich die einzige Chance bin, seinem erbärmlichen Leben der anderen Welt zu entfliehen und hier zu sein, wer auch immer er sein will. Ein Monster, ein Gott, ein Liebhaber. Mir ist es gleich, solange er mir die Male gibt und mit ihnen meine Macht, um ihn zu stoppen. Den Hexenjäger, den wahren Feind.

»Wozu?«, fragt der Mogul vorsichtig.

»Weil sie ohne mich nutzlos sind«, entgegne ich. »Weil es meine Magie ist, die diese Welt speist und am Leben hält. Er hat einmal versucht, sie einzudämmen, als er mich in den Dornröschenschlaf schickte. Doch sein Plan schlug fehl, denn meine Schwestern nahmen sich, was die Ursache für alles ist: meine Magie. So bestand diese Welt weiterhin, nicht wahr? Sie schrieb sich fort, mit ihren Taten, dem Blut, das sie vergossen. Doch jetzt, wo eine nach der anderen stirbt und die Magie in den Hautfetzen ruht, da stirbt auch Pandora, weil es seiner Kraft beraubt wird. Pandora stirbt, Stück für Stück, es sei denn …«

»… du wirst wieder die Königin«, vollendet er und nickt. Er hat es längst begriffen. Fast lache ich bei dem Gedanken, dass er Pandora hätte vernichten können, wenn es ihm gelungen wäre, mich im Garten der Giftmischerin zu töten. Dort hätte es ein Ende gefunden, wenn der Hexenjäger mich nicht gerettet hätte. Mich und Pandora. Seltsam, wie das Schicksal spielt.

Der Mogul greift unter eines der Kissen und kurz darauf reicht er mir den Beutel. Ich rieche den Gestank der verwesten Haut. *Meine Magie!* Ich greife danach. Einen Moment scheint es, als würde er den Beutel nicht hergeben, dann lässt er los. Und so werden aus Feinden Verbündete. Er und ich, im Kampf gegen den Hexenjäger.

»Lilith!«

Befana steht plötzlich zwischen den Tuchbahnen. Die Augen unendlich groß. Mein Blick wandert hinab zu dem Blutfleck auf ihrer Brust, der den Fellmantel und das Leinenhemd tränkt.

»Er ist hier«, bringt sie hervor, taumelt und stürzt. Mit zwei Schritten bin ich da, fange sie auf, bevor sie aufschlägt. Verzweifelt krallt sie sich fest, jeglicher Kraft beraubt. Die Augen spiegeln mein Entsetzen. Meine Finger finden sofort den Bolzen, der tief in ihrem Rücken steckt und die Lunge durchbohrt. Ich reiße den Fellmantel auf, finde die metallene Spitze direkt zwischen ihren Brüsten und weiß, dass sie keine Chance hat. Langsam und still fließt das Leben aus ihr heraus, so als wolle es mich verhöhnen. Als wolle es mir Zeit schenken, um sie zu retten. Zeit, die ich nicht nutzen kann, weil meine Macht nicht reicht. Selbst wenn ich die Königin wäre, könnte ich sie nicht retten. Sie ist verloren.

Mit bebenden Fingern streiche ich das Kleid zurück, bedecke ihre Blöße. Erst dann wage ich es, in ihre Augen zu sehen und finde den Tod darin. Tod und Angst. *Sie weiß es.*

»Halt meine Hand«, flüstert sie. »So wie du Lises Hand gehalten hast.«

Bei ihren Worten zerbricht etwas in mir. Kurz schließe ich die Augen, dann lächle ich so tapfer ich kann.

»Ich bin bei dir«, sage ich und ziehe sie in den Arm, ihre Hand in meiner. Sanft wiege ich die einzig gute Schwester der Feen, ihr reines Herz an meinem verdorbenen, und spüre, wie die Schläge immer langsamer werden. Ihre Finger krallen sich fest in die meinen, suchen Heilung und Hoffnung, die ich nicht geben kann. Ich hebe ihre Hand an meine Lippen, küsse sie, um nicht zu weinen.

»Befana«, flüstere ich und beginne zu singen. Ich singe für sie, wie ich für alle Feenkinder sang. Ich singe sie in den Tod.

Die Zeit verrinnt und doch scheint es, als würde sie nicht vergehen. Vielleicht sind es nur Sekunden, vielleicht Minuten. Es kommt mir vor wie ein ganzes Leben.

Als ihr Herz endlich verstummt, hebe ich den Blick und finde ihn. Ich wusste, dass er es war und doch zerreißt es mich, ihn dort stehen zu sehen, mit der Armbrust in der Hand. Ich balle die Fäuste, spüre die Wut in mir aufkochen. Alles in mir schreit. Ich beginne zu zittern, am ganzen Körper. Befanas Finger fest umklammert, erhebe ich mich. Ich kann sie nicht loslassen, noch nicht.

»Du«, zische ich und die ersten Tränen rinnen heiß über meine Wangen. Wut und Schmerz bündeln sich in meiner Brust, wachsen und wandeln sich in etwas anderes. In Hass. Alten, vertrauten Hass.

»Es gibt keinen anderen Weg«, sagt der Hexenjäger leise.

»O doch«, zische ich und streife den Ärmel der Rüstung hoch, entblöße das vergrößerte Mal auf dem Handgelenk. Sein Blick wird sofort schwarz wie die Nacht. Er begreift, was er sieht. »Erkennst du es? Die Rabenmutter ist am Leben und doch habe ich ihre Magie! Ich kann ihnen die Magie nehmen, ohne sie zu töten. Sie müssen nicht sterben!«

»Das ändert nichts …«

»Sie müssen nicht sterben!«, brülle ich, Befanas leblose Finger in meinen. »*Sie* hätte nicht sterben müssen!«

»Lilith …«

»Schweig!«, knurre ich und richte mich weiter auf. Die Flügel brechen aus meinem Rücken. Ich kann sie nicht aufhalten. Die Magie übernimmt und durchflutet mich. Doch ich verwandele mich nicht in den Raben, wie es die Rabenmutter immer tat. Nein, ich forme die Magie frei nach meinem Willen.

»Du«, kreische ich fast und zeige auf ihn, den Beutel mit den Malen in der einen und Befanas Finger in der anderen Hand, »hast genau zwei Möglichkeiten!«

In seinen Augen funkelt etwas. Ich sehe, wie er die Armbrust hebt.

»Entweder du verschwindest sofort …«

»Oder?«

»Wir beenden es hier und jetzt.«

Als ich die Worte ausgesprochen habe, weiß ich, dass es die einzige Möglichkeit ist. Denn er wird mich nicht gehen lassen, nicht mit den Malen in meinem Besitz und der Möglichkeit, zu alter Größe aufzusteigen. Ich bin die Königin der Feen! Ich bin das Monster. Nicht Schneewittchen.

Ich bin nicht Schneewittchen.

Plötzlich sind da nur noch Tränen, die Welt verschwimmt.

Alles verloren. Befanas Finger gleiten aus meinen und ich taumele zurück, stolpere über die nackten Körper der Jungfrauen. Leichen, überall Leichen, nicht nur hier, sondern überall dort, wo ich entlanggehe, egal ob mit oder ohne Magie. Ich bringe den Tod. Ich bringe Leid. Vielleicht habe ich es verdient zu sterben. Vielleicht hat diese ganze Welt es verdient.

»Lilith«, flüstert er und ist so plötzlich bei mir, dass ich aufschreie, ihn fortstoßen will. Doch er zieht mich in die Arme. Ich spüre die Last auf seinen Schultern und erkenne, dass auch er leidet, die ganze Zeit. Dass er nichts hiervon will, weder meinen Tod noch den meiner Schwestern, nur keinen anderen Weg sieht.

»Du hättest sie nicht töten müssen«, wiederhole ich wie ein sterbendes Echo.

»Niemand überlebt«, erwidert er rau. »Denn wenn ich fertig bin, dann gibt es Pandora nicht mehr.«

Dann gibt es mich nicht mehr. Und wenn ich mich selbst so betrachte, mich und mein Leben und das der Feen, dann sehe ich ein, dass wir mit unseren Taten nicht für uns sprechen. Nein. Wir alle haben das Leid, welches uns widerfahren ist, tausendfach zurückgezahlt. Wir haben es verdient. Was auch immer mit uns geschieht, wir haben es verdient.

»Es tut mir leid«, sagt er rau. »Es tut mir so unendlich leid.«

»Hexenjäger«, flüstere ich und lasse mich fallen. Die Flügel weichen, die Magie verstummt. Ich presse mein Gesicht an seinen Hals, fühle den Puls unter seiner Haut rasen. Er schlingt die Arme um mich, als würde er mich lieben.

Und da ist sie auf einmal, die fast kindliche Überzeugung, dass all das hier einzig aus Liebe heraus entstand. Um ihn und mich zusammenzuführen. Eine Geschichte nur für uns, so kurz sie auch währen mag, so flüchtig sie ist. Er und ich sind füreinander geschaffen. Gleich, was er mir angetan hat und noch antun wird. Gleich, was der Mogul über ihn erzählt. Ich liebe ihn, tat es vom ersten Augenblick an.

»Ich habe viele Fehler begangen«, murmelt er in mein Ohr. »Hätte ich gewusst … Hätte ich doch nur den Hauch einer Ahnung gehabt, was aus den Worten erwachsen würde.« Er unterbricht sich, zieht mich noch enger heran. »Und doch würde ich alles wieder genauso machen, für die Momente mit dir.«

Ich hebe den Kopf und sehe ihn an. Da sind Tränen in den Augen, sie zaubern einen Hauch von Verletzlichkeit auf seine Züge.

»Doch egal, was ich dir antat, die Welt da draußen, die echte Welt, muss beschützt werden vor all dem hier. Verstehst du das, Lilith? Denn diese Menschen, die Kinder, die der Nixe zum Opfer fielen, sie sind echt. Aus Fleisch und Blut, nicht aus Tinte.« Er hebt die Hand und berührt sanft meine Wange. »Auch wenn sich all dies hier so unendlich wirklich anfühlt, sind es doch nicht mehr als Worte in einem Buch.«

Ich nicke, weil ich es tatsächlich verstehe und eine tiefe Traurigkeit macht sich in mir breit, zerstäubt den Hass und die Wut.

»Ich habe nicht gewollt, dass es so endet«, sagt er und umfasst mein Gesicht mit beiden Händen. Seine Lippen berühren die meinen, erst sanft, dann hungrig und verzweifelt. Und wir beide wissen, dass es vorbei ist.

Brudermord

Glück ist flüchtig. Wie der Wind treibt es durch die menschlichen Herzen, rührt hier und da wie an einem Glockenspiel. Und wie der Wind treibt es davon, schwindet so schnell, wie es kam und nichts als das leise Klingen der Melodie verbleibt, bis auch sie verstummt und zu einer vagen Erinnerung wird. Denn das Glück lässt sich nicht fangen, nicht behüten oder einsperren, wie es mit der Liebe machbar ist. Es lässt sich nicht halten. Es ist nur ein flüchtiger Gast im Leben, unbeständig und wechselhaft.

Der Moment, in dem ich den Hexenjäger halte – oder er mich –, scheint unendlich und getränkt von einem zerbrechlichen Glück, von dem wir längst wissen, dass es uns verlässt. Es zerrinnt zwischen den Fingern.

Doch ich weigere mich, Abschied zu nehmen. Noch nicht.

In meinem Kopf klingt eine leise Stimme, zeichnet Szenarien von geopferten Feen zum Wohle eines größeren Zweckes. Zum Wohle einer anderen Welt. Und obwohl ich innerlich an den Bildern zerbreche, weiß ich doch, dass ich mich entschieden habe.

»Du Bastard!«

Wir fahren herum, in seiner Hand liegt die Armbrust. Er lässt sie nicht los und fixiert den Mogul.

»Gib dich mit dem zufrieden, was du hast«, sagt der Hexenjäger, »es ist mehr, als den Feen verbleibt.«

Der Mogul lacht. »Zufriedengeben? Mit was? Mit dem Leben in der echten Welt? Begreifst du, wer ich hier bin? Wieso sollte ich all das aufgeben? Wieso solltest du sie aufgeben?« Er zeigt auf mich. »Jeder weiß, wie sehr du ihr verfallen bist, selbst sie hat es endlich verstanden. Nenn mir nur einen vernünftigen Grund, warum du dein Glück opfern solltest, für …«

»Die Menschenleben unserer Heimat?«, fragt der Hexenjäger ruhig.

»Menschen sterben überall, was machen ein paar mehr oder weniger?« Er streift mit dem Fuß durch den Sand, berührt den Kopf einer der geopferten Frauen und rollt ihn herum. Der Sand rieselt von ihrem Gesicht, gibt die zarten Wangen frei. Sie kann noch nicht alt gewesen sein, nicht alt genug für ein solches Ende. »Menschen sterben, Bruder«, fährt der Mogul leiser fort. »Ob in dieser Welt oder der unseren. Ihre Leben sind endlich. Doch du und ich, wir könnten auf ewig sein, hier und jetzt.«

»Zwischen den Seiten eines Buches«, wirft der Hexenjäger ein.

»Na und? Was macht das für einen Unterschied!« Er hebt die Hände und wieder tanzen die Sandkörner. Sein Gesicht leuchtet, doch die Augen verbleiben im Schatten. Ich spüre, wie der Hexenjäger sich anspannt und frage mich, ob er es wirklich tun wird. Kann er ihn töten?

»Wir müssen die echte Welt beschützen«, sagt der Hexenjäger mit gefährlich leiser Stimme.

»Welch nobles Ziel«, höhnt der Mogul lachend und lässt den Sandstrudel höher steigen zu der in Schatten getauchten Decke. »Meinst du ehrlich, sie sind das Opfer wert? Ich wette mit dir, dass nicht einer von ihnen Ähnliches für dich oder mich tun würde. Nein, Bruder. Nur du bist so dumm.«

»Es ist richtig.«

»Nein, ist es nicht!«, brüllt der Mogul und der Sand klatscht mit voller Wucht zu Boden, spritzt in alle Richtungen. Kleine Staubwolken stoben auseinander. Sein Blick glüht. »Siehst du denn nicht das Wunder? Du schreibst dieses Buch, schreibst es Tag und Nacht und es wird Wirklichkeit! Verstehst du? Deine Geschichte wird wahr! Die Nixen, die Feen, selbst Schneewittchen, sie alle sind plötzlich real.«

»Sind sie nicht«, widerspricht der Hexenjäger. Ich versuche seinen Blick zu fangen, doch er weicht mir aus. Und mein dämliches Herz, mein menschliches, schwaches Herz, beginnt zu hoffen. Auf etwas vollkommen Hoffnungsloses. Ich bin nicht real, nicht wirklich. Und doch – könnte ich es vielleicht sein?

»Diese Nixe im Teich, die sie fingen und verbrannten, die war echt. Als sie ihr den Kopf abschlugen, blutete sie wie ein abgestochenes Schwein! Das war keine Tinte, die da aus ihr floss, nein, Bruder. Das war Blut!«

»Die Nixe«, murmele ich. Seine Finger drücken viel zu fest, als wolle er mich hindern, den Gedanken weiterzuspinnen. *Es gibt keine Hoffnung*, scheint er zu sagen und doch wächst sie plötzlich in mir.

»Sie war echt?«, frage ich den Mogul und ein breites Grinsen stiehlt sich auf seine Lippen.

»O ja, das war sie, kleine Fee«, wispert er lockend. »Sie war aus Fleisch und Blut. So könntest auch du sein. So könnten wir alle sein. Magisch und echt zugleich. Es ist ein Wunder. Du verstehst es, nicht wahr? Du siehst die Wahrheit! Es ist ein Wunder, ein Geschenk! Ein göttliches vielleicht oder ein teuflisches!« Er lacht. »Wer weiß das schon. Doch welch Narr wäre ich, es nicht anzunehmen? Diese magische Welt, sie kann hinaus. So wie die Nixe und die kleinen Elfen und die schrecklichen Geschichten über euch. So wie du.« In seinen Augen steht ein dunkles Versprechen. »Du kannst hinaus.«

Mein Kopf will nicht auf ihn hören, doch mein Herz ist schneller. »Und wie?«

Er zuckt mir den Schultern. »Das, meine Liebe, gilt es herauszufinden.«

»Nein!« Der Hexenjäger zerquetscht beinahe meine Hand. Ich ignoriere den Schmerz, innerlich zerrissen zwischen zwei Möglichkeiten, zwei Wahrheiten. Obwohl ich längst weiß, dass ich dem Hexenjäger glauben sollte, es sogar tue, hofft ein Teil in mir, an den Worten des Moguls sei etwas Wahres dran.

»Nein? Und warum nicht?« Der Mogul greift nach der Karaffe mit Wein, trinkt direkt aus ihr. Der rote Saft rinnt ihm aus dem Mundwinkel, verleiht ihm etwas Bestialisches, wie er dasteht, umringt von Leichen. »Hast du Angst, deine kleine Fee könnte Gefallen an der großen und weiten Welt finden und dich vergessen? Weil sie dann nicht mehr nur dir gehört?«

»Hör auf«, knurrt der Hexenjäger und lässt mich endlich los. Er hebt die Armbrust, eine stumme Warnung.

»Sonst was?«, höhnt der Mogul. »Willst du mich erschießen? Ja? Ist das die Lösung aller Dinge? Ein Bolzen ins Herz und einen in die Stirn und schon schweigen die Sorgen? Nur zu.« Er breitet die Arme aus, präsentiert seine schweißglänzende Brust. »Direkt ins Herz, Bruder. Direkt hinein.«

Der Hexenjäger hebt die Armbrust. Doch er schießt nicht.

Ich wage kaum zu atmen. »Was passiert, wenn du ihn tötest?«, frage ich. »Stirbt er dann nur hier? Oder auch in Wirklichkeit?«

»Ich weiß es nicht«, gesteht er leise und vielleicht ist genau das der Grund, warum er die Armbrust sinken lässt. Der Mogul ist mehr als ich, mehr als alle Wesen dieser Geschichte. Er ist ein Mensch, in seiner Brust schlägt ein Herz, mag es auch kalt wie Stein sein. Der Hexenjäger kann ihn nicht töten, nicht, wie er uns tötet.

»Verschwinde«, sagt er nur und wendet sich wieder mir zu. Sein Blick findet Befanas Körper. Bedauern huscht kurz über seine Züge, dann kniet er nieder und schneidet das Mal von der Haut. Das Geräusch lässt mich würgen.

»Ich verstehe bis heute nicht, wieso es ausgerechnet Schneewittchen sein musste«, höre ich den Mogul sagen. »Mein Gott, wir waren doch noch Kinder. Wie alt war sie? Vier? Oder fünf? Du hättest dir alles erschaffen können, aber du schreibst über sie. Ein Mädchen, das uns vielleicht irgendwann genauso gemieden hätte wie all die anderen.«

»Das werden wir wohl nie erfahren«, antwortet der Hexenjäger.

»Nein, wohl nicht.«

Kurz herrscht eine seltsame Stille zwischen den Brüdern, die gar nicht so unterschiedlich sind und die so viel mehr verbindet, als auf den ersten Blick ersichtlich ist. Sie teilen dasselbe Schicksal, dasselbe Leid.

»Ich habe sie genauso geliebt«, sagt da der Mogul so leise, dass ich erst glaube, mich verhört zu haben. Doch als ich den Blick zu ihm hebe, ist seiner auf mich gerichtet und was ich in ihm sehe, lässt mein Herz stocken.

»Ich weiß«, antwortet der Hexenjäger und greift nach meiner Hand. »Doch sie ist nicht Schneewittchen, sie ist Lilith.«

Und er zieht mich mit sich, fort von dem Ring geschändeter Jungfrauen und dem schweigsamen Mogul. Auch Befana bleibt zurück. Als ich an ihr vorbeikomme, kann ich den Blick nicht von ihr abwenden. Es ist weniger schlimm als erwartet, denn sie lächelt. Aus irgendeinem Grund lächelt sie. Als wolle sie sagen, dass es gut ist. An der Hand ihres Mörders laufend, bitte ich stumm um Verzeihung. Für alles.

Du hast meine Vergebung schon, flüstert sie. *Es kommt, wie es kommen muss. Sieh nach vorn und nicht zurück.*

Vergebung. Darf jemand wie ich Vergebung erfahren? Darf ich lieben, wenn ich die Liebe doch so vielen nahm? Wäre das fair?

»Liebst du mich?«, frage ich leise. Der Druck seiner Hand wird unendlich groß, als fürchte er, mich zu verlieren.

»Unendlich«, antwortet er.

»Du bist ein Feigling!«, schreit der Mogul uns hinterher. »Ein verdammter Feigling! Wie willst du sie töten, wenn du es nicht einmal bei mir über dich bringst?« Sein beinahe hysterisches Lachen hallt von den Wänden wider. Ein Blick über die Schulter zeigt mir, dass er uns mit der goldenen Öllampe in der Hand folgt. »Vielleicht sollte ich dich ziehen lassen und dir beim Versagen zusehen. Denn das wirst du, Bruder. Du wirst es nicht schaffen, deine Schöpfung zu vernichten. Egal wie sehr du sie fürchtest oder liebst oder was auch immer dich so sehr an ihr fasziniert, an all dem hier. Und so sehr du dir wünschst, sie zu töten, glaube ich nicht, dass du es kannst. Dennoch kann ich dich nicht gehen lassen.«

Die letzten Worte sind kaum mehr als ein leises Flüstern. Der Hexenjäger verharrt und ich mit ihm, den Blick auf den Mogul gerichtet, der seltsam ruhig dasteht und entrückt lächelt, die Hand auf der Öllampe. Er streichelt sie zärtlich, ganz so, als wäre sie sein größter Schatz.

»Weil die Chance besteht, dass ich mich irre«, fährt er beinahe andächtig fort.

»Pandora muss aufhören zu existieren«, sagt der Hexenjäger, doch der Mogul unterbricht ihn.

»Dann lass sie frei! Lass uns alle frei! Lass Pandora und die Realität eins werden! So wie die Nixe. Siehst du denn nicht, dass es so sein soll? Was stellst du das Wunder infrage? Du hast die Geschichte nicht erweckt, nicht du und nicht ich. Das war etwas Größeres! Lass es zu! Lass zu, dass wir dort hinausgehen, auf die Erde, unsere Heimat, als die, die wir hier sind.«

»Und dann?«, fragt der Hexenjäger hart. »Wirst du unter ihnen deine nächsten Opfer wählen? Wirst du weiter morden?«

Kurz zuckt der Mogul zusammen, doch er wirft keinen Blick auf die geschändeten Leiber, die einzig dazu dienten, ihm seine Macht zu ermöglichen, die er um nichts auf der Welt verlieren will.

»Kehr heim, Bruder«, sagt der Hexenjäger. »Dort bist du vielleicht nur einer von vielen, aber hier bist du ein Monster.«

Es bebt um die Mundwinkel des Moguls, dann lacht er schallend. »So geht es uns wohl beiden. Wir töten, du die Feen aus einem jämmerlichen Impuls der Gerechtigkeit heraus und ich, nun, ich aus Leidenschaft.«

»Es macht uns zu Mördern!«, erwidert er kalt.

»Und doch sind wir gleich«, säuselt der Mogul. »Oder auch nicht. Denn im Gegensatz zu dir bin ich bereit, alles zu tun, um zu bekommen, was ich will. Selbst wenn es bedeutet, mein eigenes Fleisch und Blut zu töten!«

Mein Herz setzt aus. »Nein«, keuche ich und spüre, wie die Magie durch die Adern rauscht. Es geht so schnell, so unglaublich schnell, dass ich kaum weiß, was zuerst geschieht. Der Hexenjäger hebt die Armbrust, der Mogul die Öllampe. Ich höre ihn flüstern, höre ihn die Worte sprechen, seinen letzten Wunsch, und begreife, dass er verloren ist. Unsere Blicke treffen sich. Das Schwarz ist fast vollkommen gewichen. Sie sind grün, einfach nur grün.

»Du kennst alle Antworten«, flüstert er und presst mir Befanas Mal in die Hand. »Du kennst den Weg.«

Dann knistern die Flammen, lecken an seinen Beinen, fressen sich höher. Ich schreie auf, er keucht, eingehüllt in ein brennendes Kleid.

Ich reiße eines der Seidenlaken herunter, will es um ihn schlingen, die Flammen löschen, doch im selben Moment schließt sich ein Arm um meine Taille, zerrt mich fort.

»Nein!«, kreische ich. Meine Flügel brechen durch. Ich will zu ihm, muss ihn retten, muss irgendwas tun.

»Du kannst ihn nicht retten«, wispert der Mogul in mein Ohr und zieht mich unerbittlich die Halle entlang, fort von dem leuchtenden Tod, der alles verzehrt. Die Tuchbahnen verwandeln sich in senkrechte Flammenmeere, Funken stieben die rußgeschwärzte Halle hinauf, lassen das Mauerwerk erstrahlen, wie sie es schon einmal taten, als ich es führte. Doch jetzt gehorcht es nicht mir. So sehr ich es auch rufe, verzweifelt nach ihm greife, antwortet es nicht. Denn es ist allein die Magie des Moguls, war niemals meine.

»Du kannst nichts für ihn tun. Niemand kann das, hörst du? Weil es mein letzter Wunsch ist, dass er hier und jetzt stirbt, und alle meine Wünsche erfüllen sich. Nichts kann das ändern, nicht einmal du.«

Ich schluchze und schreie.

»Sieh hin, kleine Fee, beobachte seinen Tod.«

Selbst wenn ich wollte, könnte ich den Blick nicht von ihm lösen. Hinter Flammen und Rauch und einem Schleier aus Tränen sehe ich ihn sterben.

Aus irgendeinem Grund lässt der Mogul mich plötzlich los. Ich stolpere in die Hölle, getrieben von einer schrecklichen Furcht. Ich darf ihn nicht verlieren! Nicht ihn!

Die Hitze brennt auf der Haut, Funken verfangen sich in den Flügeln. Ich spüre die Flammen an mir lecken, doch es ist kein Vergleich zu der unheimlichen Qual in mir drin. Halb blind vor Tränen und beißendem Rauch fliege ich durch die Halle, hin zu der menschlichen Fackel. Er schreit nicht, er steht nur da, als würden die Flammen ihm nichts anhaben können. Obwohl er immun gegen viele Arten der Magie ist, hat er hier und jetzt keine Chance. Weil der Wunsch des Moguls sich erfüllt. Weil er sterben soll.

»Hexenjäger!«

Ich stürze auf ihn, reiße ihn um. Meine Arme umfangen den brennenden Körper. Schmerz explodiert überall auf meiner Haut. So heiß – unglaublich heiß. Doch ich beiße die Zähne zusammen, ertrage die Qual *für ihn* und drehe den Ring.

Es sind nur Sekunden und doch erscheint es wie eine Ewigkeit, bis das Wasser uns umfängt und die Flammen erstickt.

Einen Augenblick bin ich wie gelähmt, ehe ich meine Kraft wiederfinde. Ich muss zur Oberfläche, muss ihn retten! Denn auch wenn die Fluten das Feuer löschen, so kann er nicht am Grunde des Sees atmen! Er muss hinauf, an die Luft. Hin zu dem Licht, das durch die spiegelglatte Grenze von Himmel und See bricht. Ich kämpfe mit aller Macht gegen den Sog des Flusses, der den See speist und mich hinaus in den Ozean ruft. Sein Werben ignorierend, kenne ich keinen anderen Gedanken, als den Hexenjäger zu retten. Er bewegt sich in meinen Armen, hilft die letzten Meter zu überbrücken, dann sind wir da und brechen ans Tageslicht.

Keuchend holt er Luft.

»O Gott«, schluchze ich und klammere mich an ihn, oder er sich an mich. Wir gehen kurz unter, kämpfen uns zurück an die Oberfläche, er hustet und lacht gleichzeitig. Unsere Lippen finden sich. Wir küssen uns so gierig wie Ertrinkende. Wir ertrinken ineinander, in den Fluten und in Erleichterung.

»Hexenjäger«, wimmere ich zwischen den Küssen. »Ich dachte, du wärst …«

»Sag es nicht«, flüstert er rau, »noch nicht«, und erstickt meinen Protest mit seinem Mund.

»Ich hatte solche Angst!« Meine Finger streichen durch sein Haar, das seltsam verklebt und kürzer ist. Ich spüre die Hitze der verbrannten Kleidung und kann nicht glauben, dass er dem Tod entkommen ist. So knapp!

»O Gott«, stoße ich erneut hervor und lache beinahe hysterisch. »Als ich dich brennen sah, als der Mogul diesen Wunsch aussprach – ich dachte, er würde sich erfüllen!«

»So funktionieren Wünsche nun mal«, sagt der Hexenjäger.

»Was meinst du?« Statt zu antworten, lächelt er. »Ich liebe dich«, flüstert er, »nicht Schneewittchen, sondern immer dich.«

»Aber …«

»Vergiss es nicht«, sagt er so eindringlich, dass mir einen Moment ganz kalt wird.

»Wir sollten raus aus dem Wasser.« Von plötzlicher Angst erfasst, suche ich das Ufer. »Nicht dass du dich noch erkältest. Die menschliche Natur ist so schwach, nicht wahr?«

Er schüttelt den Kopf und mit einem Mal sehe ich alles verschwommen. Nur seine Stimme ist noch da und hält mich. »Du weißt es doch schon längst, Lilith.«

»Du bist hier!«, flüstere ich und kralle die Finger in seine Schultern, will ihn nicht loslassen, muss ihn spüren. »Ich habe dich gerettet!«

»Meine tapfere Hexe«, sagt er und ich fühle seine Lippen ein letztes Mal auf meiner Wange, ehe er mir zu entgleiten droht.

»Hexenjäger!«, schreie ich panisch und versuche ihn mit aller Macht zu halten, doch er verschwindet.

»Loslassen, Lilith«, höre ich seine Stimme und höre sie doch nicht wirklich. »Lass los.«

»Hexenjäger«, rufe ich nach ihm, doch er schweigt. »Hexenjäger!«

Ich weiß nicht, wann ich begreife, dass in dem Körper, den ich halte, schon längst kein Herz mehr schlägt. Vielleicht wusste ich es bereits in dem Moment, als meine Arme ihn umschlangen und ich den Ring drehte. Vielleicht auch erst, als das kühle Wasser uns umfing und die Flammen löschte.

Schwerelos schwebe ich ihm gegenüber, unten am Grunde des Sees, und erkenne endlich die schreckliche Wahrheit. Ich habe ihn verloren, als der Mogul seinen Wunsch aussprach, denn so funktionieren Wünsche, sie erfüllen sich, ganz gleich, was geschieht. Sie erfüllen sich. Er hatte nie eine Chance. Ich habe ihn nicht gerettet, konnte es nie. Auch wenn ich es noch so sehr wollte.

Hexenjäger?

Matte Sonnenstrahlen umspielen sein Gesicht – oder das, was davon übrig ist. Ich hebe die zitternde Hand, lasse mich führen vom

Wasser, berühre ihn. Seine Haut glüht. Die Welt um uns herum verfärbt sich dunkelrot.

»Hexenjäger«, flüstere ich, doch er kann die Worte nicht hören. Niemals wieder kann er sie hören. In meiner Kehle wächst ein Schrei. Er bahnt sich seinen Weg hinauf, zerfließt im Wasser, zerfließt … alles … verloren.

Ich schlinge die Arme um den entstellten Körper, schmecke Ruß und verbranntes Fleisch, während sein Blut den See tränkt.

In mir stirbt etwas.

»Herrin«, zischt eine Meerjungfrau. Sie verharren in vorsichtigem Abstand und doch höre ich bis hier ihre ängstlich schlagenden Herzen und die zuckenden Schwänze. Ich rieche Furcht, unglaublich große Furcht. Es ist so vertraut.

Ich neige den Kopf und frage mich, wovor sie sich fürchten. Langsam drehe ich mich herum, das, was einmal der Hexenjäger war, in den Armen.

»Ja?«, hauche ich und wundere mich über ein eigenartiges Spannen auf meinen Wangen, bis ich begreife, dass ich lächele und dass ich es bin, die sie fürchten.

»Der Spiegel«, zischt eine der Meerjungfrauen und hält ihn mir bebend entgegen, als koste es sie unheimliche Willenskraft, ihn mir zu überreichen. Sie kann nicht anders, denn ich bin die Königin. Algen und Muscheln überziehen den einst goldenen Rand des Spiegels, nur die Oberfläche glänzt rein wie eh und je. Ich sehe mein Spiegelbild, mich und die schwarzen, schweren Flügel träge hinter mir schwebend, während die rote, blutige Masse in meinen Armen das Wasser färbt.

Doch ist es nicht der Tod in den Armen oder die Magie in den Adern, die sie fürchten. Nein, es sind meine Augen.

Verwundert mustere ich mich einen Moment, erkenne etwas, das ich längst verloren glaubte, etwas in mir, in meinen Augen. Ich beobachte, wie eine meiner Hände über den verbrannten Körper des Hexenjägers wandert, dorthin, wo einst sein Herz schlug und jetzt nichts als Stille herrscht. Obwohl ich Schmerz erwarte, fühle ich nichts. Als wäre mein eigenes Herz mit seinem verstummt. Ich öffne die Arme. Langsam gleitet er fort, gezogen vom Meer. Ich blicke ihm nicht nach.

»Herrin«, zischt die Meerjungfrau.

Ohne sie weiter zu beachten, greife ich nach dem Spiegel, reiße ihn fast schon an mich. Sie flieht zurück, ebenso die anderen. Sie scheinen zu begreifen, dass sich etwas verändert hat.

Mit zwei kräftigen Schlägen der Flügel schieße ich zur Oberfläche, kurz bevor ich sie erreiche, drehe ich mich noch einmal um. Dutzende Augenpaare beobachten mich wachsam.

»Tragt ihn in den Ozean hinaus«, befehle ich. »Gebt ihm ein Grab.«

Dann erhebe ich mich aus dem See, den es erst seit Kurzem gibt und aus dem noch immer die gebrochenen Flügel der Mühle ragen. Für einen Moment schwebe ich über dem Wasser, in dem ich einst glaubte, Elle verloren zu haben. Der Schmerz ist kaum mehr als eine vage Erinnerung. Fast scheint es mir, als wäre mit dem Tod des Hexenjägers alles in mir gestorben. Alles, außer dem Hass und dem Wunsch nach Rache.

»Ich werde dich töten!«, flüstere ich in den Wind und lasse meine Stimme von ihm tragen. Er wird sie hören und er wird wissen, dass ich ihn jage. Bis zum Schluss.

Die Königin

Ich stehe am Fenster, hinabblickend auf mein Reich, und balle die Fäuste. Die Magie von sechs Feen rauscht durch meine Adern, nährt meinen unheilvollen Zorn und meine Kraft. Die Knöchel knacken, das Zeichen auf dem Arm knistert. Es schlingt sich hoch bis zur Schulter, schwarz und drohend. Zwei Male liegen in dem Päckchen, deren dazugehörige Spiegel noch fehlen. Ich werde sie finden, doch erst will ich Rache!

»Nimm dich in Acht«, fauche ich in den Wind und erklimme den Sims. Pandora liegt weit und breit vor mir. Am Horizont steigen Rauchschwaden auf, tränken den Himmel in ein finsteres Leichenkleid. Ich stürze vor. Die Flügel brechen aus meinem Rücken, entfalten sich zu nie geahnter Größe und tragen mich hin zu dem Feuer. Der Wald rast unter mir dahin, ebenso das Siebengebirge. Von überall strömen Raben herbei, schließen sich dem Kriegszug an, füllen die Luft mit blutdurstigen Schreien, Mordlust und Gier.

Nicht alle gehorchen. Manche bleiben tief unten am See bei der Rabenmutter, die nicht mehr als eine verlassene Hülle ist. Ich spüre, wie sie sich meinem Ruf widersetzen und in dem mondlosen Schacht verbleiben, verzweifelt an die Stangen der Käfige geklammert, aus Angst, ihre Flügel würde sie zu mir tragen.

»Ihr Vöglein unter dem Himmel«, krächze ich, »kommt, helft mir lesen! Die Schlechten ins Grab und die Guten – nun, heute gibt es keine Guten!«

Eine dunkle, rasende Wolke – ein Himmel aus Tod.

Das Meer kommt rasch näher, ebenso der Strand. Eine Gruppe Wanderer flieht kreischend in das Gasthaus auf den Klippen. Die Raben wollen ihnen folgen, doch ich befehle sie weiter. Nicht der Traumfänger ist unser Ziel, sondern die Rattenburg. Auch wenn der Mogul längst fort sein wird, beginnt die Suche dort.

Wir überfliegen Murano, säen Panik und Furcht. Die Menschen stolpern in die Häuser, reißen die Türen und Fensterläden zu. Ich höre sie weinen und jammern und wimmern. Eine Stadt in Angst. Verfolgt vom Takt der rasenden Herzen, fliege ich die Klippen hinauf zur Burg des Rattenbiestes. Die Flammen brennen lichterloh, doch noch trotzen die Mauern dem Inferno. Irgendwo im Innern verbrennen die Leichen der Jungfrauen und die Befanas zur Unkenntlichkeit und mit ihnen die Spiegel. Der Schwarm kreist um die Burg, vom Feuer gebremst. Ich versuche es erneut zu befehligen, aber es ist mir so fremd wie das Licht Lucias. Meine Flügel tragen mich über die Klippen zum Meer, die Hände zu Fäusten geballt rufe ich den Ozean mit all seiner ungezähmten Macht. Wolken bilden sich rasend am Himmel, ballen sich mit dem Rauch zu ungeahnten Türmen, während unter ihnen das Meer tosend anschwillt, höher und höher dem Firmament entgegen. Blitze zucken, entblößen die vagen Silhouetten der Meerjungfrauen, die in der gigantischen Flutwelle nur auf meinen Befehl warten.

»Es beginnt«, zische ich und der Ozean brüllt rauschend auf, als er krachend über die Klippen hinwegspült und sich auf die Burgruine ergießt. Die Flammen ersticken zischend, während die Welle sich einen Weg durch das Land frisst, Bäume und Felsen mitreißend, hinab in die Hafenstadt. Das Bersten der Häuser erklingt gleichzeitig mit dem Gesang der Sirenen, der dumpf aus den Fluten schallt. Die Meerjungfrauen schwimmen die gefluteten Gassen entlang und zerren all jene hinaus ins Meer, die sich nicht rechtzeitig retten können. Manch eine Nixe verendet vom Fluch getroffen als Schaum, nicht schnell genug dem fliehenden Wasser folgend. Kaum hat die erste Welle sich zurückgezogen, da rauscht die zweite vom Himmel herab. Die Raben ergießen sich über die Ruine, dringen ins Innere ein und suchen den Mogul. Doch er ist fort. Nur die Spiegel finden sie, tragen sie aus den Trümmern der getränkten Ruine. Zwei Spiegel, der Befanas und der der stummen Lise.

»Sucht weiter«, befehle ich. »Gebt keine Ruhe, bis ihr den Mogul gefunden habt und dann: tötet ihn!«

Sie schwärmen aus, fallen über Murano her, dringen in jedes Haus, auf der Suche nach ihm, dem Todgeweihten! Wer sich ihnen in den Weg stellt, wird ebenso sterben. Nichts zählt, außer ihn zu finden. Nichts zählt.

Mit den Spiegeln in meinen Händen drehe ich dem Schauplatz des beginnenden Krieges den Rücken zu. Murano bleibt zurück mit seinen überschwemmten Straßen, in denen all der hastig erworbene Reichtum davongetragen wird, und den zerstörten Häusern, hinter denen die Menschen sich verstecken, still zu einem Gott betend, der sie nicht hören kann. Weil es hier bei uns keinen Gott mehr gibt. Weil er tot ist.

Nach Murano folgen die anderen Küstenstädte und dann die Dörfer der grünen Ebene. Egal wo er sich verbirgt, die Raben werden ihn finden. Er kann sich nicht auf ewig verstecken, nicht vor mir.

Ich zaubere mich zurück in den Turm. Die sieben Spiegel reflektieren die Gestalt in der versenkten Rüstung und den triefenden Flügeln, die zwei weitere Spiegel heimbringt. Eine Spur aus Wasser und Asche auf den Dielen hinterlassend, hänge ich die Spiegel an ihre Plätze. Rußgeschwärzt blickt mir mein Gesicht entgegen, die Augen zwei unheilvolle Seen. Das starre Lächeln auf den Lippen will nicht zu der inneren Kälte passen, die mich seltsam aushöhlt. Als würde ein Teil von mir fehlen, etwas, das vor Kurzem noch da gewesen und jetzt verschwunden ist. *Fortgetragen in den Ozean.*

Ich lasse die letzten Male mit den Spiegeln verschmelzen, stöhne auf, als die Magie zu mir zurückkehrt, lasse sie über meine Haut tanzen. Ein Strom aus Licht und Funken, gleißend wie die Sonne, kalt wie die Sterne. Sie pulsiert in meinen Adern, rauscht durch mein Blut und beinahe ist es, als wäre sie niemals fort gewesen. Aber das war sie und sie trägt Spuren davon. Sie hat sich verändert – als sei ein Stück der verlorenen Feen in ihnen. Für einen Moment glaube ich, sie als Schatten hinter mir stehen zu sehen. Doch als ich mich umdrehe, sind sie fort und nichts als das Gefühl ihrer Anwesenheit verbleibt. Vielleicht sind sie da. Vielleicht auch nicht.

So wie er.

Der Mogul wird brennen! Er wird brennen und leiden, so furchtbar leiden, damit er erkennt, was für eine Welt er sich als Heimat ausgesucht hat! Er wird sich wünschen, niemals Pandora betreten zu haben, er wird …

Die Flamme auf meiner Hand züngelt nur kurz, ehe sie erlischt. Die Magie des Feuers gehorcht der Drachenreiterin. Wut flackert in mir wie ein gleißendes Schwert. Ich werde sie mir zurückholen! Alle Teile! Auch die von …

»Ist er tot?«

»Ja, das ist er«, antworte ich der Eishexe und hebe den Blick zu den neun Spiegeln. Aus jedem starrt sie mir aus klugen Augen entgegen, registriert sofort das Flimmern der Magie um meine geballten Fäuste und begreift. Doch sie spricht es nicht an. Noch nicht.

»Wer hat ihn getötet?«, fragt sie.

»Sein Bruder.«

»Der Mogul?«

»Oh ja«, sage ich leise.

»Was hast du jetzt mit ihm vor?« Sie wirkt angespannt und ängstlich, wohl ahnend, welch schrecklichen Fehler sie begangen hat, als sie mir das Geheimnis der Spiegel verriet. Ich lege den Kopf schräg und mustere sie, meine älteste Schwester, die so viel mehr in mir sah *als tatsächlich da ist.*

Ob sie die Wahrheit über unsere Existenz kennt? Ob das Orakel sie ebenso missbrauchte wie die Rabenmutter? Ließ sie mich deshalb fliehen, nach der Rechtsprechung? Weil das Orakel es befahl?

Das Orakel half dem Hexenjäger, verriet ihm das Lied des Rattenbiestes, den Weg in die Brunnenwelt und den durch die Hecke. Sie opferte Marie und Lise. Und doch war sie niemals auf seiner Seite. Sie spielte Schach und der Hexenjäger war ihr Gegner. Jetzt ist es der Mogul, denn die letzten Züge sind noch nicht gespielt.

»Was hast du mit dem Mogul vor?«, fragt die Eishexe erneut.

»Er wird büßen für seine Tat.«

»Hast du … «, die Eishexe zögert, ehe sie es endlich wagt: »Hast du deine Magie wieder?«

»Einen Teil«, sage ich leise. »Zu wenig«, füge ich hinzu und registriere seltsam befriedigt, wie sie erbleicht. Ihre Furcht gibt mir Kraft. Obwohl etwas in mir weint, recke ich das Kinn empor. »Rache ist alles, was mir geblieben ist!«

Vielleicht ahnt sie, dass mich nichts mehr aufhalten kann – jetzt, da er tot ist. Sie nickt, als würde sie verstehen, ehe sie verschwindet und an ihrer Stelle neun lachende Königinnen auf den Spiegeln schimmern. Sie ist zurück. *Ich bin zurück!*

Bin ich das?

Mit einem Fingerzeig lasse ich die verhassten Rosen, die überall um und in den Turm wuchern, zu Staub zerfallen, vertreibe den schrecklichen Gestank nach Tod und Moder. Ich strecke die Arme aus, lege den Kopf in den Nacken, und während ich mich drehe, beginnt der Raum in altem Glanz zu erstrahlen. Die Vorhänge bauschen sich sanft um das polierte Bettgestell mit den glänzenden Kissen. Die Risse im Mauerwerk und in den Dielen verschwinden. Ein magisches Leuchten erstrahlt, funkelt in den diamantenbesetzten Kleidern aus Spitze und Seide, die den Schrank füllen.

Ich halte inne. Für einen Moment verweilt der Zauber und ich verharre, zurückversetzt in eine andere Zeit. Fast erwarte ich das Eintreten der Eishexe, einen Skizzenblog unter dem Arm, ein entrücktes Lächeln auf den Lippen und hinter ihr die Kinder. *Sie tanzen um mich herum, sich an den Händen haltend.* Ihr Kichern dringt mir bis ins Herz, das ich verloren geglaubt hatte, und doch ist es da. Es ist noch da.

Krächzen lässt mich herumfahren. Auf dem Fenstersims hocken zwei Raben, fixieren mich aus tiefschwarzen Augen erwartungsvoll. Sie konnten ihn nicht finden und erwarten weitere Befehle.

Ich lasse die Arme sinken und der Zauber verblasst. Die Seidenvorhänge fallen schlaff herab, die Kleider zerfallen, das Lachen der Kinder verstummt. Ich bin allein und der Raum ist so, wie er eben noch war. Verlassen und verfallen. Zeuge einer verlorenen Zeit. *Zeuge meiner Liebe.*

»Geht«, sage ich mit belegter Stimme, »überwacht die Städte. Irgendwann muss er auftauchen, achtet auf Jungfrauen. Er braucht sie.«

Das Geräusch der flatternden Flügel durchflutet kurz die Luft. Sie werden nicht eher wiederkommen, bis sie den Auftrag erfüllt haben.

Zögernd hebe ich den Blick zu den Spiegeln und erkenne, wie furchtbar falsch ich lag. Die Königin ist fort und egal wie verzweifelt ich versuche, sie zu rufen, sie wieder zu sein, zu hassen und nach Blut zu dürsten, so kann ich es nicht mehr. Ich kann nicht mehr. Meine Hand fährt zur Brust, fühlt den Schlag des Herzens. Ich habe geliebt, so sehr geliebt, und nichts, nicht einmal die Magie, kann mir das nehmen.

Das blaue Cape liegt auf dem Bett, es ist seltsam ausgebeult, und als ich zu ihm trete und in seine Tasche greife, finde ich das Buch der Eishexe. Zögernd ziehe ich es hervor, fahre über den rauen Einband, der so schrecklich mitgenommen aussieht, als sei es Jahrhunderte alt. Vielleicht Jahrtausende.

Ich halte es in den Händen, nicht wagend hineinzublicken, denn plötzlich ist es so viel mehr als Papier und Buchstaben, als Wörter und Geschichten.

Es könnte wie ich sein.

Ich bin doch, oder?

Ich atme. Ich lebe. Ich bin nicht tot.

Wurde ich geboren? Oder bin ich nur ein vager Gedanke, ein Satz auf einer leeren Seite? Die ersten Worte eines Buches. *Es war einmal,* so begann mein Leben, doch wenn ich nicht wirklich geboren wurde, wie kann ich da sterben? Kann ich sterben?

Ich streiche über den blauen Einband, der getrocknete Schlamm bröckelt. Er erinnert mich an den matschigen Boden des Brunnens und an den Grund, wieso ich das Buch fallen ließ. Weil ich selbst fiel. *Er hat mich gerettet!*

Ich stoße das Buch von mir, als bestünde es aus purem Gift. Es landet auf dem verstaubten Himmelbett. *Er hat mich vergessen! Ungelesen und ungeliebt.*

Er ist tot.

Niemals zuvor war ich dem Ende so nah wie hier und jetzt. *Ohne ihn.*

»Ich habe den Weg verloren«, flüstere ich, obwohl ich weiß, dass er mir nicht antworten kann, dass er fort ist. Doch mein Unterbewusstsein ruft ihn herbei, zaubert ihn inmitten des Turmes. Er steht da und sieht mich aus diesen schrecklich vertrauten Augen an.

»Du weißt, was richtig ist«, glaube ich ihn sagen zu hören.

»Woher?«, schreie ich und springe auf. »Woher soll ich das wissen? Ich weiß ja noch nicht einmal, was real ist! Was ich bin. Alles hier ist nur eine verfluchte Geschichte. Und ich? Ich bin nur eine Figur, die du geschaffen hast! Verdammt! Hexenjäger, ich bin nur das Abbild eines Mädchens, das schon lange tot ist. Wie kann ich da wissen, was richtig ist?«

Etwas in meiner Brust löst sich. Ich spüre die Flut der Gefühle, die ganze schreckliche Schwäche der Liebe. Sie überrollt mich und zwingt mich in die Knie. Ich schürfe mir die Handflächen an den Dielen auf. Schmecke das Salz der Tränen. »O Gott«, schluchze ich, mich auf dem Boden windend, die Hände und das Herz wund. »Hexenjäger.«

Ich habe ihn verloren. Ich habe ihn …

Er sinkt neben mir nieder, greift nach meiner Hand. Und obwohl er nichts weiter ist als der inbrünstige Wunsch meines Herzens, fühlt es sich an, als wäre er wirklich da. Ich spüre seine Wärme, wo sich unsere Schultern berühren und sein Bein neben dem meinen liegt. Ich rieche ihn, den Duft, der mir zuallererst an ihm aufgefallen ist. Aufregend und fremd. Jetzt weiß ich, wieso er so anders als der Prinz und seine Soldaten war. Er gehörte niemals hierhin.

»Ich gehörte immer hierher«, widerspricht der Geist an meiner Seite. »Zu dir.«

Die Tränen lassen sich nicht aufhalten. Sie ertränken mich.

»Sieh mich an«, fordert er leise.

»Ich kann nicht«, flüstere ich, doch er hebt mein Kinn. Obwohl sein Anblick mich zerreißt, öffne ich die Lider und finde mich Auge in Auge mit ihm, so nah, dass sein Atem meine Lippen streift.

»Du bist tot«, schluchze ich.

»Und doch bin ich bei dir«, entgegnet er.

Ich wünschte, ich könnte ihm glauben. Ich wünschte, er wäre nicht der Jäger und ich nicht die Fee. Ich wünschte, es gäbe eine Zukunft.

»Vielleicht ist uns kein *Und sie lebten bis ans Ende ihrer Tage* vergönnt, nicht wie in den Märchen«, sagt er rau und unterbricht sich kurz. Er schließt die Augen, ehe er mich anlächelt, seltsam schief. »Aber das heißt nicht, dass es kein Happy End gibt. Nur für uns, für uns gibt es keines.«

Schluchzend sinke ich in seine Arme und lasse all den Schmerz hinaus, während er nur stumm dasitzt und mir über den Zopf streicht. So liege ich da, auf dem Boden des Turmzimmers, neben dem Bett, allein und doch mit ihm.

Die Sonne geht auf und wieder unter. Am Himmelszelt blinken die Sterne. Es fällt kein weiterer Schnee. Vielleicht hat die Eishexe keine Kraft mehr. Stattdessen fängt es an zu regnen, als würde selbst Pandora trauern, um einen Gott, der niemals einer hatte sein wollen.

Trost und Leid

Es plätschert und plätschert und plätschert.

Vor dem Fenster fällt der Regen wie ein Vorhang, verhüllt die Welt und lässt mich allein. Ich bin in einer seltsamen Starre, unfähig, mich zu bewegen und wippe doch vor und zurück. Vor und zurück. Meine Haut ist kalt und feucht. Es tröpfelt von der Decke. Ich sehe zu Boden, nehme weder das Flüstern der Spiegel noch das Knarzen der Treppenstufen wahr. Gefangen in quälendem Leid, mit wunder und entblößter Seele sitze ich da und bemerke nicht einmal die weißen Dampfwolken, die aus meinen bebenden Lippen aufsteigen. Erst als die Dielen unter meinen verkrampften Fäusten vereisen, hebe ich den Blick und erkenne einen Schemen, strahlende Augen, schwarzes Haar. Das Wippen verebbt.

»Du?«, flüstere ich matt, die Tränen auf den Wangen gefrieren zu Eis. Meine Kehle ist rau, Sprechen bereitet Schmerzen, alles schmerzt.

Etwas Kaltes greift nach mir, zieht mich in eine Umarmung, die eisig und tröstend zugleich ist. Sie wiegt mich sanft, wie eine Mutter ihr Kind.

»Er ist tot«, schluchze ich im Arm der Eishexe, klammere mich an sie wie früher, als wir noch Kinder waren und die Albträume jede Nacht kamen. Und wie damals legt sie eine Hand auf meine Brust und sagt: »Ein Teil von ihm ist für immer bei dir, direkt unter meiner Hand. Spürst du es, Lilith?«

Doch da ist nichts. Dort, wo mein Herz sein sollte, ist nichts als ein arbeitendes Organ, das mich am Leben hält, obwohl ich sterben will.

»Ich fühle es nicht«, schluchze ich. »Ich fühle es nicht.«

Ich sterbe. Hier und jetzt, in den Armen meiner ältesten Schwester habe ich das Gefühl, zu sterben.

»Mach, dass es aufhört«, bitte ich, verzweifelt um Atem ringend, die Hände verkrampft. »Ich kann nicht mehr. Ich will nicht mehr! Er ist fort, hörst du? Er ist von mir gegangen und ich … ich bin noch hier! Gott – nimm den Schmerz! Nimm mir den Schmerz!«

»Ich kann nicht«, sagt sie leise und ich keuche, flehe und schreie. Doch sie schüttelt den Kopf. Ich stoße sie von mir, springe auf, raufe die Haare. Ich zittere vor unterdrückter Magie und verzweifelter Wut. Ich weiß nicht, wie lange ich brülle. Ich verliere vollkommen die Kontrolle über mich, meinen Körper und die Magie. Der Schmerz schwappt über mich. Welle für Welle. Und jede reißt mich jedes Mal tiefer in den Abgrund. *Er ist fort.*

Wie der Schnee, hinfort gespült vom Regen. Ins Meer. *Er ist fort.*

Ich werde getragen von Wellen aus Qual und Leid und Magie. Sie fluten den Turm, die Spiegel erzittern, der Boden bebt. Die Eishexe hat sich längst in einen schützenden Kokon aus Eis gehüllt und beobachtet, wie ich den Verstand verliere. Bis ich schluchzend niedersinke, alle Kraft verbraucht ist und die Tränen versiegt sind. Was bleibt, ist der Schmerz. Ich begreife, dass er niemals vergeht. Ich kann ihn unterdrücken oder verstecken, aber er wird bleiben. Von nun an gehört er zu mir, wie eine zweite Haut. Eine Narbe auf der Seele.

Er ist fort, flüstert es in mir und jede einzelne Silbe brennt. *Er ist fort.*

So viele starben, Schwestern, Feenkinder, meine Mutter. Doch diesmal ist es anders. Es ist tiefer. Als sei ein Teil von mir mit ihm verloren. Vielleicht, weil ich einzig für ihn geschaffen wurde. Weil ich seine Geschichte bin – weil ich mit ihm sterbe.

»Wir sind nicht echt«, murmele ich kraftlos und lehne den Kopf an die Steinwand. »Weder du oder ich noch sonst wer.«

Der Kokon der Eishexe schmilzt, sie zögert, dann tritt sie zu mir und setzt sich ebenfalls. Sie schweigt einen Moment, lässt mich zu Atem kommen, neben mir an der kalten, kahlen Wand, über uns die Spiegel der Feen, während draußen der Himmel weint.

»Wir sind nicht echt, doch er war es. Er war alles.«

Vielleicht wusste sie es schon, denn sie reagiert kaum, zumindest nicht entsetzt, als ich ihr die ganze Wahrheit berichte. Über uns und ihn und die Welt da draußen, die *echte* Welt. Sie lauscht, ohne mich zu unterbrechen oder eine Frage zu stellen. Sie lässt mich einfach reden, und als ich zum Ende komme, glaube ich, ein trauriges Lächeln auf ihren Lippen zu sehen. Ihre Augen sind zwei Perlen aus Leid. Ich sehe mich selbst darin. Mein Spiegelbild. Mein Leid.

Sanft drückt sie meine Finger, ehe sie das blaue Buch aufhebt und aufschlägt.

»*Es war einmal ein Mädchen mit Haaren so schwarz wie Ebenholz, Lippen so rot wie Blut und schneeweißer Haut*«, liest sie leise. »*Sie wohnte mit ihrer Mutter in einem kleinen Haus am Rand des dunklen Waldes. Sie besaßen nicht viel und doch alles, was sie zum Leben brauchten. Die Mutter war eine begnadete Schneiderin und ihre Arbeiten sehr beliebt im nahen Dorf. Aus den einfachsten Stoffen konnte sie umwerfende Kleider zaubern. Das Schönste aber, was sie je erschuf, war ein rotes Cape.*«

»Hör auf«, unterbreche ich sie schroff, kämpfe erneut mit den Tränen. Ich weiß nicht, wie oft ich noch weinen kann. Endlos, scheint mir. Endlos.

»Willst du es nicht hören?«

»Nein!« Ich versuche den Kloß hinunterzuwürgen, der sich hartnäckig in meiner Kehle festkrallt, scheitere daran. »Was«, ich zeige auf das Buch, »ist das?«

Obwohl ich die Antwort ahne, muss ich es von ihr bestätigt bekommen, um es glauben zu können. Denn das Buch scheint der Beweis, dass alles wahr ist. *Und doch nichts.*

Sie zögert, dann sagt sie es und ich schließe erschöpft die Augen. »Es ist deine Geschichte.«

Ich höre den Hexenjäger leise lachen. Glaube eine warme Berührung auf der Haut zu spüren, gleich einer Hand, die sich kurz an meine Wange schmiegt. Für einen Augenblick ist er mir so präsent wie die kalte Nähe der Eishexe. Doch er kann nicht da sein, nie wieder.

Trotzdem ist da Hoffnung. Eine ganz absurde, schreckliche Hoffnung. Wenn das die Geschichte ist und er darin stirbt, dann muss ich es nur verändern, *umschreiben*, seinen Tod ungeschehen machen, damit er … damit er …

… seinen Weg fortsetzt und den Feen nach dem Leben trachtet, um alles hier zu vernichten. Pandora und mich.

»Ich muss die Welt schützen«, höre ich ihn sagen und als ich den Blick hebe, steht er inmitten des Turms. Die Eishexe blättert in dem Buch, gefangen von den Worten, die unser aller Leben sind. Können sie ihn retten?

»Nein«, erwidert er und lehnt sich an den Pfosten des Himmelbetts. »Frag sie.« Er nickt zur Eishexe.

»Was soll ich fragen?«

Die Eishexe hebt verwundert die Brauen, blickt erst in den Raum, dann mich an und der Ausdruck in ihrem Gesicht spricht Bände. Sie sieht ihn nicht.

»Natürlich nicht«, antwortet er auf die Gedanken in meinem Kopf, weil auch er nur dort existiert. *In mir.*

»Du bist nicht echt«, murmele ich. Die Eishexe runzelt die Stirn, blättert im Buch.

»Woher willst du wissen, was echt ist und was nicht?«, fragt er.

»Ich weiß, dass ich nicht echt bin.«

»Das habe ich nicht gesagt.« Er lächelt.

Plötzlich lächelt auch die Eishexe, und als ich einen Blick in das aufgeschlagene Buch werfe, stockt mein Herz. Sie blickt auf die letzte Seite, dort, wo ich mich mit dem Hexenjäger unterhalte, während sie neben mir sitzt und liest.

Er ist da!

»Das sagte ich doch.«

»Aber wie …?«

»Ich bin deinetwegen hier.«

»Lebst du noch?«, frage ich und springe auf, bin mit zwei Schritten bei ihm und wage doch nicht, ihn anzufassen, aus Furcht, ich könne durch ihn hindurchgreifen wie bei den Geistern.

»Wer weiß schon, was Leben ist«, sagt er und legt eine Hand an meine Wange. Sie ist warm und fest und doch nicht wirklich da. »Weil ich gestorben bin, Lilith.«

»Und doch bist du da.« *In dieser Geschichte … weil ich die Geschichte bin?* »Gibt es einen Weg, dich zurückzuholen?«

Er schüttelt vage den Kopf. »Du kennst das Ziel«, sagt er und löst sich vom Pfosten des Bettes. Kurz fühle ich seine Lippen auf meiner Stirn, ein letzter Kuss, während er gleichzeitig verblasst.

Bleib!, flehe ich in Gedanken, doch er schwindet. »Verdammt, Hexenjäger!«

Die Eishexe greift nach meiner Hand, spendet mir Trost, wie sie es immer tat.

»Was sollte ich dich fragen?«, bringe ich erstickt hervor.

Sie zögert, ehe sie das Buch schließt und zu erzählen beginnt.

»Das Orakel brachte mir das Buch vor einiger Zeit. Sie sagte, dass der Tag kommen würde, an dem ich wisse, was damit zu tun sei. Sie ließ mich schwören, weder einen Blick hineinzuwerfen noch es zu lesen, nicht ein einziges Wort.« Sie unterbricht sich und ich höre in dem Schweigen die Schuld. »Ein Buch unter Tausenden, das mir verboten war zu lesen. Eines von tausend.« Ihre schlanken Finger liebkosen den Buchrücken so sanft, als sei er aus Porzellan. »Ich widerstand lange – bis zu dieser einen kalten Winternacht, in der ein Eiswolf starb. Noch nie wurde einer von ihnen besiegt, noch nie wurde ich besiegt und doch geschah es.«

»Das war ich im Haus der Sieben«, erkenne ich und sie nickt.

»Tausend Jahre unbesiegt und die mächtigste Fee. Dann kamst du und ein Augenblick änderte alles. Du überlebtest den Nordwind und auch einen der Eiswölfe. Du hast ihn mit einer Leichtigkeit getötet, die alle Jahre meiner Herrschaft Hohn sprach. Du warst zurück, menschlich und schwach und doch um so vieles stärker, als ich es je war. Kannst du dir vorstellen, wie sich das anfühlte? Alles, wirklich alles, was ich mir in den letzten Jahrhunderten aufgebaut hatte, war plötzlich nichts mehr wert. Und ich kannte nur noch eines: Ohnmacht. So suchte ich einen Weg, dich zu vernichten. Es gleicht dem

Schicksal, dass in eben diesem Moment das Buch erneut in meine Hände fiel. Ich hatte es fast vergessen, doch plötzlich lag es da, direkt neben dem Thron, und schien die Antwort auf alle Fragen zu sein. Das verbotene Buch. Und zum ersten Mal brach ich ein Versprechen.« Ein wehmütiges Lächeln huscht über ihre Lippen. »Ich las es. Und als ich erkannte, was in ihm stand, *was es ist,* da versuchte ich alles, um es zu vernichten.«

»Du hast was?«, frage ich entsetzt.

»Was sonst hätte ich tun sollen? Es wuchs mit jedem Tag, die Seiten füllten sich mit Worten, beschrieben deinen Weg durch Pandora, erzählten von der Enthauptung der Kinderfresserin und dem Tod der Giftmischerin. Ich folgte dir durch die Zeilen und glaubte endlich einen Weg gefunden zu haben, um dich zu vernichten. Ich versuchte deinen Weg zu lenken, indem ich in das Buch schrieb. Doch egal, welche Tinte ich nahm, nichts haftete auf den Seiten. Ich konnte weder verändern, was dort stand, noch etwas Eigenes hinzufügen. Selbst als ich aus purer Verzweiflung ganze Seiten herauszureißen probierte, scheiterte ich kläglich. Als würde das Buch sich weigern, von deinem Pfad abzuweichen, als könnte nichts, aber auch nichts den Lauf der Dinge aufhalten. Und ich beschloss es zu zerstören, doch gleich was ich tat, blieb es stets heil, auch wenn es unter meinen Versuchen litt.« Sie streichelt über den zerfledderten Rücken und kurz frage ich mich, was sie alles versuchte, um es zu vernichten. »Erst später begriff ich, dass es zu Ende geschrieben werden muss«, fährt sie fort. »Denn das, was du erlebst, findet sich auf diesen Seiten. Und solange du lebst, wird es sich weiterschreiben. Ihr gehört zusammen. Das Buch und du. Ihr seid eins. Ihr seid …«

»… eine Geschichte«, vollende ich und kann den Blick kaum von dem Buch lösen, das nicht sterben will, *nicht kann,* solange ich lebe.

»Ja«, flüstert die Eishexe. »Es ist deine Geschichte. *Du* bist eine Geschichte.«

»Nicht echt«, murmele ich.

»Oh, ich weiß nicht«, gesteht sie nachdenklich. »Schließlich hatte ich eine Weile Zeit, mir darüber Gedanken zu machen. Und so wie ich begriff, dass du nicht mehr die Königin, sondern das Mädchen von einst bist, verstand ich auch, dass es ganz gleich ist, wer oder was wir sind, denn solange wir lieben, atmen, lachen und weinen, lohnt sich jede einzelne Sekunde dieser Existenz.«

»Wir sind geschaffen aus Tinte«, widerspreche ich. »Daran ist nicht zu rütteln. Wir sind nicht echt.«

»Nicht echt? Du meinst, wir *leben* nicht?« Die Eishexe hebt die Brauen. »Glaub mir, Lilith, du und ich, wir wissen, was Leben ist, denn wir haben es schon tausendfach genommen. Selbst unsere Schwestern sterben. Verstehst du denn nicht? Sie können sterben, weil sie *leben*.«

»Und ich? Kann ich sterben?«, frage ich und zeige auf das Buch. »Du hast versucht, es zu zerstören, du hast versucht, mich zu töten. Und doch bin ich hier, genauso wie das Buch.«

»Weil dein Weg noch nicht endet«, sagt die Eishexe leise.

Ich schnaube. »Du klingst wie das Orakel.«

»Sei nicht wütend auf sie.«

»Bin ich nicht.«

»Ach nein?«

»Vielleicht doch«, gestehe ich und setze mich seufzend auf das Bett. Einen Moment schweigen wir. »Ich kann ihn nicht retten, richtig? Das war die eigentliche Botschaft deiner Geschichte, nicht wahr? Das war, was ich dich fragen sollte. Ich kann ihn nicht retten, weil sich das Buch nicht verändern lässt, weil das, was geschrieben steht, für alle Zeit gilt.«

»Ich fürchte ja«, bestätigt sie und dreht das Buch in den Händen. Fast verblasste goldene Ornamente schlingen sich um den Bucheinband. Sie hat versucht, es zu zerstören, doch weder ihr Eis konnte es vernichten noch das Feuer der Drachenreiterin, damals, als sie sich in Antarktika bekämpften. Es überlebte Kälte und Hitze, genauso den tausendjährigen Schlaf, verborgen hinter der Hecke der Zwillinge. Das Buch ist mein Leben. Es ist das Buch der Dreizehnten Fee.

»Was passiert, wenn ich sterbe? Mit euch und all den Menschen? Sterbt auch ihr? Stirbt dann Pandora?«

»Ich weiß es nicht«, gibt sie ehrlich zu. »Aber ich vermute, dass es so ist. Doch wer sagt, dass du sterben musst?«

»Der Hexenjäger«, sage ich. *Ich kenne den Weg. Und auch das Ziel.* »Ganz gleich, woraus wir geschaffen sind, ob aus Blut oder Tinte, die Wahrheit bleibt, dass wir eine Welt bedrohen, die so viel realer ist, als es unsere je sein kann. Dort sterben Menschen, echte Menschen aus Fleisch und Blut. Sie sterben meinetwegen! Also sag mir, Schwester, was ich tun soll! Sag, wie ich mich entscheiden soll, denn es scheint mir, ich kann nur eine Welt retten, die meine oder seine. Und egal, was du sagst, so wirkt seine Welt auf mich rettenswerter.«

»Du kennst sie doch gar nicht«, widerspricht die Eishexe.

»Aber ich kenne Pandora, ich sah den Hass der Menschen und die Rachsucht der Feen, ja selbst den Blutdurst der Nixen. Niemand von hier verdient es, gerettet zu werden.«

»Wirklich niemand?«, fragt sie leise.

Es bleibt eine Weile still.

Die Luft schmeckt plötzlich nach Sommer, nach Sonnenstrahlen und Elfennektar. Ich höre Bienen summen und das Plätschern eines Baches. Der Wind streicht durch die langen Grashalme. Ohne dass ich es bewusst heraufbeschworen habe, sehe ich ein strahlendes Gesicht. Es ist Elle, ich erkenne sie sofort und doch ist sie so anders als heute, denn sie ist erwachsen. Sie läuft durch die goldenen Wiesen. Ihre Augen funkeln, als sie einen Blick über die Schulter wirft und verharrt. Sie sieht mich direkt an, ein zögerndes Lächeln auf den Lippen, und hebt die Hand. Neben ihr steht ein Mann, der ihr sehr vertraut wirkt, so wie er ihre Nähe sucht. Auch er sieht zu mir, scheint mich ebenfalls zu kennen.

Obwohl ich weiß, dass es nur eine Vision ist, wird mir plötzlich schlecht. Eine Vision der Zukunft, wie es sein könnte, aber nicht sein muss, abhängig davon, wie ich mich entscheide. Gegen Pandora oder für Elle.

»Elle hat es verdient, gerettet zu werden«, hauche ich und das Bild vor meinen Augen verblasst. Der laue Wind entschwindet, gleichsam die Wärme der Sonnenstrahlen auf meiner Haut. Die Elle der

Zukunft ist fort und vielleicht wird es sie nie geben. Noch ist sie ein kleines Kind, sicher in der Hütte der Sieben. *Sicher.* Ich beiße mir auf die Lippe, um nicht laut aufzulachen, denn bin doch ich die einzige Gefahr. Für sie, für Pandora und die Menschen außerhalb.

Ich bin die Gefahr.

Plötzlich habe ich die Lösung, weiß, wie es endet, wie es *enden muss*. Für einen flüchtigen Moment erinnere ich mich an das Orakel, wie es hoch oben im Norden die Vision meines Todes hatte, während die anderen über mein Schicksal berieten. Jetzt weiß ich, was sie sah.

»Die Magie ist der Schlüssel«, flüstere ich und umfasse das Handgelenk der Eishexe. Ich drehe den Arm herum, entblöße das schwarze Mal auf der samtweißen Haut. »Es geht nur um die Magie, um nichts sonst!«

Das Buch rutscht ihr aus der anderen Hand, fällt polternd zu Boden. Während ich in die Vision gedriftet bin, hat sie gelesen und ahnt nun, was ich vorhabe. In ihren Augen steht Entsetzen, zugleich die schreckliche Gewissheit, dass es keinen Ausweg gibt. Ihre Finger verkrampfen. Ich spüre, wie sie die Magie zu sammeln versucht, doch ich habe sie längst unter Kontrolle. *Sie war immer die meine und muss wieder mir gehören!*

»Es tut mir leid«, sage ich und meine es auch so, ehe ich die Zähne in die Haut ihres Handgelenkes grabe. Mit einem Ruck beiße ich das Mal ab. Sie schreit und doch dringt kein Ton aus dem weit geöffneten Mund. Blut rinnt aus der Wunde, gefriert zu tiefroten Perlen, die sich wie ein Band um ihren Arm schmiegen.

»Wo ist der Spiegel?«, verlange ich zu wissen, aber ihr Blick flackert, ehe sie in tiefe Ohnmacht sinkt. Ich lege sie auf das Bett, streiche kurz über ihr Haar, dann wende ich mich ab. Ich bedaure, wie es geschehen musste, doch etwas in mir treibt zur Eile. Je eher ich den Plan umsetze, desto schneller schwindet dieser schreckliche Schmerz, der anstelle eines Herzens meine Brust füllt. Bald schon werde ich ihn nicht mehr fühlen. Werde frei sein. *Frei wie er. Zusammen mit ihm.*

Mit neuer Kraft raffe ich mich auf. Ein Blick aus dem Fenster zeigt, dass unten der Schlitten der Eishexe steht. Ich schwinge mich auf den Fenstersims. Keine Sekunde später stürze ich hinaus in den strömenden Regen. Ich sehe nicht zurück zu der zusammengesunkenen Gestalt im Turm. Kaum lande ich am Grund, als die ersten Wölfe aus dem schützenden Wald treten und aus kalten Augen zu mir starren. Die Wassertropfen perlen von ihrem Fell ab. Schritt für Schritt setzen sie die Pfoten, nähern sich und umkreisen mich. Ob sie das Blut der Eishexe an mir wittern? Das Blut ihrer einstigen Herrin?

Der Winter, der alles mit eisigem Frost überzogen hat, ist fortgewaschen. Geblieben ist allein der Schlitten aus Eis, auf den die schweren Tropfen prasseln. Rote Abdrücke hinterlassend, die unter den Tränen des Himmels zerlaufen, klettere ich in den Schlitten, die Blicke der Wölfe auf mir ruhend. Ich brauche nicht lange, um den Spiegel zu finden. Er steckt unter der Sitzbank, weder verborgen noch geschützt. Wer sollte auch wagen, ihn zu stehlen?

Ich lehne ihn an den Sitz, sodass ich mich durch die Schlieren des fallenden Regens betrachten kann, und hebe das Stück Haut. In dem Augenblick, als das Mal mit dem Spiegel verwächst und die eisige Magie der ältesten Schwester durch meine Adern zu rauschen beginnt, erwacht sie oben im Turm. Ihr klagender Schrei hallt zu mir nieder und zieht über die Wälder. Die Wölfe winden sich in unendlicher Qual, ehe auch sie in das Klagen mit einstimmen und gemeinsam mit der Eishexe weinen.

»Verzeih mir«, flüstere ich in den Regen und umfasse den goldenen Ring. Ich fliehe und kann der Schuld doch niemals entkommen.

Der Gesang der Sirenen

Es ist gar nicht so einfach, der Spur der Zwillinge zu folgen. Mal erscheinen sie hier, lassen ein Feld voll herbstlicher Sonnenblumen erblühen, im nächsten Moment sind sie schon fort und nichts als der leise Glanz ihrer Magie verbleibt. Ich rieche ihn in den geöffneten Blütenköpfen, fühle ihn in den Wurzeln unter meinen Füßen und selbst die Luft schmeckt danach. Ich zupfe eine Handvoll gelber Blütenblätter aus einer Sonnenblume, zerreibe sie zwischen den Fingern. Haruko und Akiko sind fleißig. Sie hasten durch Pandora, immer zu zweit, und während die eine ihre Arbeit verrichtet, wacht die zweite an der magischen Pforte. Doch sobald sie mich sehen, entschwinden sie, bevor ich nach ihrer Magie greifen kann. Alles, was von ihnen bleibt, sind die Spuren in den Blüten, den Wiesen, Bäumen und Wäldern.

Haruko kämpft gegen die Schäden der ungewöhnlichen Eiszeit, schenkt den immergrünen Sträuchern und Gräsern, den Moosen und Farnen wieder Lebenskraft, während Akiko das Laub der Bäume färbt und die Früchte des Sommers erntet. Ich wusste nicht, dass sie so sehr in den Lauf der Dinge eingreifen – dass sie selbst Teil dessen sind. Sie schenken und nehmen.

Ich kann mir kaum vorstellen, wie die Jahreszeiten ohne sie sein werden. Herbst und Frühling gab es schon zuvor. Sie sind nicht an Akiko und Haruko gebunden. Oder wird Pandora mit ihnen verwelken?

Die Blütenblätter in meiner Hand sind nur noch gelber Brei, als ich sie gemeinsam mit den Zweifeln abschüttle. Ein Blick gen Horizont zeigt, dass die Sonne erneut im Begriff ist zu sinken. Wie lange ich hinter den Zwillingen herjage, kann ich nicht sagen. Ich messe Zeit nicht in Tagen, Stunden oder Sekunden, sondern nur daran, wie nahe ich dem Ende bin. *Dem Ende der Schmerzen.*

Den Blick über das Sonnenblumenfeld schweifend, strecke ich die Flügel und erhebe mich in die Lüfte, bis die gelben Blüten zu einem viereckigen Quadrat im bunten Flickenteppich der Felder werden. Warum Akiko und Haruko den Menschen diesseits des Gebirges helfen, auf der Seite der Goldenen Stadt jedoch nicht, bleibt mir ein Rätsel, wenngleich es meine Suche vereinfacht. Alles, was südlich des Siebengebirges liegt, brauche ich nicht zu überwachen.

Langsam schraube ich mich höher, meine Raben tun es mir gleich. Ohne es befehlen zu müssen, schwärmen sie aus, immer auf der Suche nach meinen Schwestern und dem Mogul.

Nicht mehr lange, flüstert es in mir, während ich die Welt unter mir betrachte, die keine wirkliche Welt ist und zu der ich mich paradoxerweise distanziert fühle. Dabei existiert sie nur durch mich.

Die Sonne schwebt rotglühend über dem Meer, spiegelt sich in den tanzenden Wellen, die von hier oben zahm aussehen und erst von Nahem ihre rohe Gewalt offenbaren. Die Meerhexe hatte den Ozean und alle in ihm lebenden Wesen unterworfen, aber heute gehört er wieder mir.

Ich fliege der untergehenden Sonne entgegen, beobachte, wie die leuchtende Scheibe in den Wogen versinkt, bis die Strahlen verblassen und nichts als eine schimmernde Linie am Horizont an sie erinnert. Ich bin versucht, weiter und immer weiter zu fliegen, dem Tag hinterher, um das Ende dieser Welt zu finden. Doch ich weiß, dass es kein sichtbares Ende gibt, keinen Punkt, an dem die Wasser dieser Meere über eine unsichtbare Klippe in die Tiefen des Alls fließen, sondern ein zeitliches. Pandora ist begrenzt durch meine Zeit.

Ich kann gehen, wohin ich will und käme nirgends an. Ich halte ein, schwebe über dem endlosen Ozean und fühle mich schrecklich verloren. Das Land ist nur noch eine Ahnung am Horizont, während unter mir in der nachtschwarzen See die schimmernden Leiber der Meerjungfrauen tanzen. Wann immer ich mich dem Ozean nähere, wittern sie meine Anwesenheit. Ich könnte ihnen befehlen, die Hände aus den Wellen zu strecken und sie würden gehorchen, blind und willenlos. Ich lasse mich fallen, das letzte Licht verblasst. Die Gischt streift meine Füße, benetzt die Rüstung. Ich schmecke Salz, höre die

Rufe der Nixen und tauche ein in die kalte, schwarze Tiefe. Meine Augen haben sich dank der Magie an die Dunkelheit gewohnt, ebenso mein Körper an das Atmen unter Wasser. Ich funktioniere perfekt. Die Erinnerungen an den Weiher der Nixen und die verletzliche Menschlichkeit scheinen weit, weit entfernt.

»Willkommen, Königin«, säuseln die Meerjungfrauen und neigen die Häupter, während ihre Iriden wie der Mond leuchten. »Was führt Euch zu uns?«

Einen Moment bin ich unschlüssig, was ich hier will, wo ich doch gemeinsam mit den Raben am Himmel kreisen sollte, um die Spuren nicht zu verlieren. Bevor ich mir klar wird, was mich hinabzog, sind die Worte schon entschlüpft: »Bringt mich zu seinem Grab.«

»Wie Ihr wünscht, Königin«, flüstern die Nixen im Chor, greifen nach meinen Händen und leiten mich. Ich schwimme tiefer und tiefer in den nachtschwarzen Ozean, bis nicht einmal mehr die Feenkraft reicht, um das letzte Schimmern der Oberfläche wahrzunehmen.

»Wie konnte er sterben?«, fragt eine der Meerjungfrauen, die Augen voller Neugier. »Noch hat er sein Ziel nicht erreicht. Wie konnte er da sterben?«

»Vielleicht war er nicht dazu bestimmt, erfolgreich zu sein«, gebe ich zurück, während vor uns das Wasser an Farbe gewinnt. Buntes Licht weist den Weg in eine tiefgrüne Senke. Zwischen Wiesen aus sanft schwingenden Algen und hier und da funkelnden Sandbänken liegen muschelgleiche, aneinandergereihte Behausungen. Der Lichtschein fällt aus den Rundfenstern hinaus in die Nacht, lotst uns vorwärts. Es ist ein Dorf, und obwohl es kein Vergleich zu den Städten der Nixen ist, so strahlt es doch eine erhabene Anmut aus. Perlmuttmuscheln sowie dunkelrote, orangene und gelbe Korallen überziehen die Wände der Häuser, die Farben so intensiv, dass sie selbst bei dem schummrigen Licht zu strahlen scheinen. Aus den Eingängen schweben Dutzende Meerjungfrauen, blicken ehrfürchtig zu mir auf, der wiedergekehrten Königin. Sie neigen die Häupter und erkennen mich als Herrscherin an, obwohl ich ihnen den schlimmsten aller Flüche auferlegt habe. Sie kennen keine Rache, nicht mir gegenüber.

»Folgt mir, Königin«, sagt die Meerjungfrau an meiner Seite und lenkt mich über das Dorf hinweg. Gleich dahinter öffnet sich ein tiefer Graben. Grünlich schimmernde Steine sind in die Felswände eingelassen, erhellen den Weg hinab bis zu einer gewaltigen Pforte. Erst ist es nur ein sanftes Rauschen, wie das des Meeres, doch je näher wir kommen, desto klarer höre ich den umschmeichelnden Gesang der Sirenen. Voll und schwer, von Trauer geschwängert schwebt er uns entgegen. Und wie im Tal der Mühle ergreift furchtbares Leid von mir Besitz. Die menschliche Seite in mir kann nicht anders, sie verfällt dem Gesang. Alles in mir schreit.

Seine Hand umfasst die meine, er zieht mich über die goldenen Wiesen. Der Wind spielt in seinen Haaren, und als er sich umdreht und mir einen Blick zuwirft, habe ich kurz ein Déjà-vu und sehe nicht ihn, sondern Elle.

»Lilith«, sagt er, ehe er mich in eine Umarmung zieht, die viel zu real ist, zu nah und zu vertraut. Alles in mir verkrampft sich, obwohl ich nichts lieber möchte, als mich in seine Nähe zu hüllen, die Augen zu schließen und nie wieder zu öffnen. Doch ich fürchte mich. Fürchte den Moment, an dem es vorbei ist und er wieder fort. Wieder tot.

»Sieh mich an.«

Ich schüttele den Kopf, unfähig zu sprechen, ohne zu weinen. Ich will nicht weinen. Nicht jetzt und hier. Nicht, solange ich bei ihm bin.

»Sieh mich an.« Seine Finger umfassen mein Kinn, heben es an, doch ich weigere mich, die Lider zu öffnen, bis die Stille unerträglich wird und ich es muss, allein um mich zu vergewissern, dass er noch da ist.

Wir stehen unter dem Baum, an dem einst Elle den Nektar trank und in einen Glücksrausch fiel. Sie nannte mich Mama.

»Weißt du es noch?«, fragt er und ich nicke mit Tränen in den Augen, kann sie nicht mehr zurückhalten. »Du hast mir den Nektar angeboten, doch ich habe abgelehnt.« Seine Finger spielen mit meiner Hand, heben sie an. »Dann hast du davon gekostet und mich geküsst … und der Kuss war anders als alle davor. Er veränderte alles und doch nichts. Denn

plötzlich wusste ich, dass ich nicht anders kann, als dich zu lieben.« Er küsst meine Fingerspitzen, eine nach der anderen.

»Warum sagst du mir das?«, frage ich rau.

»Weil ich dich danach sehr verletzte.« Er hebt den Blick.

Es spielt keine Rolle mehr, will ich sagen, denn du bist tot! Und egal was du sagst, es bringt dich nicht zurück. Doch er fährt fort, gesteht mir, dass er Olgas Küsse und Nähe zuließ, um sich wieder von mir zu lösen. Weil er mich nicht lieben durfte, nicht, wenn er seine Welt retten wollte. Und doch war er verloren. Hoffnungslos. Selbst als er begriff, welches Monster in mir lauerte – das Monster, das er selbst geschaffen hatte – und sich entschloss, es zu töten, liebte er mich.

»Vergiss das nicht«, flüstert er. »Denn nichts kann das ändern, nicht einmal der Tod.«

Es ist die Stille, die mich zurückbringt.

Nur langsam wird meine Sicht klar. Kurz bekomme ich einen Anflug von Panik, als ich all das Wasser spüre, bis ich mich erinnere, dass die Magie mich schützt und niemand mir etwas anhaben kann. Ich verstecke die zitternden Finger hinter dem Rücken und konzentriere mich auf das, was ich sehe. Die Meerjungfrauen haben mich in eine Gruft geführt. Steinerne Säulen tragen ein Gewölbe, das dunkel und schwer über uns hängt. Nur das Licht der grünlichen Steine erhellt die drei roten Sarkophage vor uns. Links und rechts schweben die Sirenen, aus leidvollen Augen zu mir blickend. Sie singen nicht mehr. Im Vergleich zu den Meerjungfrauen sind sie blasser, fast farblos und die Strähnen ihres Haares zu langen Zöpfen geflochten. Es scheint ein Statussymbol zu sein.

»Königin«, begrüßt mich eine Nixe, die größer ist als alle anderen und deren langwallendes Haar weiß leuchtet. Eine Undine. »Willkommen in der Gruft der Tränen.«

Ich lasse den Blick über die drei Grabmale wandern. In einem ruht der Hexenjäger. Ich kann ihn spüren. *Rechts, er liegt rechts.*

»Es ist die Ruhestätte der einstigen Herrscherin«, erklärt die Undine mit Vorsicht in der Stimme. Vielleicht fürchtet sie, ich würde sie dafür strafen, dass sie meiner Schwester ein Grab gaben. »Und die der Geliebten.«

»Geliebten?«, frage ich erstickt.

»Hier ruht Euer Herz«, die Undine zeigt auf den rechten Sarkophag, »und hier das der Meerhexe.« Sie weist nach links. Mein Blick folgt sofort.

»Ihr Herz?«

Die Undine nickt. »So wie Ihr das Eure an den gesegneten Mann verloren habt, so vergab die Meerhexe das ihre an den, der nicht zu lieben in der Lage war.« Sie senkt den Kopf und will sich zurückziehen. Erst jetzt bemerke ich, dass außer ihr und mir niemand mehr da ist. »Ich lasse euch allein, damit ihr weinen könnt, so wie es die Meerhexe immer tat.«

»Was? Moment!« Ich greife nach ihrem Arm, bevor sie flink, wie Fische nun einmal sind, an mir vorbeischwimmen kann. »Die Meerhexe hat geliebt? Wen?«

Kurz scheint es, als wolle sie sich weigern, mir mehr über das Geheimnis der Meerhexe anzuvertrauen, dann neigt sie den Kopf vor der neuen Königin und kehrt zurück zwischen die Sarkophage. Aus einer Schale an der Wand holt sie eine Handvoll roten Schlamm und streicht ihn auf die steinernen Särge.

»Eure Schwester lebte lange Jahre mit uns in den Tiefen des Ozeans, doch war sie keine Meerjungfrau, sondern ein Mensch – eine Fee«, verbessert sie sich rasch, »und sehnte sich nach ihrem Gegenstück. So ließ sie nach einem Menschenmann suchen, der ihr in Schönheit in nichts nachstünde, einem Mann, der ihrer würdig sei. Und er wurde gefunden.« Die Undine unterbricht sich, während sie den nächsten Sarkophag mit der roten Paste einzureiben beginnt. Das Wasser um ihre Hände verfärbt sich rostrot. »Der Ruf seiner grenzenlosen Schönheit eilte ihm voraus. Er soll von einer Anmut gewesen sein, die kein zweites Mal unter dem Himmel zu finden war. Einer Anmut, der niemand widerstehen konnte, nicht einmal die Meerhexe. In dem Augenblick, als sie ihn das erste Mal sah, verlor sie ihr Herz und schwor sich, ihn niemals mit Gewalt zu holen, sondern um ihn zu werben. So schwamm sie viele Jahre den Fluss hinauf, um ihn zu besuchen. Er lebte am Rande einer Stadt als Günstling einer Königin, und weil diese seine Schönheit so schätzte, brauchte er nicht zu arbeiten. Stattdessen saß er tagein, tagaus an einer Bucht des Flusses, wo das klare Wasser stillstand, sodass er sich selbst betrachten konnte. Eben dort wartete die Meerhexe auf ihn und lange Zeit tat auch sie nichts anderes, als ihn stumm und ehrfürchtig von der Tiefe des Flusses aus zu bewundern. Bis sie den Mut fand und sich ihm offenbarte.«

»Was geschah dann?«, frage ich, als die Undine ins Stocken gerät. Sie hebt den Blick und sieht mich nachdenklich an.

»So große Schönheit, wie sie der Jüngling besaß, ist Segen und Fluch zugleich. Menschen, die ihm auf der Straße begegneten, hielten inne, um sich an ihm zu erfreuen. Sie alle liebten ihn. Sogar er sich selbst. Er liebte sich so intensiv, dass neben dieser alles verzehrenden Liebe kein Platz mehr war.« Die Undine zögert kurz. »Ich war nicht Zeuge dessen, was geschah, jedoch berichten die Sagen, wie sie sich ihm zu erkennen gab, um ihm ihre Liebe zu gestehen. Doch weil ihr Auftauchen das Wasser in Aufruhr versetzte und sein Spiegelbild verschwamm, soll er in seiner Wut etwas Unverzeihliches zu ihr gesagt haben, sodass ihr Herz zerbrach. Sie verschwand und das Wasser in der Bucht beruhigte sich. Als er erneut hineinblickte, hatte die Meerhexe einen Zauber über ihn gesprochen. Anstelle des Spiegelbildes sah ihm nun ein Abbild seiner verdorbenen Seele entgegen. Vor Verzweiflung über den vermeintlichen Verlust seiner Schönheit soll er sich kopfüber in die Fluten gestürzt haben. Er ertrank. Der Fluss trieb die Leiche in den Ozean hinaus, brachte ihn zu ihr.« Langsam streicht sie über den linken Sarkophag, fährt mit den Fingerspitzen die gemeißelte Oberfläche entlang. »Seitdem trägt die Gruft ihren Namen. Es erschien uns nur richtig, auch Euren verlorenen Geliebten hierher zu bringen.«

Ich antworte nicht, versunken in der Geschichte meiner Schwester, die mir bis eben unbekannt gewesen war. Sie hat geliebt. Einen Mann, der nicht zu lieben in der Lage war. Niemanden außer sich selbst.

»Wie heißt Euer Herz?«, fragt die Undine und reibt nun auch den letzten Sarkophag mit dem roten Schlamm ein.

»Ich … weiß es nicht«, gestehe ich stockend.

Die Undine wirkt überrascht. »Nun, dann werden wir ihn weiter den Gesegneten nennen.«

»Wie kam meine Schwester damit zurecht?«, frage ich befangen und schwimme näher, den Blick auf den Sarkophag ihres Liebsten gerichtet. *Narziss*, steht in großen, steinernen Buchstaben auf dem Deckel. Sie hat ihr Herz verloren, so wie ich. Mein Blick wandert zu ihrem Sarg und ihrem Namen: *Loreley.*

»Sie brachte den Sirenen das Singen bei«, lautet die schlichte Antwort.

Als ich es endlich schaffe, mich von dem Anblick der drei Sarkophage zu lösen, bereue ich es, hierhergekommen zu sein. Alles, was vom Hexenjäger übriggeblieben ist, liegt verborgen in dem Sarkophag. Doch es ist nur seine Hülle, nicht das, was ihn ausgemacht hat. Selbst wenn sein Körper unversehrt geblieben wäre, würde das Leben in den Zügen fehlen. Er ist fort und ein Teil von mir mit ihm.

Während die Undine mich zurück zur Oberfläche zieht, begreife ich, dass sie mit ihrer Aussage recht hatte. Dort unten ruht mein Herz. Obwohl ich glaubte, mit ihm all meine Menschlichkeit verloren zu haben, besitze ich sie dennoch. Ich bin weder die Königin noch das Mädchen von einst. Ich bin einfach nur ich, die Summe meiner Erfahrungen und meiner Erinnerungen, weder wahrlich gut noch durch und durch böse. Ich bin ich.

Das Wasser um uns wird heller, schon bald schimmert die Oberfläche über uns. Sonnenstrahlen tanzen auf den Wellen. Ein neuer Tag hat begonnen – so lange war ich am Grunde des Meeres, ohne bemerkt zu haben, wie schnell die Zeit schwand. Bevor wir die Grenze zwischen dem Ozean und dem Himmel erreichen, hält die Undine inne.

»Weiter kann ich Euch nicht begleiten, Königin«, sagt sie im Singsang der Meersprache. »Euer Fluch hindert mich daran.«

»Werdet ihr die Welt außerhalb des Ozeans vermissen?«, frage ich sie aus einem spontanen Impuls heraus.

Ihre tiefgrünen Augen leuchten auf. »Die Schreie, ich werde die Schreie der Seefahrer vermissen, wenn ihre Schiffe an den Klippen zerschellen und wir die Körper zu uns in die Tiefe zerren. Unter Wasser klingen sie anders, die Schreie, nicht so … menschlich.« Mir wird kalt bei ihren Worten, doch scheint sie es nicht zu bemerken.

»Sag mir, Undine, hast du je etwas für einen Menschen empfunden?«

»Nein, Königin.«

»Für irgendjemanden?«

Wieder verneint sie. Ich hebe die Hand und lege sie auf ihre Stirn. Meine Magie beginnt durch sie hindurchzufließen, während die Undine vor Schreck stocksteif wird. Ich suche ihr Herz und fast schon glaube ich, dass ihre Brust leer und kalt ist, als ich den Schlag fühle. Er ist gedämpft und schwach. Ich gebe ihm einen sanften Stups mit meiner Magie, sodass er sich beschleunigt.

»Lerne zu lieben«, flüstere ich, »und du wirst dem Wasser entsteigen können.«

Die Undine zischt.

»Ich kann den Fluch nicht brechen«, erkläre ich und lasse meine Magie aus ihr gleiten, hinaus in den Ozean, auf dass sie all die Meerjungfrauen und Nixen, Sirenen und Undinen finde und ihre Herzen ebenfalls berühre. »Doch ich kann euch eine Chance geben.«

»Wovon sprecht Ihr, Königin?«, faucht die Undine und weicht zurück. Ihre Gesichtszüge wirken plötzlich weniger gefährlich, eher verletzlich. Ihre Hände pressen sich verzweifelt auf die Brust. »Was tut Ihr? Was geschieht mit mir?«

»Eine Chance«, sage ich, »mehr nicht. Ich gebe euch eine Chance.«

Ich spüre, wie meine Magie durch den Ozean fließt, hier und dort die Herzen zum Schwingen bringt. Es fühlt sich gut an. Für einen Augenblick schließe ich die Augen und lausche dem Klang Tausender erwachter Herzen, ehe ich den Segen vollende. »Sollten eure Herzen für das eines Menschen schlagen, so dürft ihr den Ozean verlassen, um innerhalb von sieben Tagen seine Liebe zu erringen. Scheitert ihr jedoch, so seid ihr verloren und der Fluch holt sich, was ihm gehört. Sieben Tage – die ihren Preis haben, denn in dem Moment, wo ihr dem Meer entflieht, verliert ihr euren Gesang. Die Stimme gegen die Liebe.«

Damit lasse ich sie zurück, die Undine und das Volk der Nixen, und strebe der Oberfläche entgegen. Schluchzen dringt an mein Ohr, doch es ist nicht von Traurigkeit, sondern von bitterem Schmerz, erfüllt über all die Jahre, in denen sie verlernt hatten, was es bedeutet zu lieben. Früher konnten sie es. Sie sollen es wieder können.

»Wartet!«, ruft die Undine und greift nach meinem Knöchel. »Bevor Ihr geht, sollt Ihr wissen, dass es uns leidtut. Niemals wollten wir den Tod über die Feen bringen, niemals!«

»Wovon sprichst du?« Das Wasser ist plötzlich eiskalt, das Rauschen der Wellen viel zu laut.

»Wenn wir eine Wahl gehabt hätten … doch die hatten wir nicht! Ein Wunsch ist ein Wunsch!«

»Sprich!«

Sie zittert am ganzen Leib, selbst ihr Schwanz zuckt unruhig, als sie fortfährt zu sprechen. »Als der Gesegnete eine meiner Schwestern fing und ihr das Leben schenkte, da musste sie ihm im Gegenzug einen Wunsch erfüllen.«

»Eine Meerjungfrau, eine echte?«

»War sie so schön, wie alle sagen?«

»Schöner!«

»Schöner noch als unser Gast hier?«

»Hexenjäger«, flüstere ich und erinnere mich an die Fragen der sieben Männer ganz zu Beginn unserer Reise. Ein weiteres Puzzleteil findet an seinen Platz. »Was hat er sich gewünscht?«

Sie zögert und lässt mich los. Langsam weicht sie zurück in die Dunkelheit des Ozeans, vielleicht aus Angst vor meiner Reaktion. Dennoch antwortet sie: »Er hat Euren Tod gewünscht und den Eurer Schwestern. Noch lebt Ihr, aber Wünsche erfüllen sich. Sie erfüllen sich immer.«

Die ewige Wiederkehr

Wie ein göttlicher Hain liegt der Apfelgarten unberührt von dem Feuersturm zwischen den schwarzen Ruinen der Wasserstadt. Die Engelsstatuen sind verschwunden, ebenso die Menschen, die einst die Gassen und Straßen bevölkerten. Sie alle sind dahingerafft vom Feuer, manch einer vielleicht geflohen. Doch im Grunde bezweifle ich, dass die Drachenreiterin auch nur eine Seele entkommen ließ. Wir Feen sind gründlich in unserer Rache.

Ich spaziere auf der Mauerkrone zwischen den schwarzen Stacheln entlang, den Tod auf der einen Seite, das pure Leben auf der anderen, und warte. Anstatt den Zwillingen hinterherzujagen, habe ich der Drachenreiterin eine Nachricht zukommen lassen. Der Hexenjäger hat sich geirrt, als er dachte, die Eishexe wäre die stärkste der verbliebenen Feen, denn obgleich ihre Macht grenzenlos schien, so ist der Hass der Drachenreiterin um ein Vielfaches mächtiger und damit gefährlicher.

Die Stärksten zuletzt. Nun, fast, denn die Zwillinge sind noch frei.

»Hallo, Schwester.«

Ich fahre herum. Da ist sie, ebenfalls auf der Mauer, die steinernen Engel im Halbkreis in den Lüften. Sie grinst und ein böses Funkeln liegt in ihren flammenden Augen.

»Lucia.«

Sie knurrt. »Hast du Spaß, das Werk deines Liebsten fortzuführen? Genießt du es, statt Menschen Feen zu töten? Ich gestehe, dass ich oft darüber nachgedacht habe, es selbst zu tun. Einmal wäre es fast so weit gewesen, während des großen Krieges um die Wasserstadt, doch die Eishexe hat es wie so oft vereitelt.« Sie lacht bitter auf. »Da verfügt sie über eine Macht, die der meinen ebenbürtig ist, und tut nichts, als es hin und wieder schneien zu lassen, als wäre sie die verdammte Frau Holle. Dabei hat sie alle Möglichkeiten. *Hatte* – ich vergaß. Jetzt gehört sie dir, die Magie des Winters. Deshalb hast du mich gerufen, nicht wahr? Weil du das Feuer von mir zurückwillst. Nun, wie hast du es dir vorgestellt? Willst du mich nett bitten und hoffen, dass ich es der Rabenmutter gleichtue und sie dir zu Füßen lege? Oder willst du mich hintergehen, so wie du sie hintergangen hast, die Einzige, die noch an dich glaubte? Ist es das?«

»Ich will euch retten.«

Das Lachen der Drachenreiterin hallt über die schwarzen Ruinen der Geisterstadt. *Geister.* Plötzlich sehe ich die Schatten zwischen den verbrannten Überresten der einstigen Häuser. Sie schweben näher, die Augen leer und zugleich voller Schmerz. Ihr Ende war qualvoll, der Tod keine Erlösung, denn noch sind sie hier, unbegraben und gefangen zwischen den Welten. Da ist niemand, der sie zur Ruhe bettet, so wie niemand die Kinder in den Höhlen des Siebengebirges zu Grabe trug. Mit einem Mal erinnere ich mich an mein Versprechen ihnen gegenüber. Ich versprach ihnen Frieden.

»Und Frieden sollt ihr haben«, flüstere ich in den Wind.

Die Drachenreiterin hält inne, das Lachen verstummt. »Was sagst du da?«

»Frieden«, wiederhole ich und lasse den Blick über all die geschundenen Seelen gleiten, die nach und nach aus den Schatten der Ruinen treten und sich am Fuße der Mauer versammeln. Die Drachenreiterin sieht sie nicht, doch für meine Augen sind sie sichtbar.

»Der Hexenjäger ist tot«, sage ich und ignoriere den scharfen Schmerz, der mir bei diesen Worten durch die Adern fährt, »sein Werk unvollendet. Doch sein Ziel war richtig, wenngleich …«

»Wenngleich was? Es unseren Tod enthielt?«, unterbricht mich die Drachenreiterin scheinbar amüsiert. »Wie rührend deine neue Menschlichkeit ist. Ich kann dich beruhigen, denn ich habe nicht vor zu sterben. So wie ich dir meine Magie nicht einfach überlassen werde.«

Seufzend hebe ich die Handflächen und öffne sie. Flammen tanzen auf ihnen. »Müssen wir das wirklich noch einmal klären? Ich befehlige deine Magie, und selbst wenn all die Engel und das Licht dir bleiben, so verfüge ich über die Macht der zehn anderen Feen. Ich bin so viel mächtiger als du. Wie also, liebe Lucia, glaubst du dich gegen meine Bitte wehren zu können?«

»Oh, das habe ich gar nicht vor.« Das Grinsen wird tiefer, geheimnisvoller. »Und ich streite auch gar nicht ab, dass du unglaublich stark bist. Du hast dabei nur leider eines vergessen.«

»Ach ja?«

»Oh ja.«

»Und das wäre?«

»Deine größte Schwäche, Schwester*herz*.« Die Betonung auf der letzten Silbe lässt mich zusammenfahren. Ich registriere die Genugtuung auf ihren Zügen. »Liebe«, säuselt sie, »ist so erbärmlich und zugleich ungemein nützlich. Denn sie macht dich schwach. So schwach. Nicht wahr?«

Während sie spricht, nähert sich von fern ein mächtiger Schatten, schwarz wie die Nacht. Er kommt schnell näher, zieht fauchend eine Runde, wirbelt Rauch und Asche auf, ehe er krachend im Apfelgarten landet, ein halbes Dutzend Bäume unter sich begrabend. Die Drachenreiterin lacht und springt leichtfüßig von der Mauer hinab. Sie läuft zu ihrem Drachen, tätschelt ihm seltsam sanft den Kopf. Kein Wunder, dass sie sich nur ein Monster zu lieben erlaubt, ein Monster, das unbezwingbar erscheint – eines, das niemals sterben kann, nicht wie Narziss, der Hexenjäger oder Hans.

Als der Drache zurückweicht und dabei noch weitere Stämme abknickt, erkenne ich erst, was er in den Klauen trug und nun unter seinen Pranken liegt. Zwei Körper, der eine in schmutziges Weiß gehüllt, während der andere von schwarzen Federn bedeckt ist.

»Was hast du gedacht, würde mit ihnen geschehen, nachdem du sie ihrer Magie beraubtest?« Spielend leicht zerrt die Drachenreiterin mit der einen Hand die Rabenmutter und mit der anderen die Eishexe in die Höhe. Wie Marionetten, denen man die Fäden gekappt hat, hängen sie da, schlaff und gebrochen. »Sieh dir an, wie erbärmlich sie waren, bevor sie von deiner Magie kosteten. So unendlich schwach. Ganz anders, als ich es war, nicht wahr?« Höhnisch lachend stößt sie ihre Schwestern vor sich her zur Mauer, bis sie vor mir auf die Knie sinken. »Verbeugt euch vor eurer Königin«, spuckt die Drachenreiterin aus und tritt nach der Eishexe. Die sackt zusammen, hebt dann den Kopf, ein Blick voller Leid.

»Was? Keine tränenreichen Entschuldigungen? Nicht einmal ein *Ich hatte keine andere Wahl?* Du enttäuschst mich, Schwester, wo ich mich doch so auf dieses zweite Familientreffen gefreut habe!«

»Was wird das?«, zische ich stattdessen. »Warum sind sie hier?«

»Ist das nicht offensichtlich?«, fragt sie überrascht. »Ich werde sie töten, solltest du dich weigern, meinen Befehlen Folge zu leisten.«

»Du willst sie töten?«

Sie hebt die Brauen. »Höre ich da einen Vorwurf? Sag, Schwester, warst nicht du es, die der Giftmischerin das Leben nahm? Oder das der Meerhexe? Nicht dass ich es bedauern würde, Teufel nein, ich stelle lediglich deine Moral in Frage.«

»Was ist mit dem Fluch?«, entgegne ich, statt auf die Provokation einzugehen. »Wenn du Hand an sie legst, wirst du dahinsiechen wie das Orakel.«

»Ah, ich merke, du hast aufgepasst.« Sie hebt den Arm, als würde sie auf einer Bühne stehen und den finalen Akt ankündigen. Tatsächlich tritt jemand zwischen den Bäumen hervor, breit grinsend wie die Drachenreiterin, die Augen ein loderndes Feuer. »Darf ich dir den Mogul vorstellen? Ach warte, ihr kennt euch bereits.« Sie lacht. Noch lacht sie. »Ich hatte ein langes und sehr interessantes Gespräch mit ihm. Über den Hexenjäger und dich und über das hier.« Der Mogul wirft das blaue Buch – *mein Buch!* – zur Drachenreiterin. »Erst wollte ich nicht glauben, was er erzählte, doch dann las ich darin. Sag, hast du jemals einen Blick hineingeworfen? Nein? Zu schade. Aber mach dir nichts draus, es lohnt sich nicht. Eine gar langweilige Liebesgeschichte ist es. Ohne Happy End natürlich. Im Gegenteil, es endet gar grausam. Zumindest für unser Liebespaar.«

»Wie könnte es auch nicht grausam sein, wo der Mogul ihn getötet hat«, knurre ich.

»Siehst du? Sie hat es verstanden!« Die Drachenreiterin klatscht in die Hände. »Die Lösung ist so einfach, dass es schon fast jämmerlich ist, wie lange die Eishexe danach suchte. Denn das Buch ist zwar hier – doch die Geschichte, das sind wir. Und wollen wir sie verändern oder eigenständig weiterschreiben, so müssen wir es bloß *tun,* verstehst du?«

»Was hast du mit mir vor?«

»Es ist herrlich, einen Gegner zu haben, der einem ebenbürtig ist. Das habe ich lange Zeit vermisst.«

»Ich bin nicht dein Gegner«, widerspreche ich kalt und ahne doch, dass ich auf taube Ohren stoße.

»Natürlich bist du das.« Die Drachenreiterin scheint bester Laune. So euphorisch habe ich sie noch nie erlebt. »Du warst es schon immer.«

»Und was ist er?«, frage ich und zeige zum Mogul, bei dessen Anblick mein Blut zu kochen beginnt. Etwas in mir will ihn töten, sofort! »Beim letzten Mal, als wir hier waren, hast du dich zusammen mit deinen Schwestern gegen ihn gestellt. *Er* ist der Feind!«

»Er ist *dein* Feind, nicht meiner«, korrigiert sie. »Und was das letzte Mal angeht, sieh es als einen winzigen Moment der Schwäche meinerseits.«

»Lucia ...«

»Nenn mich nicht so!«, brüllt sie plötzlich und die Euphorie verschwindet. »Wag es ja nicht!« Sie ballt die Fäuste, das Licht glimmt zwischen ihren Fingern, hüllt sie ein. »Ich bin nicht mehr Lucia. Ich bin nicht mehr dein Kind!«

»Dann benimm dich nicht wie eines!«, brülle ich zurück.

»Du hast ja keine Ahnung!« Sie lacht, plötzlich lacht sie wieder und es ist Bosheit pur, die aus ihr strömt. »Ich hörte, du hast ein neues Kind, das du hüten kannst. Eines, das du ganz knapp aus den Flammen retten konntest. So knapp!« Sie zeigt eine winzige Spanne mit den Fingern, während mein Herz einen Schlag aussetzt. »Schweig du nur«, höhnt Lucia. »Ich habe das Buch gelesen, schon vergessen? Ich weiß alles! Ich weiß, wo du sie hingebracht hast und dass der Schutz der Sieben verwirkt ist. Ein Jammer.«

»Was willst du?«, knurre ich.

»Ah, sieh an. Bist du plötzlich bereit zu verhandeln?« Amüsiert hebt sie die Brauen, während sie das Buch einfach fallen lässt, als sei es wertlos. Sie braucht es nicht, es ist nur ein stummer Zeuge unserer Taten. Eine Art Uhrmacher.

»Was willst du?«, rufe ich erneut.

»Oh, das ist eigentlich ganz einfach. Wobei ... nein, es ist doch etwas kompliziert. Im Grunde ist es eine ganze Liste, doch nur der erste Punkt ist für dich von Bedeutung. Gib mir deine Macht!«

»Wozu?«

»Ernsthaft? Das fragst du noch?« Sie wirft dem Mogul einen knappen Blick zu, der tritt vor und packt die Rabenmutter am Hals. »Ich will dein Ende, doch wenn du stirbst, dann vergeht auch Pandora und das kann ich nicht zulassen. Also habe ich einen Plan und dort, wo du hingehen wirst, brauchst du deine Magie nicht.« Sie grinst hämisch. »Also gib sie mir, bevor noch jemand zu Schaden kommt!«

»Nur über meine Leiche.«

»Woher wusste ich bloß, dass du das sagen würdest? Nun, deine Leiche kommt später – zumindest fast.« Sie kichert. »Aber bist du auch bereit, eine deiner Schwestern zu opfern?« Der Mogul hebt die Rabenmutter an der Kehle hoch. Sie wimmert. Die Eishexe schreit, will sich auf ihn stürzen, doch er schleudert sie einfach fort.

»Jammerschade, wirklich«, ruft Lucia. »Denn wenn du nicht deine Magie opferst, so tötet er erst die eine und dann die andere. Versuch ruhig, ihn aufzuhalten, denn wenn du es tust, werde ich gen Süden fliegen. Über die sieben Berge. Rate doch mal wohin?«

»Wag es ja nicht!«, zische ich und steige in die Lüfte. Meine Flügelspanne ist groß, so viel größer als die der Engel. Sie schießen sofort herbei, umkreisen mich, während die Drachenreiterin immer heller zu strahlen beginnt.

»Gib mir die Magie!«, brüllt sie. »Oder sie werden alle sterben!«

»Tu es nicht!«, japst die Rabenmutter, ehe der Mogul sie mit einem Hieb auf den Kopf zum Schweigen bringt. Er beobachtet uns wachsam.

»Du begehst einen Fehler!«, rufe ich laut, denn ich kann ihr nicht geben, wonach sie verlangt. Doch weder er noch Lucia schenken meinen Worten Glauben. Sie haben einen Plan und er dreht sich allein um ihr Überleben, um nichts anderes. Lucia schreitet zum Drachen.

»Wehe!«, warne ich ein letztes Mal.

»Sonst was?«, knurrt sie und es klingt wie das Grollen des Donners. »Willst du mich töten?«

»Nein.«

»Du bist so jämmerlich«, spuckt sie aus, seufzt dann. »Nun, du lässt mir keine Wahl. Wir werden es folgendermaßen machen: Ich hole die kleine, süße Elle, denn deine Schwestern scheinen nicht Ansporn genug zu sein. Versuch ruhig, mich aufzuhalten, du wirst es nicht schaffen, denn erst musst du an meinen Engeln vorbei. Und selbst wenn du das schaffst, so kannst du sie doch nicht alle retten. « Sie lässt den Rest ungesagt, doch ihr Blick spricht Bände. Sie wird sie töten, so oder so. Meine Schwestern, Elle und jeden anderen, der ihr in den Weg kommt.

»Du lässt mir keine Wahl«, zische ich und stürze vor.

Im nächsten Moment sitzt sie auf dem Drachen. Er wirft den Kopf in den Nacken und steigt auf die Hinterbeine. Die Erde erzittert, als er die Schwingen ausbreitet und sich abstößt. Keine Sekunde später greifen mich die Engel an, während die Drachenreiterin es sich anders zu überlegen scheint und mich ebenfalls angreift, anstatt Elle zu holen. Vielleicht ahnt sie, dass es zu einem Kampf kommen wird, egal ob hier oder am Haus der Sieben. Im Kreis der Engel stehen ihre Chancen besser. Den Angriffen ausweichend, stürze ich dem Himmel entgegen. Ich locke sie hoch und höher, über die Wolkendecke hinaus. Das Grollen des Drachen erfüllt die Luft, sein heißer Atem lässt die Wolken weinen. Feuer und Eis gegen Drachenfeuer und Licht. Wie Blitze zuckt die Magie über das Firmament, zaubert ein Schattenspiel gleich einen Dämonenkrieg auf die Wolken. Ich zerschlage einem Engel die Flügel, während ein zweiter zu Eis erstarrt hinabstürzt und einen dritten mit sich reißt.

Lucia brüllt, lenkt ihren Drachen zu mir. Haarscharf entkomme ich den Krallen, stürze zwischen zwei Engeln hindurch, nur um mich einem weiteren gegenüber zu finden. Meine Hand schießt vor, mitten auf sein Gesicht. Bevor er das Schwert heben kann, frisst ihn der Goldfluch Maries. Die Flügel erhärten inmitten der Bewegung, dann sackt er hinab und verschwindet wie ein sterbender Stern. Zeitgleich fahre ich herum, rufe den Regen, lasse ihn über die Engel fließen und zu Eis erstarren. Es sprengt sie und wie zerstörte Träume stürzen sie vom Himmel zur Erde.

Die Engel fallen, bis keiner mehr da ist, außer dem schönsten von allen, hoch oben auf dem Rücken des Untiers. Die Drachenreiterin strahlt im gleißenden Licht. So sehr sie und ihr Drache auch kämpfen, haben sie doch längst verloren. Ich treibe sie rückwärts über den Himmel. Sie folgen jeder meiner Bewegungen, weil sie nicht anders können, weil ich ihnen nur eine Richtung lasse: hin zum Siebengebirge. Die Spitze des gläsernen Berges, an dessen Grund der schwarze See liegt, rückt in greifbare Nähe. Ich rufe die Raben und sie strömen aus dem dunklen Schacht, der so tief in die Erde führt, dass er endlos scheint. Doch es gibt ein Ende. Für den Schacht, für das Leben und für den Drachen. Die Vögel stürzen sich auf ihn, wohl wissend, was ich erwarte. Und obgleich Dutzende zwischen den mahlenden Kiefern landen und die Luft vom Brechen der Knochen und dem Schreien der Sterbenden erfüllt ist, treiben sie ihn weiter hinab, hin zu dem Schacht.

»Nein!«, brüllt Lucia und kämpft umso härter, als sie begreift, was ich vorhabe, welches Schicksal ich ihr auferlegen will. Die Luft beginnt zu flirren vor strahlender Magie. Sie brennt in den Augen, versenkt die Raben. Es regnet Federn und Blut. Der Drache brüllt, während ich mit bloßen Händen aus seinem eigenen Feuer mächtige Fesseln schmiede.

»Als ihr im Palast der Eishexe über mein Schicksal beraten habt, da wolltest du mich an den höchsten Berg ketten, auf dass ich jeden Morgen und jede Nacht anbrechen sehe«, schreie ich gegen die Laute des Todes und werfe die schweren Eisen um die Klauen des Drachens.

Er sackt herab, taumelt in der Luft. »Wir alle sind unseres Schicksals eigener Schmied!« Einen ehernen Ring schlinge ich um des Drachens Hals. Er kämpft und brüllt und hat doch keine Chance.

»Sah so euer Plan aus? Wolltet ihr beide mich hier verrotten lassen, auf dass ich weder dir noch ihm in die Quere komme, während Pandora euer Spielfeld ist? War das dein Ende für mich?« Ich lese die Antwort in ihren weit aufgerissenen Augen. Zwischen den Händen forme ich eine eiserne Kette, Glied für Glied. Als ich sie hochschwinge, wächst sie weiter und schlingt sich um die Flügel des Drachens, presst sie an seinen Leib. In seinen plötzlich so menschlich wirkenden Augen blitzt etwas auf. Vielleicht Furcht? Dann verliert er den Kampf und sackt in die Tiefe, genau in den geöffneten Schlund des Rabenschachts. Er fällt und die Drachenreiterin mit ihm. Ich schieße vor und greife nach ihrem Handgelenk. Während der Drache unter uns verschwindet, sich überschlägt und Dutzende Balken unter lautem Getöse mit sich reißt, baumelt sie über der Tiefe, nur von mir gehalten. Sie kämpft und schreit, ihr Licht strahlt heller und heller, bis ein gewaltiges Beben verrät, dass der Drache am Grund aufgeschlagen ist. Sie erschlafft. Einfach so, als wäre sie auf einmal aller Kraft beraubt. Ihr Licht stirbt, es erlischt. Sie hängt regungslos und still da. Erst glaube ich, sie sei ohnmächtig geworden, bis ich erkenne, dass sie weint.

»Was hast du jetzt mit mir vor?«, fragt sie rau, den Blick noch immer auf den schwarzen Schlund unter uns gerichtet.

Ich antworte nicht sofort, sondern kämpfe gegen das berauschende Gefühl des Sieges. *Ich bin mächtig. So unglaublich mächtig.*

»Er ist mehr als ein Drache«, flüstert sie unter Tränen und sieht endlich zu mir auf. Als ich den Schmerz in ihren Augen erblicke, verebbt das Gefühl der Macht so rasch, dass ihre Hand beinahe durch meine Finger gleitet. Sie keucht, klammert sich an mich.

»Was …?«

Doch mir ist nicht nach Reden, nicht nach dem, was sie mit mir vorhatte und was sie der Eishexe und der Rabenmutter antun wollte. Und Elle. Sie wollte Elle töten. Sie hätte es getan. Ich habe ihr einmal verziehen, ich kann es nicht wieder. Nicht jetzt und nicht in diesem Moment. Mit der zweiten Hand greife ich nach dem schwarzen Mal, das gerade so unter der Schuppenrüstung hervorblitzt. Es ist nur ein kleiner Ruck, ein spitzer Schrei, dann ist es ab.

»Wo ist der Spiegel?«, frage ich.

Doch sie wimmert nur leise.

»Wo ist er?«, wiederhole ich.

»Was …«

»Wo ist er? «, brülle ich nun und der gläserne Berg erzittert beinahe.

»Er hat ihn, der Mogul!«, antwortet sie schluchzend. Es ist, als wäre die harte Schale aufgeplatzt und das verletzliche Innere nach außen gekehrt. Da ist keine Wut mehr und kein Hass, ja nicht einmal diese schreckliche Euphorie, die ihr so seltsam stand. Da ist nur noch Lucia, das Kind. Doch mein Herz ist aus Stein.

»Lucia Sternenkind, ich verbanne dich an den Grund des gläsernen Berges.« Sie will mich unterbrechen, da hebe ich die Stimme und spreche den Fluch, der sie auf ewig in ihre eigene Hölle bannen wird. »Du wirst an den schwarzen See gebunden sein, dort, wo die Schwäne ihre Runden ziehen, doch niemals zu einem von ihnen werden, denn du wirst leben, all die Jahre wirst du leben und nie wieder die Wärme des Sonnenlichts spüren, denn es ist dir und deinem Drachen verwehrt, an die Oberfläche zurückzukehren. Nur einmal in tausend Jahren dürft ihr für eine Nacht ausbrechen und über die Lande ziehen, Feuer speien, toben und zerstören. Sobald aber der Morgen anbricht, werdet ihr zurückkehren in das Gefängnis unter dem Berg und ein weiteres Jahrtausend warten.«

»Nein«, haucht sie, dann brüllt sie, kämpft und tobt. Doch ich bin noch nicht fertig.

»Und ich nehme dir dein Licht.« Meine Hand gleitet an ihre Stirn, zieht die Magie heraus, die sie besaß, bevor sie sich an meiner labte. Ich entreiße ihr alles, bis auf einen winzigen Funken, den sie fortan im Herzen tragen wird. Als Erinnerung an das Mädchen, dass sie einst gewesen ist und vielleicht … vielleicht kann sie es irgendwann wieder sein. Auch wenn ich die Hoffnung verloren habe.

Das gestohlene Licht forme ich zu einem strahlenden Stern und setze ihn an den Himmel. Dort wird er stehen und über den Morgen sowie den Abend wachen. Er wird auf ewig an sie erinnern.

Lucias Brüllen verebbt, geht über in haltloses Schluchzen. Es ist seltsam, die Drachenreiterin so schwach zu sehen. Schwach und menschlich, all das, was sie hasst.

»Sei dankbar«, sage ich leise und streiche ein letztes Mal zärtlich über den kahlen Kopf. »Ich gestehe dir mehr zu, als ihr mir gabt, denn du wirst nicht allein sein in deinem Gefängnis. Und du wirst wissen, dass es endlich ist, dass du nach tausend Jahren auferstehen kannst.« Meine Hand zittert und ehe ich es mir anders überlegen kann, lasse ich los. Getragen in einem Wirbel aus schwarzen Federn gleitet sie hinab in den Schlund. Sie sieht zu mir auf, die Augen stumpf, und löst selbst dann nicht den Blick, als ich den Schacht mit einer dicken Schicht Eis verschließe und das Licht für immer aus ihrem Leben banne.

»Leb wohl«, flüstere ich, dann kommen auch mir die Tränen.

Wunschlos

Tick, tack. Tick, tack.

Die Zeit verrinnt, selbst wenn die Uhren sie nicht zählen und da kein Uhrmacher mehr ist, der über sie wacht. Die Zeit der Feen neigt sich dem Ende und mit ihr die Pandoras. Bevor ich zurück zum Mogul kehre, suche ich eilig die Uhrmacherwerkstatt in den Ruinen auf, denn ich brauche eine letzte Antwort, bevor ich ihm gegenübertrete. Doch als ich vor dem unbeschädigten Laden erscheine und die Tür aufstoße, bemerke ich sofort, dass er nicht da ist. Der kleine Verkaufsraum liegt verlassen da, die Theke ist verwaist. Selbst in der Werkstatt ist niemand und auch im Obergeschoss herrscht absolute Stille. Ich kann mir nicht vorstellen, dass die Drachenreiterin ihn getötet hat, denn als ich mit ihr kämpfte, da lebte er noch. So wie der Laden wird auch er überlebt haben. *Bis zum nächsten Vollmond.*

Mit eiligen Schritten verlasse ich das letzte stehende Gebäude der Wasserstadt und will gerade den Ring drehen, um mich zurück zum wartenden Mogul und meinen Schwestern zu zaubern, als ich zum Himmel blicke und verharre. Der Abend graut, die ersten Sterne blinken, der Mond ist noch nicht aufgegangen. Nur der Stern Lucias strahlt vom Firmament zu mir nieder, heller als alle anderen. Und plötzlich erkenne ich, dass der Uhrmacher schon davon wusste, dass ich ihr Licht als Stern an den Himmel stellen würde.

»Du gabst ein Versprechen. Denk an den Mond und denk an die Sterne in all ihrer Pracht. Denn es wird der Moment kommen, an dem du erneut ein Versprechen geben kannst. Dann erinnere dich an dieses Kleid und vielleicht … gefällt dir der Gedanke.«

Denk an die Sterne.

Ich sehe zu Lucias Licht und glaube endlich zu verstehen. Gleichzeitig erfüllt mich eine seltsame Ruhe. Er hat es gesehen und war mir nicht böse. Im Gegenteil hat er mich sogar bestärkt, meinen Weg zu gehen und Entscheidungen zu treffen. Ich habe Lucia verbannt an den Grund des Berges, und obwohl es mein Herz zerreißt, hätte ich ihr viel Schlimmeres antun können. Ich hätte ihr den Drachen nehmen können, oder ihr Leben. Aber ich tat es nicht.

Nun gilt es den Mogul zu richten. Doch ich weiß nicht wie.

Schnell folge ich dem Lauf der zerstörten Gasse, anstatt mich mit dem Ring dorthin zu zaubern. Es gibt mir einen winzigen Moment mehr Zeit, um mir Klarheit zu verschaffen. Während ich durch die verschütteten Straßen haste, bemerke ich plötzlich, dass ich nicht mehr allein bin. Von überall her kommen sie, die Gesichter blass und durchscheinend, die Augen leer und doch voll Leid.

»Ist sie fort?«, fragt mich der Geist des kleinen Jungen, der noch vor wenigen Tagen das Schwein an der Leine führte und mir den Weg zur Pforte des Apfelgartens wies.

»Ist sie fort?«, fragt auch eine Frau, die Hand auf seiner Schulter.

»Wer?«, frage ich zurück und drehe mich im Kreis. Sie sind überall, umringen mich und scheinen etwas von mir zu erwarten, das nur ich ihnen geben kann.

»Die Hexe mit dem Drachen«, antworten die Geister im Chor. »Ist sie fort?«

Ich nicke und plötzlich sind sie weniger deutlich, als wäre ihnen eine Fessel genommen, die sie an dieses Leben bindet.

»Das ist gut«, sagt der kleine Junge und nickt. »Das ist sehr gut.«

»Dann kann sie uns nicht mehr wehtun«, sagt die Frau.

»Niemandem mehr«, sagen die anderen Geister und ich schweige. Besser, wenn sie die Wahrheit nicht erfahren, wenn sie nicht wissen, dass sie in einem tausendjährigen Rhythmus wiederkehren wird. Was würde ihnen das Wissen schon bringen? Nichts außer Leid. Und vielleicht würde es sie hindern, endlich Frieden zu finden. So wie die Geister unter den Bergen. Die Toten.

»Sagt, ist er auch hier?«, frage ich und suche zwischen ihnen nach dem einen Gesicht. »Ist auch er ein Geist?«

Sie zischen, weichen zurück. »Was hast du gesagt?«, flüstert die Frau und krallt ihre durchscheinenden Finger fester in die Schulter des Geisterjungen. Da erinnere ich mich und begreife den Fehler. Sie wissen zwar, dass sie tot sind, doch sie vergessen es. Sie verdrängen es so gut, dass es sie jedes Mal erneut umbringt, wenn sie daran erinnert werden.

»Nicht!«, rufe ich, da zerstäuben sie schon in alle Himmelsrichtungen, fort von mir. Nur der kleine Junge bleibt. Tränen laufen ihm über die Wangen.

»Ich wusste, dass etwas nicht mit mir stimmt«, flüstert er erstickt, dann schluckt er und wird plötzlich ernst. »Du suchst den Uhrmacher, nicht wahr? Doch er ist nicht wie wir. Er lebt noch.«

»Wo ist er?«

»Wer weiß das schon«, murmelt er und wendet sich dem Gehen zu.

»Warte!«, rufe ich und tatsächlich hält er inne. »Und der Hexenjäger? Ist er …?«

Der Geist schüttelt nur den Kopf, dann verschwindet er und ich bleibe allein in der Gasse zurück, mit Tausenden Fragen, die ich selbst in weiteren tausend Jahren nicht beantworten könnte. Denn wie kann ich schon herausfinden, was mit ihm geschah? Ihm, dem echten Menschen, der in dieser Geschichte starb, die nicht die seine ist. Er gehörte nicht hier her. Ein Fremdkörper, ein Mensch aus Blut zwischen Hunderten aus Tinte. Das ist meine Frage: Was geschah mit ihm? Ist er zurück in seiner Welt? Oder starb er endgültig? Denn wenn er kein Geist ist, wieso kann ich ihn dann sehen? Wieso finden sich seine Spuren zwischen den Seiten des Buches, obwohl er es mit seinem Tod verlassen haben sollte?

Fragen über Fragen. Und der Uhrmacher ist nicht da, um mir zu helfen. Ich bin allein. Ich muss entscheiden, wie ich den Mogul richten werde für das Verbrechen an seinem Bruder. Ein Verbrechen, dessen Ausmaß ich nicht einschätzen kann.

Während ich zurück zum Garten eile, versuche ich mir einen Überblick über das Spielfeld zu verschaffen: der Mogul hat seine Königin verloren und ich meinen König. Doch obwohl das Spiel verloren ist, gebe ich nicht auf. Es sind nur noch wenige Züge bis zum Ziel.

Bis zum Ende.

Und wenn sie nicht gestorben sind … So enden die Märchen, doch nicht das unsere.

Ich erreiche die Mauer, die den Garten umschlingt, und auf einen Wink meiner Hand bilden sich Stufen aus Eis, die mich auf die Mauerkrone tragen. Kaum betrete ich die oberste, als ich die Wüste rieche. Der Mogul lacht, die Eishexe schreit, dann schluchzt sie nur noch. »Hilf ihr!«, ruft sie, als sie mich erblickt.

In den Armen des Moguls liegt die Rabenmutter, seltsam bleich und leblos. Er leckt sich die Lippen, wie nach einem hervorragenden Mahl. Die Eishexe wimmert, als er Täubchen einfach fallen lässt. Ein Haufen aus Federn und nackten Armen.

»Täubchen«, flüstere ich und springe hinab.

Der Mogul weicht zurück, die Augen dunkel vor Verlangen. »So siegt die eine über die andere«, sagt er langsam. »Sag, hast du sie getötet, kleine Fee? Sie und ihren Drachen? Oder ist dein Herz so weich geworden, dass du ihr das Leben geschenkt hast?«

Anstatt zu antworten, entweicht mir ein bedrohliches Knurren, entsprungen der tiefsten Stelle meiner Seele. Ich knie neben Täubchen nieder, halte ihre kalte Hand in meiner und kann doch nichts mehr für sie tun. Weil ich zu spät bin, weil ich einen Blick in die Uhrmacherwerkstatt geworfen habe und den Uhrmacher etwas fragen wollte, dessen Antwort dem Mogul helfen sollte. Ich wollte einen Grund finden, ihn zu verschonen, ihn, den zweiten echten Menschen! Doch er ist kein Mensch, er ist ein Monster und Täubchen ist tot. Sie sieht unheimlich friedlich aus, ihre Züge sind entspannt. Ich erinnere mich daran, wie sanft der Tod durch seine Hand ist. Und trotzdem, sie ist tot.

»Magie«, säuselt er, »ist kein Vergleich zu den Lebensenergien der einfachen Jungfrauen. Wusstest du, dass sie noch Jungfrau war? Nein? Nun, es scheint niemals einen Mann in ihrem Leben gegeben zu haben. Zu schade, so hat sie nie die wahren Freuden der Liebe kennengelernt. Aber was macht das schon, schließlich hat sie ja nicht wirklich gelebt.«

»Und das gibt dir das Recht, sie zu töten?«, zische ich.

»Wie kann sie sterben, wenn sie doch gar nicht lebte?«, hält der Mogul zwinkernd dagegen und setzt sich auf einen der umgekippten Bäume. Er schlägt die Beine übereinander und holt die goldene Öllampe hervor. Beinahe zärtlich reibt er darüber. »Du hast es immer noch nicht verstanden, kleine Fee. Diese Welt mit all ihren Geschöpfen, deine Schwestern und selbst du, ihr seid nicht echt. Nicht wie ich.«

Ich finde den Blick der Eishexe. Sie schüttelt vage den Kopf. *Glaub ihm nicht,* sagt sie stumm. *Glaub ihm kein Wort.*

»Warum bist du dann hier?«, frage ich langsam und versuche ruhig zu bleiben, den Zorn zu kontrollieren. »Wenn doch nichts echt ist, wieso willst du dann *dieses Leben* so unbedingt?«

Ohne den Blick von der Lampe zu heben, antwortet er: »Im Gegensatz zu dir bin ich wirklich.«

»Auch hier?«

»Es ist nicht der Körper, sondern der Geist, kleine Fee, der Geist ist es. Und mein Geist ist hier, ganz gleich, in welchem Körper ich geboren wurde. Mein Geist ist frei und wirklich, während deiner nur das Produkt der Fantasie meines Bruders ist. Du bist so, wie er dich geschaffen hat. All deine Ängste und Hoffnungen, ja sogar deine Träume stammen von ihm.«

»Das stimmt nicht! Denn erinnere dich, als er das Buch wegschloss, da lebte ich weiter, alles hier lebte.«

Der Mogul steht auf und kommt näher, ein spöttisches Funkeln in den Augen. Er grinst. »Du magst vielleicht so etwas wie ein Eigenleben entwickelt haben und mit dir diese Welt, doch sie«, er zeigt zur Eishexe, »ist nur ein Statist. Sie alle wurden einzig und allein geschaffen, um deine Geschichte zu bevölkern. Ohne dich und deine Magie wären sie nichts. Sie sind nichts, vor allem nicht *lebendig.*« Seine Finger streichen kurz über mein Kinn. Das Grinsen auf den Lippen wird breiter. »So wie du nichts ohne die lebhafte Fantasie meines Bruders wärst. Der im Übrigen das Buch niemals weggeschlossen hat.«

»Was? «

»Du hast es geglaubt, nicht wahr?« Seine Augen werden groß vor Belustigung, dann wird er ernst. »Und dennoch hast du ihm verziehen.

Du hast ihm vergeben, obwohl du dachtest, dass er dich vergessen hätte, wie etwas völlig Unwichtiges, wie ein Stück Dreck.« Er lacht, aber es klingt irgendwie hysterisch. »Und obwohl du glaubtest, er habe dich zu dem Monster werden lassen, das du vor all diesen Jahren warst, hältst du noch immer zu ihm – weil du ihn liebst.«

»Was meinst du damit, er hat es nie weggeschlossen?«, frage ich scharf.

»Na, dass er es nicht tat. Sondern ich! Ich nahm es ihm weg und versteckte es, damit er sah, wie es ist, wenn man das verliert, was einem alles bedeutet!«

»Du?«, bringe ich mühsam hervor. »Aber warum?«

Seine Züge spannen sich an. Er wirkt plötzlich so verletzt, gleichzeitig unendlich wütend.

»Er hatte alles! Und ich? Ich hatte nichts! Denn stell dir vor, kleine Fee, so wie du mich hier siehst, so bin ich in Wirklichkeit nicht. Nein, denn in dem Winter, in dem unsere Eltern starben, da starb auch ein Teil von mir! Hast du je vor Kälte geweint und geschrien, so lange, bis du nicht mehr schreien konntest? Stell dir vor, ich weiß, was Schmerzen sind, wahre Schmerzen, die einem den Verstand und die Beine rauben.« Er lacht rau und heiser. Ich höre den Schmerz in seiner Stimme, und obwohl ich nicht will, empfinde ich Mitleid. »In diesem Winter vor so vielen Jahren, verlor ich nicht nur meine Eltern an die Kälte, sondern auch meine Beine! Dein Hexenjäger jedoch überlebte unversehrt. So ist das Leben, kleine Fee, es ist ungerecht. Es bevorzugt manche Menschen und andere behandelt es wie ein Stück Dreck!«

»Deshalb …«

»Ja, deshalb will ich unbedingt hier sein, hier in dieser Welt! In der ich alles sein kann, aber vor allem eines: lebendig! Das erscheint dir paradox, nicht wahr?« Sein Lachen erstirbt und langsam weicht er wieder zurück zu dem Baumstamm. »Glaub mir, manchmal verstehe ich mich selbst nicht und doch weiß ich eines ganz genau: ich kann nicht zurück, nicht mehr, nachdem ich die Freiheit gekostet habe. Nachdem ich wieder *laufen konnte* und tanzen und lieben. Sieh dich um! Pandora ist ein Geschenk Gottes, es ist eine zweite Chance! Und er, er wollte es zerstören! Er wollte dich zerstören und das nur der Kinder wegen, die der Nixe zum Opfer fielen. Ich meine, wer sagt denn, dass es erneut passiert? Vielleicht war es eine einmalige Abnormität.« Er sinkt auf den Baumstamm, die Lampe noch in den Händen. »Weißt du«, sagt er plötzlich sehr leise, »es ist nicht so, als ob mir der Tod dieser Kinder egal wäre. Ich kannte sie gut. Manchmal glaube ich, dass Kinder die Einzigen waren, die mich so akzeptierten, wie ich nun mal war. Sie verachteten mich nicht für meine Behinderung.«

Ich weiß, möchte ich sagen, denn so ging es mir in all den Jahren, so ging es uns allen. Doch ich schweige und warte darauf, dass er fortfährt. Er lässt nicht lange darauf warten. Es ist, als habe er plötzlich seine Schleusen geöffnet und die Worte müssten hinaus.

»Wir werden nie verstehen, wie das hier möglich ist, oder?« Fragend sieht er mich an, mit Tränen in den Augen. »Ich meine diese ganze Welt und dich und wie ich hierherkam. Das alles ist so *unbegreiflich* und es gibt niemanden, der uns die Antworten auf all diese Fragen geben kann. Vielleicht sind *wir* auch einfach die Abnormität des Lebens, kleine Fee. Du und ich und er …« Seine Stimme bricht. »Ich wollte ihn nicht töten, nicht wirklich.«

Meine Kehle schnürt sich zu. Ich kann kaum atmen. »Trotzdem hast du es getan.«

Die Hand der Eishexe schiebt sich in meine. Sie spendet mir Trost, schon wieder, obwohl ich sie betrogen und bestohlen habe. Dankbar drücke ich ihre Finger, halte mich an ihr fest, während der Bruder des Hexenjägers vor uns weint.

»Wieso hast du sein Buch versteckt?«

»Weil er seine Jahre an der Seite eines Krüppels verschwendete, anstatt zu leben«, lautet die schlichte Antwort. Das Feuer in den Augen des Moguls ist fast verloschen. Nur eine zarte Glut erinnert daran, welche Kraft in ihm lodert. »Ich wollte, dass er endlich in die Welt geht, sich eine Zukunft aufbaut, anstatt bei mir zu verrotten. Also nahm ich ihm das, von dem ich wusste, dass er es mir niemals verzeihen würde. Ich nahm ihm dich.«

»Woher wusstest du, dass …«

»Dass er dich liebt? Er ist mein Bruder. Ich kenne ihn und weiß, dass er seine Seele verkauft hätte, um bei dir zu sein. Vielleicht hat er das sogar, wer weiß das schon.« Einen Moment blickt er nachdenklich zu Boden, dann fährt er fort und mit jedem Wort, das er sagt, fühle ich mich erschöpfter. »Ich versuchte ihn zu überreden, in die Stadt zu ziehen, ein Studium aufzunehmen, sich zu verlieben und eine Familie zu gründen. Doch er wollte mich nicht allein lassen, weil er sich mir verpflichtet fühlte. Manchmal glaubte ich in seinen Augen zu sehen, dass er mich dafür hasste. Weil ich überlebt hatte und ihm ein Klotz am Bein war. Bis ich begriff, dass es kein Hass, sondern Mitleid war, *weil ich selbst mich hasste*. Weißt du, kleine Fee, der Hass eines anderen Menschen ist so viel leichter zu ertragen als sein Mitleid. Und so brachte ich ihn dazu, kein Mitleid mehr für mich zu empfinden.« Er hebt den Blick und sieht mich ausdruckslos an. Die Stimme ist hohl. Alles an ihm ist plötzlich gefährlich ruhig. Er hat alles verloren. Nur diese zweite Chance ist ihm geblieben. »Deine Augen erinnern mich an ihn. Du bist ihm so ähnlich, kleine Fee. Du empfindest auch Mitleid für mich, aber glaube mir, das will ich nicht. Dein Hass ist mir lieber.«

Ich beiße mir auf die Lippen. Die Finger der Eishexe krallen sich in meine Schulter.

»Nicht«, flüstert sie, da strecke ich schon die Hand nach ihm aus. Es ist nur eine einfache Geste und doch reicht sie, um einen Sturm in ihm zu entfachen. Das Feuer lodert in seinen Augen, die Hände entflammen und das dunkle Knurren aus seiner Kehle flutet den Garten.

»Das Herz ist deine größte Schwäche, kleine Fee! Denn du begreifst nicht, dass, egal wer ich einst war, ich heute jemand anderes bin. Als ich nach Pandora kam, war ich menschlich und schwach, doch ich fand die Lampe und mit ihr erfüllten sich meine sehnlichsten Wünsche. Alles hat seinen Preis. Hast du nicht all die Leichen gesehen, die Frauen, die ich töten musste, um in dieser Form existieren zu können? Selbst deine Schwester. Sieh hin, sieh sie dir an. Sie ist tot. Weil ich sie tötete. Ah, da ist er ja wieder, der Hass in deinen Augen. Sagte ich nicht, dass er mir lieber ist?« Seine Worte dringen mir durch die Haut, der Schmerz über Täubchens Verlust ist nur ein winziger Bruchteil dessen, was ich fühle. In mir tobt ein Sturm und wäre da nicht die Hand der Eishexe, mein Anker, mein Halt, so würde ich explodieren und alles mit mir reißen. *Ich würde ihn töten, in winzige Stücke zerfetzen und über die Welt zerstreuen, so wie die Bruchteile der gefallenen Engel.* Doch die Eishexe hält mich fest. Sie hält mich.

»Sieh an, so viel Selbstkontrolle hätte ich dir gar nicht zugetraut.« Der Mogul hebt die Arme. Ein Tornado aus Flammen und Sand reckt sich gen Himmel. Weit hinten am Horizont geht die matte Scheibe des Mondes auf. Er ist noch nicht rund. Ein winziges Stückchen fehlt. Morgen erst ist er vollkommen. Doch morgen bin ich nicht mehr.

»Willst du mich nicht aufhalten? Ich sehe es in deinen Augen! Du hasst das Scheusal, das ich bin. Komm, kleine Fee, töte mich, töte das Monster, das ich bin! Töte mich!«

Plötzlich erkenne ich, dass er genau das will. Weil er, auch wenn er versucht, mich das Gegenteil glauben zu lassen, mit der Schuld nicht leben kann. Ich erkenne es in seinem Gesicht, höre die Verzweiflung in der Stimme. Mir kann er nichts vorspielen, denn niemand kennt sich besser mit der Schuld aus als ich. Sie zerfrisst ihn. So wie sie mich zerfressen hat und es noch immer tut.

Mit dem Tod all der Jungfrauen konnte er leben, weil er sich einredete, dass sie nichts weiter als Statisten in einer Geschichte seien. Doch der Hexenjäger, sein Bruder, war echt und er hat ihn getötet.

Der Mogul brüllt. Die flammende Sandhose stürmt auf uns zu. Die Eishexe an meiner Seite keucht. Kurz bevor der Sturm uns erreicht, wächst eine dichte Rosenhecke in die Höhe, schirmt uns ab und der Sand zerstäubt. Haruko und Akiko treten hinter den Apfelbäumen hervor, die Hände ineinander verschlungen.

Der Mogul wimmert, dann bricht er weinend zusammen. All seine vorgetäuschte Bosheit ist aufgebraucht. Er hat einen Fehler begangen und muss damit leben, denn ich werde ihn nicht töten. Ich kann es nicht. Zu viele Tote lasten auf meiner Seele.

Langsam löse ich mich aus der Umklammerung der Eishexe und trete zu ihm. Die Arme um den Körper geschlungen, kniet er da und weint. Neben ihm im Gras liegt die goldene Lampe. Sie schenkte ihm Macht, die er nicht kontrollieren konnte, die am Ende ihn kontrollierte und zu einem Monster werden ließ, das er niemals hatte sein wollen. Ich beuge mich vor und wickele den Turban von seinem Kopf. Er wehrt sich nicht.

»Es tut mir leid «, flüstert er immer und immer wieder. »Verzeih mir, bitte verzeih mir.«

Meine Hand versinkt in seinem Haar, das dem des Hexenjägers so unendlich ähnlich ist. Kurz schnürt es mir die Kehle zu, aber ich zwinge mich, stark zu sein.

»Du musst dir selbst verzeihen«, sage ich und spreche den Zauber, der ihn auf ewig von seiner jetzigen Existenz befreit. Ich erlöse ihn, auch wenn ich ihn weder töten noch zurückschicken kann. Was ich ihm biete, ist eine Chance und eine Strafe zugleich.

Vor meinen Augen löst er sich zu feinem Wüstensand auf, er zerfällt, das Schluchzen verebbt, dann greife ich nach der Öllampe, den Beginn seines Falls, und sperre ihn hinein.

»Du wirst ein Dschinn sein«, sage ich leise, »und zu all jenen finden, die deine Hilfe brauchen. Du wirst ihnen drei selbstlose Wünsche erfüllen. Bringe Glück, mein Freund. Vielleicht kannst du auf diese Weise Frieden schließen.« Die Lampe leuchtet auf, ehe sie stillhält. Nur eine eigentümliche Wärme verrät, dass sie keine gewöhnliche Lampe ist. »Du wirst nie wieder frieren müssen«, flüstere ich und bette das goldene Gefäß auf dem Teppich, der verwaist daliegt. Kurz darauf verschwindet er samt seiner kostbaren Fracht. Sie werden in einem schwarzen Schloss auf der anderen Seite des Siebengebirges auftauchen und vielleicht wird sich die Prinzessin diesmal etwas Gutes wünschen. Mein Abschiedsgeschenk an sie.

Dort wo der Teppich lag, kommt der Spiegel der Drachenreiterin zum Vorschein. Ich nehme ihn an mich. Es ist noch nicht vorbei.

Frühling, Sommer, Herbst und Winter

Neun Schwäne ziehen ihre Kreise auf dem Weiher im Apfelgarten. Acht weiße und ein schwarzer. Ich konnte sie nicht retten, doch ihren letzten Wunsch habe ich erfüllt. Zusammen mit unseren sieben Schwestern und dem verlorenen Bruder wird Täubchen als Schwan auf ewig fortbestehen und unvergessen bleiben. Der kleinste von allen trägt eine goldene Krone auf dem Haupt: Odette, dicht gefolgt von Gretchen und Hans, dahinter Loreley, Eva, Kassandra, die stumme Lise und Marie. Ich habe sie aus der Dunkelheit des Rabenberges befreit, der nun als Gefängnis der Drachenreiterin dient, und sie hier mit dem schwarzen Schwan der Rabenmutter vereint.

Haruko und Akiko sitzen neben der Eishexe auf der Bank und sehen schweigend den Schwänen bei ihrem Tanz auf dem Wasser zu. Um uns herum hocken überall Raben, auf den Bäumen und der Mauer, den Rosenbüschen und Sträuchern, selbst auf dem Boden. Sie erweisen der Rabenmutter die letzte Ehre. Ich habe sie freigegeben. Sie können zurück in ihr altes Leben, wieder ein Mensch sein oder mit den anderen Vögeln in Schwärmen um die Welt ziehen, heimatlos und ohne Rast. Doch ich bezweifle, dass sie das tun werden. Sie sind keine Zugvögel, aber auch keine Menschen mehr. Vielleicht werden sie ein neues Zuhause suchen, womöglich die Burg auf den Klippen. Als sie den Spiegel des Rattenbiestes holten, blieben einige von ihnen dort. Das alte Gemäuer scheint ihnen zu gefallen. Mir gefällt der Gedanke, dass es mit Leben gefüllt ist.

Wie auf ein stilles Kommando erhebt sich der Schwarm schweigend in die Lüfte. Kaum ein Laut ist zu hören, nur das sanfte Rauschen der Flügel. Für einen winzigen Moment verdunkeln sie den Himmel, ehe sie am Horizont verschwinden. Einzig die schwarzen Federn, die hier und da zu Boden fallen, erinnern an ihre Anwesenheit.

Ich löse den Blick von dem Weiher und sehe zum Mond. Morgen schon wird er sich runden und plötzlich habe ich wieder die Worte des Uhrmachers im Sinn, als wir über mein Kleid sprachen, das wie ein Stück des Himmels schien.

Ich hoffe auf den nächsten Vollmond, hat er gesagt und ich weiß, worauf genau. Als ich die Hand hebe und die Magie den Garten füllt, finde ich endlich Frieden mit meinen Schwestern. Meine Finger strahlen fast so hell wie Lucias Stern am Firmament, ehe das Leuchten auf die Schwäne sinkt und sie mit einem Segen umschließt. Ich kann sie nicht wiederbeleben, aber meine Macht reicht aus, um ihnen einen Traum zu ermöglichen. Immer wenn der Mond sich rundet und Lucias Stern am Himmel erstrahlt, werden die Schwäne ihre wahre Gestalt annehmen und eine Nacht lang wird es sein, als wären sie nie gestorben, so lange, bis der Stern den Morgen ankündigt und die Nacht vergeht. Dann werden sie wieder als Schwäne ihre Kreise ziehen. Bis zum nächsten Vollmond. Bis zur nächsten Zaubernacht.

»Du kannst ihm Lebewohl sagen«, flüstere ich Kassandra zu.

»Warum tust du das?«, fragt die Eishexe und tritt zu mir.

»Wiedergutmachung«, antworte ich. »Diese Nacht ist alles, was ich ihnen noch geben kann.«

»Und was geschieht nun?« Sie greift erneut nach meiner Hand, und ich fühle mich wieder wie das kleine Mädchen, das ihr durch den finsteren Wald folgte.

»Ich möchte, dass du das hier nimmst und sicher verwahrst.« Ihre Augen weiten sich überrascht, als ich ihr das blaue Buch hinhalte, das die Drachenreiterin weggeworfen hat. »Es enthält all unsere Geheimnisse, die guten wie die schlechten. Es ist eine schrecklich traurige Geschichte, denn sie hat kein Happy End, kein richtiges zumindest. Aber ich finde, dass einige von ihnen eines verdient haben.« Ich öffne die Hand. Auf ihr liegt ein gläserner Füller aus Eis, gefüllt mit meinem Blut. Ich weiß, dass sie damit die Seiten füllen kann. Mein Blut ist die Tinte, aus der diese Welt geschaffen ist. »Schreib ihnen ein Happy End.«

»Aber …« Das Gesicht der Eishexe wird bleich. »Warum ich?«

»Weil niemand sonst die Buchstaben und Wörter so sehr liebt, wie du es tust. Ich kann mir keinen besseren für diese Aufgabe vorstellen als dich.« Ich schließe ihre Finger um das kalte Glas des Füllers und lächele sie an. »Ich weiß, dass du nicht allen ein Happy End geben kannst, denn manche von ihnen sind verloren. Aber Erinnerungen kannst du ihnen schenken, Momente des Glücks.«

Sie nickt. Eine einzelne Träne rinnt über ihre Wange. Ich wische sie weg.

»Nur eines musst du mir versprechen.« Ich sehe sie flehend an. »Mein Ende möchte ich selber schreiben. Verändere es nicht.«

»Ich verspreche es«, antwortet sie nach langem Nachdenken, dann schließe ich sie in die Arme und sage ihr Lebewohl. Wie ihre Zukunft aussehen mag, weiß nur sie allein.

Sie zögert, zieht dann auch die Zwillinge in eine Umarmung, ehe sie dem Apfelgarten und ihrem alten Leben entflieht. Fast beneide ich sie um die Möglichkeit eines Neuanfangs, der mir verwehrt bleibt, denn auch wenn der Mogul und die Drachenreiterin besiegt sind, bleibt die Mission des Hexenjägers bestehen. Die Rettung seiner Welt durch die Vernichtung der Feen – und die letzten drei befinden sich in diesem Garten.

»Wieso seid ihr hier?«, frage ich und drehe mich zu den Zwillingen um.

Akiko lächelt matt. »Wir sind es müde, davonzulaufen.«

»Wir wollen Frieden«, sagt Haruko.

»Also tu, was auch immer du tun musst.«

Ich blicke zwischen ihnen hin und her, dem Frühling und dem Herbst, und ahne, dass das, was ich ihnen vorschlage, einer von beiden das Herz bricht.

»Ich brauche meine Magie zurück«, beginne ich und obwohl sie versuchen, tapfer zu sein, sehe ich die Furcht in den Augen aufblitzen. »Denn wenn ich es nicht tue, wird eine andere Welt in Gefahr sein und das kann ich nicht zulassen.« *Wenn ich es nicht tue, wird er umsonst gestorben sein.* »Es ist richtig«, sage ich mehr zu mir selbst als zu ihnen und strecke die Hände aus. »Gebt mir die Male und die

Spiegel, damit ich meine Magie zurückholen kann. Eure eigene wird euch erhalten bleiben.«

Akiko schluckt.

Haruko nickt.

Fast gleichzeitig heben sie die Handgelenke, zücken Dolche, die sie scheinbar nur dafür mitgebracht haben, und schneiden sich das Hexenmal von der Haut.

»Wir wussten, was uns erwartet«, sagt Haruko gepresst und reicht mir die Hautfetzen, während Akiko zwei weiße Lilien wachsen lässt, in deren Blütenherzen die Spiegel ruhen. »Wir sind bereit, unsere Schuld zu bezahlen.«

»Es ist keine Schuld. Es ist schlicht der einzige Weg. Die Tür zwischen den Welten muss auf beiden Seiten verschlossen bleiben«, erkläre ich und sie nicken. »So ist es für alle am besten.«

»Und nun?«, fragt Haruko.

»Es gibt einen Ort, der im Sterben liegt«, beginne ich und hebe einen der Äpfel auf, die so sorgsam von der Giftmischerin bewacht wurden. Das Werk Harukos und Akikos. Genauso die goldenen Äpfel des Brunnenreiches. Dorthin werde ich sie schicken, wenn sie denn wollen. »Das Brunnenreich stirbt, weil Marie gestorben ist.«

Haruko schlägt die Hände vor den Mund, um den spitzen Aufschrei zu ersticken. Sofort sammeln sich Tränen in ihren Augen, laufen über ihre Wangen. Es war ihr Werk, ein Ort des ewigen Frühlings, ein Ort ohne Vergänglichkeit, doch er vergeht.

»Du kannst ihn retten«, sage ich sanft.

»Nein«, schluchzt sie, »Nein, kann ich nicht! Die Macht einer Fee reicht dazu nicht. Nur gemeinsam mit Marie war der Zauber groß genug.«

»Nicht allein«, stimme ich zu. »Doch mit Akiko zusammen kannst du es.«

Sie reißt die Augen auf und blickt zu ihrem Zwilling.

»Lass den Herbst einziehen und alles seinen natürlichen Gang gehen, denn liegt nicht die Schönheit des Frühlings gerade in seiner Vergänglichkeit, in der Flüchtigkeit seines Glücks? Und ist nicht das schönste Versprechen des Herbstes das der Wiedergeburt? Ihr seid Teil des ewigen Kreislaufes und erst zusammen vollkommen.«

Akiko greift nach Harukos Hand. Sie halten sich fest, so fest, wie es vielleicht nur Zwillinge können, nicht nur mit Händen, sondern mit ihrem ganzen Sein. Mich schmerzt ihr Anblick. Sie wissen nicht, wie groß ihr Glück ist. Sie haben einander, während ich allein bin.

»Ja oder nein?«, frage ich rau.

Akiko lächelt. Haruko nickt. Sie gehören zusammen. Auf immer und ewig. Ein letztes Mal lassen sie ihre magische Pforte wachsen, aus Lilien und blühendem Mohn, ehe sie mir zum Abschied winken und Hand in Hand hindurchschreiten. Ich sehe noch, wie die Goldkinder sie begrüßen, bevor der Zauber vergeht und die Pforte erlischt. Das Brunnenreich wird sich verändern. Die Zeit wird einziehen und mit ihr neue Sorgen, doch so ist das Leben, so ist es.

»Manchmal ist es schwer, die richtigen Entscheidungen zu treffen, nicht wahr?«

Der Uhrmacher sitzt plötzlich auf der Bank. Ich habe ihn nicht kommen hören. Seine Haut ist so faltig und rau, wie die eines sehr alten Mannes, doch in seinen Augen tanzt noch immer der Schalk.

»Nicht so schwer, wie ich dachte«, erwidere ich und setze mich neben ihn. Eine Zeit lang beobachten wir schweigend die Schwäne, wie sie im Mondlicht ihre Runden ziehen. Das Wasser glitzert, die Nacht ist lau. Irgendwo zirpt eine Grille. Der Apfel in meiner Hand riecht süßlich, er fault. Sie alle faulen, aber mit dem Wiedererlangen meiner Kraft erwacht auch Pandora aus seinem Todesschlaf. Ein leises Lachen, mehr Glucksen als alles andere, ringt sich durch meine Kehle nach oben.

»Du hast einen langen Weg hinter dir«, sagt der Uhrmacher und reicht mir eine kleine tickende Uhr. Elles Uhr. »Vielleicht ist es Zeit, heimzukehren.«

»Du weißt, was ich vorhabe, nicht wahr?«

»Mhm«, macht er nur und seufzt, den Blick auf den Schwan geheftet, der einst das Orakel war und es morgen Nacht wieder sein wird. »Ich würde dich gerne umstimmen und weiß doch, dass ich dazu die Worte nicht habe. Du wirst ihnen beiden gerecht, etwas, dass ich selbst nicht für möglich gehalten habe.«

»Ja«, sage ich leise und betrachte die Uhr in meiner Hand. Elle allein ist mir geblieben. »Ich rette sie beide, seine Welt und die ihre.«

Wir schweigen, in dem Wissen, am Ende angekommen zu sein. Nichts, was jetzt gesagt wird, kann noch etwas am Ausgang dieser Geschichte ändern.

»Die Idee mit dem Füller war wirklich außergewöhnlich«, sagt er schließlich. »Du hast der einzigen Person, die noch keinen Namen hat, die Möglichkeit gegeben, sich selbst einen zu suchen.«

»Keinen Namen?«, flüstere ich. »Aber sie heißt doch …«

»Pst!« Der Uhrmacher legt einen Finger auf seine Lippen. »Namen haben eine besondere Macht. Sie bestimmen, wer wir sind und woher wir kommen, wusstest du das nicht?« Er ist sehr ernst. »Auch ich habe einen Namen, doch wie den des Hexenjägers oder den des Moguls wirst du ihn nie erfahren und so nie wissen, wer wir wirklich sind.« Als er die Hand sinken lässt, lächelt er. »Du hast ihr ein großes Geschenk gemacht. Ihnen allen.«

»Wusste Kassandra von dem Buch?«

»Natürlich. Der Hexenjäger hat sie gleich als Erstes aufgesucht und in alles eingeweiht. Sie versprach ihm, seine Welt zu retten, und half ihm, sowohl die Meerjungfrau zu fangen als auch dabei, die ersten Feen zu töten.« Er seufzt tief und lehnt sich zurück. »Wusstest du, dass der Hexenjäger viele, viele Jahre hier lebte und die Brunnenwelt ein ums andere Mal besuchte, es aber nicht über sich brachte, Marie zu töten? Ich glaubte schon, dass er es sich anders überlegt habe. Doch dann kam der Mogul und erlangte sehr schnell sehr viel Macht und der Hexenjäger wusste, dass seine Zeit gekommen war. Kassandra wusste es auch. Sie sprach mit Marie und sie willigte ein, zu sterben, um Pandora zu retten. Sie beide.«

»Aber«, unterbreche ich ihn, »es ging nie darum, Pandora zu retten, sondern einzig und allein um die andere Welt.«

Der Uhrmacher lächelt. Seine Stimme ist rau, das Sprechen bereitet ihm Mühe. »Das dachte der Hexenjäger, doch Kassandra hatte eigene Pläne. Was meinst du denn, warum sie ihm sagte, er müsse die Hexenmale sammeln und bei mir hinterlegen, wo es doch so viel leichter gewesen wäre, sie einfach zu zerstören und mit ihnen die Magie?« Er zwinkert mir zu. »Du lagst nicht ganz falsch, als du Kassandra vorwarfst, Schicksal zu spielen, denn das tat sie. Sie opferte Marie und zog den Fluch auf sich, sie arbeitete mit dem Hexenjäger und doch gegen ihn. Sie bat Olga, dich zur Rabenmutter zu bringen und die Rabenmutter wiederum, dich gehen zu lassen. Sie zog all die Fäden im Hintergrund, damit wir beide heute hier sitzen können.«

»Es war alles geplant?«, frage ich matt.

»Nun, nicht alles. Denn es gab drei Personen, deren Schicksal sie nicht vorhersehen konnte und wo all ihre Bemühungen nur auf der vagen Hoffnung beruhten, dass sie sich richtig entscheiden würden.« Er ergreift meine Hand. Seine Haut fühlt sich trocken an, ich spüre die Knochen so deutlich, als würde kein Fleisch mehr um sie liegen. »Die Brüder waren nicht aus dieser Welt und du … nun, du weißt, was du bist.«

»Weißt du, wieso ich lebe?«

»Nein.« Sein Blick findet erneut den Schwan. »Und auch sie wusste es nicht. Vielleicht gibt es Geheimnisse, die für immer gewahrt werden müssen.«

»Hm«, mache ich.

»Hm«, macht auch er.

Und dann sitzen wir da, für den Rest der Nacht, versunken in Gedanken an das, was kommen mag und all dem, was war. Bis die Sonne den Horizont berührt und die Vögel um uns herum den Morgen mit ihrem schwerelosen Gesang begrüßen. Der letzte Tag ist angebrochen. Die Seiten im Buch neigen sich dem Ende. Ich muss gehen, denn es wird Zeit, das letzte Versprechen einzulösen.

Mit einem Kuss auf die Wange verabschiede ich mich vom Uhrmacher. Diesmal für immer. Ich werde nicht dabei sein, wenn er Kassandra ein letztes Mal in die Arme schließt, aber ein Blick in seine Augen und die Vorfreude darin lässt mich einen Hauch des Glücks erahnen.

»Leb wohl«, sage ich und Lebewohl sagt auch er.

Das letzte Versprechen

Woran misst sich der Wert eines Lebens? Daran, woraus es geschaffen ist oder zu welcher Zeit und an welchem Ort es entstand?

Ich habe Abertausend Menschen getötet, weil ich zu den wenigen Privilegierten Pandoras gehöre und Macht besitze. Weil ich Glück hatte und als Fee *erdacht* wurde. Ich bin keines der Opfer, sondern der Mörder. So viele verlorene Seelen, mehr, als ich in der Lage wäre zu zählen, geschweige denn mich an all ihre Gesichter zu erinnern. Eine Schuld, die ich niemals begleichen kann. Und doch kann ich eines tun, um zumindest ein wenig Wiedergutmachung zu leisten, indem ich Pandora und der Welt außerhalb des Buches eine Chance gebe. Denn, wie könnte ich entscheiden, welche Seite das Recht auf ein Fortbestehen und Leben hat? Wer bin ich, zu urteilen, was lebenswert ist und was nicht? Zu oft habe ich mich als Göttin aufgespielt, als Herrin über Leben und Tod. Das ist nun vorbei. Es ist vergangen. So wie ich. Pandora jedoch wird eine Zukunft haben. Das ist mein Erbe, mein letztes Geschenk: Zukunft.

Ich stehe auf dem Hügel unter dem Baum, an dem der Hexenjäger versuchte, mich zu töten, sehe ein letztes Mal über die erwachenden Täler Pandoras und nehme Abschied. Die Sonne taucht die Wiesen und Felder in sanftes, goldenes Licht. Nebelschwaden ziehen durch die Senken, aus denen einzelne Baumkronen geisterhaft ragen, als hätten sie keine Bindung zur Erde, als würde sie schweben. Pandora ist schön, unglaublich schön.

Im Gras neben mir liegt Elles Puppe, die ich vor einer gefühlten Ewigkeit zurückließ. Sie ist feucht vom Tau, das Gesicht eine traurige Maske. Sie weinte um Elle so wie ich, so wie die ganze Welt.

»Ich bringe dich heim«, sage ich und hebe sie auf. Wir hätten eine Familie sein können, in einem anderen Leben, in einer anderen Zeit. Vater, Mutter und Kind – so einfach und doch unerreichbar.

Die kleine Puppe fest an meine Brust gepresst, wende ich dem Sonnenaufgang den Rücken zu. Das Gras weint Tautropfen, sie glänzen silbern, und wieder verneigen sich die Halme vor dem Schritt der Königin, doch diesmal nicht aus Furcht, sondern um sich zu verabschieden.

Dreizehn Spiegel hängen im Turm, fangen das Licht der steigenden Sonne ein. Sie funkeln und leuchten, erfüllen den Raum mit einem vergänglichen Glanz. Alles hier ist vergänglich. Ich sehe mich selbst in den Spiegeln und zum ersten Mal erscheint es mir, als würde ich die Zahl der Jahre in meinem Gesicht sehen. In meinen Augen. Sie sind alt und müde.

Ich streiche das blaue Cape glatt, denn wohin ich gehe, werde ich es nicht brauchen. Sorgsam hänge ich es in den Schrank, der einst voll Kleider hing, an die nur noch die funkelnden Steine in dem Staub am Boden erinnern. Das blaue Cape, daneben die Rüstung. Die Jagd endet hier.

Langsam schließe ich die Türen. Mein Blick fällt auf die Spiegel. Nackt stehe ich da, das Zeichen der Feen überall, der Zopf lang und schwarz. So wie es begann, so endet es. Die Trauer in meinen Augen lässt mich kurz schwanken, dann wende ich mich ab, greife nach dem Kleid, das ich aus der Uhrmacherwerkstatt holte und das nun auf dem Himmelbett wartet. Auf den großen Auftritt, den letzten Akt. Es schimmert wie die Nacht, wie die Sterne und der Mond. Ich habe seine Botschaft verstanden, ich habe den Feen eine Zaubernacht gegeben, eine winzige Chance.

Ich schlüpfe hinein. Diesmal ist niemand da, um mir die Knöpfe zu schließen. Ich brauche auch keine Hilfe, denn ich habe meine Magie. Ich bin vollkommen und doch fehlte mir niemals mehr. Wie von Zauberhand fügen sich die Hälften auf meinem Rücken zusammen, dann stehe ich da, wunderschön, ein Stück Himmel, ein Stück ewige Nacht und bin bereit.

Ich bin es nicht. Ich habe Angst.

Elles Puppe fest an meine Brust gedrückt, stehe ich seit einer Ewigkeit da, beobachte das kleine Haus zwischen den Bäumen und traue mich nicht näher. Weil das hier der schlimmste Abschied von allen wird. Weil ich fürchte, nicht mehr gehen zu können, wenn ich sie erst sehe. *Weil ich sie liebe.*

Doch ich zwinge mich vorwärts, Schritt für Schritt auf das Haus zu, in dem ihr Herz so leicht zwischen denen der Sieben schlägt und mit jedem Schritt fällt es mir schwerer, nicht zu weinen, nicht zu fliehen. *Ich komme, Elle, ich komme, um zu gehen.*

Kaum trete ich aus dem Schatten der Bäume, als sich die Tür des Hauses öffnet und die sieben Männer heraustreten. Kurz wundere ich mich, warum sie trotz ihrer offensichtlichen Furcht hinauskommen, bis ich mich erinnere, dass durch Elle der Schutz der Sieben gebrochen ist. Sie können sich nicht vor mir verstecken und so treten sie mir lieber entgegen, die Gesichter hart und verschlossen. Ich sehe das Misstrauen in ihren Augen, denn sie wissen nicht, was mich hierherführt, doch die Art, wie sie sich um das kleine Mädchen in ihrer Mitte scharen, lässt mich ahnen, dass sie befürchten, ich wolle sie wieder mitnehmen. Und plötzlich wird mir bewusst, dass sie Elle zu schützen versuchen. Vor mir. Vor allem.

Und ich lächele, denn ich weiß, dass es gut ist.

Elle sitzt auf Kords Arm, dem Ältesten, die schmalen Ärmchen um seinen Hals geschlungen. Sie beäugt mich misstrauisch, die Fremde im Sternenkleid, und erkennt mich nicht. Sie beginnt schon zu vergessen, mit jedem Tag etwas, bis die Erinnerung kaum mehr als ein flüchtiger Gedanke ist, ein einzelnes Bild von einer Frau so schön wie der Himmel, von rettenden Armen, von Feuer und Leid. Vielleicht ist es besser, wenn sie mich vergisst und mit mir all das Leid. Und doch schmerzt der Gedanke, dass sie es tun wird, und ich verstehe, warum die Rabenmutter sich so sehr davor fürchtete, vergessen zu werden. Es ist, als hätte man niemals existiert, niemals geliebt.

»Hallo, Elle«, sage ich leise, damit sie die Tränen in meiner Stimme nicht hört. Ich lächele tapfer und trete näher. Die Männer lassen mich durch, wenngleich ich ihre Wachsamkeit spüre. »Ich habe dir jemanden mitgebracht.«

Als Elle die Puppe sieht, weiten sich ihre Augen und kurz blitzt etwas in ihnen auf. Vielleicht weiß sie jetzt, wer vor ihr steht, doch sie bleibt stumm. Nur die Puppe ergreift sie mit zitternden Händen. Sie ist alles, was von ihrem früheren Leben geblieben ist.

»Es tut mir leid, Elle«, flüstere ich und streiche über das krause Haar. Sie zuckt zurück und so lasse auch ich meine Hand wieder sinken. Ich könnte ihr all den Schmerz nehmen, den Schmerz und die Angst und die Erinnerungen. Ich könnte ihr einen Neuanfang schenken, sie glauben lassen, dass sie schon immer bei den letzten Nachfahren des Volkes vom Siebengebirge lebte. *Ich könnte* und wahrscheinlich wäre es die nobelste Geste meines Lebens. Die Selbstloseste. Aber ich will nicht.

Und doch muss ich es tun.

Sie verdient diese Chance auf eine unbeschwerte Zukunft, auf Glück und Liebe.

Ich hebe erneut die Hand an ihren Kopf und als ich mit den Fingern über ihre Stirn streichle, bleibt sie ganz ruhig, so als wüsste sie, dass ich ihr diesmal einen Gefallen tue. Ich nehme ihr die Last der Erinnerungen, verbanne die Schreie ihrer sterbenden Mutter, den Geruch von verbranntem Fleisch, die Hitze des Feuers und mich. Ich verbanne mich aus ihren Gedanken, schließe es ein, weit hinten in einem Kästchen ihres Gedächtnisses. Irgendwann, wenn sie erwachsen ist, kann sie es vielleicht finden und öffnen. Wenn sie sich erinnern will.

Als ich die Hand zurückziehe, lächelt Elle. Sie vergräbt die Finger in Kords Bart, spielt mit den geflochtenen Strähnen und kichert. Wahrscheinlich sehe ich genauso verblüfft aus wie die Sieben. Elle kichert und zieht an Kords Zöpfen.

»Was hast du getan, Hexe?«

»Ihr die Erinnerungen genommen«, antworte ich und etwas in den Gesichtern der Männer wird weich. Das Misstrauen schwindet, wenn auch nicht ganz.

»Wir werden sie lieben wie unser eigenes Kind«, verspricht Kord mit belegter Stimme.

Ich nicke nur. Es gibt noch eine Kleinigkeit zu tun, einen letzten Segen.

»Elle?« Sie linst nur kurz zu mir, viel zu fasziniert von den goldenen Ringen im Bart. »Es wird der Tag kommen, an dem sich ein verfluchter Prinz in den Wald verirrt. Er wird verlernt haben zu lieben, doch du kannst ihn heilen, kleine Elle, du kannst ihm die Hoffnung zurückgeben und ihn erlösen, denn Liebe ist so viel mächtiger als jeder Fluch.« Sie lächelt, als würde sie verstehen und ich lächle mit ihr, obwohl ich weinen will. Dann gehe ich, denn wenn ich auch nur einen Moment länger bleibe, verliere ich den Kampf gegen die Tränen.

Ein Spiegel für ein Grab. So lautete das Abkommen.

Als mich der Ring in die Höhlen unter dem Gebirge trägt, erwarten die Geister mich schon. Sie stehen in Reih und Glied, die bleichen, durchscheinenden Gesichter mir zugedreht. Ein mattes Glühen geht von ihnen aus. Eine Armee der Finsternis, eine Kinderarmee.

»Bist du gekommen, um uns zu retten?«

Mein Blick schweift über die unzähligen Geister. Ich kann ihre Hoffnung bis in die Seele spüren. Im Gegensatz zu den Toten der Wasserstadt wissen sie ganz genau, was sie sind. Vielleicht weil sie niemals eine Chance auf Erlösung hatten, nicht solange die Kinderfresserin lebte, denn sie hätte sie niemals gehen lassen, die einzige Familie, die ihr noch geblieben war. Doch sie ist fort und die Kinderseelen in der Gruft unter den Bergen sind frei, endlich frei.

»Ja«, sage ich und die Gesichter der Geister strahlen auf. Mein letztes Versprechen, bevor ich gehe, wohin mir niemand folgen kann. Ich lächle, während all die Knochen und Schädel von meiner Magie berührt werden und in einer langen Reihe gen Ausgang schweben. Die Geister folgen ihnen schweigend. Sie beginnen den letzten Marsch, ihre letzte Reise. Zu lange waren sie an den düstersten Ort dieser Welt und eine geisterhafte Existenz gebunden. Es ist Zeit, dass sie weitergehen und Frieden finden.

Einer nach dem anderen folgt dem stetig ansteigenden Tunnel hinaus aus der Gruft und hinein in den strahlenden Morgen Pandoras. Ich führe sie in das Licht, bis da keine Geister mehr sind und sich die Erde auch über dem letzten Grab schließt. Ein Teppich aus blauen, kleinen Blüten zieht sich über die aufgewühlte Erde, wächst unter meiner Magie zu einer blühenden Wiese aus Vergissmeinnicht, bis der ganze Hang in tiefes Blau gehüllt ist. Das Grab der Kinder des Berges. Ein weißer Hase kommt von irgendwoher, hoppelt über die Wiese und spitzt die Ohren, als würde er mich wittern. Ich scheine keine Gefahr zu sein, denn er bleibt ruhig sitzen. Ein weißer Mond zwischen all den Himmelsblumen.

Ich wende mich ab, schreite den Gang zurück unter die Berge. Die Höhle der Kinderfresserin liegt nun verlassen und in absoluter Finsternis. Die Schreie sind verstummt, der Schrecken besiegt. Doch bis die Welt ihn vergisst, werden viele, viele Jahre vergehen. Ich lasse die Höhle hinter mir und betrete die große Säulenhalle, die einst das Herzstück der unterirdischen Stadt war. Dutzende Pfeiler ziehen sich in Reihen durch die matte Finsternis. Am Gewölbe funkeln Abertausend blaue Kristalle: die Sterne der Unterwelt. Ich lege den Kopf in den Nacken und blicke zu ihnen hinauf, wie ich es schon einmal im Arm des Hexenjägers tat. Die Erinnerung schmerzt bittersüß. *So ist die Liebe*, möchte ich ihm sagen, denn ich habe verstanden, dass Liebe und Leid so nah beieinanderliegen und manchmal, ja manchmal ein und dasselbe sind.

»Ich liebe dich«, flüstere ich in die Nacht unter den Bergen, ehe ich die Hand hebe und den Zauber der Eishexe spreche, der einst den Splitter schuf. Einen Splitter aus Eis, mit der Macht, die Magie zu bannen, nur zerstörbar durch die Tränen der wahren Liebe oder das Feuer eines Drachen. Es gibt nur einen Drachen und es gab nur eine Liebe. Das, was ich schaffe, wird unzerstörbar sein und es ist weitaus größer, als es der Splitter war, das Eis so hauchdünn, als wäre es aus Glas. Kurz glaube ich noch einmal die Stimme des Hexenjägers zu hören, wie er meinen Namen ruft, aber es ist nichts als das Echo einer längst vergangenen Zeit. Dann ist es vollbracht und er steht da, der gläserne Sarg, der mich aufnehmen wird, mich und meine Magie. Sie wird verbannt sein von dieser Welt und doch wird Pandora weiterexistieren, *weil ich existiere.*

Vorsichtig steige ich hinein, lege mich hin. Über mir funkeln die Abertausend Sterne. In meiner Hand schlägt die kleine Uhr und zählt die Tage eines Kindes, das ich nicht lieben durfte und es doch tat. Ich werde sie bei mir behalten, ein Stück von ihr. Bis zum Schluss.

Ich unterdrücke die Tränen, beiße mir auf die Lippe und schmecke Blut. Als ich mit dem Zeigefinger darüberfahre, bleibt ein roter Tropfen an ihm hängen.

Rot wie Blut.

Ich öffne die andere Hand, lasse die Flocken darauf tanzen.

Weiß wie Schnee.

Dann greife ich nach meinem Zopf, so wie es der Hexenjäger immer tat, und reiße eine einzelne Strähne aus.

Schwarz wie Ebenholz.

Der Deckel des Sarges schließt sich und ich flüstere den Dornröschenzauber, der mich für immer von dieser Welt bannen wird. Denn da ist niemand mehr, der den Fluch zu brechen vermag. Da ist niemand mehr, der mich mit einem Kuss erlösen könnte.

Für manche von uns gibt es kein Happy End, kein *Und sie lebten glücklich bis ans Ende ihrer Tage,* denn auch wenn das hier ein Märchen ist, so bin ich nicht die Heldin der Geschichte. Nein, ich bin und war immer die Böse. Dies ist mein Ende. Ich werde auf ewig in einem gläsernen Sarg unter den blauen Sternen liegen, wie der Hexenjäger in einem Sarkophag am Grunde des Meeres. Zwei Särge, eine Liebe.

Das Herz in meiner Brust beginnt zu rasen, kämpft gegen den Zauber, der es zu verstummen lassen droht. Das Eis beschlägt, verbirgt die Lichter der Unterwelt hinter einem Schleier aus Dunst und Tränen. Mit letzter Kraft hebe ich die Hand und wische die Schlieren beiseite. Ich will sie sehen, die Nacht, wenn ich gehe und mich an das letzte Mal erinnern, als ich hier war, zusammen mit ihm. Ich will mich erinnern. An ihn. An den Kuss. An das Gefühl seiner Umarmung.

Ich liebe ihn, tat es vom ersten bis zum letzten Moment.

»Hexenjäger«, flüstere ich, und kurz bevor der Zauber seine Wirkung voll entfaltet, erblicke ich ihn auf der anderen Seite des Sarges und die Zeit scheint für einen winzigen Moment stillzustehen, für uns, für all das, was wir hätten sein können. Er ruft etwas, doch ich bin schon zu weit fort, als dass ich verstehe. Alles, was ich wahrnehme, sind seine Augen, tiefgrün wie die Wälder Pandoras, und seine Hände auf dem Sarg. Fast meine ich die Wärme durch das Eis zu spüren, dann spüre ich gar nichts mehr und der Zauber zieht mich hinab in die Dunkelheit.

Epilog

Wir sind Geschichten. Ich bin eine und die Dreizehnte Fee ist eine.

Doch das Buch ihres Lebens ist verstummt, der letzte Satz geschrieben. *Sie lebten glücklich bis ans Ende ihrer Tage* – so enden die Märchen, doch nicht das unsere, denn meine Schwester liegt verborgen in den Tiefen des Siebengebirges, weder tot noch lebendig. Manchmal frage ich mich, wieso die Menschen sich ein *Happy End* wünschen. Vielleicht, weil es ihnen Hoffnung gibt und Mut, der Zukunft entgegenzutreten, dabei ist nicht das Ende entscheidend, denn das Ende ist erst der Tod. Was zählt, ist das Leben selbst, der Weg, den wir heldenhaft beschreiten können oder mit einer Spur aus Verwüstung hinterlassen. Und ein jeder von uns, der einen Blick über die Schulter wirft und den Pfad betrachtet, den er bereits gegangen ist, wird feststellen, dass er falsche Entscheidungen getroffen hat. Doch nicht die Fehler bestimmen unser Leben, sondern die Momente des Glücks, die hell zwischen den Fußspuren des Unglücks leuchten. Es sind die Momente, in denen wir anderen Gutes tun, selbstlos handeln oder wahrhaft lieben. Würde eine Geschichte in einem solchen Augenblick enden, so wäre es ein Happy End, doch das wahre Leben geht fort, es verweilt nicht, würde es doch seinen Zauber einbüßen und die Bedeutung des Glücks verloren gehen. Nein, das Leben geht weiter, Trauer folgt auf Freude, Tränen auf Lachen und manchmal glauben wir den Pfad verloren zu haben, bis wir ihn plötzlich wiederfinden. Lilith hat ihn wiedergefunden, sie hat bereut und geliebt.

Und mögen unsere Leben auch enden, so werden unsere Spuren auf ewig zwischen den Seiten eines Buches zu finden sein. Und jedes Mal, wenn ein Kind ein Buch aufschlägt und mit heller Stimme die Worte zum Leben erweckt, werden wir auferstehen.

Ich schlage den Buchdeckel auf und fast ist es, als würde ich einen Sarg öffnen. Die letzten Seiten warten nur darauf, endlich gefüllt zu werden.

Wir sind geschaffen aus Tinte, aus schwarzem Blut.

Vorsichtig setze ich die Spitze des gläsernen Füllers auf das Papier, nur ein Stück unter die letzten Momente meiner Schwester und schreibe die ersten Worte:

Das Glas reflektiert den Schein der funkelnden Sterne und das Gesicht des Mannes, der an dem Sarg wacht …

»Es funktioniert«, sage ich leise lächelnd. Ich breche mein Versprechen nicht, denn es ist nicht ihr Ende, das ich verändere. Und so beuge ich mich vor, während die Sonne langsam höher steigt und die Schatten der Nacht verscheucht. Vogelstimmen begrüßen den neuen Tag. Pandora erwacht und für einen Moment glaube ich, Lilith neben mir zu spüren, wie sie ihre Hand über die meine legt und den Füller über die Seiten führt.

Geschaffen aus Tinte

Dies sind all die Feen, die auf den Seiten dieses Buches zum Leben erwachten und uns für eine Weile an ihrem Schicksal teilhaben ließen. Sie sind nicht mehr als Worte und doch berührten sie uns. Sie wurden zu Vertrauten und Freunden, wir teilten ihre Geheimnisse, ihre Sehnsüchte und Ängste, und selbst nachdem die letzte Seite gelesen ist und sich der Bucheinband hinter ihnen schließt, verbleiben sie in unseren Gedanken. Weil sie - auch wenn wir es nicht bewusst merkten – uns verändert haben, zum Guten oder zum Schlechten. Sie sind wie wir, fehlerhaft, weil wir alle bloß eines sind – Wesen, die nach Liebe streben und dabei manchmal vom Weg abkommen. Vielleicht ist ihre größte Angst, eines Tages nicht nur vergangen, sondern auch vergessen zu sein. Vergesst sie nicht.

Die Brunnenhexe
Mit der Gabe des Goldfluchs gesegnet, verzauberte sich alles, das sie berührte, in glänzendes Metall, selbst menschliche Haut. Am Grunde der Brunnen befindet sich ihr verborgenes Reich, das nur von jenen gefunden wird, die einen Brunnenschacht hinabfallen. Die Gefallenen mit einem guten Herzen verwandelte sie in Goldkinder, die mit einem schlechten in Aschenputtel. Letztere mussten das Brunnenreich wieder verlassen, während erstere für immer im Paradies leben dürfen. Der Name der Brunnenhexe lautet Marie.

Das Rattenbiest
Als Tochter eines Königspaares wurde sie in die Kerker gesperrt und nicht wie die anderen Feenkinder getötet. In der Dunkelheit sitzend, wurden die Ratten ihre einzigen Freunde. Die Feenmutter rettete sie und zerstörte die Burg am Meer, doch Jahre später bezog das Rattenbiest sie erneut, stahl mithilfe ihrer Rattenarmee die Schätze der umliegenden Städte - und die Kinder, um sie in Käfigen gefangen zu halten, so wie sie gefangen gehalten wurde. Sie sprach niemals,

summte nur die ewig gleiche Melodie, um die Ratten zu lenken. Ihr Name lautet die stumme Lise.

Die Kinderfresserin

Tief unten in den Höhlen des Siebengebirges, zwischen Schädeltürmen und Knochenbergen, befand sich das Reich der Kinderfresserin. Zusammen mit ihrem Bruder kam sie einst zum Turm im Wald, doch als er die Feen an die Menschen verriet, musste sie ihn töten, worüber sie den Verstand verlor und fortan Kinder zu ermorden und essen begann. Ihr wahrer Name lautet Gretchen, der ihres Bruders Hans.

Die Giftmischerin

Nach dem Krieg der drei Völker wurde die Giftmischerin zur Herrscherin über die neue Wasserstadt ernannt, doch den Verrat ihres Volkes und die Tötung des Mannes, der ein Feenkind schützte, konnte sie niemals verzeihen. Bis zu ihrem Tod tyrannisierte sie die Menschen der Wasserstadt mit ihrem Gift, versteckt in Äpfeln. Ihr wahrer Name lautet Eva. Sie bannte den Schneewittchenfluch von den zukünftigen Feenkindern, um sie vor dem Erbe der Feen zu bewahren.

Die Meerhexe

Am Grunde des Ozeans herrschte die Meerhexe über das Volk der Meerjungfrauen. In einer Muschel sitzend und von Krähen begleitet, galt sie als Schönste der Feen. Sie verlor einst ihr Herz an den einen Mann, der nicht in der Lage war, jemand anderen als sich selbst zu lieben, woraufhin sie den Sirenen das Singen beibrachte. Ihr wahrer Name lautet Loreley, der ihres Geliebten Narziss.

Das Orakel

Nach dem Zusammenbruch des Goldenen Zeitalters schuf sie die Uhrmacher, die fortan die Zeit hüteten und die Erinnerungen wahrten. Mithilfe des goldenen Rings konnte sie sich an all die Orte zaubern, die sie in der Lage war sich vorzustellen und beanspruchte so kein eigenes Reich. Nur von wem sie gefunden werden wollte, der konnte sie auch finden. Mit der Gabe der Vorhersehung beschenkt, lenkte sie seit jeher die Geschicke Pandoras und die der Feen - sogar bis über ihren Freitod hinaus. Ihr wahrer Name lautet Kassandra, der des Uhrmachers bleibt bis zum Schluss geheim.

Die Siebte Fee

Als einzig Gute, aber auch Schwächste unter den Feen, erschien die Siebte Fee all jenen, die Hilfe brauchten. Sie gewährte zweite Chancen, schenkte Mut und Hoffnung und manches Mal erfüllte sie reine Herzenswünsche. Mit ihrem Zaubermantel aus Allerleirauh, der aus reinem Himmelszelt geschaffen zu sein scheint, kann sie sich überall hinzaubern und ist ebenso wie das Orakel heimatlos. Ihr Name lautet Befana, die gute Fee.

Die Rabenmutter

Im Schacht des gläsernen Bergs befand sich ihr Reich, das sie gemeinsam mit den Raben bewohnte, die in Wahrheit menschliche Frauen waren, die sie aus dem irdischen Dasein erlöste, indem sie ihnen Federmäntel schenkte. Die Rabenmutter war die Einzige, die sich an die Schwanenprinzessin Odette erinnert. Vielleicht, weil sie sich so ähnlich waren. Ihr wahrer Name lautet Täubchen, ihre größte Angst war es, vergessen zu werden.

Die Drachenreiterin

Sie war einst das reinste Feenkind, doch die Feenmutter formte aus ihr das dunkelste Wesen, das unter dem Himmel je gelebt hatte. Fortan brachte sie Feuer und Tod, zähmte einen Drachen und wurde zur Drachenreiterin. Sie hasste die Menschen genauso wie die Feen. Ihr wahrer Name ist Lucia Sternenkind, die Lichtbringerin.

Die Zwillinge

Nur gemeinsam funktioniert ihre Magie, denn sie sind, anders als die anderen Feen, wahre Schwestern, Zwillinge. Während die eine den Frühling verkörpert und die Welt erblühen lässt, gibt die andere in Gestalt des Herbstes der Erde zurück, was von ihr genommen ward. Zusammen schufen sie den Apfelgarten und eine von ihnen das Brunnenreich. Roter Mohn und weiße Lilien sind ihre Symbole, weshalb sie auch der rote und der weiße Zwilling genannt wurden. Ihre wahren Namen aber lauten Haruko und Akiko.

Die Eishexe

Hoch oben im Reich Antarktika befand sich das Schloss der Eishexe, dessen Inneres wie ein Labyrinth aufgebaut und dessen Zentrum eine Bibliothek bildete. Von dort herrschte sie über die Welt, schickte den Nordwind und die Eiswölfe, während sie vor dem Spiegel sitzend all die Gesichter der Opfer malte, um sie in die verschlungenen Gänge des Eispalastes zu hängen, auf dass sie niemals vergessen werden. Bis zum Schluss verbleibt sie namenlos.

Die Dreizehnte Fee.

Sie ist nicht Schneewittchen, sie ist die böse Königin, die schlimmste der Feen. Dies ist ihre Geschichte. Dies ist Lilith.

Danksagung

Da sind wir also, am Ende der Reise. Die Geschichte der Fee ist erzählt und das erfüllt mich mit bittersüßer Melancholie. Es ist, als würde ein Kapitel meines Lebens enden und irgendwie tut es das auch, denn diese Geschichte ist auch die meine. Vielleicht fällt es mir deshalb so schwer, die rechten Worte zu finden, hier und jetzt in dieser Danksagung. Vielleicht fällt sie deshalb kürzer aus als die vorherigen. Mir fehlen die Worte. Ich habe genug gesagt.

Meine Familie:

Mama. Ohne dich gäbe es hier und heute den dritten Band der Fee nicht, denn du bist nicht nur meine erste Testleserin, sondern hilfst mir auch zweimal die Woche mit dem Baby und den Kindern, um mir Zeit zum Schreiben zu geben. Danke dafür, deine Hilfe ist Gold wert!

Line. Einfach weil es dich gibt. Weil niemand mir so ähnlich ist wie du. Weil, egal wo du bist, ob hier oder auf der anderen Seite der Welt, du immer zu mir gehörst. Ich habe dich schrecklich lieb, Schwesterherz!

Papa und Susanne. Stille Hilfe, immer dann, wenn ich Rat brauche. Danke dafür!

Meine fleißigen Bienchen:

Astrid Behrendt. Verlegerin mit Herz, Drachenmama und Powerfrau. Du gabst der Fee ein Heim und mir ebenso. Ich bin wahnsinnig stolz, zu deinen Drachen zu gehören und freue mich auf viele weitere und aufregende Jahre unter dem Drachenmond und vor allem in der Drachenhöhle. Danke für dein Vertrauen in mich!

Ava Reed. Meine Freundin, Kollegin und nun sogar Lektorin! Ich erinnere mich nicht mehr genau, wann wir uns kennenlernten, nur, dass ich dachte, Spiegelsplitter sei ebenfalls ein Märchen. Ist es nicht, wie ich jetzt weiß, und trotzdem verzauberten mich deine Geschichten, genauso du selbst, denn du bist – streite es nicht ab – herzlich, hilfsbereit und einfach fantastisch! Ich freue mich sehr auf unsere gemeinsame Signierstunde auf der FBM!

Alexander Kopainski. Endlich kenne ich dich auch persönlich und ich muss sagen, du bist nicht nur beim Designen ein ganz »Großer«. Ich liebe alle deine Werke und wünschte bei jedem, dass es für mich sei – Haha! Du schrecklich liebenswerter Covergott!

Soufiane. Ihr seid in letzter Minute eingesprungen und habt die Fee mit wundervollen Zeichnungen bereichert. Ich danke euch sehr für die schnelle und reibungslose Umsetzung meiner Vorstellung. Ihr habt gezaubert!

Michaela Retetzki. Danke für den letzten Schliff der Fee und die letzten, hilfreichen Verbesserungen! Astrid hat mir dein Lob weitergereicht und ich freue mich unendlich darüber!

Laura Newman und Martin Behrendt. Ich danke euch für die Rettung der Fee! Ihr seid die Besten! Und ab heute heißt es: kein Word, Open-Office und Papyrus mehr vermischen. Danke!

Wiebke Blankemeyer. Du hast mit mir geplottet und gebrainstormt, als ich keine Ahnung hatte, wie es in Band 3 zu einem Ende kommen soll. Deine Ideen haben mich letztendlich auf den richtigen Pfad geführt. Es gibt zwar keinen Wilhelm und auch keinen Jakob, aber ein Märchenbuch. Ich hoffe sehr, dass es dir gefällt!

Meine Testleser.

Im letzten Buch schrieb ich zu jeder von euch einen Text, da dieses hier aber schon alle Maße sprengt und viel zu lang geworden ist, danke ich euch gesammelt. Nehmt es mir nicht übel und seid euch meines Dankes sicher! Ohne euch wäre die Fee nur halb so gut!

Ute Pfeifer, Judith Schulte, Nele Logemann, Lydia Mick, Veronika Havre, Laura Evers, Nadine Dzaack, April Dawson, Sabrina Meller, Nadine Roth, Bianca Ritter, Julia Krokoszinski, Brigit Martin, Kerstin Göpfrich und Katharina Krais.

Mein Dank geht an dieser Stelle genauso an die Testleser, die meine beiden Kurzgeschichten über die Kinderfresserin und die Eishexe gelesen haben:

Helene Bormann, Klaudia Szabo, Leseleben Uli, Verena V. Biernacki und Kete Racipi.

Ich hoffe ihr seid bei den zukünftigen Projekten auch wieder mit dabei, wenn es auf die Spuren des verfluchten Prinzen, der Ascheprinzessin und des letzten Feenkindes geht.

Meine Leser:

Wir Autoren sind nichts ohne euch! Wir schreiben für uns, aber auch für euch. Und es bedeutet uns unglaublich viel, wenn wir sehen, dass unsere Geschichten ankommen, berühren, vielleicht sogar verzaubern. Wenn ihr die Zeit findet, dann schreibt eine ehrliche Rezension zu den Büchern, die ihr lest und liebt. Ihr gebt uns damit etwas zurück und dafür danken wir euch!

Und wie immer – meine eigene,
nicht mehr ganz so kleine Familie:

Kosta. Ich liebe dich, auch wenn dir die Magie der Bücher für immer fremd sein wird. Wir sind unterschiedlich und das ist gut so. Sonst wäre es auch langweilig, oder?

Petros. Mein großer-kleiner Held. Mit dir über die Welt zu sprechen und sie mit deinen Augen erneut zu entdecken, kommt einem Wunder gleich. Du bist so voller Phantasie und Kreativität. Ich liebe die Bilder, die du an deine Tapete malst, die Geschichten, die du deinem Hund abends zum Einschlafen erzählst, und den Stolz in deinen Augen, wenn du anderen von mir und der Fee berichtest.

Emma. Meine Prinzessin, oder doch Papas? Du rettest mich vor Spinnen, weil du genau weißt, wie furchtbar ich sie finde, du nimmst mich in den Arm, wenn ich mal müde oder erschöpft bin, du hast ein Herz so groß wie die Welt. Dich wachsen zu sehen, erfüllt mich mit Stolz. Du bist mein ewiger Sonnenschein.

Stefanos. Mein kleinster, mein Herz. Wenn du lächelst, steht für einen Moment die Zeit still, denn da ist so viel Liebe und Vertrauen in deinem Blick, dass mir ganz warm wird. Du bist erst seit Kurzem in meinem Leben und doch fühlt es sich an, als wärst du schon immer Teil dessen gewesen. Du gehörst zu mir. Mein Kleiner. Mein Herz.

Carolyn Kretzschmar

FanArt-Wettbewerb
Dein Bild in der Fee

Beim zweiten FanArt-Wettbewerb wurden mehr als
20 Kunstwerke eingereicht, die allesamt verzaubern konnten.
Die schönsten präsentieren wir euch hier! Danke an alle Künstler,
die mit so viel Herzblut und Talent dabei waren.
Herzlichen Glückwunsch an Carolyn,
deren Zeichnung als klarer Favorit gewählt wurde.
Ihr alle seid Teil der Fee – Danke dafür!

Stefanie Prediger

Jennifer Lippert

Barbara Hollinger

Katrin Prediger

Kathrin Sauer

Maria Catalina

Daniela Mathey

Martina Gierstl

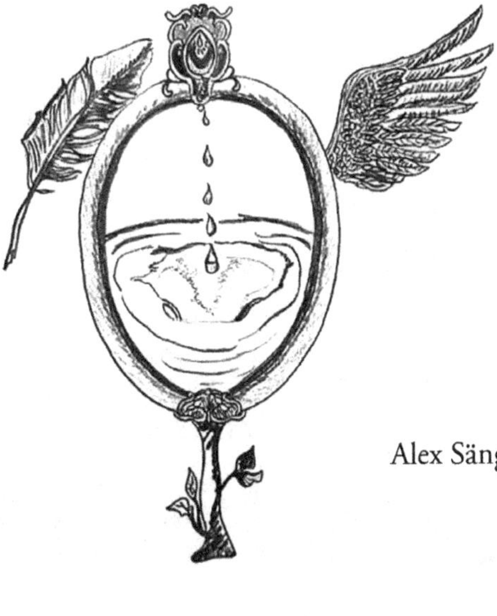

Alex Sänger

Sandra Vorholzer